Wolfgang Burger

Im kalten Licht des Morgens

Wolfgang Burger

IM KALTEN LICHT DES MORGENS

Ein Fall für
Alexander Gerlach

PIPER

Mehr über unsere Autorinnen, Autoren und Bücher:
www.piper.de

Wenn Ihnen dieser Krimi gefallen hat, schreiben Sie uns unter Nennung des Titels »Im kalten Licht des Morgens« an *empfehlungen@piper.de*, und wir empfehlen Ihnen gerne vergleichbare Bücher.

Von Wolfgang Burger liegen im Piper Verlag vor:
Alexander-Gerlach-Reihe:
Band 1: Heidelberger Requiem
Band 2: Heidelberger Lügen
Band 3: Heidelberger Wut
Band 4: Schwarzes Fieber
Band 5: Echo einer Nacht
Band 6: Eiskaltes Schweigen
Band 7: Der fünfte Mörder
Band 8: Die falsche Frau
Band 9: Das vergessene Mädchen
Band 10: Die dunkle Villa
Band 11: Tödliche Geliebte
Band 12: Drei Tage im Mai
Band 13: Schlaf, Engelchen, schlaf
Band 14: Die linke Hand des Bösen
Band 15: Wen der Tod betrügt
Band 16: Wenn Rache nicht genügt
Band 17: Der sanfte Hauch des Todes
Band 18: Am Ende des Zorns
Band 19: Als die Nacht am tiefsten war
Band 20: Im kalten Licht des Morgens

Anatomie eines Mordes

Unser Versprechen für mehr Nachhaltigkeit
• Klimaneutrales Produkt
• FSC®-zertifiziertes Papier
• Hergestellt in Europa

FSC www.fsc.org
MIX
Papier | Fördert gute Waldnutzung
FSC® C083411

ISBN 978-3-492-06440-8

Redaktion: Annika Krummacher
Satz: Eberl & Koesel Studio, Kempten
Gesetzt aus der Stone Serif ITC Medium
Druck und Bindung: CPI Books GmbH, Leck
Printed in the EU

1

Wie jeden Morgen musste ich mich auch heute wieder zwingen, langsamer zu laufen. Die Gerüche und Geräusche der erwachenden Natur wahrzunehmen, dem zaghaften Gesang der ersten Vögel zu lauschen, statt nur blind und taub durch die Landschaft zu hetzen. Im Moment war es noch angenehm kühl, aber in wenigen Minuten würde die Sonne aufgehen, und dann würde es wieder zügig warm werden. Seit Anfang Juli war kein Tropfen Regen mehr gefallen, und auch für heute hatte der Wetterbericht einen wolkenlosen Himmel und tropische Temperaturen angekündigt. Zwischen den Kiefern und Birken des Hardtwalds hing ein zarter Morgendunst, die Luft war noch klar und rein, und wären nicht unentwegt diese finsteren Gedanken in meinem Kopf herumgegeistert, hätte ich glücklich sein können. Ein schöner, gemütlich kurviger Weg am Bach entlang, hie und da Blümchen, ein Amselmännchen, das aus voller Kehle zu tirilieren begann, als wäre es mir zu Ehren.

»Pass doch auf, Arschloch«, maulte mich ein Radfahrer an, der mich auf dem weiß Gott nicht übertrieben schmalen Weg überholte. Verschwitzt, mit der verbissenen Miene der Kampfbiker, die glaubten, ihnen gehörte die Welt.

»Selber Arschloch!«, rief ich und sprang erschrocken zur Seite, obwohl er schon vorbei war.

Der Rüpel trug nicht die bunte Uniform der Flachland-Mountainbiker, sondern steckte in weißen Shorts und einem grauen T-Shirt. Mitte dreißig, schätzte ich, drahtige Statur, kurz geschnittenes dunkelblondes Haar, kein Helm, und auch sein Rad war keines dieser sündteuren Hightech-

Geräte, auf denen viele Hobbyradler heutzutage ihrer Leidenschaft frönen. Schon war er um die nächste Kurve verschwunden, und ich hatte den Wald wieder für mich allein. Ich trabte weiter und ärgerte mich, weil mir keine originellere Beleidigung eingefallen war. So etwas wie »hirnamputierter Drahtesel-Torero« vielleicht.

Nebenbei ärgerte ich mich auch darüber, wie viel achtlos weggeworfenes Zeug das idyllische Bild verschandelte. Leere Bierdosen sah ich am Wegrand, Pappbecher, Papiertaschentücher, zerknülltes Butterbrotpapier. In einer Ecke des Parkplatzes bei den Spargelhöfen, wo mein Wagen stand, hatte ich großzügig bemessene Müllcontainer gesichtet. Da könnten die Leute doch eigentlich ...

Aber nein, ich wollte mich jetzt nicht ärgern.

Sogar eine hübsche Sandalette mit hohem Absatz und Glitzersteinchen sah ich im Vorbeilaufen im Sand liegen. Schuhwerk, wie meine Mädchen es früher trugen, wenn sie am Samstagabend loszogen, um sich, viel zu verwegen geschminkt, ins Heidelberger Nachtleben zu stürzen.

Allmählich kamen meine Muskeln auf Betriebstemperatur, ich fand meinen Rhythmus, mein Atem ging ruhig und gleichmäßig. Doch die verlorene Sandalette ließ meinem Polizistenhirn keine Ruhe. Vielleicht, weil sie mich an meine Töchter erinnerte. Als Kriminaler denkt man ja immer gleich das Schlimmste. Wie mochte das Schühchen dorthin gekommen sein, wo es jetzt lag? Ich drehte einen U-Turn und lief zurück in Richtung Fundstelle.

Und was war wohl aus der Frau geworden, die den Schuh verloren hatte?, fragte ich mich. War eines der zarten Riemchen gerissen, und sie hatte den unbeschädigten Schuh in die Hand genommen, um auf Strümpfen weiterzugehen? Oder hatte jemand sie bis zum Auto getragen? Nicht weit von hier verlief die Bundesstraße. Jetzt, am frühen Sonntagmorgen, hörte ich nur selten ein Auto vorbeirauschen.

Ich verlangsamte meine Schritte, blieb schließlich stehen. Auch hier schwebte die hauchdünne Nebelschicht über dem friedlich gurgelnden Bach und dem taufeuchten Gras seiner Böschung.

Ich nahm die Sandalette in die Hand. Sie war völlig unbeschädigt und, wie es aussah, noch so gut wie nie getragen. Warum hatte die Besitzerin sie zurückgelassen? Alkohol? Drogen? Albernheit? Ratlos sah ich mich um. Rechts der Bach, links Wald, Kiefernwald mit wenig Unterholz und ... was war das? Etwas lag auf der Erde, vielleicht zwanzig Schritte von mir entfernt. Ein Müllsack? Ein Pärchen, das nach einer Runde Freiluftsex selig eingeschlafen war?

Ich ließ das Schuhwerk fallen. Die herrinnenlose Sandalette, das merkwürdige Bündel unter den Bäumen ...

Es war eine Frau, erkannte ich, als ich nur noch wenige Meter entfernt war. Eine schmale, vermutlich junge Frau mit nur noch einem Schuh. Sie lag auf dem Bauch. Mittelblondes langes Haar, ein metallisch schimmerndes Kleidchen am grazilen Körper. Der kurze Rock war ein wenig hochgerutscht und legte einen knappen weinroten Slip frei. Ein silbernes, zum Kleid passendes Handtäschchen lag neben ihr auf verdorrten spitzen Kiefernnadeln, der dünne Tragriemen hing noch an ihrem linken Arm. Die Nägel der schmalen Mädchenfinger waren blutrot lackiert und mit Flitter verziert. Kein Schmuck an den Händen, nichts an den Handgelenken.

Sorgsam darauf achtend, wohin ich trat, umrundete ich den leblosen Körper. Keine Spuren vernichten, ein Automatismus, der sich über Jahrzehnte in meinem Kopf festgefressen hatte. Beine und Arme waren ausgestreckt, als wäre sie im vollen Lauf gestürzt und aufs Gesicht gefallen. Spuren hin oder her, ich musste feststellen, ob die junge Frau noch lebte. Ob ich einen Rettungswagen rufen musste oder die Kollegen vom Kriminaldauerdienst.

Mit einem Mal fröstelte mich. Eine Gänsehaut überzog meine bloßen Arme. Das Morgenlicht schien jede Farbe verloren zu haben. Versprach plötzlich keinen heißen Sommertag mehr, sondern Frost.

Immer noch sorgfältig darauf achtend, wohin ich meine Füße setzte, näherte ich mich dem Körper.

Ging in die Hocke.

Fühlte am Hals.

Kein Puls.

Und soweit ich feststellen konnte, auch keine Atmung.

Die Frau reagierte weder auf Ansprache noch auf vorsichtiges Schütteln an der Schulter. Der Slip saß dort, wo er zu sitzen hatte, demnach hatte ich es hier wohl nicht mit einem Sexualdelikt zu tun. Soweit ich erkennen konnte, keine äußeren Verletzungen, keine Anzeichen von Gewalteinwirkung. Oder doch? Als ich ihren Kopf ein wenig zur Seite drehte, sah ich Blut an dem scharfkantigen Stein, auf dem sie mit der Stirn aufgeschlagen war. Wenig nur, aber es war eindeutig Blut. Und es war noch feucht. Der Körper war warm. Sie konnte noch nicht lange hier liegen.

Sollte ich sie umdrehen, um ganz sicher zu sein, dass sie nicht mehr lebte? Dass hier wirklich nichts mehr zu retten war?

Noch einmal tastete ich nach dem Puls.

Immer noch nichts.

Stöhnend richtete ich mich auf, und in diesem Moment erst wurde mir bewusst, dass die Vögel nicht mehr sangen. Für Sekunden war es vollkommen still, und ich hörte nur das Hämmern meines eigenen Herzschlags.

Ich entfernte mich rückwärts von der Toten, versuchte, meine Füße an die Stellen zu setzen, wo ich vorher schon hingetreten war. Dort, wo ihre Füße lagen, sah ich jetzt, war der Boden aufgewühlt. Fußabdrücke, die nicht von ihren zierlichen Sandaletten stammten.

Ich musste beide anrufen, wurde mir klar, als ich in die Gürteltasche fasste, wo normalerweise mein Handy steckte, die Rettung und meine Kollegen. Allerdings war da kein Handy. Der Akku meines Smartphones war wieder einmal leer gewesen, als ich es vorhin einstecken wollte. Von Tag zu Tag verlangte das blöde Ding öfter nach einer Steckdose. Reparieren könne man es nicht, hatte mir vor einigen Tagen ein pickliger Schnösel im Handyshop erklärt. Und das Fossil von einem Smartphone, das ich ihm entgegenhielt, sei es auch nicht wert, eine Reparatur ins Auge zu fassen. Außerdem habe er gerade heute ein sensationelles Angebot hereinbekommen ...

Es half nichts, ich musste zum Auto zurück.

Dazu musste ich allerdings die Tote vorübergehend ohne Aufsicht lassen, was mir sehr widerstrebte. Wer konnte wissen, was in den zehn Minuten geschehen würde, die ich weg war? Ein Hund konnte sich an der Leiche zu schaffen machen, ein Perverser, Krähen, ein Fuchs.

Da! Ein Geräusch, das Quietschen einer Fahrradbremse.

Ein älterer Mann stieg gerade von seinem Rad. Etwas unbeholfen, da er wohl nicht mehr der Fitteste war. Doch er hielt ein Mobiltelefon in seiner Rechten. Diesen Kerl schickte mir zweifellos der Himmel.

Ich lief auf ihn zu, er hob den Blick, starrte mich durch seine dicke, klotzig schwarz gerahmte Brille an, als wäre ich ein Alien, der soeben vom Himmel gefallen war. Seine widerspenstigen Haare waren grau und leicht gelockt. Offenbar hatte er nicht damit gerechnet, hier um diese Uhrzeit jemanden anzutreffen. Er ließ sein noch relativ neu wirkendes Rad einfach fallen.

»Gut, dass Sie da sind!«, keuchte ich. »Dürfte ich kurz Ihr Handy benutzen? Ich bin Polizist, und es ist etwas Schlimmes passiert.«

Aus der Nähe wirkte er nicht ganz so alt, wie ich im ersten Moment gedacht hatte. Vermutlich war er nur ein wenig älter als ich. Er steckte in einem hellgrauen Anzug, der ihm zu groß war. Sein trauriger Bernhardinerblick und die fahle, eingefallene Haut ließen mich vermuten, dass er kein besonders komfortables Leben führte.

Er sah mir verständnislos ins Gesicht, dann auf sein Smartphone und schließlich wieder auf mich. Jetzt erst entdeckte er den Körper, der einige Meter von uns entfernt am Boden lag. Seine Augen wurden groß, seine Miene verfinsterte sich.

»Ihr Handy«, sagte ich eindringlich. »Dürfte ich bitte?«

Als ich die Hand nach dem Gerät ausstreckte, drückte er es an seine Brust, als fürchtete er, ich wollte es ihm wegnehmen.

»Ich bin Polizist«, sagte ich zum zweiten Mal und allmählich ein wenig gereizt. »Hier ist ein Verbrechen geschehen, und …«

»Polißei?«, wiederholte er undeutlich, und jetzt erst begriff ich, dass er kein Deutsch verstand.

»Sprechen Sie Englisch? Do you speak English?«

»A little«, murmelte er, während er starr auf die junge Frau am Boden blickte. »Very little.«

»Could I use your cellphone please?«

Keine Reaktion. Der Kerl wirkte, als stände er unter Drogen. Oder unter Schock. Die goldene Uhr an seinem breiten Handgelenk zeigte halb sechs. Die Zeit verrann, und ich … ich hätte schreien können.

»Just for one single call«, drängte ich.

Nichts. Ich verspürte große Lust, ihm das Ding einfach zu entreißen. Aber vermutlich brauchte man eine PIN, um damit telefonieren zu können.

Plötzlich löste sich seine Erstarrung, er ließ mich einfach stehen, trat mit festen Schritten näher an die Tote heran, betrachtete sie mit gerunzelter Stirn, bückte sich sogar, wollte offenbar ihren Kopf drehen, um das Gesicht zu sehen.

»Nicht!«, rief ich. »Nicht anfassen!«

Jetzt schien er sich zu erinnern, dass es mich auch noch gab.

»What?«, fragte er heiser. »What happened?«

»I don't know. I want to call the police, do you understand?«

Nein, er verstand nicht. Ich musste also doch zum Auto zurück, und zwar so schnell wie möglich. Hoffentlich machte der alte Trottel hier in der Zwischenzeit keinen Unsinn.

»You stay here, okay?« Ich deutete mit beiden Händen auf den Boden. »You don't touch the body. I will be back in one minute.«

Wieder keine Reaktion. War der Mann blöde? Was hatte er nur für ein Problem? Ich deutete auf seine Füße.

»You! Stay! Here! You do not move, okay? And you do not touch the body.«

Einfältiges Nicken. Es war hoffnungslos. Und ich hatte keine Zeit mehr, mich noch länger mit ihm herumzuärgern.

So ließ ich den begriffsstutzigen Deppen notgedrungen stehen und machte mich auf den Weg zum Parkplatz. Dieses Mal zwang ich mich nicht, langsam zu laufen.

Als ich gut zehn Minuten später restlos außer Atem zu der Stelle zurückkehrte, wo ich die Tote gefunden hatte, lag das Fahrrad des Alten noch da, wo er es hatte fallen lassen. Der trottelige Besitzer hingegen stand nicht mehr dort, wo ich ihn verlassen hatte, sondern – ich traute meinen Augen nicht – lag ungefähr dort, wo sich eben noch die junge Frau befunden hatte. Und diese war ... verschwunden, inklusive ihrer beiden Sandaletten.

Hatte sie das Bewusstsein wiedererlangt und das Weite

gesucht? Hatte der Alte ihr auf die Beine geholfen, und sie hatte ihn zum Dank niedergeschlagen?

Ich stieß einen ebenso herzhaften wie lauten Fluch aus. Und gleich noch einen. Ein Schwarm Spatzen stob empört zeternd davon.

2

Der Rettungswagen kam nach einer gefühlten Ewigkeit, die Kollegen vom KDD ließen sich sogar noch mehr Zeit. Immerhin hatte jemand daran gedacht, gleich die Spurensicherung mitzubringen.

Zwischenzeitlich hatte ich zu meiner Erleichterung festgestellt, dass der Alte noch lebte. Er hatte eine klaffende Wunde am Hinterkopf, offenbar mithilfe eines kräftigen Holzstücks beigebracht, das gleich danebenlag.

Als Erstes musste nun natürlich der Verletzte versorgt werden.

»Heftiger Schlag mit stumpfem Gegenstand«, diagnostizierte der schmale, fast noch knabenhafte Arzt mit struppigem Haar und viel zu großen Händen. »Nach dem ersten Augenschein hat der Täter sogar mehrfach zugeschlagen.«

»Ich nehme an, mit dem Knüppel da.« Ich deutete auf die mutmaßliche Tatwaffe.

»Ich sehe Moos und Rindenstückchen in der Wunde«, fuhr der Arzt fort, als hätte er mich nicht gehört. »Offenkundig hat das Opfer eine schwere Schädelfraktur. Möglicherweise Einblutungen unter die Dura, Vitalfunktionen nur noch schwach.« Er richtete sich auf, wandte sich an mich. »Der Mann muss umgehend in die Klinik. Es besteht akute Lebensgefahr.«

Sekunden später lag der Verletzte auf einer Trage und wurde von zwei Sanitätern im Laufschritt zum Rettungswagen geschafft, der nur etwa hundert Meter von hier am Rand der Bundesstraße 291 parkte. Ich sah das Blaulicht zwischen den Bäumen zucken.

»Geht's Ihnen gut, Chef?«, fragte Oberkommissarin

Laila Khatari besorgt, eine junge Kollegin, die das Pech hatte, Wochenenddienst zu haben. Als ich nur die Achseln zuckte, fuhr sie fort: »Um ehrlich zu sein, Sie sehen furchtbar aus. Entschuldigen Sie, wenn ich das einfach so sage, aber ... Sie haben abgenommen, gell?«

Die Kollegin hatte mich eine Weile nicht mehr gesehen, da ich seit Mai krankgeschrieben war.

»Ich mache viel Sport«, antwortete ich missmutig. »Ich jogge jeden Morgen meine zehn, zwölf Kilometer, versuche mich gesund zu ernähren ...«

»Man kann alles auch übertreiben, Chef.«

Sie hielt die Tatwaffe in der latexbehandschuhten Rechten, hob sie hoch, um sie mir zu zeigen. »Hat ein Gewicht wie ein Baseballschläger.«

Das Beweismittel wurde sachgerecht verpackt, bevor ich es in die Hand nehmen durfte. Die Sirene des Rettungswagens jaulte auf. Das Tatütata entfernte sich rasch. Hoffentlich kam der Verletzte bald wieder zu sich. Ich brannte darauf zu erfahren, was hier während meiner kurzen Abwesenheit geschehen war.

»Und hier hat echt eine tote Frau gelegen?«, fragte ein älterer Kollege zweifelnd. »Vielleicht ist sie gar nicht tot gewesen, hat den Typ im Anzug kommen sehen, hat's mit der Angst gekriegt und ihm eins übergebraten ...«

»Sie *war* tot«, fiel ich ihm barsch ins Wort. »Glauben Sie mir, ich bin lange genug beim Verein, um das beurteilen zu können. Und wenn sie wirklich nur scheintot gewesen sein sollte, dann war sie bestimmt nicht in der Verfassung, um aufzuspringen und einen Knüppel zu suchen ... Nein, vergessen Sie's einfach.«

»Ja, aber ...« Laila kratzte sich an der Stirn. Sie trug ihr schwarzes Haar seit Neuestem knabenhaft kurz geschnitten, was ihr sehr gut stand. »Wo ist sie hin? Wer hat sie fortgeschafft? Und wozu?«

»Das sind alles sehr kluge Fragen, liebe Kollegin«, ätzte ich, wütend auf mich selbst. »Ein paar gescheite Antworten wären mir allerdings sehr viel lieber.«

Seit diesen vermaledeiten Ereignissen im Mai hatte ich mich nicht mehr im Griff. Ich war aufbrausend, geriet wegen Nichtigkeiten in Zorn, ging meinen Mitmenschen und mir selbst auf die Nerven.

»Hier sind Schleifspuren!«, rief einer der Spurensicherer, der im weißen Ganzkörper-Schutzanzug die weitere Umgebung des Tatorts absuchte. »Und Fußspuren auch. Ganz frisch noch.«

»Wohin geht's da?«, fragte ich, jetzt wieder halbwegs beherrscht.

Wie alle, die nichts am Tatort zu tun hatten, stand ich einige Meter entfernt. Laila, die mir meinen Ausbruch nicht weiter übel zu nehmen schien, hatte schon ihr Smartphone in der Hand und hielt es mir hin.

»Wir sind hier.« Sie deutete auf das Display. »Da ist der Bach, da der Weg, auf dem Sie gelaufen sind.« Sie sprach in einem Ton voller Nachsicht und Verständnis, der mich schon fast wieder rasend machte. »Und da drüben ...«, sie vergrößerte den Kartenausschnitt mit Daumen und Zeigefinger, runzelte die Stirn, »... da geht's auf direktem Weg zur Bundesstraße, und auf der anderen Seite scheint ein kleiner Parkplatz zu sein.«

Wir rätselten eine Weile sinn- und ergebnislos herum, was hier geschehen sein mochte. Und am Ende kristallisierte sich dann doch so etwas wie eine erste Arbeitshypothese heraus: Vermutlich war der Täter, der die Frau getötet hatte, zurückgekommen, um die Leiche verschwinden zu lassen, und dabei auf den Mann getroffen, der ratlos neben der leblosen Frau stand. Der Täter hatte natürlich befürchtet, der Alte könnte ihn beschreiben, und den lästigen Zeugen mit dem herumliegenden Aststück niedergeschlagen. Anschließend hatte er sein erstes Opfer davongeschleppt, um es irgendwo zu verscharren. So schmal und klein, wie sie war, konnte die Frau nicht sonderlich schwer gewesen sein.

»Was ist mit Papieren?«, fragte ich in die Runde. »Ich erinnere mich an eine Handtasche.«

»Nichts«, erwiderte Laila. »Bis auf ein gebrauchtes Tempo und ein paar Flusen hat er nichts in den Taschen gehabt. Und die Handtasche hat der Täter wohl mitgenommen.«

Ihre Miene verriet, was sie dachte, aber nicht aussprechen mochte: Falls hier je eine Handtasche gewesen sein sollte.

»Das Handy?«, bellte ich, schon wieder auf hundert. »Vielleicht hilft uns das weiter.«

»Welches Handy?«

»Als der Mann vom Rad gestiegen ist, hat er ein Smartphone in der Hand gehabt, da bin ich mir vollkommen sicher.«

Inzwischen hatte sich der Kollege, der die Schleifspur entdeckt hatte, zu uns gesellt. Er schüttelte den Kopf.

»Da war kein Handy, Chef. Wir haben schon die ganze Umgebung abgesucht. Bis auf ein paar Kronkorken, ein Fünfzigcentstück, zwei gebrauchte Kondome und einen Haufen Hasenköttel haben wir nichts gefunden.«

Sein süßliches Aftershave verursachte mir Übelkeit. In mir kochte die nächste Aggressionswelle hoch.

Zwei Kolleginnen suchten in gebückter Haltung Zentimeter für Zentimeter die Stelle ab, wo erst die junge Frau und später der alte Mann gelegen hatten. Das Einzige, was sie bisher in Spurenbeutel verpackt hatten, waren ein abgesplittertes Stückchen von einem blutrot lackierten und mit Silberflitter verzierten Fingernagel sowie eine Reihe von künstlichen Wimpern.

Längst war die Sonne aufgegangen. In zwei, drei Stunden würde es wieder so unerträglich heiß werden wie jeden Tag. Das Klima spielte mehr und mehr verrückt. In meiner Jugend war ein Sommertag, an dem das Thermometer über dreißig Grad stieg, eine große Sensation gewesen. Man bekam schulfrei und durfte den Tag im Freibad verbringen. Inzwischen waren über dreißig Grad im Sommer die Regel und vierzig keine Seltenheit. Wo zur Hölle sollte das alles noch hinführen? Im Radio taten die Sprecher immer noch tapfer so, als wäre ein heißer Tag ein Grund zur Freude.

»War's denn ein teures Handy?«, hörte ich Laila durch das Rauschen in meinen Ohren fragen.

Zwei Kollegen machten sich auf den Weg, um der Schleifspur zu folgen. Immer öfter hörte man jetzt auf der nahen Bundesstraße Autos fahren.

»Nein, es war ein ziemlich altes«, meinte ich mich zu erinnern. »Kein iPhone, so viel kann ich sagen.«

»Aber schon ein Smartphone, oder?«

»Vielleicht eines von diesen Chinadingern. Wenn ich richtig gesehen habe, dann hatte das Display einen Sprung.«

»Aber wer klaut denn so was?«, wunderte sich Laila. »Jeder Sechzehnjährige hat heutzutage ein besseres Handy in der Tasche.«

Ich zuckte die Achseln. Mit einem Mal übermannte mich eine Erschöpfung, als hätte ich die ganze Nacht durchgearbeitet.

»Er war Ausländer, sagen Sie?«

»Irgendwo aus dem Osten vielleicht. Ein bisschen Englisch hat er verstanden. Deutsch so gut wie gar nicht. Und ja, dem Akzent nach stammt er aus dem Osten. Oder Süden?« Ich griff mir an den Kopf. »Keine Ahnung«, gestand ich. »In dem Moment habe ich Besseres zu tun gehabt, als darüber nachzudenken, woher der Kerl kommt und was für ein Handy er in der Hand hält.«

»Er könnte zum Beispiel auch ein Türke gewesen sein?«

»Schon möglich, ja.«

»Wahrscheinlich ein Flüchtling.« Laila legte die Stirn in Falten und einen Finger ans hübsche Näschen, an dem ein weißes Glitzersteinchen im Licht der Morgensonne blitzte.

»Flüchtling darf man nicht mehr sagen«, ermahnte sie der Kollege, der die Schleifspur gefunden hatte. »Mensch mit Migrationshintergrund heißt das heutzutage. Glaub ich wenigstens.«

»Ich darf das sagen«, widersprach Laila ungerührt. »Bin schließlich selber mal ein Flüchtling gewesen.«

Vor sechsundzwanzig Jahren war sie im Irak zur Welt gekommen. Als Jesiden hatten ihre Eltern dort schon unter Saddam Hussein zu einer verfolgten Minderheit gehört. Und als ihr Töchterchen zwei Jahre alt war, hatten sie ihre Koffer gepackt, um ihrer Heimat für immer den Rücken zu kehren.

Sollte die Tote eine Prostituierte gewesen sein?, überlegte ich. Eine dieser armen jungen Frauen aus Rumänien, Bulgarien oder Moldawien, die mit blumigen Versprechungen nach Deutschland gelockt wurden, um hier dann in irgendeinem Flatrate-Bordell die Kosten der Reise und irgendwelche fingierte Gebühren abarbeiten zu müssen. In aller Regel mussten die Opfer dieser überaus profitablen Menschenverschleppung ihre Papiere und Handys abgeben. Sie sprachen kein Deutsch und hatten deshalb keine Möglichkeit, sich mit jemandem in Verbindung zu setzen, der ihnen hätte helfen können.

»Wirklich alles okay bei Ihnen, Chef?«, fragte Laila mit mütterlich besorgtem Blick.

»Es wird mit jedem Tag besser«, log ich angestrengt lächelnd. »Aber ich verabschiede mich jetzt trotzdem. Sie kommen hier allein zurecht. Viel Glück und Erfolg allerseits. Hoffen wir, dass der Mann bald zu sich kommt und keine allzu großen Gedächtnislücken hat.«

Nein, bei mir war gar nichts okay, gestand ich mir ein, als ich mit bleischweren Füßen zu meinem Citroën zurückschlurfte. Seit dem Erlebnis mit Noras Bruder, der mich in meiner Wohnung überfallen hatte, mit einer Pistole in der Hand, um mich zu töten, war mein Leben aus den Fugen geraten. Es war nicht sein erster Anschlag auf mich gewesen, aber hoffentlich der letzte. Zurzeit saß Knut Vestergaard in Untersuchungshaft im Heidelberger Gefängnis und wartete auf seinen Prozess. Nach allem, was er sonst noch verbrochen hatte, würde er vor meiner Pensionierung nicht wieder freikommen. Obwohl, ein gerissener Anwalt, ein wohlmeinender Gutachter, ein Richter, der noch an das Gute im Menschen glaubte ...

Schon beschleunigte sich mein Puls wieder, und meine Hände wurden feucht.

In den ersten Tagen nach dem Zusammentreffen mit Knut dem Wahnsinnigen hatte ich ständig zwei Meter neben mir gestanden, war mehr oder weniger benebelt gewesen, hatte mich ansonsten jedoch noch ganz gesund gefühlt. Doch dann, als ich glaubte, die Sache verarbeitet und überstanden zu haben, fuhr ich eines Nachts aus einem ohnmachtsähnlichen Schlaf auf, schweißgebadet und mit rasendem Puls. Als der taffe Kerl, der ich zu diesem Zeitpunkt noch zu sein glaubte, dachte ich natürlich, das wird wieder, kein Grund zur Aufregung, es ist nur vorübergehend. Stattdessen wurde es jedoch von Tag zu Tag schlimmer. Posttraumatische Belastungsstörung, diagnostizierte mein Hausarzt, was ich ohnehin schon gewusst hatte, und empfahl mir eine Therapie. An Arbeiten war ohnehin nicht mehr zu denken gewesen, und so wurde ich offiziell krankgeschrieben. Zunächst für vier Wochen und anschließend noch einmal für vier Wochen.

Hinzu kam, dass ich auf einmal sehr einsam war. Mit Nora war ich nicht mehr zusammengekommen. Wenn wir überhaupt jemals zusammen gewesen waren. Im Grunde genommen hatte unsere Beziehung nie wirklich funktioniert, wurde mir klar, als sie mir mit einer höflich, aber distanziert formulierten Handynachricht den Laufpass gab. Und von Theresa hatte ich seit dem großen Krach Anfang Januar nichts mehr gehört. Beziehungsweise doch, aber nur auf Umwegen. Sie war inzwischen zur Bestsellerautorin mutiert, und mich hatte fast der Schlag getroffen, als ich sie eines Abends in einer TV-Talkshow sitzen und eifrig mitdiskutieren sah.

Die Verkaufszahlen ihres dritten Buchs, in dem es um das angeblich älteste Gewerbe der Welt ging, waren nach diesem Auftritt durch die Decke gegangen. Theresa vertrat hartnäckig die provokante und nicht überall konsensfähige Meinung, nicht jede Prostituierte sei ein bemitleidenswertes Opfer, das dringend aus seiner Zwangslage befreit werden müsse. Es gebe auch die andere Sorte. Brave Hausfrauen, die hin und wieder – nicht selten mit Wissen und Billigung ihres Ehemanns – durch sexuelle Dienstleistungen den nächsten Familienurlaub finanzierten. Studentinnen, die als Escort-Girls ihr BAföG aufbesserten. Die Diskussion im Studio war heftig gewesen, eine allseits bekannte Berufsfeministin war drauf und dran gewesen, die nicht weniger streitlustige Theresa in Stücke zu reißen, und in der folgenden Woche hatte ihr Buch zum ersten Mal auf der Bestsellerliste gestanden.

Auch meine Töchter spendeten mir keinen Trost in meinem Elend. Sarah war nach der Abiturfeier des Gymnasiums nach Italien desertiert, um den Sommer in Ancona bei ihrem geliebten Giuseppe zu verbringen, und ihre eine halbe Stunde jüngere Zwillingsschwester Louise war wenige Tage später zusammen mit ihrem Freund Mick zu einer seit Längerem geplanten Weltreise per Rad aufgebrochen. Anfangs hatten sie mir noch täglich Nachrichten und Fotos geschickt, aber bald waren die Statusmeldungen spärlicher geworden. Abnabelung im Zeitraffer.

So saß ich nun die meiste Zeit allein zu Hause, versuchte, Romane zu lesen, verlor jedoch immer wieder den Faden und degenerierte allmählich zum Netflix-Junkie. Keine Serie konnte so dämlich sein, dass ich mir nicht die eine oder andere Folge ansah, und plötzlich war Mitternacht, und ich ging mit dem Gefühl ins Bett, wieder ein kostbares Stück Lebenszeit verschwendet zu haben. Ich schluckte brav meine Tabletten, ging zweimal die Woche zur Therapie, machte, wenn mir die Decke auf den Kopf zu fallen drohte, lange Spaziergänge, ging schwimmen oder joggte eben in aller Herrgottsfrühe, bis mir die Luft wegblieb.

Immer öfter haderte ich mit meiner Berufswahl. Hatten die ganze Schinderei, all der Stress, die Gefahren, denen man sich aussetzte, hatte all das wirklich einen Sinn? Immer öfter beschlich mich das Gefühl, dass für jeden Bösewicht, den ich und meine Mitarbeiter aus dem Verkehr zogen, zwei andere nachwuchsen. Dann wieder war ich überzeugt, dass es keinen anderen Beruf für mich gab. Ich mochte es, mit Menschen zu tun zu haben, an ihren Schicksalen teilzunehmen. Zu helfen, zu trösten, Verbrechensopfern die Befriedigung zu verschaffen, dass der Mensch, der ihnen Böses angetan hatte, seine gerechte Strafe erhielt. Und natürlich genoss ich auch den Siegesrausch, wenn wieder einmal ein vertrackter Fall gelöst war, wenn Betroffene sich überschwänglich bei mir bedankten. Ja, verdammt, die Arbeit fehlte mir. Die Kolleginnen und Kollegen, Sönnchen, meine Sekretärin, Assistentin und Trösterin in allen Lebenslagen.

Außerdem vermisste ich natürlich meine Mädchen, die sträflich wenig von sich hören ließen. Bis vor wenigen

Wochen war immer Leben in meiner Wohnung gewesen, manchmal mehr, als mir lieb war. Jetzt empfing mich gähnende Leere, wenn ich nach Hause kam. Kein »Hi, Paps«, kein »Hättest du mal 'ne Minute?«, was meist bedeutete, dass jemand Geld brauchte. Wenn ich nicht einkaufen ging, dann blieb der Kühlschrank leer. Wenn ich nicht kochte, dann wurde kalt gegessen. Mit der Zeit hatte ich sogar einen gewissen Ehrgeiz entwickelt, was das Kochen betraf. Ich hatte meine Mutter um die Rezepte meiner Lieblingsgerichte in Kindertagen gebeten, suchte mir im Internet Anleitungen, um interessante Rezepte nachzukochen. Zu meiner Überraschung schmeckte das Ergebnis meiner dilettantischen Bemühungen immer öfter richtig gut.

Und jetzt hatte ich also einen Mordfall entdeckt und durfte nicht einmal mithelfen, ihn aufzuklären.

Nein, das kam überhaupt nicht infrage, entschied ich auf der Fahrt zurück in die Heidelberger Weststadt. Krankschreibung hin oder her, morgen würde ich wieder an meinem Schreibtisch sitzen und das Steuer in die Hand nehmen.

Ich freute mich darauf wie schon lange auf nichts mehr.

3

»Okay«, sagte ich am Montagmorgen um Punkt neun zu den Kolleginnen und Kollegen, die fürs Erste die Sonderkommission »Partygirl« bilden würden. Wir saßen im kleinen Besprechungszimmer der Polizeidirektion, alle mit Kaffeebechern vor uns, einige mit Tablets, auf denen sie ihre Notizen machten. Bis auf Laila sahen alle aus, wie man am Montagmorgen eben aussieht: ein wenig übernächtigt, noch nicht ganz wieder im Alltag angekommen. Sämtliche Fenster waren gekippt, aber die Luft, die hereinkam, war nicht besser als die, die schon drin war, und brachte keinerlei Linderung, sondern den Gestank von Autoabgasen.

»Was haben wir?«, fragte ich mit meiner Chefstimme.

»Einen Zeugen«, sagte Laila mit Blick auf mich und spitzbübischem Grinsen. »Ich hoffe, einen guten.«

Ich konnte mir ein Lächeln nicht ganz verkneifen und begann vorzulesen, was ich mir notiert hatte. Sicherheitshalber hatte ich gestern Morgen noch vor der Dusche eine handschriftliche Liste angefertigt, die Laila nun auf den Beamer schickte, sodass alle mitlesen konnten.

Opfer 1:

- weiblich, Alter wahrscheinlich zwischen 16 und 25
- Statur: schlank bis grazil
- Größe: 1,55 bis 1,65 Meter
- Haar: mittelblond, glatt, fast hüftlang
- Nägel: blutrot lackiert mit Flitter
- Schmuck: nicht erkennbar oder nicht vorhanden

- Gesicht: nicht erkennbar wegen Bauchlage
- Kleidung: silbern glänzendes Kleid mit Spaghettiträgern, figurbetont, auffallend kurz; am rechten Fuß eine Sandalette mit hohem Absatz, die linke lag etwa zwanzig Meter entfernt am Wegrand
- Slip: weinrot
- Strümpfe: hell, glatt
- silberne kleine Handtasche (nicht auffindbar)
- Gesamteindruck: gepflegt und sauber

Opfer 2:

- männlich, Alter zwischen 55 und 65
- Größe: ca. 1,75 Meter
- Statur: gedrungen, kräftig, aber nicht dick
- Haar: grau, wellig
- Brille mit schwerem schwarzem Horngestell, Hersteller unbekannt
- Kleidung: Anzug, hellgrau, etwas abgetragen, zwei Nummern zu groß, weißes Hemd, geschlossener Kragen, keine Krawatte
- Schnürschuhe: hellbraun, abgetragen
- Armbanduhr: golden mit braunem Band, vermutlich Leder (nicht auffindbar)
- Smartphone: unbekannte Marke, älter, Display beschädigt (nicht auffindbar)
- Gesamteindruck: sauber, aber ärmlich. Wirkt älter, als er möglicherweise ist. Hände kräftig, sauber. Gelbe Stellen am rechten Zeige- und Mittelfinger, wahrscheinlich Kettenraucher. Nägel gepflegt und sauber. Beruf eher nichts Handwerkliches.
- spricht kein Deutsch und nur wenig Englisch, harter Akzent, Muttersprache unbekannt, eventuell Türkisch, Arabisch, Tschechisch oder Russisch

»Und das war's dann leider auch schon«, schloss ich und begann in allen Einzelheiten zu erzählen, was ich gestern am frühen Morgen gesehen und erlebt hatte.

»Weitere Zeugen Fehlanzeige, bisher keine auf die Beschreibung der Frau passende Vermisstenmeldung«, sagte Laila knapp, als ich geendet hatte.

»Stimmt nicht«, widersprach Tim Kurtz, unser Neuling, triumphierend. »Grad vorhin hat nämlich eine Frau angerufen. Sie behauptet, sie hätte gestern Morgen gegen fünf einen schwarzen oder dunkelblauen Kombi gesehen. Er hat am Rand der Bundesstraße gestanden, und zwei Männer, angeblich jung und sportlich, hätten was Schweres in den Laderaum gewuchtet.«

»Was für ein Kombi?«

»Sie versteht nichts von Autos. Aber das dürften die zwei Burschen gewesen sein, die das Opfer weggeschafft haben. Die Spusi hat inzwischen ein paar Fußabdrücke gesichert, die werden zurzeit ausgewertet. Der Boden ist leider furztrocken, wird wahrscheinlich nicht viel bei rauskommen. Das Auto hat übrigens am Rand der nördlichen Fahrbahn gestanden und kein Licht angehabt. Nicht mal die Warnblinker. Zum Glück ist es schon hell gewesen.«

»Was kann die Zeugin sonst noch über die Männer sagen?«

»Einer war eher klein und stämmig, dunkle Haare. Wahrscheinlich schwarze Jeans und ein ebenfalls schwarzes Shirt. Der andere war größer und schlank, die Haare heller. Die Gesichter hat sie nicht gesehen.«

»Prima«, sagte ich anerkennend. »Es fängt gut an.«

Gegenüber der Stelle, wo der Kombi gestanden hatte, befand sich ein kleiner Wanderparkplatz mit sandigem Boden. Auch dort hatten die Kollegen von der Kriminaltechnik frische Fußspuren gefunden, vermutlich von zwei verschiedenen Sneakers, die teilweise so gut waren, dass wir in Kürze Typ und Hersteller der Schuhe kennen würden, die die Täter getragen hatten.

»Gibt es Reifenspuren am Straßenrand?«, fragte ich. »Von dem Kombi, meine ich.«

»Werd ich gleich mal checken.« Tim Kurtz machte sich eine Notiz in seinem übergroßen Smartphone. »Aber dafür haben wir Spuren von einem Kleinwagen auf dem Parkplatz gesichert. Details wissen wir im Moment aber noch nicht.«

»Fußspuren von der Frau haben sie auch gefunden«, berichtete Laila. »Und zwar vom Parkplatz in Richtung Tatort. Wie es aussieht, ist sie davongelaufen, und einer der Kerle ist ihr nach. Beim Bach hat er sie eingeholt, sie hat wieder kehrtgemacht, den linken Schuh verloren und dann – na ja.«

»Die Reifenspuren von dem Kleinwagen«, sagte ich, »die wären wichtig. Wenn wir wissen, mit was für einem Auto sie unterwegs waren ...«

»Wie Tim sagt, die KT ist dran«, schloss Laila und klappte ihren kleinen Spiralblock mit leisem Knall zu. »Mehr wissen wir im Moment noch nicht.«

»Der Alte ...«, sagte ich langsam und mit schmalen Augen. »Er hat irgendwie komisch reagiert. Wie er die junge Frau gesehen hat, da ist er zusammengezuckt, und seine Augen sind groß geworden. Er hat sich überhaupt nicht mehr für mich interessiert, sondern wollte nur noch zu der Frau, sie anschauen und anfassen. Es war fast ...« Ich ruderte hilflos mit den Händen. »... als hätte er nach ihr gesucht. Als ... ja, als hätte er sie gekannt.«

»Na, das ist doch schon mal was«, fand Laila aufgeräumt. »Dabei fangen wir grad erst an.«

»Ich gehe mit der Sache gleich an die Öffentlichkeit«, verkündete ich. »Das Fahrrad sollten wir übrigens nicht vergessen.«

Es war ein Citybike der Marke Carver, hatte Tim Kurtz bereits recherchiert, silberfarben, Reifengröße 28 Zoll.

»Kostet im Handel um die achthundert Murmeln und dürfte circa zwei Jahre alt sein. Im Internet kriegt man es auch schon mal für einen Hunderter weniger. Scheint wenig benutzt worden zu sein. Sieht aus wie neu.«

Mehr war über das Rad bislang nicht bekannt. Es hatte keinerlei Sonderausstattung, keine auffälligen Extras. Der junge und offenbar sehr eifrige Kollege war davon überzeugt, dass es von einem Internetshop stammte.

»Für die niedergelassenen Händler ist es zu billig. Da ist kaum was dran zu verdienen.«

»Versuchen Sie trotzdem rauszufinden, ob sich einer an das Rad erinnert«, entschied ich. »Weiß übrigens jemand, wie es dem Mann geht?«

Laila hatte gleich am Morgen mit der Klinik telefoniert. »Er liegt im Koma. Die Hirnverletzungen scheinen ziemlich heftig zu sein. Sobald er zu sich kommt, melden sie sich. Kann aber ein paar Tage dauern, hat die Ärztin gemeint.«

Siebzehn Minuten nach neun löste ich die kleine Versammlung auf mit dem guten Gefühl, dass dieser Fall bald geklärt sein würde.

Ich saß kaum an meinem Schreibtisch und hielt den Telefonhörer in der Hand, um die Pressestelle zu instruieren, als Laila in mein Büro platzte.

»Ich hab hier was, Chef.« Aufgeregt wedelte sie mit einem Papier. »Die Mannheimer haben einen Vermisstenfall auf der Homepage. Der könnte auf unser Opfer passen.«

Ein siebzehnjähriges Mädchen war seit drei Wochen abgängig. Es trug den ungewöhnlichen Namen Tuuli Seljamaa.

»Ist das finnisch?«

»Estnisch. Sie lebt noch bei ihrer Mutter. Die Beschreibung passt fast zu gut: schlank, Größe eins siebenundsechzig, Haare zurzeit blond, hängt an den Wochenenden viel in Discos ab. Das Blond ist gefärbt. In echt sind die Haare braun.«

Sie legte mir ein großes Foto auf den Tisch, das Tuuli Seljamaa zeigte, allerdings nicht herausgeputzt und im Discofummel, sondern mit strähnigem Haar, in Jeans und grauem Schlabberpulli. Die Mannheimer Kollegin, die den Fall bearbeitete, hatte Laila noch nicht erreicht.

»Ich regle noch schnell das mit der Pressestelle, und Sie besorgen in der Zwischenzeit die Adresse der Mutter.«

»Hab ich schon.«

»Und ein Auto.«

Hatte sie auch schon.

Zehn Minuten später waren wir unterwegs nach Mannheim.

4

Tuulis Mutter lebte im Süden der Stadt.

»Traitteurstraße, Ecke B 37«, sagte Laila, die am Steuer saß, während ich das Navi mit den nötigen Informationen fütterte.

Frau Seljamaa wohnte im zwölften Stockwerk eines hässlichen betongrauen Hochhauses, auf dessen Dach Handy-Sendemasten in den Himmel ragten wie junges Gemüse. Eine Parklücke fand Laila erst hundert Meter weiter am Straßenrand, zwischen einem stahlgrauen Golf-Cabrio und einem giftgrünen Fiat.

»Ja, bitte?«, krächzte es missmutig aus der Sprechanlage.

»Khatari hier«, sagte meine Mitarbeiterin fröhlich. »Wir haben telefoniert.«

Ich roch ihr frisches Parfüm, das gut zu ihrem sportlichen Typ passte. Der Türöffner schnarrte, als würde er im Namen aller Hausbewohner Protest gegen die Störung einlegen.

Es gab zwei Aufzüge, die sogar halbwegs sauber waren. Wir wählten den linken und standen Sekunden später Frau Seljamaa gegenüber. Sie mochte um die vierzig sein, war groß, schlank, langes dunkles Haar, helle Haut. Sie trug eine schreiend bunte, eng anliegende Jogginghose und einen übergroßen dunkelgrauen Rollkragenpullover, der mich an das Foto ihrer Tochter denken ließ. Ihr Händedruck war beeindruckend fest, die Rechte eiskalt. Aus der Küche dufteten uns fremdländische Gerüche entgegen. Und kühl war es hier. Offenbar verfügte die Wohnung über eine leistungsfähige Klimaanlage, denn draußen näherte sich das Thermometer wieder einmal zügig der Vierzig-Grad-Marke.

»Hmmm«, machte Laila schnuppernd. »Das riecht aber fein!«

»Lammfleisch mit Gemüse«, sagte die Köchin mit müdem Lächeln und in fast akzentfreiem Deutsch. »Ich kann Ihnen aber leider nichts davon anbieten. Es muss noch mindestens eine Stunde simmern. Ein Rezept meiner Großmutter.«

Sie koche immer für mehrere Tage vor, erzählte sie uns, während wir den langen Flur entlanggingen und das Wohnzimmer betraten, da es sich für sie nicht lohne, jeden Tag aufs Neue den Herd anzuwerfen. Ihr Geld verdiente sie bei einer Bank in der Innenstadt als Kundenberaterin. Heute war ihr freier Tag.

Nicht nur die Luft, auch das Ambiente war kühl. Viel Glas und Chrom, eckige Sesselchen in verschiedenen Grautönen, ein ebenfalls grauer weicher Teppich. Das einzig Bunte waren einige Modezeitschriften auf dem selbstredend gläsernen Beistelltischchen. Wer immer diesen Raum eingerichtet hatte, er hatte streng darauf geachtet, keinerlei Gemütlichkeit aufkommen zu lassen.

»Ich mache hauptsächlich Immobilienfinanzierungen«, sagte unsere Gastgeberin, die bei der Arbeit todsicher ein graues Businesskostüm trug. Den einzigen Schmuck bildete ein silbernes Halskettchen. Das Make-up war dezent, die sorgfältig manikürten Nägel waren in einem blassen Rosa lackiert, das hie und da schon abgesprungen war.

»Darf ich Ihnen etwas zu trinken anbieten? Kaffee, Tee, Wasser still oder sprudelnd, Cola original oder light, Bier mit oder ohne Alkohol? Stärkeres hab ich leider nicht im Haus.«

Ich wählte stilles Wasser, Laila grünen Tee.

Wir nahmen Platz auf den überraschend bequemen Sesseln. Ich saß mit Blick zum breiten Fenster. Die Aussicht war beeindruckend. Die vierspurige Bundesstraße, die wenige Meter vom Haus entfernt verlief, konnte ich nicht sehen, ebenso wenig die vielen Gleise, die jenseits der Straße zum Hauptbahnhof führten. Was ich sah, waren ein Kleingartengelände und dahinter der Rhein, auf dem gerade mehrere Frachtschiffe und ein weißer Ausflugsdampfer ihre Bahnen zogen. Vom Lärm der Straße war hier oben kaum etwas zu hören.

»Nun sagen Sie schon, weshalb Sie hier sind«, sagte Frau Seljamaa nach einem ersten, symbolischen Schluck aus ihrem Teeglas zu Laila. »Vorhin am Telefon wollten Sie ja nicht mit der Sprache heraus. Haben Sie Tuuli gefunden? Wie geht es ihr? Wo ist sie jetzt?«

»Wir können es noch nicht mit Sicherheit sagen«, gestand ich an Lailas Stelle. »Aber ... bitte erschrecken Sie jetzt nicht.« Ich räusperte mich. »Gestern am frühen Morgen ist eine junge Frau gefunden worden, tot, die Ihrer Tochter leider sehr ähnlich sah.«

Sie schien noch eine Spur blasser zu werden, schluckte, schlug die seegrünen Augen nieder, behielt jedoch eisern die Fassung.

Ich schilderte in knappen Worten, was vorgefallen war.

»Wie oft habe ich auf sie eingeredet, sie soll aufpassen, mit wem sie sich einlässt«, murmelte sie mit immer noch gesenktem Blick. »Aber es ... Tuuli kann so unfassbar dickköpfig sein. Da kann man schimpfen und argumentieren oder schreien, es nützt alles nichts. Inzwischen bekomme ich nicht einmal mehr eine Antwort.«

Mit einem Ruck hob sie den Kopf, presste die ungeschminkten Lippen aufeinander, zwinkerte zwei Tränen weg, sah aus dem Fenster.

»Es ist bis jetzt absolut nicht sicher, dass sie es überhaupt ist«, sagte Laila ruhig. »Bisher ist es nicht einmal ein Verdacht, sondern höchstens eine Befürchtung. Wir müssen in so einem Fall jede Möglichkeit in Betracht ziehen und jeder noch so abwegigen Spur nachgehen.«

»Gibt es Fotos?«, fragte Tuulis Mutter.

»Leider noch nicht.«

Frau Seljamaa schluckte erneut und sagte mit fester Stimme: »Und was erwarten Sie nun von mir?«

Ich beschrieb das Kleid, das die Tote getragen hatte, die Sandaletten, das Haar, zeigte ihr Fotos vom Tatort.

»Gesehen habe ich das Kleid noch nie«, sagte die Mutter mit krauser Stirn. »Aber das bedeutet nichts. Sie hat sich ständig neue Sachen gekauft. Bei Primark oder H&M oder im Internet. In letzter Zeit auch in teuren Boutiquen. Fragen Sie mich bitte nicht, woher sie das Geld dafür hatte. Von mir jedenfalls nicht.«

Sie verstummte, sah auf ihre Hände mit den schlanken, ein wenig knochigen Fingern. Das Rosa der Nägel erinnerte mich an Theresa.

»Und jetzt«, fuhr sie fort, »ist Tuuli also verschwunden, sagen Sie. Das heißt, das Schwein, das sie auf dem Gewissen hat, hat sie irgendwo in den Rhein geworfen? Oder wie muss ich mir das vorstellen?«

»Frau Seljamaa«, sagte ich eindringlich. »Bisher ist nicht erwiesen, dass das Opfer wirklich Ihre Tochter ist, und im Grunde sind wir nicht einmal sicher, dass es nicht mehr lebt.«

»Aber was denken Sie? Ganz ehrlich?«

»Mein Eindruck war, dass sie nicht mehr lebt«, gab ich zu. »Aber ich bin kein Arzt.«

Für kurze Zeit herrschte betretenes Schweigen.

»Sie hat ein Muttermal am Hals.« Frau Seljamaa deutete auf eine Stelle unter dem linken Ohr. »Hier.«

»Ich habe leider auf der rechten Seite gestanden.«

Ich bat sie, uns ein wenig von ihrer Tochter zu erzählen,

was sie anfangs nur widerstrebend tat. Aber bald begannen die Worte und Geschichten zu fließen. Tuuli war ein braves Kind gewesen, das oft von einer Nachbarin versorgt wurde, da die alleinerziehende Mutter Geld verdienen musste.

»Ihr Vater ist gestorben, als ich im vierten Monat schwanger war.«

Das junge Ehepaar hatte im beginnenden Frühling Urlaub an der mexikanischen Pazifikküste gemacht.

»Wir dachten, wenn das Kind erst mal da ist, dann geht so etwas nicht mehr. Leider oder Gott sei Dank habe ich mir gleich am ersten Tag den Magen verdorben. Mein Mann wollte noch einen Abendspaziergang durch den Ort machen, ich bin lieber im Hotel geblieben. Irgendwie ist er auf der Strandpromenade mit einer Jugendbande aneinandergeraten. Was genau geschehen ist, konnte nie geklärt werden. Es gab Geschrei, und am Ende hatte er ein Messer im Rücken. Die wenigen Zeugen, die sich meldeten, haben sich widersprochen, und die Täter wurden nie gefasst. Die Polizei vermutete, dass es um Drogengeschäfte ging und Tuulis Vater einfach zum falschen Zeitpunkt am falschen Ort war.«

Im August kam Tuuli zur Welt und war zum Glück ein pflegeleichtes Baby.

»Zu der Zeit war ich bereits in Deutschland. Ich wollte schon lange weg von Estland. Nicht, dass ich meine Heimat nicht lieben würde. Aber diese ewige Angst vor den Russen ... Ich wollte, dass meine Tochter in Frieden und Sicherheit aufwachsen kann.«

Sie schwieg kurz, betrachtete wieder mit kritischer Miene ihre Nägel.

»Wenn ich arbeiten war, hat Frau Asam im dritten Stock Tuuli betreut. Sie ist schon in Rente und hat Tuuli geliebt und verhätschelt, als wäre sie ihr eigenes Kind.«

Tuuli war eine gute Schülerin gewesen, hatte eifrig ihre Hausaufgaben gemacht und war nach der vierten Klasse aufs Gymnasium gewechselt.

»Alles wunderbar, ein Sonnenkind, so was von lieb und folgsam, man glaubt es kaum. Bis sie in die Pubertät kam. Da hat sich alles verändert.«

Frau Asam war inzwischen alt geworden und hatte das Mädchen, das sich immer häufiger wie ein Wildfang gebärdete, nicht mehr zu bändigen gewusst.

»Auf einmal hatte sie nur noch Jungs im Kopf. Jungs, Jungs, Jungs. Sie ist ohne plausible Erklärung viel zu spät aus der Schule gekommen, war bockig und frech. Der Vater hat ihr gefehlt, denke ich. Auf mich hat sie kaum noch gehört, auf Frau Asam zweimal nicht. Ständig wollte sie Geld, um sich Burger zu kaufen oder Kebab oder Klamotten, Schmuck, Schuhe, Schminksachen. In der Schule ist es nur noch bergab gegangen, und mit fünfzehn ist sie zum ersten Mal nachts nicht nach Hause gekommen. Ich habe alles versucht, bitte glauben Sie mir. Mit Güte, mit Strenge, mit Bestechung, aber nichts hat gefruchtet. Und dann hat sie auf einmal so viel Geld gehabt. Ständig hat sie neue Sachen nach Hause gebracht, angeblich alles von einer Freundin ausgeborgt. Erst dachte ich, sie stiehlt. Aber dann habe ich die Kassenzettel im Küchenmüll gefunden.«

»Woher sie das Geld hatte, wissen Sie aber nicht?«

»Von Jungs, nehme ich an, älteren Jungs, die schon verdienen. Ihr Taschengeld hatte sie immer schon in der ersten Woche ausgegeben. Tuuli ist ein Flittchen, ich muss es leider so sagen. Ich weiß nicht, woher sie das hat. Ich war in dem Alter ganz anders.«

Tuuli hatte ihre von Natur nussbraunen Haare alle paar Wochen anders gefärbt, war schließlich sitzen geblieben, woraufhin sie für einige Zeit ruhiger wurde. Aber schon nach wenigen Wochen war der Tanz erneut losgegangen.

»Irgendwann hat die Polizei sie nach Hause gebracht. Sie hatte nun doch geklaut, Schminksachen bei Douglas. Sie hatten sie zusammen mit zwei Freundinnen erwischt, deren Namen ich noch nie gehört hatte.«

Auch ihre Mutter hatte sie hin und wieder bestohlen, was diese lange nicht bemerkte oder nicht bemerken wollte.

»Ich wusste mir einfach nicht mehr zu helfen. Als Nächstes ist dann jemand vom Jugendamt gekommen und hat mir kluge Vorträge gehalten über Kindererziehung und so weiter. Ich habe nur noch halbtags gearbeitet, um mehr Zeit für Tuuli zu haben. Aber mein Töchterchen fand es überhaupt nicht lustig, dass Mama nachmittags auf einmal zu Hause war.«

Tuuli wurde erneut nachts um zwei in der Mannheimer Innenstadt aufgegriffen, und das Jugendamt mischte sich nun immer öfter ein. Man traf Vereinbarungen, handelte Deals aus. Mehr Taschengeld bei Wohlverhalten, Ausgehverbot bei erneuter Aufsässigkeit.

Der nächste Schlag kam vor drei Monaten, als Tuuli, für die geplagte Mutter völlig überraschend, von der Schule flog. Den Ausschlag hatte ein tätlicher Angriff auf eine Lehrerin gegeben. Mahnende Briefe der Schulleitung an Frau Seljamaa hatten diese aus durchsichtigen Gründen nicht erreicht. Die Unterschrift ihrer Mutter hatte Tuuli mit Talent gefälscht.

»Ich habe den Tag herbeigesehnt, an dem sie endlich achtzehn wurde und ich die Verantwortung los war. Einmal hat sie sogar eine Nacht in einer Zelle verbracht. Ich kann nicht ausschließen, dass sie sogar mit irgendwelchen Kerlen geschlafen hat, um an Geld zu kommen. Eine kleine Nutte habe ich aufgezogen, eine kleine, rotzfreche, skrupellose Hure.«

Und vor drei Wochen, wenige Tage vor ihrem achtzehnten Geburtstag, war Tuuli dann verschwunden.

»Ohne Nachricht, ohne Gepäck, das Handy aus, weg war sie.«

Tuulis Mutter biss sich auf die Unterlippe. Ihre Hände zitterten. Mein Wasserglas war längst geleert, Lailas Tasse ausgetrunken. Die unglückliche Gastgeberin schien ihren Tee vergessen zu haben.

Ich fragte nach Namen von Freunden und Freundinnen, erntete erst nur Achselzucken. Aber dann raffte sich Frau Seljamaa doch zu einer Antwort auf: »Ihre Freunde hat sie mir schon lange nicht mehr vorgestellt. Emmi fällt mir ein, Emmi Bertram. Eigentlich heißt sie anders, Emma vielleicht, aber alle nennen sie Emmi. Sie wohnt hier im Haus, einige Stockwerke tiefer. Sie gingen zuletzt in dieselbe Klasse. Allerdings hat Tuuli in letzter Zeit kaum noch von ihr gesprochen.«

Plötzlich ging ein Ruck durch Tuulis Mutter. Mit flammendem Blick sah sie mich an. »Und jetzt kommen Sie daher und machen alles noch schlimmer.«

Endlich kam der längst erwartete Zusammenbruch. Die anfangs so taffe Frau begann hemmungslos zu weinen, zu schreien, sich die Haare zu raufen. Als Laila aufstand und zu Frau Seljamaa gehen wollte, sprang diese wütend auf und stolperte davon. Wir hörten eine Tür zufallen, später eine Spülung rauschen, und als unsere Gastgeberin fünf Minuten später zurückkam, war das Make-up restauriert, die Haltung wieder so aufrecht wie zu Beginn.

Nur ihre Stimme klang noch ein wenig brüchig, als sie fragte: »Kann ich sonst noch etwas für Sie tun? Falls nicht ...«

»Fotos«, sagte ich. »Hätten Sie ein paar Fotos von Tuuli für uns?«

»Geben Sie mir Ihre Handynummer. Ich schicke Ihnen welche. Viele sind es nicht. Sie ... ich weiß nicht ... aus irgendeinem Grund wollte Tuuli sich schon lange nicht mehr von mir fotografieren lassen.«

5

»Die arme Frau«, entfuhr es Laila, als wir wieder im Wagen saßen und sie den Motor anließ. »So hat sie sich das bestimmt nicht vorgestellt, als sie schwanger geworden ist.«

»Tja«, konnte ich dazu nur sagen.

»Was ist das, Ihrer Meinung nach? Die Gene oder die Erziehung?«

»Meistens wohl beides. Es kann aber auch einfach nur Pech sein. Die falschen Freunde, die falschen Vorbilder ... Wollen Sie später mal Kinder haben?«

»Zurzeit hab ich nicht mal einen Freund, der mir eines machen könnte. Und außerdem fühl ich mich einfach noch nicht reif dazu. Ich hab viel zu viel Spaß an meinem Job und an meinem Leben, so wie es jetzt ist.«

Eine Weile hingen wir beide unseren Gedanken nach.

»Wie ist das eigentlich mit Sven?«, fragte Laila. »Will er Kinder? Jetzt, wo er verheiratet ist?«

Wir standen an der letzten Ampel vor der Autobahnauffahrt und warteten auf Grün.

»Balke hat tatsächlich geheiratet?«, fragte ich verblüfft.

Sie lachte. »Wir sind auch alle ziemlich überrascht gewesen. Der Schlawiner hat es ganz heimlich gemacht, nur die allerengsten Freunde waren eingeladen. Nicht mal schenken durften wir ihm was, dabei hatten wir schon gesammelt. Zweihundertfünfzig sind zusammengekommen, und dann will dieser norddeutsche Sturkopf nichts davon haben. Aber wir haben gedacht, wir veranstalten von dem Geld einfach eine große Party für ihn und seine Svenja.«

»Wo steckt er eigentlich? Ich habe ihn heute noch gar nicht gesehen.«

Wieder lachte sie ihr fröhliches, unbeschwertes Mädchenlachen, bei dem mir immer warm wurde ums Herz. Die Ampel wurde grün.

»Dreimal dürfen Sie raten.«

»Hochzeitsreise?«

Sie nickte.

»Wohin?«

»Wollt' er nicht verraten. Aber wir wissen es trotzdem. Nach Bali sind sie geflogen. Vier Wochen in einem Fünf-Sterne-Resort. Wellness pur. Kommende Woche müsste er aber wieder da sein, wenn ich richtig rechne. Mit einem Ring am Finger. Ich tippe übrigens auf Weißgold.«

In mir blitzte eine Erinnerung auf.

»Er hat einen Ring getragen. Einen Ehering.«

Sie giggelte. »Als Sie Sven zuletzt gesehen haben, war er doch noch gar nicht ...«

»Der Mann auf dem Fahrrad. Wissen Sie, was? Machen wir doch einen kleinen Krankenbesuch. Das Uniklinikum liegt ja praktisch auf dem Weg.«

Der nach wie vor namenlose Komapatient lag auf der neurochirurgischen Intensivstation, fand ich per Telefon heraus, während Laila unseren Mercedes in Richtung Heidelberg steuerte. Die Ärztin, mit der ich sprach, meinte, ich dürfe den Patienten kurz sehen, mehr aber auch nicht.

»Und mehr als eine Person ist nicht drin, sorry. Ich denke auch nicht, dass es sich lohnt, wenn Sie extra herkommen.«

»Ich könnte bei der Gelegenheit auch gleich seine Sachen mitnehmen.«

»Die hat vorhin schon jemand abgeholt. Viel ist es ja eh nicht gewesen.«

»Beim besten Willen nicht«, sagte die überraschend junge Leiterin der Intensivstation, mit der ich telefoniert hatte.

»Kann sein, dass er in zehn Minuten aufwacht, kann sein, dass er noch Monate braucht, kann sein, dass er für immer wegbleibt. Der Patient hat schwere intrazerebrale Blutungen erlitten. Sein Glück war, dass er gleich bei uns gelandet ist. Wäre er in eine normale Klinik gekommen, dann wäre er jetzt wahrscheinlich schon unter der Erde. Aber trotzdem – niemand kann vorhersagen, ob er dauerhafte Hirnschäden davontragen oder doch wieder ganz gesund wird.«

»Er ist ein sehr wichtiger Zeuge für uns. Es geht um einen Mordfall.«

Die Ärztin schnaubte verächtlich und blickte auf ihre große Armbanduhr. »Herr Gerlach, das glaube ich Ihnen unbesehen. Aber selbst wenn er wieder zu sich kommt, ist die Wahrscheinlichkeit groß, dass er sich an nichts erinnert. Nach so einer Kopfverletzung fehlen in der Regel die letzten Minuten davor. Im schlimmsten Fall auch mehr. Wir müssen Geduld haben. Sie müssen Geduld haben, ich kann's nicht ändern.«

»Ich würde ihn trotzdem gerne sehen.«

Ich versuchte noch einmal, auch für Laila die Erlaubnis zum Betreten der Intensivstation zu bekommen, aber in diesem Punkt blieb die Ärztin eisern.

Ich musste einen Schutzanzug anziehen und Plastiküberzieher für die Schuhe, gründlich die Hände waschen und desinfizieren, einen Mundschutz anlegen und ein Häubchen über die Haare streifen. Erst dann wurde ich nach Durchquerung einer Luftschleuse einen blitzsauberen Flur entlang zu einem der Räume geführt, in denen jeweils zwei Intensivbetten standen. Unser Unbekannter lag – hinter einem Verhau von kompliziert aussehenden Geräten verborgen – am Fenster.

Mit einem flauen Gefühl im Bauch trat ich näher. Ich erkannte den Patienten kaum wieder. Er trug einen Kopfverband, aber es lag nicht nur daran. Das Gesicht schien schmaler geworden zu sein, die Haut noch fahler. Die Ringe unter den Augen waren tiefer, die grauen Bartstoppeln länger. Selbst in tiefster Bewusstlosigkeit und trotz der tiefen Lachfalten neben den Augen sah der Mann noch traurig aus. Sein Atem ging regelmäßig, wurde von einer abwechselnd zischenden und keuchenden Maschine in Gang gehalten. Aus der Nase hing ein dünner Schlauch, der Mund stand einen Spalt offen. Die Schneidezähne waren gelb von abertausend Zigaretten. Links unten ein Goldzahn. Der Mann hatte klobige Hände mit unregelmäßig geschnittenen, teilweise abgebrochenen Nägeln. Ein breiter goldener Ehering war tief eingewachsen.

Wer bist du?, fragte ich ihn stumm. Wieso fährst du morgens um fünf mit dem Rad durch den Wald? Aus Langeweile? Weil du, wie ich, nicht schlafen konntest? Oder hast du etwas gesucht? Die junge Frau im Glitzerkleidchen? Für Pilze war noch nicht die richtige Jahreszeit. Gab es Anfang August im Wald Beeren? Blaubeeren vielleicht?

Plötzlich, beim Anblick der schweren Tränensäcke, schlüpfte wieder etwas ans Licht meiner Erinnerung: Als ich sagte, ich sei Polizist, war er zusammengezuckt. Sollte Laila richtigliegen mit ihrer Theorie, er könnte sich als illegaler Migrant in Deutschland aufhalten?

Eines der vielen Geräte piepste regelmäßig, bunte EKG-Kurven glitten über einen Bildschirm, die Beatmungsmaschine zischte und keuchte unablässig, und plötzlich überfiel mich das dringende Bedürfnis, diesen Raum umgehend zu verlassen.

Laila hatte sich die Zeit damit vertrieben, die Bilder an den Wänden des großen Foyers zu betrachten und dabei einen Automatenkaffee zu trinken. Wir gingen zum Wagen zurück, fuhren zum Ausgang des weitläufigen Klinikgeländes. Die Ampel wurde rot, wir mussten warten. Als sie auf

Grün schaltete, gab Leila Gas, um im nächsten Moment eine Vollbremsung hinzulegen.

»Scheißradfahrer«, schimpfte sie. »Fährt auf der falschen Seite und auch noch bei Rot.«

Sie hupte, der junge Radler zeigte ihr den Stinkefinger, dann ging es weiter.

Radfahrer ... Da war doch ... Richtig! Kurz bevor ich am Sonntagmorgen die Sandalette fand, war mir ein äußerst unfreundlicher Radler entgegengekommen und hatte mich wüst beschimpft, weil ich nicht sofort zur Seite sprang, um ihm den Weg frei zu machen. Vielleicht hatte der Mann etwas beobachtet? War er womöglich ein wichtiger Zeuge für uns? Wie hatte ich ihn vergessen können? Auf die menschliche Erinnerung ist so erschreckend wenig Verlass. Auch auf die eines Kripochefs.

»Herr Gerlach!«, rief Sönnchen entsetzt, als ich mein Vorzimmer betrat. »Was machen Sie denn hier?«

»Das Gleiche wie Sie: arbeiten«, erwiderte ich nicht ganz so entspannt, wie ich es vorgehabt hatte. Obwohl noch nicht einmal Mittag war, war ich schon wieder erschöpft. Da bei deutschen Behörden lediglich teure Computer und andere kostbare Geräte ein Recht auf klimatisierte Luft hatten, wurde es in unseren Räumen in der warmen Jahreszeit unerträglich heiß. Trotz aller Widrigkeiten fühlte ich jedoch, wie gut es mir tat, wieder etwas zu tun zu haben. Wieder bei den Lebenden zu sein und nicht mehr als Scheintoter zu Hause herumzugammeln und mich selbst nicht leiden zu können.

Empört schnaufend rollte Sönnchen die Augen.

»Seien Sie bloß froh, dass ich nicht Ihre Frau bin! Mit dem Nudelholz würd' ich Sie ... Was sagt denn Ihr Arzt dazu, dass Sie hier schon wieder rumrödeln?«

»Nichts.«

»Weil er es nicht weiß.«

»Frau Walldorf, ich war jetzt über zwei Monate krankgeschrieben ...«

»Und Sie sind es immer noch. Soll ich Ihnen den Krankenschein zeigen? Ich hab mir extra eine Kopie gemacht.«

»Und wenn ich mich noch länger daheim auf dem Sofa langweilen muss, dann besteht akute Suizidgefahr.«

Ihr Blick wurde eine Spur milder. »So richtig krank sehen Sie eigentlich gar nicht mehr aus.«

Ich hatte in den vergangenen Wochen hin und wieder vorbeigeschaut, um mit ihr zusammen einen Kaffee zu trinken, die Weltpolitik zu diskutieren und mich auf dem kleinen Dienstweg über die aktuellen Fälle informiert zu halten. Meine Mitarbeiterinnen und Mitarbeiter kamen erstaunlich gut ohne ihren Chef zurecht, hatte ich immer wieder festgestellt. Es war mir nicht leichtgefallen, mich über diesen Umstand zu freuen.

»Sie haben gestern eine Leiche gefunden, hab ich gehört«, sagte meine treue Assistentin nach kurzer Atempause in jetzt wieder freundlicherem Ton.

»Ja, leider. In aller Herrgottsfrühe im Wald zwischen Sandhausen und Oftersheim.«

Seufzend schüttelte sie den dauergewellten Kopf und fragte dann: »Wie wär's mit einem Friedenskaffee, Herr Kriminaloberrat?«

»Das ist eine geradezu geniale Idee, Frau Kriminaloberratsassistentin.«

»Cappuccino wie immer?«

Minuten später saß ich mit übereinandergeschlagenen Beinen auf dem Stuhl neben Sönnchens Schreibtisch und erzählte ihr, was gestern Morgen geschehen war.

»Wie macht sich eigentlich der Neue?«, fragte ich dann.

»Tim? Wie ich höre, ganz gut.«

Da die Heidelberger Kripo seit Längerem notorisch unterbesetzt war, hatte ich mich sehr gefreut, als Ende April die Bewerbung eines gewissen Tim Kurtz auf meinen Tisch flatterte. Bislang hatte er bei der PD Ulm Dienst getan als noch junger Kommissar. Aber nun hatte er sich, so ging das Gerücht, unsterblich in eine Heidelbergerin verliebt und deshalb um seine Versetzung in die Kurpfalz nachgesucht. Diese war inzwischen offenbar ohne mein Zutun bewilligt worden, und so teilte Tim Kurtz sich seit Anfang Juli das Büro mit Laila.

»Der Herr Balke ist jedenfalls sehr zufrieden mit ihm gewesen«, fügte Sönnchen hinzu. »Hätten Sie gedacht, dass der mal heiratet?«

»Balke? Nie im Leben! Allerdings hat er in letzter Zeit hin und wieder so Andeutungen gemacht. Deshalb war ich vielleicht nicht ganz so überrascht wie Sie.«

»Na, jedenfalls wird er ordentlich einen ausgeben müssen, wenn er wieder aus den Flitterwochen zurück ist. Einfach heiraten und niemandem Bescheid geben, also wirklich! Wir haben übrigens Geld gesammelt und wollen für ihn und seine Frau eine Party organisieren. Er hat es ja nicht so mit Geschenken. Wie viel darf ich für Sie eintragen?«

»Wie viel spendiert man in so einem Fall als Chef üblicherweise?«

»Sind fünfzig okay?«

»Schreiben Sie hundert.«

Als Sönnchens Telefon zu tirilieren begann, erschraken wir beide. Sie nahm den Hörer ab, hörte einen Augenblick zu, sagte: »Ja, der sitzt hier ... Ja, ich sag's ihm ... Sofort? ... Okay«, und legte auf. »Kaltenbach will Sie sehen. Er hat geklungen, als gäb's ausnahmsweise mal keinen Ärger.«

Bevor ich mich erhob, bat ich sie, eine Meldung an die Medien zu geben wegen des ominösen Radfahrers.

»Schreiben Sie, dass er nur als eventueller Zeuge gesucht

wird«, fügte ich noch hinzu und machte mich auf den Weg zu meinem Chef.

»Grüß Gottle, Herr Gerlach!«, begrüßte mich der Leitende Kriminaldirektor Theobald Kaltenbach ungewohnt aufgeräumt. Er erhob sich sogar, um energisch meine Hand zu drücken. »Schön, dass Sie gleich kommen konnten.«

An seinem Schreibtisch saß, bemerkte ich erst jetzt, mit dem Rücken zu mir eine Frau mit schwarzem, lockigem Haar. Sie erhob sich nun ebenfalls, wandte sich um, und vor mir stand – Klara Vangelis.

Sie hatte uns im vergangenen Herbst schmählich im Stich gelassen, da sie in ihrer Heimat Griechenland ein Haus mit sechs Ferienwohnungen geerbt und zudem am Rand eines Burn-outs gestanden hatte. Nun lächelte sie mich angemessen schuldbewusst an.

»Die Herrschaften kennen sich ja schon«, meinte Kaltenbach jovial. »Nehmen Sie doch Platz, Herr Gerlach. Freut mich übrigens, dass es Ihnen wieder besser geht.«

Ich schüttelte auch die tief gebräunte Hand meiner desertierten Mitarbeiterin, die in der Zwischenzeit das eine oder andere Kilo zugelegt zu haben schien. Ihr Haar war länger geworden.

»Schön, dass Sie uns mal besuchen kommen«, begrüßte ich sie lächelnd.

Der Anlass meiner unerwarteten Vorladung sei jedoch nicht der Besuch einer ehemaligen Kollegin, sondern deren Wunsch, zu uns zurückzukehren, erklärte mir Kaltenbach, da Vangelis sich offenbar nicht traute, ihr Anliegen selbst vorzubringen. Sie habe sich mit der Vermietung und Verwaltung ihrer Wohnungen schon nach wenigen Wochen unterfordert gefühlt. Vor ihrer Flucht in den Süden war sie äußerst ehrgeizig gewesen, fast schon übertrieben fleißig und ohne Zweifel meine beste Mitarbeiterin. Umso mehr hatte mich ihre überraschende Kündigung getroffen. Da sie noch einige Wochen Resturlaub angespart hatte, war sie praktisch von heute auf morgen verschwunden, was mich in allerhand Schwierigkeiten gebracht und Sven Balkes Chancen auf die Beförderung zum Ersten Hauptkommissar signifikant erhöht hatte.

»Kurz und gut«, beendete mein Chef die Begrüßungsrituale. »Die Frau Vangelis würde gerne wieder bei uns anfangen. Am liebsten heute noch.«

Praktischerweise war Vangelis' Stelle immer noch unbesetzt. Und sie hatte klugerweise auch nicht alle Brücken abgebrochen, sondern ihr Beamtenverhältnis bis auf Weiteres ruhen lassen.

»Sehr gerne«, sagte ich. »Je früher, desto besser. Ihren Schreibtisch hat zwar der Kollege Balke übernommen, aber wir finden schon ein Plätzchen für Sie.«

»Ich könnte wirklich gleich anfangen, wenn es Ihnen recht ist«, sagte Vangelis sichtlich erleichtert.

»Moment, Moment!« Kaltenbach lachte herzlich. »So schnell schießen die Schwaben jetzt auch wieder nicht. Vorher gibt's schon noch ein bisschen Papierkram zu erledigen. Meine Frau Ragold wird sich um alles kümmern, und anschließend melden Sie sich dann direkt bei Ihrem Dienstvorgesetzten. Soweit ich weiß, hat er ja auch gerade einen brandneuen Fall auf dem Tisch, nicht wahr, Herr Gerlach? Da können Sie sich bestimmt nützlich machen.«

6

»Also, es ist nämlich so …« Tim Kurtz drückte eine Taste auf seinem ultraflachen Notebook. Der Beamer wurde hell, und ein Kartenausschnitt erschien an der Wand.

Kaltenbach hatte Vangelis kurzerhand eine Geheimhaltungserklärung unterschreiben lassen und zur Hospitantin ernannt. Sie war sogar bereit gewesen, vorläufig ohne Gehalt zu arbeiten, um sich nicht im Haus ihrer Eltern langweilen zu müssen, die in Schriesheim ein griechisches Restaurant betrieben. Vangelis war zwar Mutter eines inzwischen vierjährigen Sohnes, war sogar vorübergehend verheiratet gewesen oder war es noch, aber man lebte getrennt, und um das Kind kümmerte sich die Großmutter.

»Das hier ist die Bundesstraße.« Tim Kurtz ließ einen roten Laserpunkt auf der Karte hin und her sausen.

Unser neuer Kollege war Mitte zwanzig, ungefähr so groß wie Sven Balke, vielleicht eins fünfundachtzig, jedoch im Gegensatz zu diesem braun gebrannt und eher schmal und gelenkig als athletisch gebaut. Seine Bewegungen waren weich, oft ein wenig zappelig, und im schmalen Gesicht hatte er Pickel wie ein Fünfzehnjähriger. Der Blick war aufgeweckt, der Mund schön geschwungen, und ich fragte mich, ob die Geliebte in Heidelberg nicht in Wirklichkeit ein Geliebter war.

Der Punkt des Laserpointers zitterte jetzt auf einer bestimmten Stelle der Karte herum.

»Hier haben wir den Tatort.«

Trotz der wochenlangen Trockenheit und entsprechend ausgedörrten Böden hatten unsere Spezialisten für das

Auffinden verräterischer Winzigkeiten inzwischen recht gut rekonstruieren können, was dort am frühen Sonntagmorgen geschehen war.

»Der Täter hat hier auf dem Parkplatz gehalten, wahrscheinlich, um mit seiner Mitfahrerin ein bisschen rumzuknutschen oder auch mehr. Wie es scheint, hat sie aber nicht gewollt. Er ist vielleicht ein bisschen grob geworden, und da ist sie aus dem Wagen gesprungen und abgehauen, über die Straße, in den Wald rein. Die gestrichelte Linie, das ist der Weg, den die zwei genommen haben. Hier ...«

Der rote Punkt kreiste jetzt um die Stelle auf dem Uferweg des Hardtbachs, wo ich fast über die verlorene Sandalette gestolpert war.

»... hat er sie eingeholt. Sie haben ein bisschen gerangelt, die Frau konnte sich aber noch mal losreißen, ist zurück in Richtung Straße. Nach circa zwanzig Metern hat er sie wieder erwischt, sie ist gestolpert und mit der Stirn auf den einzigen Stein weit und breit geknallt.«

»Bisher war von zwei Tätern die Rede«, warf ich ein.

Kurtz nickte. »Der zweite ist aber anscheinend erst später dazugekommen. Vermute, um dem Haupttäter beim Abtransport der Leiche zu helfen.«

Was wir bislang nicht sagen konnten, war, ob die junge Frau nur unglücklich gestürzt war oder ihr Verfolger sie gestoßen hatte. Im ersten Fall wäre es ein Unfall gewesen, im zweiten Körperverletzung mit Todesfolge. Ich hielt die erste Variante schon jetzt für die wahrscheinlichere.

»Anzeichen auf Vergewaltigung?«, fragte Vangelis mit kritischem Blick. »Versuchte Vergewaltigung?«

»Wissen wir nicht«, erwiderte Kurtz achselzuckend, »weil wir ja keine Leiche haben. Bisher haben wir nur das an Spuren, was auf dem Boden zu finden war.« In rascher Folge erschienen nun Fotos auf der Leinwand. »Ein abgebrochener Fingernagel, eine falsche Wimper, drei lange blonde Haare und das Blut auf dem Stein. Außerdem haben wir noch ein paar Blutspritzer vom zweiten Opfer, dem alten Mann am Boden, und Haare und Blut von ihm am Knüppel. Ob an der Tatwaffe auch Fremd-DNA ist, wird derzeit noch geklärt.«

Er drückte eine Taste, und das nächste Bild erschien an der Wand.

»Wie's aussieht, ist der Täter dann zum Auto zurück.« Inzwischen zitterte der Laserpunkt kaum noch. »Und zwar im Laufschritt. Der hat's mächtig eilig gehabt, war wahrscheinlich voll in Panik. Er ist fortgefahren und später mit dem Kombi und einem Kumpel zurückgekommen.«

»Um die Leiche verschwinden zu lassen.« Laila nickte, Klara Vangelis ebenfalls.

»Muss ein echt guter Kumpel sein, der einem hilft, eine Leiche zu beseitigen«, fand Laila, die durch die Anwesenheit von Vangelis ein wenig irritiert zu sein schien.

»Genau.« Kurtz nickte eifrig. »Diesmal haben sie natürlich nicht auf dem Parkplatz gehalten, sondern am Straßenrand auf der anderen Seite. So mussten sie nicht über die Straße mit ihrem ..., äh ... Gepäck. Sie sind zum Tatort zurück, und da ist dann der Alte mit dem Fahrrad gewesen. Einer von den Irren hat einen Prügel aufgehoben, und zeng ...«

Aufgrund des ausgetrockneten Bodens hatten unsere Kriminaltechniker nur die Schuhgrößen der Männer (einundvierzig und vierundvierzig) ermitteln können sowie die Marke der Sportschuhe, die sie getragen hatten (beide Nike), aber sie konnten nicht das Körpergewicht schätzen.

»Den größten Teil der Strecke haben sie die Leiche nicht getragen, sondern geschleift«, fuhr Kurtz mit seinem Bericht fort. »Nehme an, auf einer Plane, sonst hätten wir

Spuren von dem Glitzerfummel des Opfers finden müssen. Derzeit versucht die Spusi, anhand der Sohlenprofile die Schuhe genauer zu bestimmen.«

»Der Alte mit dem Fahrrad hat die beiden kommen sehen«, spann Laila den Faden weiter. »Sie mussten also fürchten, dass er sie beschreiben kann. Drum haben sie ihm eins übergebraten.«

»Der Mann hat übrigens Kratzspuren an der rechten Hand«, sagte Kurtz. »Wahrscheinlich hat es erst noch eine Rauferei gegeben. Ob er Fremd-DNA unter den Nägeln oder an der Kleidung hat, wissen wir spätestens morgen.«

Ob die beiden vermutlich jungen und sicherlich außerordentlich dummen Männer den lästigen Zeugen töten oder nur vorübergehend außer Gefecht setzen wollten, würden wir erst erfahren, wenn ihr Opfer aus dem Koma erwachte oder wir uns einen der beiden Vollidioten vorknöpfen konnten.

Eine ältere Kollegin hob die Hand und winkte aufgeregt mit ihrem Smartphone. »Wenn wir mit den anderen Sachen so weit durch sind, hätte ich hier noch was. Ist grad vorhin reingekommen und ein echter Knaller. Tim, wärst du so lieb ...«

Ein Autofahrer war um kurz vor fünf, von Oftersheim kommend, auf der Bundesstraße unterwegs gewesen.

»Er hat sie gesehen, das Mädel und auch den Typ.«

»Behauptet er«, fiel ich ihr zweifelnd ins Wort.

»Moment, jetzt kommt nämlich der Knaller«, fuhr die Kollegin unbeirrt fort. »Er hat mir ein Video geschickt.«

Die Kollegin hieß Cordula Albietz und stammte aus dem Hotzenwald, dem südlichsten Zipfel des Schwarzwalds. Obwohl sie sich bemühte, Hochdeutsch zu sprechen, konnte sie ihre alemannische Abstammung nicht ganz verbergen. Kurtz hatte ihr Smartphone inzwischen mit dem Beamer verbunden.

»Der Typ hat so eine Dashcam an der Windschutzscheibe, ihr wisst schon.«

Mit einem Mal saßen alle senkrecht auf ihren Stühlen. Dieses Video konnte eine entscheidende Spur sein. Der Gamechanger, der alles änderte. Eine Spur, die aus dem Herumgestochere im zähen Nebel des Nichtwissens plötzlich eine zielgerichtete Fahndung machte.

Der interessante Teil des Videos war nicht einmal zwei Sekunden lang. Der Fahrer war offenkundig mit deutlich überhöhter Geschwindigkeit unterwegs gewesen. Die weißen Streifen auf der Straße zuckten unter der Kühlerhaube weg, dass einem schwindlig werden konnte. Es war noch fast völlig dunkel gewesen.

»Jetzt«, sagte Cordula Albietz. »Obacht!«

Da leuchtete die Frau im knappen, das Scheinwerferlicht gut reflektierenden Kleidchen auf. Sie war gerade dabei, in größter Eile die rechte Fahrbahn zu überqueren. Hinter ihr tauchte eine zweite Person auf, mehr zu erahnen, als zu sehen, erreichte den Fahrbahnrand, machte jedoch abrupt kehrt, als das Auto sich näherte, schien sogar ins Stolpern zu kommen, und schon war es vorbei. Wenn ich mich nicht täuschte, war es ein Mann gewesen, der der Frau folgte. Die Kleidung war dunkel, das Gesicht im grellen Scheinwerferlicht nicht mehr als ein weißes Oval, auch die Schuhe leuchteten weiß. Die Kamera war leider von miserabler Qualität.

»Noch mal«, bat ich. »Geht das auch langsamer?«

»Logo.« Tim Kurtz startete das Video mit halber Geschwindigkeit.

»Stopp!«, sagte ich, als das Opfer ins Sicht kam. »Ab jetzt bitte Bild für Bild.«

Die junge Frau, kaum mehr als ein heller Fleck, setzte den ersten Fuß auf die Straße, als das Fahrzeug noch schätzungsweise hundert Meter entfernt war. Der Fahrer schien zu erschrecken und auf die Bremse zu treten, denn die Motorhaube seines BMW senkte sich ab und schlingerte ein wenig hin und her. Als er noch etwa fünfzig Meter entfernt war, hatte die Frau die Mitte der Fahrbahn erreicht. Der Wagen hatte sich inzwischen gefangen und verlor sichtlich an Geschwindigkeit. Für einen Moment schien der Fahrer sich nicht entscheiden zu können, ob er auf die linke Spur ausweichen oder rechts hinter ihr vorbeifahren sollte. Für eine halbe Sekunde sah die junge, schmale Frau zum Auto, das gerade auf sie zuraste, dann wieder nach vorn. Als der Wagen hinter ihr vorbeiwischte, hatte sie den Mittelstreifen bereits überquert.

»Was macht sie mit dem Rock?«, fragte Vangelis mit hochgezogenen Brauen. »Sie fummelt irgendwie am Rock herum.«

Das Video ruckelte rückwärts. Dann sah ich es auch.

»Sie zieht den Slip hoch«, behauptete Laila.

»Also doch«, murmelte Vangelis.

»Noch mal«, sagte ich.

Dieses Mal achtete ich auf den Mann. Er tauchte erst auf, als die Frau schon außer Gefahr war. Vom Gesicht war immer noch nichts zu erkennen, die Haare schienen hell zu sein wie die der Frau. Oder trug er eine Mütze? Eine Kapuze?

Er bemerkte das sich nähernde Auto fast zu spät, hatte Mühe, aus vollem Lauf zu bremsen, kam ins Rutschen und Straucheln, riss die Arme hoch, schien nach rechts zu kippen.

»Am linken Arm, da ist ein heller Streifen«, sagte Kurtz leise. »Da, sehen Sie?«

»Vielleicht eine Sportjacke«, spekulierte Laila.

Wir wiederholten die Prozedur noch einige Male, dann gaben wir auf.

Kurtz wandte sich an die Kollegin, die das Video mitgebracht hatte: »Wir gucken uns die entscheidenden Stellen gleich noch mal Bild für Bild an. Ich hab eine Software, mit der wir vielleicht noch ein bisschen mehr Details rauskitzeln können.«

»Wenn ich richtig verstanden habe, dann ist es gar nicht sicher, dass sie tot war?«, fragte Vangelis in die anschließende Stille hinein.

»Definitiv nein«, erwiderte ich. »Ich habe zwar keinen Puls gefühlt, sichtbar geatmet hat sie auch nicht. Aber es war alles ziemlich hektisch, und ich wollte dann so schnell wie möglich einen Rettungswagen rufen.«

Vielleicht hätte ich besser versuchen sollen, sie wiederzubeleben, statt zum Auto zu laufen, wurde mir in dieser Sekunde bewusst. Hin und her gerissen zwischen dem ehernen Gesetz, den Tatort möglichst nicht zu verändern, keine Spuren zu zerstören, und dem Drang, Hilfe zu rufen, hatte ich möglicherweise eine falsche Entscheidung getroffen. Könnte diese vermutlich blutjunge Frau noch leben, hätte ich mich anders entschieden? Lebte sie womöglich immer noch?

Nur eines war sicher: Sie war verschwunden.

»Schicken Sie mir das Video, damit ich es an die Mutter von Tuuli weiterleiten kann«, bat ich Tim Kurtz und nickte ihm anerkennend zu. »Gute Arbeit übrigens.«

Er strahlte, als hätte der Weihnachtsmann seine sämtlichen Wünsche erfüllt.

Frau Seljamaa hatte mir noch gar nicht die versprochenen Fotos ihrer vermissten Tochter geschickt, fiel mir ein, während der Raum sich zügig leerte.

7

»Lust auf einen Kaffee?«, fragte ich Klara Vangelis im Flur. »Es interessiert mich natürlich, wie es Ihnen da unten im sonnigen Süden ergangen ist.«

»Anfangs hat es sich wie Urlaub angefühlt«, begann sie ihren Bericht, als wir uns, mit dampfenden Kaffeebechern versorgt, an meinem Schreibtisch gegenübersaßen. »Ich dachte, ich bin im Himmel nach dem ewigen Stress hier. Jeden Tag Sonne, das Meer, das Inselleben. Keine Hektik, keine Überstunden, keine Schlafstörungen. Das Paradies auf Erden.«

»Ich hatte nie den Eindruck, dass Sie unter den Arbeitsbedingungen hier leiden.«

Sie nahm meinen Locher vom Schreibtisch, wog ihn in der Hand, als wollte sie abschätzen, ob er sich als Wurfgeschoss eignete.

»Tut das nicht jeder früher oder später?«, fragte sie dann. »Lange steckt man es weg. Nimmt es sportlich. Will sich selbst beweisen, dass man es aushalten kann. Dass man hart ist. Härter als die anderen. Außerdem bin ich dazu erzogen, nicht zu jammern. Meine Mutter steht auch mit neununddreißig Grad Fieber noch in der Küche.«

Im Oktober des vergangenen Jahres hatte sie überraschend Urlaub beantragt, um einer kinderlosen Tante in Thessaloniki beizustehen, die im Sterben lag. Diese hatte nur noch zwei Wochen gelebt, und bei der Testamentseröffnung hatte sich herausgestellt, dass die alte Dame ihrer Nichte ein Haus mit Ferienapartments vererbt hatte. Es lag auf einer vorgelagerten kleinen Insel östlich der Stadt. Und plötzlich hatte die umtriebige und auch nach vierzehn Stunden aufreibendem Dienst noch hellwache Klara Vangelis nur noch die Buchungen für die sechs Ferienapartments zu registrieren, hin und wieder Gäste zu begrüßen oder zu verabschieden, die Putzfrauen zu kontrollieren und Zahlungseingänge zu überwachen.

»Wie heißt die Insel?«

»Thasos. Winzig klein, zwölftausend Einwohner, solange keine Touristen da sind. Ein Traum. Urlaub von Januar bis Dezember. Jeden Tag war ich im Meer. Ich bin gejoggt, habe geschlafen wie ein Murmeltierbaby. Die erste Zeit hatte ich noch damit zu tun, das Haus ein wenig auf Vordermann zu bringen. Meine Tante hatte mir zum Glück auch ein wenig Geld vermacht, und das habe ich in Renovierungen investiert. Neue Küchen und Bäder, neue Fußböden, ordentliche Fenster, solche Sachen.«

Darüber vergingen der Herbst und der Winter.

»Im April beginnt da unten schon die Saison, und ab Juni wird es richtig voll. Thasos gilt als Geheimtipp für Leute, die es unkonventionell mögen. Siebzig Prozent Deutsche, der Rest Engländer, Franzosen, Italiener, hin und wieder auch Amerikaner.«

Sie atmete tief durch, stellte den Locher wieder an seinen Platz.

»Aber irgendwann wurde auch das langweilig. Schwimmen und Joggen haben mir immer weniger Spaß gemacht, und am Ende habe ich die meiste Zeit auf der faulen Haut gelegen, bin höchstens mal ein wenig spazieren gegangen, habe pro Monat zwei Kilo zugelegt. Abends saß ich höchstens eine Stunde am PC, um Mails zu beantworten. Ein Traum, sollte man meinen.«

Sie sah mir kurz ins Gesicht, senkte den Blick gleich wieder. Meine Bald-wieder-Kollegin war ungewohnt nervös, konnte nicht still sitzen, mir nicht recht in die Augen sehen. Aber das rührte vermutlich daher, dass sie sich im alten Ambiente erst wieder zurechtfinden musste. Und dass sie sich schämte, weil sie mich im vergangenen Herbst so schändlich im Stich gelassen hatte. Im Vorzimmer summte Sönnchen ein Kirchenlied, während sie eifrig tippte und hin und wieder telefonierte.

Vangelis nahm Anlauf, etwas zu sagen, tat es dann aber doch nicht, schluckte und sagte schließlich mit abgewandtem Blick: »Irgendwann wurde mir klar, dass ich verblöde und verfette, wenn das so weitergeht. Außerdem habe ich gemerkt, dass ich mich nach der Arbeit hier sehne, nach den Erfolgserlebnissen, die es ja auch ab und an …«

Das Klingeln meines Telefons unterbrach sie.

»Sie ist es«, sagte Frau Seljamaa. »Das Mädchen auf Ihrem Video ist Tuuli. Sie hat die Haare anders, aber die hat sie ja ständig anders.«

»Ist Ihnen zum Thema Freunde und Freundinnen noch etwas eingefallen?«

»Nein.«

Warum war die Frau nur so teilnahmslos? War es zu viel verlangt, dass sie sich mal ein wenig anstrengte, wo es doch um ihr Kind ging?

»Auf welche Schule ist Tuuli gegangen?«

»Aufs Liselotte-Gymnasium. Da konnte sie zu Fuß hingehen. Oder bei gutem Wetter mit dem Rad fahren.«

Klara Vangelis erhob sich, als ich den Hörer auflegte.

»Darf ich Ihnen noch eine Frage stellen?«, sagte ich.

Sie nickte.

»Es geht mich natürlich nichts an, aber Sie haben doch einen kleinen Sohn …«

Sie nickte wieder, diesmal mit schuldbewusst gesenktem Blick. »Ich bin eine schrecklich schlechte Mutter, ich weiß. Inzwischen sagt er zu seiner Großmutter ›Mutti‹, und mich betrachtet er als eine Art Tante.«

»Das tut mir leid«, rutschte mir heraus.

Sie zuckte die Achseln. »Ich gehe dann mal runter, um meinen neuen Arbeitsplatz in Besitz zu nehmen.«

Ich begleitete meine frischgebackene Hospitantin ins Vorzimmer und bat Sönnchen, sie soweit nötig zu unterstützen.

Unter keiner der Nummern des Liselotte-Gymnasiums, die ich im Internet fand, ging jemand ans Telefon. Nach einigem Hin und Her erreichte ich schließlich doch einen Hausmeister, der auch nur an seinem Arbeitsplatz war, weil er dort etwas vergessen hatte.

»Es sind Ferien«, erklärte er mir verwundert.

Ich stöhnte und langte mir an den Kopf. Zwei Monate Einsamkeit brachten einen dazu, die einfachsten Dinge zu vergessen.

Selbstredend war der Hausmeister nicht bereit, mir irgendwelche privaten Telefonnummern oder E-Mail-Adressen zu verraten.

»Also, die Einzige, die mir einfällt, ist eigentlich unsere Vorsitzende vom Elternbeirat, die Frau Dr. Schindlhans. Die ist eine ganz Nette, und ich hab rein zufällig ihre Handynummer.«

Frau Dr. Schindlhans nahm meinen Anruf erst nach dem achten Tuten entgegen. Sie klang ein wenig atemlos, was daher rührte, dass sie zurzeit zusammen mit drei fast erwachsenen Söhnen Nordschweden per Rad erkundete.

»Herrlich«, behauptete sie mit einer so dunklen Stimme, dass ich erst glaubte, mit ihrem Mann zu sprechen, »einfach nur herrlich. Diese Ruhe hier, die Landschaft, man muss es erlebt haben. Was kann ich für Sie tun?«

»Es geht um eine ehemalige Schülerin, Tuuli Seljamaa.«

»Die kenne ich. Sie war zuletzt in derselben Klasse wie mein Torben.«

Ich ergriff einen Stift, um mir Notizen zu machen. »Es hat einigen Ärger mit ihr gegeben, habe ich gehört.«

»Ach ja.« Sie seufzte. »Tuuli ist hübsch, und das weiß sie auch. Sie hat ihren Mitschülern reihenweise den Kopf verdreht, unter anderen auch Torben, und sogar versucht, Lehrer ... hm ... zu verführen. Was ist mir ihr? Weshalb interessiert sich die Kriminalpolizei für sie?«

»Sie ist verschwunden. Seit drei Wochen schon. Und wir haben Grund zu der Befürchtung, sie könnte einem Verbrechen zum Opfer gefallen sein.«

Ich hörte fernes Hundegebell und das Säuseln des nordschwedischen Windes.

»Und jetzt denken Sie, der Täter könnte aus ihrem schulischen Umfeld kommen?«, fragte Frau Dr. Schindlhans.

»Ich halte es für möglich.«

»Und Sie sind wirklich von der Polizei?«

»Kriminalpolizei Heidelberg, ja. Sie können gerne erst mal im Internet nach mir suchen und mich dann zurückrufen.«

»Das wird wohl nicht nötig sein, danke. Hat Tuuli ... hm ... hat sie sich denn etwas zuschulden kommen lassen?«

»Nicht dass ich wüsste.«

Sie schwieg für einige Sekunden. »Das kommt davon, wenn man sich ... hm ... mit den falschen Leuten abgibt«, meinte sie dann.

»Wer sind diese falschen Leute? Kennen Sie Namen?«

»Den einen oder anderen kenne ich in der Tat. Ich möchte aber so am Telefon keine privaten Dinge ausplaudern. Aber da kommt mir eine Idee. Sprechen Sie doch mal mit Herrn Vogt. Fabian Vogt. Er war bis vergangenen Sommer Lehrer am Lilo. Er kann offener reden als ich und ist ein umgänglicher Typ.«

Fabian Vogt hatte bis zu seinem Ausscheiden Musik und

Sport unterrichtet. Und er betrieb netterweise eine Internetseite, auf der es künstlerisch-chaotisch zuging.

Vangelis war inzwischen wieder da, hatte sich hinter mich gestellt, um mir über die Schulter zu sehen.

»Ein Musiker«, sagte sie. »Coole Tattoos.«

Der Hintergrund der Startseite war schwarz. Die flammenlodernde Überschrift lautete »sounds from hell«. Darunter war der Künstler in einer durchlaufenden Bildergalerie zu besichtigen. Meist in einer hauteng anliegenden schwarzen Lederhose und mit bloßem, völlig haarlosem Oberkörper. Fabian Vogt war schlank und muskulös, blass wie ein Vampir, Tattoos, wohin man blickte. Die Haare dünn und lang und so schwarz wie der Bildschirmhintergrund. Wir erfuhren, dass der ehemalige Lehrer den Künstlernamen Ben Black führte und meist mit der Band *Bangheads* auftrat, deren Leadsänger und Erster Gitarrist er war. Offenbar beherrschte er zudem unzählige andere Instrumente.

Es gab auch einige Hörproben, die man anklicken konnte. Sie waren durchweg nicht nach meinem Geschmack. Viel Gebrüll, kreischende Akkorde, ein hektisches Schlagzeug.

»Ob der wohl schon wach ist?«, fragte ich mich.

»Es ist halb drei«, erwiderte Vangelis erstaunt.

»Er ist Musiker.«

Im Impressum fand ich eine Festnetznummer, unter der sich jedoch nur eine freundliche Automatendame meldete, die verkündete, der Anschluss sei derzeit nicht erreichbar. So schrieb ich dem Hardrocker eine kurze Mail mit der Bitte, sich bei mir zu melden, und kaum hatte ich auf *Senden* geklickt, surrte mein Handy, das ich nach der Sitzung noch nicht wieder laut gestellt hatte.

»Vogt hier«, meldete sich der Musikus mit rauer, aber angenehmer und nicht unfreundlicher Stimme. »Sie wollten mich sprechen?«

Ich stellte mich als der Heidelberger Kripochef vor. »Es geht um eine Ihrer früheren Schülerinnen. Tuuli …«

Weiter kam ich nicht.

»Geht das jetzt schon wieder los? Wie oft muss ich denn noch sagen, dass da nichts war, aber auch gar nichts, verfickte Scheiße noch mal!«

»Es liegt nichts gegen Sie vor, Herr Vogt. Tuuli ist seit drei Wochen verschwunden, und ich suche Menschen, die mir etwas über sie erzählen können.«

»Sie sind von der Kripo?«, fragte der Musiker gedehnt. »Und wieso kommen Sie damit ausgerechnet zu mir?«

»Jemand hat mir den Tipp gegeben, und so, wie Sie gerade reagiert haben, scheinen Sie Tuuli ja zumindest zu kennen.«

Lauerndes Schweigen am anderen Ende.

»Hätten Sie ein paar Minuten für mich?«

»In Gottes Namen, schießen Sie los. Aber machen Sie's bitte kurz. Ich habe heut Abend einen Solo-Gig in Bad Bergzabern und müsste mich noch ein bisschen vorbereiten.«

»Nicht am Telefon. Wir kommen gerne zu Ihnen.«

»Wann?«

»Jetzt gleich?«

»Ich müsste erst ein bisschen Ordnung machen. Und lüften. Wie wäre es mit übermorgen?«

»Ich interessiere mich nicht für den Zustand Ihrer Wohnung, sondern für Ihre frühere Schülerin.«

»Wäre es ein Problem für Sie, wenn es ein bisschen nach Dope riecht?«

Bevor ich aufbrach, um dem ehemaligen Lehrer einen Besuch abzustatten, rief ich noch bei den Kollegen in Mannheim an. Ich wurde zweimal verbunden, bis ich die zuständige Beamtin in der Leitung hatte, eine Oberkommissarin Kleinhammer-Semmele.

»Stimmt, der Fall liegt auf meinem Schreibtisch. Wieso? Gibt's was Neues?«

»Ich wollte nur fragen, was Sie bisher in der Sache unternommen haben?«

»Nichts. Das Mädel ist achtzehn.«

»Als sie verschwunden ist, war sie es noch nicht.«

»Okay, gut. Die paar Tage ...«

»Sie haben nicht einmal die Mutter kontaktiert?«

»Doch, natürlich«, erwiderte die Kollegin verschnupft. »Ich hab die Frau angerufen, als die Meldung reinkam. Aber sie hat sich nicht besonders für die Sache interessiert, ehrlich gesagt.«

»Das verstehe ich nicht.«

»Ich auch nicht. Aber ich sag's noch mal: Das Mädel ist inzwischen volljährig. Wir haben null Hinweise, dass ihr was zugestoßen sein könnte ...«

»Wann hat die Mutter ihre Tochter eigentlich vermisst gemeldet?«

»Gar nicht.«

»Was heißt das?«

»Die Vermisstenmeldung war anonym. Per Mail. Warten Sie eine Sekunde ... Ah, da ist sie ja: tuuliistweg@gmx.com ist der Absender. Erst habe ich natürlich gedacht, da erlaubt sich wieder mal wer ein Späßchen mit uns. Aber die Mutter – eine selten blöde Zicke übrigens – hat mir dann bestätigt, dass sie ihre Tochter länger nicht gesehen hat. Aber bitte, Herr Gerlach, wir haben weiß Gott Besseres zu tun, als ausgebüxten Teenies nachzulaufen, die nicht mal von ihrer eigenen Mutter vermisst werden.«

8

Fabian Vogt wohnte praktischerweise in Heidelberg, nur etwa zwei Kilometer von der Polizeidirektion entfernt in einer der imposanten Jugendstilvillen am Schlossberg. Unser Wagen hatte auf dem Parkplatz der Direktion in der prallen Sonne gestanden, weshalb das Lenkrad so heiß war, dass ich es kaum zu berühren wagte. Klara Vangelis hatte unbedingt mitkommen wollen, und ich hatte keinen Grund gesehen, ihr den Wunsch abzuschlagen.

»Schönes Haus«, sagte ich beim Händeschütteln zu dem Musiker.

Er steckte in derselben schwarzen und hautengen Lederhose, die wir schon im Internet besichtigt hatten. Wohl uns zu Ehren hatte er sich ein ebenfalls schwarzes T-Shirt übergezogen, auf dessen Vorderseite Flammen loderten. Seine Füße waren nackt.

»Wollen Sie es haben?«, fragte er mit sarkastischem Unterton. »Ich will es verkaufen. Der zugige Kasten muss energetisch saniert werden, und das kostet ein Vermögen.«

Die Villa hatte ihm vor wenigen Jahren ein Onkel vermacht, erfuhren wir, als der glückliche Erbe Vangelis und mich in seine tatsächlich deutlich nach Cannabisrauch duftende und mindestens zweihundert Quadratmeter große Erdgeschosswohnung bat.

»Andererseits, solange die Hütte nicht zusammenbricht, wohn ich billig, und von den Mieteinnahmen für die oberen Stockwerke lebe ich. Die Musik bringt ja heutzutage kaum noch was ein.«

Durch eine großzügige Halle, in der sich leere und teilweise riesige Kartons türmten, die Dinge wie Keyboards,

Verstärker oder Mischpulte enthalten haben mochten, gelangten wir in einen Flur, an dessen Ende sich eine breite zweiflüglige und beeindruckend schön verglaste Tür befand. Sie führte in einen Wohnraum, der mit einem sehenswerten Mischmasch aus allerlei Musikinstrumenten und altertümlichen Möbeln vollgestopft war. Die Aussicht auf Altstadt, Neckar und Rheintal war atemberaubend. Über uns hörte ich Kinder trampeln und johlen.

»Fünf«, sagte Vogt mit Blick zur Decke. »Drei Erwachsene und fünf Kinder. Sie sind aus der Ukraine. Erst hab ich sie umsonst wohnen lassen, weil die Wohnung eh leer stand. Aber inzwischen hat der Mann Arbeit gefunden, bei der BASF, und jetzt können sie sogar Miete bezahlen. Unterm Dach sind noch ein paar Dienstbotenzimmer, da wohnen Studenten drin.«

Vogt blickte ratlos um sich, ging dann zu einem großen Esstisch mit staubiger Marmorplatte und schwerem Holzfuß und räumte drei Stühle frei, sodass wir uns setzen konnten. Stühle und Tisch waren aus rötlichem Holz gearbeitet und mussten einmal ein Vermögen gekostet haben. Auf der Tischplatte lagen neben viel Staub und tausend zerknüllten Bonbonpapierchen handgeschriebene Notenblätter und Songtexte, Tabakkrümel und Kuchenbrösel.

Vangelis und ich nahmen Platz, der Hausherr setzte sich rittlings auf seinen Stuhl.

»Wie schon gesagt, es geht um Tuuli«, begann ich.

»Ist angekommen.«

»Sie ist seit drei Wochen verschwunden, und allmählich machen wir uns Sorgen um sie.«

»Sie oder die Mutter oder beide?«

»Eher wir.«

Der ehemalige Lehrer lachte trocken. »Dacht ich mir.«

»Zwischen Mutter und Tochter stimmt die Chemie anscheinend seit Längerem nicht mehr.«

Er nickte lebhaft, zuckte gleichzeitig die Achseln.

Ich lehnte mich zurück. Der Stuhl knarrte vorwurfsvoll und leistete Widerstand. Offenkundig war er für Menschen gemacht, die in aufrechter Haltung speisten. Durch die offen stehenden Glastüren wehte ein angenehm frisches Lüftchen herein. Das Haus lag im Schatten des Schlossbergs etwa hundert Meter über der Stadt. Deshalb war die Lufttemperatur hier erträglicher als unten im Tal.

»Was wir von Ihnen gerne hören würden, Herr Vogt, sind Namen von Freundinnen und Freunden, bei denen Tuuli untergekrochen sein könnte. Oder die wissen könnten, wo sie steckt.«

»Sie gehen nicht von einer Entführung aus?«

»Bisher eher nicht«, antwortete ich vage. »Soweit wir wissen, hat es keine Lösegeldforderung gegeben.«

»Soweit Sie wissen.«

Vogt senkte den Blick, knetete seine sehnigen Hände, dass es knackte.

»Emmi«, sagte er dann. »Also offiziell Emma Bertram, wenn ich mich nicht irre.«

»Den Namen habe ich schon gehört.«

»Mit der war Tuuli eine Weile ziemlich dicke. Aber nachdem Tuuli sitzen geblieben ist, ist der Kontakt wohl ein wenig eingeschlafen.«

»Sie haben sie als Schülerin gehabt?«

Vogt nickte, knetete immer noch seine Hände.

»Beide«, sagte er missmutig. »In Musik. Das Fach hat die zwei aber nicht sonderlich interessiert, vorsichtig ausgedrückt. Was sie umso mehr interessiert hat, war das, was ich abends so mache. Sie sind öfters bei einem meiner Konzerte aufgetaucht, haben immer ganz vorne gestanden und sich halb totgekreischt.«

»War Tuuli in Sie verliebt?«

»Nehme ich an, ja. Aber wissen Sie, in dem gefährlichen

Alter zwischen Pubertät und Volljährigkeit verknallen die Girlies sich leicht und oft. Vor allem in jemanden wie mich, der halb nackt auf der Bühne rumhopst und den Macho spielt.«

»Wer fällt Ihnen außer Emmi sonst noch ein?«

»Paolo«, erwiderte Vogt nach kurzem Nachdenken. »Er war eine Klasse über Tuuli, und ich hab sie hin und wieder auf dem Pausenhof zusammen gesehen. Paolo Rosetti. Er sieht aus wie der junge Adriano Celentano, und ich glaube, es gibt kaum ein Mädel in der Oberstufe, das nicht irgendwann mal in ihn verschossen war. Er war letztlich der Grund dafür, dass ich vergangenes Jahr den Job geschmissen habe.«

»Wie das?«

»Das tut hier nichts zur Sache.«

»Verzeihen Sie die indiskrete Frage: Sie selbst hatten kein Verhältnis mit Tuuli?«

Fabian Vogt lachte. »Sie ist nicht mein Typ. Und außerdem sind Schülerinnen tabu. Ich bin kein Fan von Prinzipien und Vorschriften, aber das ist sogar für mich ein ehernes Gesetz: Pfoten weg von kleinen Mädchen.«

»Darf ich vielleicht noch erfahren, weshalb Sie nicht mehr Lehrer sind?«

»Dürfen Sie, ist ja letztlich kein Geheimnis.«

Angeblich hatte er die Schüler gegen die Schulleitung aufgewiegelt. Paolo Rosetti war ein schwieriger, nicht selten auch aufsässiger Schüler gewesen, mit dem einige Lehrer und vor allem Lehrerinnen nicht zurechtkamen. Nach mehrfacher Abmahnung war er von der Schule verwiesen worden, und nicht wenige seiner Klassenkameraden und vor allem Klassenkameradinnen hatten dies nicht in Ordnung gefunden. Es hatte einigen Aufruhr gegeben, manche Schülerinnen waren regelrecht in Streik getreten, hatten die Mitarbeit im Unterricht verweigert, keine Hausaufgaben mehr gemacht und Anweisungen der Lehrer nicht mehr befolgt. Und Fabian Vogt hatte den Fehler begangen, sich öffentlich auf ihre Seite zu stellen.

»Letztlich ging es um eine ältere Kollegin, die Paolo nicht ausstehen konnte. Ständig hat sie an ihm rumgemeckert, er hat sich das nicht gefallen lassen, und dann kam eines zum anderen. So, und jetzt wissen Sie's.«

Über uns rumpelte es, als wäre ein Schrank umgefallen. Während Vogt sprach, war mir ein Gedanke gekommen.

»Haben Sie Tuuli in den vergangenen Wochen mal auf einem Ihrer Konzerte gesehen?«

»Unser letzter Gig war vor vier Wochen in Hockenheim.«

»Also kurz bevor sie verschwand.«

»Mag sein. Aber es war ein einziges Chaos. Open Air mit Gewitter – der Supergau. Nach zehn Minuten hat es angefangen zu schütten, und nach zwanzig Minuten war kaum noch jemand da. Tuuli habe ich dort nicht gesehen, aber das heißt nichts. Ich hatte noch gar keinen Kontakt zum Publikum, als das Unwetter losging. Wir hatten in letzter Zeit sowieso schon ständig Knatsch in der Band, und diese Pleite in Hockenheim hat uns dann den Rest gegeben. Ich versuche es seither mit Soloauftritten. Weg vom Hardrock, eher Richtung Leonard Cohen und Bob Dylan. Aber jetzt, im Hochsommer, laufen eh nur Open-Air-Sachen.«

»Sie haben keine Idee, wo Tuuli stecken könnte?«

Fabian Vogt zuckte die Schultern. »Falls mir eine Erleuchtung kommt oder sie mir zufällig über den Weg läuft, hören Sie von mir, großes Musikantenehrenwort.«

Über uns krachte es erneut. Dieses Mal klirrte es außerdem. Ein Kind begann zu weinen, eine Frau schimpfte mit verhaltener Stimme. Offenbar war die schöne Villa nicht nur gegen Wärme und Kälte schlecht isoliert.

Ich zückte mein Smartphone, startete das Video von der Bundesstraße und zeigte es Fabian Vogt.

»Achten Sie bitte auch auf den Mann, der am Rand kurz zu sehen ist.«

Mit hochgezogenen Brauen sah er auf den kleinen Bildschirm, startete das Video mehrfach neu.

»Er könnte Magnus sein«, sagte er schließlich. »Magnus Paulssen aus der Zwölften. Die Bewegungen ... Aber ich weiß nicht. Ist mehr so ein Gefühl. Das Mädel ist Tuuli, da bin ich mir ziemlich sicher. Oder eher ... Weiß nicht. Das Video ist verdammt unscharf.«

»Eine Adresse von diesem Magnus haben Sie vermutlich nicht?«

Er gab mir mein Handy zurück, nahm sein eigenes vom Tisch.

»Adresse nicht, aber seine Handynummer. Meine Schüler hatten alle meine Nummer und durften mich jederzeit anrufen.«

Was Magnus Paulssen in der Vergangenheit mehrfach getan hatte.

»Er war nicht so recht integriert in der Klasse, hat immer wieder Probleme gehabt. Ich denke, dass er schwul ist. Oder bi. Bin kein Freund von diesem Denken in Schubladen. Ein Mensch ist ein Mensch ist ein Mensch, und alles andere zählt nicht. So sehe ich das.«

Ich speicherte die Nummer seines ehemaligen Schülers in meinem eigenen Smartphone.

»Magnus habe ich eine Zeit lang oft mit Tuuli zusammen gesehen. Die zwei haben sich wohl ganz gut verstanden, mehr aber auch nicht. Vielleicht, weil sie beide noch nicht lange in Mannheim waren.«

»Tuuli hat früher woanders gewohnt?«, fragte Vangelis, die bisher geschwiegen hatte. Ich hatte sie ausdrücklich darum gebeten, da sie als Hospitantin keinerlei polizeiliche Befugnisse hatte. Aber ich beschloss, ihr das kleine Vergnügen zu gönnen.

»Ich meine, irgendwo im Kölner Raum«, antwortete Vogt. »Sie hat so einen netten rheinischen Akzent.« Er begutachtete seine breiten Fingernägel. »Magnus stammt aus Hamburg, das weiß ich sicher. Den Vater habe ich mal kennengelernt. Wohlhabendes Bürgertum mit Hang zur Kunst.«

»Seit wann lebt Tuuli in Mannheim?«, fragte Vangelis weiter.

Vogt zog eine schräge Grimasse. »Zwei Jahre? Vielleicht zweieinhalb. Sie ist mitten im Schuljahr zu uns gekommen und hat von Anfang an ziemliche Schwierigkeiten gehabt, dem Stoff zu folgen. Daher vermutlich auch ihre späteren Probleme. Sie war frustriert, weil sie auf einmal nicht mehr mithalten konnte.«

Beim Abschied fragte Tuulis ehemaliger Lehrer: »Und? Wollen Sie es nun haben?«

»Das Haus?« Ich lachte. »Was hatten Sie sich denn so vorgestellt? Preislich, meine ich.«

»Anderthalb Mios? Ach was, weil Sie so ein netter Kerl sind, sagen wir, eine und eine Viertel.«

Nun lachten wir beide.

»Jetzt haben wir doch immerhin schon mal ein paar Namen auf dem Zettel«, sagte ich zu Vangelis, während wir in der prallen Nachmittagssonne zum Wagen zurückgingen, der in der Zwingerstraße im Halteverbot stand. »Vor allem diese Emmi interessiert mich.«

Ich beschloss, gleich im Anschluss nach Mannheim zu fahren. Im Auto gab es immerhin eine Klimaanlage. Für die Gespräche mit Tuulis Freunden wollte ich allerdings lieber Laila an meiner Seite haben, die auf junge Menschen weniger einschüchternd wirken würde als ein aus ihrer Sicht steinalter Mann und die oft ein wenig spröde und wenig nahbare Klara Vangelis. So bat ich meine Hospitantin, die aus unerfindlichen Gründen jetzt am Steuer saß, zur Direktion zurückzufahren und mich dort abzusetzen.

Einige Minuten bummelten wir schweigend durch den beginnenden Berufsverkehr. Dass Vangelis den Wagen steuerte, war mir eigentlich nicht recht, da sie vorerst noch keine offizielle Mitarbeiterin war und ich ihren sportlichen Fahrstil noch in unangenehmer Erinnerung hatte.

Wieder wirkte sie unruhig, nahm Anlauf, etwas zu sagen, unterließ es dann doch. Offenkundig brannte ihr etwas auf der Seele, das sie unbedingt loswerden wollte. Als wir den Römerkreis erreichten, fasste sie endlich Mut.

»Es gibt noch einen anderen Grund, Herr Gerlach«, begann sie mit gepresster Stimme.

»Dafür, dass Sie zurückgekommen sind?«

Sie nickte, schluckte und schien es schon wieder zu bereuen, nicht den Mund gehalten zu haben.

»Und der wäre?«, fragte ich geduldig.

Klara Vangelis verließ den großen Kreisverkehr mit tickendem Blinker, die Direktion kam in Sicht, im Funk quäkten irgendwelche Meldungen. Offenbar ein größerer Unfall auf der A 5, der uns zum Glück nichts anging. Rechts tat sich eine große Parklücke auf, sie atmete tief ein, gab sich einen allerletzten Ruck und brachte es endlich heraus: »Der eigentliche Grund sind Sie, Herr Gerlach.«

»Ich?«, fragte ich verblüfft. »Fanden Sie mich als Chef so toll, dass ...? Ich hatte nicht immer den Eindruck, dass Sie gerne mit mir zusammenarbeiten, wenn ich ehrlich bin.«

Vangelis ließ den Wagen in die Lücke rollen und stellte den Motor ab. Dann sank sie in ihren Sitz zurück und starrte das Lenkrad an.

»Ich habe kein Talent für solche Geständnisse«, sagte sie schließlich sehr leise. »Mit Gefühlskram tue ich mich immer schon schwer ...«

In mir stieg eine Ahnung auf …

»Gefühlskram?«, fragte ich.

»Ich liebe Sie, Herr Gerlach«, flüsterte Klara Vangelis, ohne mich anzusehen. »Schon lange. Ich wusste natürlich, dass Sie in festen Händen sind, deshalb habe ich geschwiegen. Meine Flucht nach Griechenland hatte auch den Grund, dass ich glaubte, Sie dort vergessen zu können. Aber es hat nicht funktioniert. Ich konnte Sie nicht vergessen. Ich bekomme Sie einfach nicht aus dem Kopf.«

Für Sekunden herrschte betretenes Schweigen. Die Warnblinker tickten, die Vangelis aus irgendeinem Grund eingeschaltet hatte. Mein Mund war trocken. Auch ich bin nicht gerade ein Genie darin, mit menschlichen Gefühlen umzugehen. Weder mit meinen eigenen noch denen anderer Menschen.

»Das …«, brachte ich schließlich heraus. »Ich … Sie sehen mich vollkommen überrascht. Nie hätte ich gedacht … Nie hatte ich den Eindruck, dass …«

»Sie erwidern meine Gefühle nicht.«

»Nein. Doch. Ich finde Sie sympathisch, sehr sympathisch sogar, aber wir sind nun mal Kollegen, und wie Sie sagten, war ich gebunden …«

»Jetzt sind Sie es nicht mehr«, fiel mir Vangelis ins Wort. Offenbar hatte mein Streit mit Theresa sich bis auf die Inseln der nördlichen Ägäis herumgesprochen.

»Im Moment nicht, nein. Aber sehen Sie, im Grunde kennen wir uns doch überhaupt nicht … Nicht wirklich, meine ich.«

»Das ließe sich ändern. Was gefällt Ihnen nicht an mir?«

»Nichts. Gar nichts. Ich habe einfach nur … den Gedanken nie in Erwägung gezogen, es könnte mehr zwischen uns sein als Kollegialität. Kameradschaft von mir aus.«

»Werden Sie es jetzt in Erwägung ziehen?«

»Erst einmal brauche ich Zeit. Ich bin … völlig perplex.

Überrumpelt. Verwirrt auch. Das kommt alles so plötzlich.«

»Ich kann warten. Ich warte schon lange. Solange ich hoffen darf …«

Herr im Himmel, wo führte das hin? Klar, sie war eine attraktive, zielstrebige, hochintelligente Frau. Aber trotzdem – sie und ich? Bisher hatte ich sie im Grunde gar nicht als Frau wahrgenommen, sondern als ein Neutrum. Eine Kollegin eben.

Nach einigen ratlosen Sekunden setzte ich mich gerade hin und sagte: »Ja, ich werde darüber nachdenken, das verspreche ich Ihnen.«

»Wir könnten einfach mal zusammen spazieren gehen. Irgendwo einen Kaffee trinken. Ganz unverbindlich. Weit weg von der Direktion, damit uns niemand sieht, der uns nicht sehen soll?«

»Gerne. Aber nicht heute, bitte. Geben Sie mir Zeit, das alles erst mal zu verarbeiten.«

»Ich sagte schon, ich kann warten. Ich bin kein Teenager mehr. Und ich verspreche Ihnen, mich nicht in den Neckar zu stürzen, falls Sie am Ende Nein sagen.«

Sie ließ den Motor an, schaltete die Warnblinkanlage aus.

»Vielleicht überhöhen Sie mich auch ein wenig«, sagte ich betreten. »Ich bin doch einfach nur ein stinknormaler, nicht mehr junger Mann mit jeder Menge Macken und Fehlern.«

»Liebe hat nichts mit Kalkül oder Alter zu tun. Kennen Sie das Gedicht von Erich Fried?«

Wer kannte es nicht? Es ist Unsinn, sagt die Vernunft. Es ist, was es ist, sagt die Liebe …

Und es stimmte ja auch. Gegen die Liebe war man so machtlos wie gegen einen Vulkanausbruch.

9

Tuulis früherer Mitschüler Magnus ging so schnell ans Handy, als hätte er meinen Anruf erwartet, und reagierte ein wenig verschreckt, als er hörte, ich sei Kriminalbeamter. Dann nannte er mir jedoch ohne Zögern seine Adresse. Er wohnte in derselben Straße wie die vermisste Tuuli, nur etwa zweihundert Meter von seiner Schulfreundin entfernt.

Trotz der geringen Entfernung zu dem Hochhaus, wo Tuulis Mutter mit ihrem Schicksal haderte, wirkte die Mannheimer Traitteurstraße in diesem Abschnitt sehr viel wohnlicher und gediegener. Hier säumten Platanen die Straße, in den Parkbuchten standen gepflegte Mittelklassewagen. Das moderne weiße Flachdachgebäude, in dem Magnus Paulssen wohnte, war dreigeschossig, schnörkellos und offensichtlich von einem Architekten entworfen, der Gropius verehrte. Gegenüber befand sich eine kleine Drogerie, uralt und museumsreif. Laut Firmenschild bot man Chemikalien, ätherische Öle, Heilkräuter und – ich traute meinen Augen nicht – Drogen an.

Die Wohnungstür im zweiten Obergeschoss öffnete uns ein eleganter, schlanker Herr etwa in meinem Alter. Fünftagebart, bunte Intellektuellenbrille, marineblaues Poloshirt einer angesehenen Marke, weiße Jeans, wohlwollend-amüsierter Blick.

»Magnus hat mir Ihren Besuch schon angekündigt«, sagte er mit warmer Stimme und deutlichem hanseatischem Beiklang. Sein Händedruck war angenehm kräftig, die Hand kühl und trocken. »Treten Sie doch bitte ein.«

Magnus Paulssen erwartete uns im Flur, an dessen Wänden dicht an dicht moderne Kunst hing, und blickte uns sichtlich beunruhigt entgegen. Sein Händedruck war schwach und feucht.

»Hallo«, sagte ich. »Schön, dass Sie gleich Zeit für uns hatten.«

»Kein Problem«, erwiderte er mit kratziger Stimme und räusperte sich.

Obwohl Magnus meines Wissens schon volljährig war, wandte ich mich sicherheitshalber an den Vater. »Dürften meine Kollegin und ich für ein paar Minuten allein mit Ihrem Sohn sprechen?«

»Wenn er einverstanden ist, selbstverständlich. Ich wollte ohnehin noch in die Stadt, um einige Besorgungen zu machen.« Zu Magnus sagte er mit lockerer Heiterkeit: »Du wirst mir hoffentlich keine Schande machen?«

Sein Sohn schüttelte den runden Kopf mit ganz unmodisch langen Haaren.

»Gehen wir ins Wohnzimmer«, krächzte er. »Mein Zimmer ist gerade nicht so doll aufgeräumt.«

Auf seiner Stirn stand ein dünner Schweißfilm, seine Hände waren unruhig. Der junge Mann hatte offenkundig ein schlechtes Gewissen, weshalb auch immer.

Auch im Wohnraum gab es Kunst zu besichtigen. Gemälde, Plastiken, selbst die Teppiche stammten nicht aus einem Möbelhaus für Krethi und Plethi. Wir nahmen Platz. Magnus auf einer wulstigen zitronenfarbenen Couch, Laila und ich auf extravaganten, vermutlich einem am Bauhaus entworfenen Modell nachempfundenen Sesseln. Ich musste an Fabian Vogts Charakterisierung »wohlhabendes Bürgertum« denken. Hier herrschte wahrlich keine Armut. Das Mobiliar war erlesen, alles war sauber und ordentlich. An den Wänden standen zwischen den teilweise riesigen abstrakten Gemälden Bücherregale aus schwarz lasiertem Holz, vermutlich eigens für diesen

Raum geschreinert. In einer Ecke entdeckte ich eine kleine Bronzeplastik, die einen nackten grazilen Tänzer darstellte und wertvoll zu sein schien.

»Schön haben Sie es hier«, sagte ich anerkennend.

»Ach«, erwiderte der junge Mann und rieb nervös seine Hände aneinander. Den Blick hielt er hartnäckig gesenkt.

»Sie gehen aufs Lieselotte-Gymnasium, richtig?«

Er nickte. »Sie können mich gerne duzen.«

»In dieselbe Klasse wie Tuuli?«

Wieder nickte er. »Aber erst seit letztem Jahr. Da ... sie musste eine Klasse wiederholen. Geht es darum, dass sie abgehauen ist?«

»Wieso abgehauen?«, fragte ich. »Bisher wissen wir nur, dass sie verschwunden ist.«

»Ist sie ja auch, klar. Verschwunden, meine ich.«

Magnus schien sich allmählich ein wenig zu entspannen. Anscheinend hatte sein schlechtes Gewissen nichts mit seiner früheren Mitschülerin zu tun.

»Ihr habt euch gut verstanden?«, fragte Laila mitfühlend.

Dieses Mal fiel das Nicken heftiger aus.

»Entschuldige, dass ich so direkt frage: Seid ihr ein Paar?«

Das Kopfschütteln kam ebenso schnell wie energisch. »Nur Freunde. Wir leben beide noch nicht lange in der Stadt, da kam es ganz automatisch, dass wir hin und wieder geredet haben.«

Die beiden Neubürger hatten sich bald auch regelmäßig in der Freizeit getroffen auf ein Eis oder einen Kinobesuch.

»Mehr war da aber nicht. Sie hatte auch gar kein Interesse an mir.«

»An wem hatte sie denn Interesse?«, fragte Laila milde lächelnd.

»An älteren Jungs. An solchen, die schon ein Auto

haben. Mädchen in meinem Alter fliegen nicht auf Gleichaltrige.«

Wie bei seinem Vater hörte man auch bei Magnus die hanseatische Abstammung heraus. Auf der Straße zwei Stockwerke tiefer donnerte ein schweres Motorrad vorbei, das ein Gespräch für Sekunden unmöglich machte. Ein eigenartiger Duft hing in der Luft, bemerkte ich erst jetzt. Magnus hatte eine breite Teetasse vor sich stehen, an der er hin und wieder nippte.

»Ihr hattet beide gewisse Probleme an der Schule«, fuhr Laila fort.

Dieses Mal reagierte Magnus erst nach einigem Zögern und einem größeren Schluck aus der Tasse.

»Ich nur mit einer bestimmten Lehrerin. Weiß nicht, was sie gegen mich hatte, aber sie hat mich von Anfang an auf dem Kieker gehabt. Mein Pa war einmal bei ihr und auch beim Direktor. Danach ist es besser geworden. Aber nicht für lange. Die Frau gehört in die Klapse, wenn Sie mich fragen. Wir hatten sie in Deutsch, und da hat man als Lehrer natürlich sehr viel Spielraum bei der Beurteilung von Leistungen. Man kann eine Gedichtinterpretation genial finden oder voll daneben.«

Nach den Sommerferien würde Magnus einen anderen Lehrer im Fach Deutsch haben, womit sich manche Probleme hoffentlich von allein erledigten.

»Ich hab auch mal so einen Lehrer gehabt«, sagte Laila mit finsterer Miene. »Der hätte mir um ein Haar das Abi versaut. Ich hab mich dann in die Parallelklasse versetzen lassen, und da war auf einmal alles prima.«

»Wie war Tuuli in der Schule?«, fragte ich.

»Ganz gut«, erwiderte Magnus lahm. »Sie hätte noch viel besser sein können, wenn sie sich ein wenig Mühe gegeben hätte. Aber Schule hat sie einfach nicht mehr interessiert. Ihre Noten waren ihr egal.«

»Was waren ihre Pläne für die Zukunft?«

Magnus grinste müde. »Sängerin, Schauspielerin, irgend so was. Alles, bloß nicht dieses Mann-Haus-zwei-Kinder-Ding.«

»Hat sie in letzter Zeit mal Bemerkungen gemacht, dass sie weggehen möchte?«

»Mehr als nur einmal. Mit ihrer Mom ist sie ja schon länger nicht mehr klargekommen. Nie konnte Tuuli ihr etwas recht machen. Ständig hat sie an ihr herumgemeckert. Wegen der kleinsten Kleinigkeit gab es Stress und Strafen.«

»Wie haben diese Bemerkungen geklungen?«, wollte Laila wissen. »War das ernst gemeint? Kannst du uns ein, zwei Beispiele geben?«

»Na, so wie: ›Sobald ich das Abi in der Tasche habe, bin ich hier weg.‹ Oder auch: ›Irgendwann bring ich sie um, die Bitch.‹ Oder: ›Sobald ich ein bisschen Geld habe, hasta la vista.‹ Sie wollte sich irgendwo ein WG-Zimmer mieten, in einer Bar jobben, was weiß ich. Vielleicht auch als Sängerin in irgendeiner Band. Tuuli hat mir manchmal vorgesungen. Sie hat tatsächlich Talent.«

»Ist sie früher auch schon mal weggelaufen?«, fragte ich.

»Glaub nicht.« Magnus gab sich einen Ruck, hüstelte. »Wieso wollen Sie das alles überhaupt wissen? Denken Sie, ich habe sie hier irgendwo versteckt?«

Ich lachte väterlich-gemütlich. »Natürlich nicht.«

Zum ersten Mal sah Magnus mir direkt ins Gesicht. Deshalb hielt ich die Zeit für gekommen, die Frage zu stellen, deretwegen wir hier waren.

»Wo warst du gestern Morgen zwischen drei und fünf Uhr?«

Sein Blick zuckte weg. Erst zu Laila, die immer weiter lächelte, dann auf seine Hände, die verkrampft in seinem Schoß lagen.

»Bei einem Freund«, antwortete Magnus nach einigem Zögern leise.

»Darf ich fragen, wer dieser Freund ist?«

Verzagtes Kopfschütteln.

Laila übernahm wieder und fand den richtigen Ton: »Ist er ein guter Freund?«, fragte sie warm. »Ich meine, ein *besonders* guter Freund?«

Verschämtes Nicken.

»Du machst dir nicht viel aus Mädchen?«

Betretenes Kopfschütteln.

»Das ist voll okay«, sagte Laila. »Und es interessiert uns auch nicht im Geringsten. Warst du die ganze Nacht mit deinem Freund zusammen?«

Dieses Mal mussten wir wieder einige Zeit auf die Antwort warten. Doch dann öffnete Magnus den schmalen, schön geschwungenen Mund. Sein Freund hieß Mirko, war schon dreiundzwanzig, und sie waren zusammen in einem Schwulenclub in Frankfurt gewesen. Von ungefähr elf Uhr am Samstagabend bis halb vier am Sonntagmorgen.

Magnus' Vater war ebenfalls schwul, derzeit in einer festen Beziehung, und ließ seinem volljährigen Sohn viel Freiheit. Als er ihn zeugte, war er noch mit einer Frau verheiratet gewesen, hatte sich jedoch drei Jahre nach der Geburt seines Sohns von dieser getrennt und sich zu seiner Neigung bekannt. Da die Mutter psychisch labil war, hatte das Gericht das Sorgerecht für den Sohn dem Vater zugesprochen.

»Dieser Club in Frankfurt, seid ihr da öfter?«, fragte ich.

»Alle zwei, drei Wochen vielleicht. Mal öfter, mal seltener.«

»Gibt es jemanden, der bestätigen könnte, dass ihr dort wart? Bitte versteh meine Frage nicht als Misstrauen. Wir Polizisten sind es einfach gewohnt, den Sachen auf den Grund zu gehen.«

»Seppi«, sagte Magnus ohne Zögern und nannte den Namen des Clubs *Erdbeermund*. »Der Barmann. Er kennt uns. Ich kann Ihnen seine Nummer besorgen.«

Ich schüttelte den Kopf, zückte anstelle einer Antwort mein Handy und zeigte ihm das Filmchen aus der Dashcam. »Erkennst du jemanden darauf?«

»Dürfte ich noch mal?«

Er sah sich das kurze Video dreimal an. »Die Frau, das könnte Tuuli sein. Obwohl ... Es ist zu unscharf, die Beleuchtung ist schlecht ... Woher haben Sie das?«

»Es stammt aus einem Auto und ist gestern am frühen Morgen auf der Bundesstraße von Oftersheim nach Sandhausen aufgenommen worden.«

»Sie läuft vor jemandem weg, richtig?«

»Wir nehmen es an.«

»Der Kerl ...« Er zog die Stirn kraus. »Er ist ja kaum zu sehen, aber irgendwie ... Ich möchte niemanden in Schwierigkeiten bringen, aber ...«

»Aber?«

»Es könnte Paolo sein. Die Statur, die Haare ...«

»Paolo Rosetti?«

Magnus nickte. »Er hatte Stress mit derselben Lehrerin wie ich. Aber er hat nicht die Klasse, sondern gleich die Schule geschmissen. Ein knappes Jahr vor dem Abi. Fand ich ganz schön heftig. Aber er wollte das so.«

»Kannst du uns sagen, wo wir ihn finden?«, fragte Laila.

Paolo Rosetti wohnte nicht weit von hier in der Augartenstraße. Die Nummer wusste Magnus nicht.

»Wenn Sie von hier aus gehen, dann ist es auf der rechten Seite. Ein gelbes Haus. Daneben ist ein Verein für Blinde oder etwas Ähnliches.«

»Und was macht er jetzt?«

»Eine Buchhändlerlehre. In einer kleinen Buchhandlung westlich vom Hauptbahnhof.«

Magnus hatte seinen ehemaligen Mitschüler kürzlich in der Unterführung beim Bahnhof getroffen, und da hatte Paolo ihm von seiner Berufswahl erzählt.

»Gefällt ihm wohl recht gut. War jedenfalls mein Eindruck.«

Magnus' anfängliche Nervosität hatte sich inzwischen völlig gelegt. Offenbar waren wir nicht einmal in die Nähe des Themas gekommen, das ihm Sorgen machte. Heiter und selbstbewusst wünschte er uns einen schönen Abend.

Die Buchhandlung *Lindenhof* war leicht zu finden, ein Parkplatz dagegen weniger. So stellte Laila unseren zivilen Mercedes kurzerhand auf dem Gehweg ab und setzte das Blaulicht aufs Dach.

Das Geschäft verfügte über zwei kleine, liebevoll und überreich dekorierte Schaufenster. Dazwischen befand sich die Tür. Ein Glöckchen bimmelte. Nur drei Personen waren anwesend: eine bunt gekleidete Kundin, die im Regal mit den Kochbüchern stöberte, eine schmale rotlockige Frau mittleren Alters und ein junger Mann, der tatsächlich aussah, wie ich mir Adriano Celentano in seinen frühen Jahren vorstellte. Er war damit beschäftigt, in einem Regal voller Reiseführer Ordnung zu schaffen.

Wir wiesen uns aus. Die Frau bei den Kochbüchern bekam Stielaugen, als sie das Wort »Kriminalpolizei« hörte, die rothaarige Angestellte deutete wortlos auf Paolo Rosetti, und dieser erblasste dramatisch.

»Hallo«, erwiderte er unseren Gruß mit nervösem Zwinkern. »Wieso ... äh ... Kripo? Was liegt an? Egal, was es ist, ich war's nicht.«

Als er hörte, wir seien wegen Tuuli hier, entspannte er sich. Zu dritt gingen wir nach draußen. Paolo zog etwas aus der Tasche, das wie ein Textmarker aussah, steckte das eine Ende in den Mund und begann zu dampfen. Was er von sich gab, roch, als wäre es bei der BASF auf der anderen Rheinseite hergestellt worden.

»Haben Sie sie in letzter Zeit mal gesehen?«, eröffnete ich das Frage-Antwort-Spiel.

Etwas zu hastiges Kopfschütteln, immer noch unruhige Augen.

»Sie sind befreundet, nicht wahr?«

»Waren wir mal. Ein paar Wochen, ja«, erwiderte Paolo hastig und mit breitem Mannheimer Akzent. »Vor 'nem Jahr oder so. Wissen Sie ja wahrscheinlich sowieso schon alles. Seither hab ich sie kaum noch gesehen. Ich hatte die Schule damals schon geschmissen und einen Ausbildungsplatz gesucht. Aber es hat nicht so recht funktioniert, das mit Tuu und mir, meine ich. Sie war mir zu zapplig und – weiß nicht – überdreht irgendwie. Jeden Tag hatte sie einen neuen Spleen. Ständig stand sie unter Strom. Wollte was erleben, was unternehmen und so. Anstrengend war sie, total anstrengend.«

»Sie sprechen in der Vergangenheit von ihr.«

»Was?« Erschrocken sah er mir ins Gesicht. Seine dunklen Augen mit den weichen Wimpern brachten vermutlich die Herzen nicht weniger weiblicher Wesen zum Schmelzen. »Das ... äh ... hat nix zu bedeuten. Gar nix. Für mich ist sie Vergangenheit, ja, das hat es zu bedeuten. Außerdem hab ich sie ja ewig nicht mehr gesehen.«

Einige Feuerwehrfahrzeuge fuhren mit dröhnenden Motoren und gellendem Tatütata an uns vorbei.

»Wann denn zum letzten Mal?«, fragte ich, als es wieder ruhiger war.

»Ich ... äh ... im April, glaube ich. Zufällig. Auf den Planken. Aber mehr als ›Hallo, was geht?‹ haben wir nicht geredet.«

»Und was ging bei ihr?«

»Äh ... ganz okay, eigentlich, ja. Sie ist shoppen gewesen. Hat ein paar Tüten dabeigehabt. Von Boutiquen, Sie wissen schon.«

»Das heißt, es ging ihr gut?«

»Nein, eigentlich ist's ihr grad voll scheiße gegangen. Sie ist mal wieder voll angepisst gewesen wegen ihrer Mom. Taschengeld gestrichen, das Übliche. Die Schule hat sie sowieso nur noch zum Kotzen gefunden. Ich glaub ...«

Der Blick des angehenden Buchhändlers kam nicht zur Ruhe. Ständig zuckte er herum, als wäre er auf der Suche nach einem Fluchtweg.

»Sie glauben?«, fragte ich geduldig.

»Also ... äh ... Sie ... Ach, vergessen Sie's.«

»Tuuli war shoppen, obwohl sie kein Taschengeld gehabt hat«, sagte Laila harmlos.

»Ich ... äh ...« Paolo schluckte. Paffte. »Ich will nichts dazu sagen. Ich häng niemanden hin. So bin ich nicht.«

»Viele Möglichkeiten gibt es ja nicht«, sagte Laila ernst, und ich machte mich ein wenig größer. »Entweder sie hat geklaut, oder sie hat noch andere Geldquellen als ihre Mutter gehabt. Gejobbt hat sie ja wohl eher nicht?«

»Gejobbt?« Paolo kicherte nervös, saugte an seiner Dampfmaschine. »Tuu? Echt nicht, nö. Seit Neuestem will sie zum Film. Ist auch schon zwei- oder dreimal zum Vorsprechen gewesen bei einer Agentur in Berlin.«

»Hat sie sonst noch was gesagt, außer dass sie Stress mit ihrer Mutter und keinen Bock auf Schule hat?«, fragte Laila weiter.

Warum war der Junge nur so aufgeregt? Allmählich hätte er sich doch beruhigen müssen.

»Nö, eigentlich nicht.«

»Und uneigentlich?«

Paolos Unruhe nahm eher noch zu als ab. »Keine Ahnung. Ich ... äh ... will jetzt nix mehr dazu sagen, sorry. Wir haben ja auch kaum was geredet, ehrlich.«

Seine Hände zappelten sinnlos herum, dann der Blick, die Blässe.

»Drogen?«, fragte ich ins Blaue hinein. »Dealt sie?«

Paolos betroffenes Schweigen war ein klares Ja.

»Womit?«

Keine Antwort.

»Jetzt pass mal auf, junger Mann. Du darfst jetzt wählen«, sagte ich im Chefpolizistenton. »Entweder du packst hier und jetzt aus, oder ich lade dich vor. Sagen wir, morgen Vormittag um elf in meinem Büro in Heidelberg?«

»Da …« Schlucken. »Da hab ich aber Schule. Also Berufsschule, ja.«

»Habt ihr nicht auch Ferien?«, fragte ich.

»Doch, ja«, gab der junge Mann kläglich zu. »Stimmt.«

»Na also.«

»Der Besitz kleiner Mengen ist nicht strafbar«, betätigte sich Laila als Brückenbauerin. »Das weißt du bestimmt. Und du siehst nicht aus, als würdest du selber dealen.«

»Sieht man das?«, fragte Paolo nicht ganz zu Unrecht. »Dass einer dealt, meine ich?«

»Jetzt bleiben wir mal beim Thema«, fuhr ich grob dazwischen.

Schlucken. Kopfschütteln, Händeringen. Schließlich öffnete Tuulis früherer Freund den Mund. Tuuli hatte ihr Taschengeld tatsächlich durch einen kleinen Drogenhandel aufgebessert. Sie hatte das heute Übliche im Angebot gehabt: Marihuana, Amphetamin, Crystal, sogar dieses neue Teufelszeug Fentanyl, das fünftausendmal stärker wirkt als Heroin. Woher die Ware stammte, wusste Paolo nicht, und ich glaubte ihm. Namen der Abnehmer behauptete er ebenfalls nicht zu kennen. Ich vermutete jedoch, dass auch er zu den Kunden seiner früheren Freundin zählte.

»Na, siehst du«, sagte ich begütigend, »war doch gar

nicht so schwer. Hast du irgendeine Idee, was aus ihr geworden sein könnte? Wo sie stecken könnte?«

»Wieso? Ist sie denn nicht daheim?«

»Sie ist seit drei Wochen verschwunden.«

Paolo brauchte einige Sekunden, um diese Nachricht zu verdauen.

»Ich hab sie mal …«, wieder mussten einige Züge gequalmt werden, »… mit einem Mann gesehen. Einem älteren Mann. In einem Auto. Ganz in der Nähe von da, wo sie wohnt. Ist ihr voll peinlich gewesen, also, dass ich sie gesehen hab. Sie hat sich extra klein gemacht im Sitz, und der Mann ist dann auch gleich weggefahren.«

»Was war das für ein Auto?«

»Ein weißer Mercedes, glaub ich. Ein sportlicher. Jedenfalls hat er voll nobel ausgesehen. Und teuer auch.«

»Wie hat der Mann ausgesehen?«

»Alt. Bestimmt über fünfzig. Oder sechzig.«

Auch manche Alte konsumierten heutzutage nicht nur Alkohol. Oder besserten ihre Rente mit Drogengeschäften auf.

»Sonst?«

»Was sonst?«

»Haarfarbe? Bart? Brille? Ohrstecker?«

Paolo war sichtlich froh, von dem heiklen Thema Drogenhandel wegzukommen.

»Eine Brille hat er gehabt, stimmt. So eine runde, fast ohne Rahmen. Haare konnt' ich nicht sehen. Er hat eine Basecap aufgehabt. Eine schwarze, mit dem Schild nach hinten. Hat voll affig ausgesehen, in seinem Alter. Dazu ein weißes Hemd mit kurzen Ärmeln.«

»Das Kennzeichen des Autos?«

»Hab ich nicht drauf geachtet. Nicht aus Mannheim, glaub ich. Keine Ahnung.«

Ich zeigte auch Paolo unser kleines Video. Auch er wollte

sich letztlich nicht darauf festlegen, ob die junge Frau auf der Straße Tuuli war oder nicht.

»Kann schon sein, aber … nee, sorry.«

»Wo waren Sie in der Nacht von Samstag auf Sonntag?« Automatisch war ich wieder zum »Sie« übergegangen.

»Auf ’ner Party. Privat. Von ungefähr acht bis in den Sonntagvormittag.«

»Gibt es Zeugen dafür?«

»Ungefähr dreißig. Soll ich Ihnen die Namen aufschreiben?«

»Der Veranstalter der Party würde mir fürs Erste genügen.«

Den kannte Paolo allerdings gar nicht. Eine Freundin hatte ihn dorthin geschleppt, deren Namen Laila in ihr Handy tippte.

»Waren Sie mit dem Auto da?«

»Ja. Irgendein Typ hat uns mitgenommen. Den hab ich aber auch nicht gekannt. Er hat auf Künstler gemacht und war eindeutig darauf aus, Frauen abzuschleppen.«

Ich beehrte auch den angehenden Buchhändler mit einem Kärtchen. Er nahm es dankbar entgegen und steckte seinen Dampferzeuger ein. In der Buchhandlung hatten sich inzwischen drei weitere Kundinnen eingefunden, die uns beobachteten und flüsternd diskutierten.

»Unsere Tochter heißt Emilia und nicht Emma und schon gar nicht Emmi«, belehrte mich ein hoch gewachsener Mann, der im selben Haus wie Tuuli und ihre Mutter wohnte, allerdings sieben Stockwerke tiefer.

Er trug eine streng gebügelte Tuchhose, dazu ein Businesshemd mit zugeknöpften Manschetten. Seine sauber gescheitelten Haare waren noch kaum angegraut, und er verströmte einen unangenehmen Schweißgeruch. Inzwischen war es Viertel nach sechs geworden, und vermutlich war er gerade erst von der Arbeit nach Hause gekommen.

»In welcher Sache möchten Sie Emilia denn sprechen?«

»Es geht um eine Schulfreundin.«

»Sie ist nicht zu Hause.«

»Wo könnten wir sie erreichen?«

»Geht es etwa um Tuuli?«, fragte der Mann augenrollend. »Sie hat einen schlechten Einfluss auf unser Kind, einen *sehr* schlechten, leider. Ich wünschte, die beiden wären sich nie begegnet. Und, nein, ich kann Ihnen nicht sagen, wo Emilia zurzeit steckt. Meistens schaltet sie ihr Handy aus, wenn sie unterwegs ist. Obwohl ich sie schon tausendmal gebeten habe, es nicht zu tun.«

In letzter Zeit verbrachte das widerspenstige Töchterchen ihre Tage und Abende oft zusammen mit Freunden und Freundinnen an einem Badesee, um das prächtige Sommerwetter und die Ferien zu genießen und später vielleicht noch zu grillen. Wie dieser See hieß, wusste ihr Vater nicht oder wollte er mir nicht verraten. Mir die Handynummer seiner Tochter anzuvertrauen, weigerte er sich kategorisch.

»Kein Problem«, sagte ich bemüht freundlich. »Emilia soll mich bitte einfach anrufen, wenn es ihr passt. Gerne auch abends.«

Ich überreichte auch ihm mein Kärtchen.

»Ich muss Sie aber warnen«, sagte der Vater sorgenvoll. »Emilia steht in den Ferien selten vor elf Uhr auf. Und ich werde bei diesem Gespräch natürlich dabei sein.«

»Wenn Ihre Tochter damit einverstanden ist, gerne. Sie ist volljährig, nehme ich an?«

Nein, das war Emilia noch nicht. Ihr achtzehnter Geburtstag war erst in sieben Wochen. Pech gehabt. Es würde ein anstrengendes Gespräch werden.

Die Rückfahrt nach Heidelberg verlief schweigend. Die Klimaanlage unseres Wagens hatte plötzlich den Dienst quittiert, und wir fanden nicht die richtigen Buttons auf dem großen Touchscreen, um sie wieder einzuschalten. Trotz offener Fenster herrschte eine Höllenhitze in der Blechkiste. Immer öfter fielen mir die Augen zu. Ich war erschöpft von dem bewegten Tag. Andererseits erfüllte mich eine tiefe Befriedigung. Zum ersten Mal seit Langem hatte ich wieder das Gefühl, ein Recht darauf zu haben, müde zu sein.

Als wir die Direktion erreichten, ging ich nicht mehr hinein, sondern schwang mich mit wackeligen Beinen auf mein Rad und machte mich auf den kürzesten Weg nach Hause.

10

Der Briefkasten war – wie inzwischen an Montagen üblich – leer. Auf dem Handy immer noch nichts, der private E-Mail-Posteingang war bis auf ein wenig Werbung für Versicherungen und Häuser in der Umgebung von Heidelberg leer. Eine Makleragentur schien seit einiger Zeit der Ansicht zu sein, eine Eigentumswohnung sei nicht standesgemäß für mich, und bislang war ich zu faul gewesen, die lästigen Werbemails abzubestellen.

Wie üblich in letzter Zeit war meine Wohnung verwaist und irgendwie abweisend, fast feindselig. Nur der Anrufbeantworter blinkte. »Annette« zeigte er an – Micks Mutter. Seit ich die Eltern von Louises Freund im Juni besucht und dabei einige Tage kostenlosen Urlaub am Bodensee gemacht hatte, waren wir per Du.

»Du, sag mal, Alex, hast du heut mal was von unseren Weltenbummlern gehört?«, fragte Annette mit seltsam gepresster Stimme.

»Seit Samstag nicht mehr. Wieso? Machst du dir Sorgen? Sie haben sich in letzter Zeit ja nicht mehr so oft gemeldet wie am Anfang.«

Laut der letzten Information, die ich und Annette hatten, waren Louise und Mick gestern in Jerusalem gewesen. Sie waren mit dem Bus gefahren und hatten während der Fahrt Fotos und kleine Videos geschickt wie in den Wochen zuvor. Inzwischen besaß ich eine umfangreiche Bildersammlung von Wien, Budapest, Bukarest, der Schwarzmeerküste, wo die beiden sich einige Tage Badeurlaub gegönnt hatten, von Istanbul. Auf mein Drängen hin hatte Louise in ihrem Smartphone die GPS-Position freigegeben, sodass ich jederzeit sehen konnte, wo sie sich gerade aufhielt. Zuvor hatte ich allerdings schwören müssen, nur im äußersten Notfall von dieser Funktion Gebrauch zu machen, und ich hatte auch nicht beabsichtigt, zum Helikopterpapa zu mutieren. Mick dagegen hatte sich strikt geweigert, das Gleiche zu tun, da er seinen Eltern in diesem Punkt nicht über den Weg traute.

Von Istanbul war es über Ankara und Kayseri weitergegangen nach Adana kurz vor der Grenze zu Syrien. Abgesehen von kleinen Schäden an den Rädern, die sie meist selbst oder mithilfe des nächsten Dorfschmieds beheben konnten, war ihnen bislang nichts Unerfreuliches oder gar Schlimmes zugestoßen. Sie waren von keinem Lkw angefahren oder auch nur von der Straße gedrängt worden, sie wurden nicht überfallen oder ausgeraubt. Hin und wieder hatten frei laufende Hunde sie verfolgt und tüchtig angebellt, jedoch nie angegriffen. Dafür hatten sie eine Menge Hilfsbereitschaft und Gastfreundschaft erleben dürfen, und Louise hatte nicht weniger als vier Heiratsanträge erhalten.

Die Namen der Städte, durch die die beiden tapferen Biker kamen, wurden immer fremder, die Landschaften karger. Tag für Tag hatte ich mir im Internet die Orte angesehen, war stolz auf meine kleine Louise gewesen, die früher immer die Zurückhaltendere meiner Zwillinge gewesen war. Ernstlich Sorgen machte ich mir während der zwei Tage, die sie für die Durchquerung Syriens benötigten, wo sie der Küstenstraße folgten und in einer kleinen Pension direkt am Meer übernachteten. Vom Bürgerkrieg hatten sie jedoch, abgesehen von einigen schrottreifen Militärfahrzeugen am Straßenrand, nichts mitbekommen.

Für den Libanon, der auch nicht ungefährlich war, hatten sie vier Tage benötigt, da Mick sich in Syrien eine

Magenverstimmung zugezogen hatte, aber ansonsten war auch auf diesem gefährlichen Teil der Strecke alles gut gegangen. Erst als sie die israelische Grenze passierten, hatte ich aufgeatmet.

In Haifa hatten die zwei Abenteurer wieder eine Erholungswoche eingelegt und sich in ein kleines Hostel eingemietet, um das gelobte Land per Bahn und Bus zu erkunden.

Louise hatte die Ortung ihres Handys irgendwann ohne Ankündigung gesperrt, da die Funktion angeblich ständig den Akku leer saugte. Gestern waren sie nun also in Jerusalem gewesen, und seither herrschte Funkstille.

»Da ist was passiert, ich fühle es«, sagte Annette mit wackliger Stimme. »Eine Mutter fühlt so was.«

»Allmählich bin ich auch ein bisschen nervös, ehrlich gesagt. Dass Mick sich bei dir auch nicht gemeldet hat ...«

»Was machen wir denn jetzt? Wir wissen ja nicht mal, in welchem Hotel in Haifa sie abgestiegen sind.«

Den Tag über hatte ich einige Male gewohnheitsmäßig auf mein Handy geschaut und meine Mails gecheckt, mir jedoch noch keine Gedanken gemacht. Aber jetzt kam ich doch ins Grübeln. Sollte Micks Darmverstimmung schlimmer sein, als er behauptet hatte? Hatte Louise sich angesteckt?

»Weißt du, was?«, sagte ich ins Handy. »Ich rufe morgen früh die deutsche Botschaft in Tel Aviv an. Die sollen sich darum kümmern. Dafür sind die schließlich da.«

»Warum nicht jetzt gleich? Anrufen, meine ich.«

»Weil die bestimmt längst Feierabend haben. In Israel ist es jetzt schon nach sieben.«

»Vielleicht gibt es einen Notdienst? Alexander, ich bin wirklich sehr beunruhigt.«

»Entspann dich, Annette. Die zwei sind erwachsen, sie sind zu zweit und nicht auf den Kopf gefallen.«

»Ja, ebendarum. Willst du nicht doch lieber gleich anrufen? Du weißt besser als ich, wie man mit solchen Leuten umgeht.«

»Na gut, einen Versuch ist es wert. Ich ruf dich anschließend zurück. Aber versprich dir bitte nicht zu viel davon.«

Wie ich befürchtet hatte, war das Telefon der deutschen Botschaft um diese Uhrzeit nicht mehr besetzt. Allerdings gab es für Notfälle tatsächlich eine Handynummer, über die man im Krisenfall angeblich rund um die Uhr jemanden erreichen konnte.

»Yessica Möbius hier«, meldete sich eine jugendlich klingende Frauenstimme fröhlich. Der Geräuschkulisse nach saß die Frau auf einer Terrasse und genoss die Abendsonne am Mittelmeer. »Was kann ich für Sie tun?«

»Gerlach hier, Kripo Heidelberg«, stellte ich mich in resolutem Ton vor. »Es geht um zwei vermisste Personen, die gestern in Jerusalem waren und seither nicht mehr erreichbar sind.«

»Okay«, sagte sie gedehnt. »Und die soll ich jetzt also für Sie finden? Was haben die zwei denn verbrochen? Und was halten Sie von einem offiziellen Amtshilfeersuchen?«

»Gegen die beiden liegt nichts vor. Ich rufe auch nicht in meiner Funktion als Polizist an, sondern als Vater. Meine Tochter und ihr Freund sind zurzeit in Israel, und seit gestern Abend ist der Kontakt abgerissen.«

»Handy?«

»Nicht erreichbar.«

»Wie alt sind die beiden?«

»Achtzehn und einundzwanzig.«

»Hm. Was würden Sie an meiner Stelle tun, wenn Sie so einen Anruf bekämen?«

»Nichts, wahrscheinlich.« Ich seufzte. »Ich würde dem Anrufer erklären, dass die vermissten Personen erwachsen sind und so weiter …«

»Eben.«

»Trotzdem. Ich habe ein blödes Gefühl. Bisher haben sie immer zwei-, dreimal am Tag von sich hören lassen. Sie sind sonst sehr zuverlässig und ... Vielleicht hatten sie einen Unfall und liegen in einem Krankenhaus. Oder eine plötzliche Erkrankung ...«

»Und das hat nicht Zeit bis morgen?«

»Ich würde besser schlafen, wenn ich wüsste, dass alles in Ordnung ist.«

Im Hintergrund fiel etwas scheppernd zu Boden. Menschen lachten. Und hörte ich nicht Brandungsrauschen?

»Okidoki.« Die Frau in Tel Aviv notierte sich die Namen und Passnummern von Louise und Mick.

»Ich weiß, dass sie in einem Hostel im Norden von Haifa abgestiegen sind«, fügte ich noch hinzu. »Von dort aus waren sie mit Bus und Bahn in Israel unterwegs. Aber ich weiß dummerweise nicht mal, wie dieses Hostel heißt und wo es liegt. Ich nehme an, in Israel gibt es ein zentrales Melderegister?«

»Gibt es. Du hörst von mir, Alexander.«

Übergangslos hatte die Frau in Tel Aviv zum Du gewechselt. Vermutlich war das in Israel so üblich.

»Heute noch?«

»Ich tue mein Bestes«, versprach sie entspannt und beendete das Gespräch.

Ich richtete mir ein kleines, kaltes Abendessen und setzte mich damit auf den Westbalkon. Kaum hatte ich zu essen begonnen, trillerte mein Handy.

»Yessica hier«, meldete sich die Botschaftsangestellte. »Pass auf, ich habe Folgendes herausgefunden ...«

Die beiden Weltreisenden hatten sich im *Haifa Hostel* eingemietet, wo sie jedoch seit Samstagmorgen nicht mehr gesehen wurden, und ihre Räder standen immer noch im Fahrradraum.

»Sie haben also nicht ausgecheckt?«

»Nein.«

»Wie ist es mit den Krankenhäusern in Jerusalem?«

»So weit sind wir noch nicht. Die Stadt hat fast eine Million Einwohner und eine Menge Kliniken. Das dauert, die alle abzutelefonieren. Aber etwas anderes, Alexander, und es fällt mir nicht leicht, dir das zu erzählen.«

Ihr Lebensabschnittsgefährte, der neben ihr saß, hatte in den Nachrichten aufgeschnappt, dass in der vergangenen Nacht auf der Autobahn von Jerusalem nach Tel Aviv ein Bus verunglückt war.

»Wie es heißt, hat es mehrere Tote gegeben. Ich habe die Meldung gerade auch in meinem Handy gefunden.«

Mein Puls geriet außer Tritt. Und es kam noch schlimmer: Der Bus war komplett ausgebrannt und die Identifizierung der Opfer deshalb schwierig.

»Joshua telefoniert gerade mit der Polizei und versucht, Näheres rauszufinden. Scheint jedenfalls eine ziemlich böse Geschichte gewesen zu sein. Über die Hintergründe wissen wir momentan leider noch nichts.«

»Wenn es hilft, könnte ich doch ein offizielles Amtshilfeersuchen schicken. Heute Abend noch.«

»Das wird nichts bringen. Die sind hier zum Glück nicht so kleinkariert wie die Polizei in … äh … sorry, hab ganz vergessen, dass du ja auch …«

»Geschenkt.«

»Na, jedenfalls, der Kommissar, mit dem Joshua gesprochen hat, wird sich bei dir melden. Muss sich allerdings selbst auch erst schlaumachen, weil der Unfall nicht in die Zuständigkeit von Tel Aviv fällt. Bis wann kann er dich erreichen? Yariv spricht recht gut Englisch.«

»Mein Handy bleibt die ganze Nacht an.«

Und ich würde todsicher kein Auge zubekommen, solange ich nicht wusste, was aus meiner Tochter geworden war. Nachdem ich eine Weile lustlos an meinem Abendessen geknabbert hatte, das im Wesentlichen aus altem Brot mit angetrocknetem Käse bestand, rief ich Annette zurück und behauptete, ich hätte bislang nichts erreicht.

»Die Leute in Tel Aviv haben jetzt auch alle Feierabend, weißt du? Wir werden uns leider doch bis morgen gedulden müssen. Mach dir keine Sorgen und schlaf gut. Wirst sehen, alles wird gut.«

Der Kollege in Tel Aviv war auf Zack und rief keine Viertelstunde später an. Mein Abendessen hatte ich fast unberührt in den Kühlschrank gestellt.

»My name is Yariv Weitzenfeld«, stellte der israelische Polizist sich mit sonor dröhnender Stimme vor. »The accident we are talking about was on Monday morning, around one a. m.«

Der Linienbus war etwa eine Stunde nach Mitternacht von der Straße abgekommen, hatte die Mittelleitplanke durchbrochen, war über die Gegenfahrbahn geschlittert, wo zum Glück zu so später Stunde kaum noch Verkehr herrschte, auf der anderen Seite im Graben gelandet, dort auf der Seite liegen geblieben und hatte, so vermutete man, sofort zu brennen begonnen. Möglicherweise hatte ein Teil der Leitplanke den Tank beschädigt.

»There were nine people on the bus in total.«

Acht Fahrgäste und der Fahrer.

»The driver was shot. That was the reason for the accident, you know?«

Wer den Fahrer erschossen hatte, war noch nicht bekannt. Die Kollegen vermuteten jedoch, dass ein Passagier der Todesschütze war. Wer, zur Hölle, war denn so verrückt, den Fahrer eines Fahrzeugs zu erschießen, in dem er selbst saß? Jedenfalls hatte man im vorderen Drittel des Busses einen Revolver aus den Beständen der IDF gefunden, der Israel Defence Forces.

Das Feuer hatte sich, soweit man bislang wusste, rasend schnell von hinten nach vorn ausgebreitet. Zudem hatten Gestrüpp und Bäume Feuer gefangen, wodurch ein Waldbrand entstanden war, dessen Bekämpfung die Feuerwehr bis in die frühen Morgenstunden in Atem gehalten hatte. Unglücklicherweise waren die Türen des Busses blockiert gewesen, da das Fahrzeug auf der rechten Seite lag. Der Name des Fahrers war logischerweise bekannt. Auf einem der vorderen Sitze hatte ein Mann gesessen, der inzwischen identifiziert war. Es handelte sich um einen vierundvierzigjährigen Palästinenser aus Nazareth, der möglicherweise mit dem Fahrer verwandt war, denn er trug denselben Nachnamen. Die meisten Passagiere waren so stark verbrannt, dass es äußerst schwierig werden würde, ihre Identität festzustellen. Ganz hinten, auf der Rückbank, hatten, nach den Spuren zu schließen, zwei Personen gesessen. Diese hatten ihre Rucksäcke zurückgelassen und waren vermutlich nach vorne gelaufen, um dem Inferno zu entkommen. Louise hatte schon als Kind beim Busfahren immer gerne ganz hinten gesessen, weil es ihr ein Gefühl der Überlegenheit und Sicherheit gab.

»So it was not a ...« In der Aufregung fiel mir der richtige Begriff nicht ein, also fuhr ich auf Deutsch fort: »Terroranschlag?«

»We dont't think so, no.«

Möglicherweise handelte es sich um das dramatische Ende eines privaten Konflikts zwischen dem Fahrer und seinem Fahrgast, und der Todesschütze hatte die fatalen Folgen seiner Tat nicht einkalkuliert. Ich sank auf einen der Küchenstühle.

»The two from the backseats, have they been identified?«

Nein, über die zwei auf der Rückbank wusste man bislang lediglich, dass es sich um einen Mann und eine Frau handelte. Auch sie waren bis zur völligen Unkenntlichkeit verbrannt. In den Resten der Rucksäcke hatte man allerdings einige Dinge gefunden, die das Höllenfeuer überstanden hatten, wie Münzen, einen Nagelknipser, die metallischen Reste von zwei Smartphones sowie ein Schweizer Multifunktions-Taschenmesser mit diversen Klingen und Werkzeugen, wie Mick eines besaß. Aber all diese Dinger erfreuten sich großer Beliebtheit, das musste nichts bedeuten.

»The coins?«, fragte ich mit erstickter Stimme.

Die Münzen stammten überwiegend aus Israel. Einige wenige auch aus Deutschland und zwei aus Großbritannien.

Louise war im vergangenen Dezember zusammen mit einigen Schulfreundinnen in London gewesen, um Weihnachtseinkäufe zu machen.

»What can you say about the bodies?«, fragte ich.

Die Körpergröße der beiden Fahrgäste ließ sich nur noch schätzen, da Leichen im Feuer mehr oder weniger stark schrumpfen. Nach Einschätzung des Arztes, der die beiden Leichname bislang nur flüchtig untersucht hatte, war der Mann zu Lebzeiten zwischen eins fünfundsiebzig und eins fünfundachtzig groß gewesen, die Frau zwischen eins fünfzig und eins sechzig. Zudem hatte er einen gut verheilten Knochenbruch an ihrem linken Unterschenkel festgestellt. Louise maß einen Meter zweiundsiebzig und hatte sich in ihrem bisherigen Leben definitiv noch niemals etwas gebrochen. Nun erlaubte ich mir durchzuatmen. Und stellte fest, dass ich schweißgebadet war. Meine Hände zitterten.

War ich nun beruhigt?, fragte ich mich, nachdem wir das Gespräch beendet hatten. Der Kollege in Tel Aviv hatte versprochen, mich unverzüglich zu informieren, sollte es Neuigkeiten geben. Ärzte können irren. Informationen können verloren gehen, auf dem falschen Schreibtisch landen, im falschen Computer, in der falschen Spalte einer Liste.

Nachdem ich einige Zeit sinnlos durch die Wohnung getigert war, stellte ich fest, dass ich nun doch wieder hungrig war. So holte ich meinen Teller aus dem Kühlschrank, würgte die Reste der Käsebrote hinunter und schmeckte nichts. Ich trank Wasser, gab dem Sog zur Weinflasche nicht nach.

Was konnte ich tun?

Nichts.

Nichts als warten und hoffen.

Ich verdrückte noch ein drittes Brot, dieses mit kaltem Braten belegt, dessen Haltbarkeitsdatum schon ein wenig überschritten zu sein schien, trank noch mehr Wasser.

Das Handy blieb still.

Um Viertel nach zwölf, ich war gerade dabei, meinen Sommerpyjama anzuziehen, der aus einem abgelegten T-Shirt und Boxershorts bestand, gab es dann wieder einen Hauch von Hoffnung. Die Heckscheibe des Busses war beim Umkippen aus ihrer Halterung gesprungen, und möglicherweise hatten die beiden Passagiere, in denen ich Louise und Mick sah, den Bus auf diesem Wege verlassen können, bevor die Hölle losbrach. Die junge Frau mit dem schlecht verheilten Beinbruch schien nun doch nicht die auf den hintersten Sitzen gewesen zu sein, sondern die, die im Mittelteil des Busses verbrannt war. Immer noch war so vieles unklar, widersprüchlich, verwirrend.

Zu meiner Überraschung schlief ich tief und traumlos.

11

Emilia Bertram versuchte, ihre körperliche Kleinheit durch besonders forsches Auftreten auszugleichen. Ihr Haar war lockig, die Farbe changierte zwischen Kastanienrot und Haselnussbraun, der Blick war blitzwach und neugierig.

Zu meiner Verblüffung hatte sie am Dienstagmorgen schon um kurz nach halb neun angerufen, aus ihrer Sicht vermutlich zu nachtschlafender Zeit, und ich hatte mich zusammen mit Laila unverzüglich auf den Weg nach Mannheim gemacht. Schon am Telefon hatte ich herausgehört, dass Emmi schlecht auf Tuuli zu sprechen war, sich jedoch zugleich Sorgen um ihre frühere Freundin machte.

»Was ist jetzt mit Tuu?«, lautete denn auch Emmis erste Frage, als wir gegen halb zehn auf dem Hof des Lieselotte-Gymnasiums im Schatten einer großen und dicht belaubten Kastanie Hände schüttelten, wobei die junge Frau kräftig zulangte. Es war ihr Vorschlag gewesen, sich hier zu treffen – vermutlich, weil sie ihren Vater nicht dabeihaben wollte. Weit oben in dem Baum sang ein Amselmännchen ein traurig klingendes Lied. Vermutlich hatte es im Frühjahr kein passendes Weibchen gefunden, die Hoffnung jedoch noch nicht völlig aufgegeben.

»Wir wissen es noch nicht«, beantwortete Laila Emmis Frage. »Drum sind wir hier. Weil wir nach ihr suchen.«

Ich hatte Laila die Gesprächsführung überlassen, da es in meinem Kopf derzeit nur ein Thema gab: Louise. So hielt ich mich im Hintergrund und ließ meine junge Mitarbeiterin machen. Und sie machte es gut. Da wir Minderjährige in der Regel nicht ohne Beisein eines Erziehungsberechtigten befragen dürfen, musste sie hin und wieder ein wenig um den heißen Brei herumreden.

»Und was wollen Sie dann von mir?«, fragte Emmi mit zornigem Blick. »Hab gedacht, Sie wissen endlich was, und jetzt …«

»Sollen wir nicht du sagen?«, schlug Laila vor. »Ich find, dann redet es sich leichter.«

Emmi nickte mit immer noch finsterer Miene.

»Um ehrlich zu sein, wir fürchten, dass ihr etwas zugestoßen ist. Sie ist jetzt seit drei Wochen verschwunden, und mein Chef und ich hoffen, du könntest uns helfen, sie zu finden.«

»Zugestoßen? Du meinst, sie ist … tot?«, fragte Emmi erschrocken.

»Wir können es leider nicht ausschließen.«

Emmi nickte.

Und nickte noch einmal.

»Ich zeig dir mal ein kleines Video. Guck's dir in Ruhe an. Wir haben Zeit.«

Laila reichte Emmi, die noch einen halben Kopf kleiner war als sie, ihr Smartphone. Sachkundig startete sie das Filmchen, startete es ein zweites und drittes Mal, gab das Gerät zurück.

»Also«, sagte Laila. »Was sagst du?«

»Das ist nicht Tuu. Die Bewegungen, irgendwie … Das Kleid ist auch gar nicht ihr Stil. Tuu mag's eher bunt und schrill. Und die Haare hat sie auch ganz anders, obwohl … Den Typ, der hinter ihr her ist, den hab ich auch noch nie gesehen. Aber den sieht man ja eigentlich auch gar nicht.«

Wie formuliert man eine Frage so, dass sie keine Frage ist?

»Du bist dir ganz sicher, dass sie nicht deine Freundin ist«, mischte ich mich ein.

»Tuu ist nicht meine Freundin. Nicht mehr.«

»Ich nehme an, du würdest sie erkennen, wenn du sie auf der Straße siehst.«

»Ja logo.«

»Falls es doch Tuuli sein sollte, so ein Kleid und eine neue Frisur kosten Geld«, fuhr ich fort. »Meines Wissens hat sie kein Einkommen, kein Taschengeld. Sie muss irgendwo wohnen, was essen ...«

Emmi zog eine Grimasse, die sagte: Bin ich die Hüterin meiner abgelegten Freundin?

»Wir wissen, dass sie sich durch Dealen ein bisschen was dazuverdient«, übernahm nun wieder Laila. »Aber darum geht es im Moment nicht.«

»In letzter Zeit nicht mehr.« Emmi verzog das hübsche runde und sonnenverbrannte Gesichtchen zu einer neuen Grimasse, die sagte: Ätsch, ich weiß etwas, was ihr nicht wisst.

Tuuli war im Juni nur mit knapper Not einer Verhaftung durch Mannheimer Kollegen entgangen, erzählte Emmi nicht ohne Schadenfreude. Dieses Erlebnis hatte Tuuli so zu schaffen gemacht, dass sie ihren einträglichen Nebenerwerb aufgab.

»Könnt' mir schon vorstellen, woher sie die Kohle für ihren nuttigen Fummel hat«, sagte Tuulis Nicht-mehr-beste-Freundin nach kurzem Schweigen. »Sie hat seit ein paar Wochen einen Kerl. Keine Ahnung, wer es ist. Sie hat ein Megageheimnis draus gemacht. Ich weiß nur, dass er viel älter ist als sie, so 'n Sugardaddy mit fetter Uhr und Goldkettchen, von dem sie sich aushalten lässt. Seit sie mit dem zusammen ist, ist gar nichts mehr mit ihr anzufangen. Ständig ist sie unterwegs, und so einen Blick hat sie auf einmal, diese Bitch, als wär sie jetzt was Besseres.«

Emmi schnaubte, sah auf ihre gut gepolsterten Hände, an denen einige Modeschmuck-Ringe funkelten. Sie hatte das Pech, die untersetzte Statur ihres Vaters geerbt zu haben. Dabei war sie nicht unhübsch. Das schlichte marineblaue Strandkleidchen, das sie trug, passte gut zu ihrem rötlichen Lockenkopf.

»Dauernd hat sie auf einmal neue Klamotten gehabt und Schmuck und Schuhe. Mal hat sie mich gefragt, ob sie ihren Kram in unserem Keller verstecken darf, damit ihre Ma ihr nicht draufkommt. Wollt ich aber nicht. Ich hab so schon genug Stress mit meinen Alten, da brauch ich nicht auch noch so was.«

»Dieser neue Freund«, ich sprach das letzte Wort mit besonderer Betonung aus, »könnte in Wirklichkeit auch ein Zuhälter sein.«

Daran hatte Emmi auch schon gedacht.

»Tuu wär schon imstande, mal einem Typen für Geld einen zu blasen. Hat sie früher auch schon manchmal gemacht, wenn ihr nachts im Club wieder mal die Euros ausgegangen sind. Ein Quickie aufm Klo, und schon war sie wieder flüssig.«

»Er trägt eine Angeberuhr und ein Goldkettchen«, sagte Laila. »Bestimmt hat er auch ein tolles Auto.«

Keine Frage, sehr gut.

Emmis Augen wurden groß. »Ja logo! Vor ein paar Wochen ist mal ein cooler BMW an mir vorbeigefahren, und da hat sie dringehockt, die Schlampe. Ganz sicher bin ich mir zwar nicht, aber schon ziemlich. Ein weißes Leinenkleid hat sie angehabt und eine megagroße Sonnenbrille wie ein Filmstar und einen Hut wie so eine bescheuerte englische Gräfin. Wie in einem von diesen alten Filmen, die meine Ma immer guckt.«

Bei Typ und Marke des Wagens war sie sich sicher: »Ein BMW Z4. Meine reiche Tante in Frankfurt hat auch so einen.«

Bei der Farbe wurde es schon schwieriger. Weiß oder hellgrau? Oder vielleicht doch eher beige oder sandfarben?

»Den Mann kannst du bestimmt auch gut beschreiben.«

Und wie sie das konnte! Er hatte ein voll geiles orangenes Poloshirt getragen, wahrscheinlich von Armani oder so.

»Und eine schwarze Basecap. Mit dem Schild im Genick. Und so eine verspiegelte Piloten-Sonnenbrille. Die Uhr hat ein Metallarmband gehabt, Gold und Chrom. Und total braun gebrannt ist der Typ gewesen und auch ganz schön sportlich irgendwie, obwohl er echt gruselig alt ist.«

Außerdem hatte Tuulis Lover einen Dreitagebart im Gesicht gehabt, der schon ein bisschen grau war, aber bloß ein bisschen.

»Was will die denn mit so einem Grufti? Der kriegt doch bestimmt schon lang keinen mehr hoch.«

»Wie alt ist der Mann ungefähr?« Das war jetzt doch eine Frage gewesen, aber egal.

»Wie mein Dad vielleicht. Der wird im November zweiundfünfzig.«

Zweiundfünfzig. Ein Jahr älter als ich.

»Falls dir sonst noch was einfällt«, sagte Laila. »Lass alles in Ruhe sacken. Denk noch mal drüber nach. Manchmal dauert es ein bisschen, bis die Erinnerung zurückkommt. Das ist ganz normal.«

Emmi schloss die Augen und zog die Stirn kraus. Fummelte in ihren Löckchen herum, öffnete die Augen wieder.

»Links am Hals, da hat er einen dunklen Fleck. Ein Muttermal oder so was.«

»Wie groß?«

»Wie der Daumennagel von meinem Dad vielleicht. Der hat ziemlich dicke Finger.«

»Nachher schicke ich dir ein paar Fotos von solchen BMWs«, sagte Laila. »Vielleicht hilft das deiner Erinnerung auf die Sprünge. Du bist übrigens eine tolle Beobachterin, alle Achtung!«

Emmi zuckte die rundlichen Achseln. »Kann ich mir auch selber im Internet suchen. Aber okay, wieso nicht?«

»Auf das Kennzeichen hast du bestimmt nicht geachtet.«

»Der erste Buchstabe ist ein M gewesen, das weiß ich noch. Aber es war nicht Mannheim.«

»München?«, fragte Laila sofort.

»Nö. Es sind zwei Buchstaben gewesen.«

Als wir uns auf den Weg zum Wagen machten, kam mir noch ein Gedanke. Ich ging zu Emmi zurück, die uns mit hängenden Armen und verlorener Miene nachsah.

»Sagt dir die Mailadresse tuuliistweg@gmx.com etwas?«

Emmi zuckte zusammen, als hätte sie eine Ohrfeige erhalten, wandte den Blick ab, nickte schließlich verschämt.

»Du hast sie als vermisst gemeldet?«

»Sonst hat's ja keinen gekümmert. Und irgendwie ... Ich fand's einfach nicht okay, dass sich kein Mensch dafür interessiert, was aus ihr geworden ist. Sieht man ja auf eurem Video, was alles passieren kann. Und das Mädel darauf, das ist echt tot?«

»Solange wir die Leiche nicht gefunden haben, können wir nicht sicher sein.«

»Gekillt von dem Typ, der hinter ihr her war?«

»Vielleicht.«

»Und kriegt ihr den?«

»Wenn er das Mädchen auf dem Gewissen hat, mit absoluter Sicherheit. Und falls du was von Tuuli hörst, gibst du uns bitte Bescheid, okay?«

»Sie hat gelogen«, sagte Laila, als wir wieder im Wagen saßen.

Ich ließ das Handy sinken, auf dem ich wieder keine Neuigkeiten aus Israel gefunden hatte. Dreimal hatte ich heute schon die Nummer des Kollegen in Tel Aviv gewählt, war jedoch immer auf seinem Anrufbeantworter gelandet.

Ich sah Laila fragend an.

»Als es um den Kerl auf dem Video ging, den man kaum sieht.«

»Sie glauben, sie kennt den Burschen?«

»Vielleicht hat sie die Jacke erkannt, die er angehabt hat.«

Jedenfalls war er wohl nicht Tuulis neuer Liebhaber.

»Treten Sie ein bisschen aufs Gas«, sagte ich. »Um zehn ist Sitzung.«

»Hier ist hundert.«

»Machen Sie das Blaulicht an.«

»Echt jetzt? Einfach so?«

»Das war eine dienstliche Anweisung.«

Grinsend setzte sie das Blaulicht aufs Dach und schaltete das Martinshorn ein. Nun ging es gleich sehr viel zügiger voran.

»Nehmen Sie's mir nicht übel, Chef, aber Sie sehen nicht aus, als wären Sie schon wieder gesund«, sagte Laila mit kritischem Blick, als wir die A 5 überquerten.

»Danke, ich nehme es zur Kenntnis.«

»Aber Sie bleiben trotzdem im Team?«

»Ich habe die Frau gefunden. Ich bin immer noch unser wichtigster Zeuge.« Ich zögerte, bevor ich fortfuhr: »Und ja, verdammt, Sie haben ja recht. Aber ich kann einfach nicht anders. Es ist ...«

»Ja?«

»Ach, nichts.«

Eine Sucht, hatte ich sagen wollen. Wie ein Junkie ständig an seinen nächsten Schuss denkt und daran, wie er das

Geld dafür auftreiben könnte, grübelte ich – wenn ich mich nicht gerade um meine Tochter sorgte – unentwegt über die unbekannte junge Frau nach, würde keine Ruhe finden, bis das Rätsel ihres Todes gelöst war.

Zum gefühlt hundertsten Mal versuchte ich Yariv Weitzenfeld in Tel Aviv zu erreichen. Im Radio begannen die Halb-zehn-Nachrichten, und ich erfuhr, weshalb der Kollege plötzlich nicht mehr erreichbar war.

»Die Zahl der Toten bei dem Selbstmordanschlag, der sich gestern Abend kurz vor Geschäftsschluss in der Azrieli-Mall im Zentrum Tel Avivs ereignet hat, hat sich zwischenzeitlich auf zweiunddreißig erhöht.«

Was für ein Land!

Und mittendrin Louise. Hoffentlich lebendig.

Viel Neues gab es bei der dritten Sokositzung nicht zu berichten. Die Zeugin, die beobachtet hatte, wie zwei Männer etwas Großes, Schweres in den Kofferraum des dunklen Kombis wuchteten, hatte sich noch einmal gemeldet. Im Nachhinein meinte sie sich plötzlich zu erinnern, dass am Steuer des Wagens eine dritte Person gesessen hatte. Möglicherweise eine Frau. Beschwören wollte sie dies allerdings nicht.

Die Reifenspur auf dem Parkplatz war zwischenzeitlich ausgewertet worden.

»Ein Winterreifen«, berichtete eine ältere Kollegin von der KTU. »Von Goodyear. Schon ziemlich runtergenudelt. Durch den TÜV kommt er damit nicht mehr.«

Die Reifengröße war gängig, und der Typ wurde bei vielen Kleinwagen eingesetzt.

»Winterreifen im Hochsommer?«, wunderte sich Vangelis, die angestrengt an mir vorbei sah.

»Ist nicht verboten, soweit ich weiß«, erwiderte die Kollegin. »Spricht aber dafür, dass der Halter keine Kohle hat.« Sie nahm ein neues Blatt zur Hand. »Die Sachen von dem Koma-Mann haben wir uns inzwischen angesehen. Der Anzug ist Größe 52, in Portugal hergestellt und in Deutschland unter der Marke *Boss* verkauft. Wahrscheinlich hat er ihn gebraucht gekauft oder geschenkt gekriegt. Der frühere Besitzer war größer und dicker als er. Die Schuhe sind aus der Türkei, aber von einer guten Marke. Unterwäsche und Socken stammen von C&A. Sein Gebiss sieht ordentlich aus. Er hat ein paar Plomben und einen Goldzahn. Und auf einem Eckzahn übelste Karies. So schlimm, dass er Schmerzen haben muss, wenn er nicht gerade bewusstlos ist. Außerdem raucht der Typ wie eine Koksfabrik.«

Auch zum Fahrrad gab es neue Erkenntnisse, die uns jedoch nicht weiterhalfen. Um diesen Punkt hatte sich unser Neuer gekümmert.

»Über die Rahmennummer konnte ich den Händler identifizieren, der das Rad vor drei Jahren verkauft hat. Die Firma war in Leimen und hat BikeWorld geheißen, bevor sie letztes Jahr pleitegegangen ist. Nehme an, die haben den E-Bike-Boom verschlafen. Ich habe versucht, den ehemaligen Inhaber aufzutreiben, aber bisher ohne Erfolg. Möglicherweise hat er sich ins Ausland abgesetzt, damit ihm seine Gläubiger nicht das letzte Hemd ausziehen.«

»Summa summarum«, versuchte ich Tim Kurtz' Bericht zusammenzufassen. »Der Mann stammt nicht aus Deutschland, war früher vielleicht relativ wohlhabend, ist es jetzt aber definitiv nicht mehr. Er hat keine oder nur wenig körperliche Arbeit verrichtet ...«

»Außerdem kann er Rad fahren und mit einem Smartphone umgehen«, ergänzte Laila.

»Wie geht es dem Mann eigentlich?«, fragte Vangelis in einem Ton, als würde sie die Antwort nicht sonderlich interessieren.

»Unverändert«, erwiderte Laila, die den Kontakt zur Klinik hielt. »Wenn wir Pech haben, kommt er wieder zu sich und hat alles vergessen, was vor dem Schlag auf den Kopf passiert ist.«

Die Kriminaltechnikerin blickte Aufmerksamkeit heischend in die Runde, hüstelte zweimal. »Eins noch: Die Haare, die wir vom Opfer eins gefunden haben, sind aus Kunststoff und stammen vermutlich von einer ziemlich billigen Perücke.«

Zudem hatten meine Spezialisten fürs Unsichtbare am rechten Ärmel des Anzugs von Opfer zwei Faserspuren entdeckt.

»Irgendein Mischgewebe mit ein bisschen Wolle drin, anthrazit, vielleicht von der Sportjacke?«

»Was ist mit Anhaftungen an den Händen? Er wird sich ja wohl gewehrt haben«, sagte ich.

»Haben sie beim LKA bisher nicht gefunden. Nehme an, sie sind von hinten gekommen. Und vielleicht ist er ja auch schwerhörig.«

Die Blutspuren am Boden stammten – wenig überraschend – von den beiden Opfern.

»Und was ist überhaupt mit dem Ehering? Vielleicht kommen wir damit weiter?«

»Wir kriegen ihn nicht runter.« Die Kollegin seufzte. »Und wir können ihm ja schlecht den Finger abschneiden, solange er noch lebt.«

Diese Bemerkung erzeugte verhaltene Heiterkeit, und ich beschloss, die Sitzung zu beenden.

12

Ich hatte es geschafft, fast dreißig Minuten nicht aufs Handy zu schauen, stellte ich mit zweifelhaftem Stolz fest, als ich mich auf den Weg in mein Büro machte. Vangelis war bereits verschwunden, als ich mich nach ihr umsah. Das war gut, denn ich hätte ohnehin nicht gewusst, was ich ihr sagen sollte. Was in uns entscheidet eigentlich, in wen wir uns verlieben können und in wen nicht? Warum regte sich nichts in mir, wenn ich an sie dachte? Selbst wenn ich versuchte, sie mir nackt vorzustellen ...

Stopp!, befahl ich mir. Für dieses Thema war jetzt wahrhaftig nicht die Zeit.

Am Schreibtisch zurück, rekapitulierte ich den Stand unserer Ermittlungen. Viel Neues war – abgesehen von Tuulis Sugardaddy – nicht hinzugekommen. Aber dennoch – es ging voran. Der Fortschritt ist eine Schnecke, die manchmal urplötzlich Sprünge macht. Viele Krümel ergeben am Ende oft auch einen Kuchen, hatte mein erster Chef oft gesagt, als ich noch ganz frisch bei der Kripo war.

Ein Anruf beim Sittendezernat am Polizeipräsidium Mannheim brachte mich auch nicht weiter.

»Zuhälter fahren eher große Schlitten«, erklärte mir ein knurriger Kollege, der sich merklich auf den Tag seiner Pensionierung freute. »In den Kreisen fährt man Daimler, mindestens AMG-Achtzylinder mit Sonderlackierung.«

Ohne sagen zu können, weshalb, hatte ich gleich meine Zweifel daran gehabt, dass Tuuli nun sozusagen offiziell auf den Strich ging. Eher neigte ich Emmis Theorie vom Sugardaddy zu. Ein älterer, gut situierter Mann, der sich eine blutjunge Freundin angelte und diese großzügig aushielt. Was in diesem Fall nicht strafbar, ja nicht einmal anrüchig war, da Tuulis achtzehnter Geburtstag schon zwei Wochen zurücklag.

Mein Handy meldete sich. Emmi rief an.

»Zwei Sachen sind mir noch eingefallen«, sprudelte sie ohne Einleitung los. »Erstens, der Typ hat einen Ring getragen, einen Siegelring, wie mein Opa einen gehabt hat, an der linken Hand. Und zweitens, er hat ein Schnurrbärtchen. So ein ganz schmales wie ein – wie sagt man – Gigolo? Hilft euch das weiter?«

»Weißt du, es ist wie beim Puzzeln. Mit jedem Teilchen wird das Bild ein bisschen deutlicher.«

»Darf ich Sie noch was fragen?«

»Na klar.«

»Glauben Sie, dass Tuuli noch lebt?«

»Ja, das glaube ich.«

»Ehrlich? Wieso?«

»Es ist mehr so ein Gefühl. Aber mein Gefühl trügt mich selten bei solchen Sachen. Du vermisst sie, nicht wahr?«

»Ja, ziemlich«, erwiderte Emmi unbehaglich. »Auch wenn sie in letzter Zeit 'ne üble Zicke war.«

Der Nachmittag verplätscherte mit Routinekram. Ich hielt die Fenster geschlossen, obwohl es in meinem Büro fast unerträglich stickig war. Draußen herrschte heute wieder einmal die zurzeit übliche apokalyptische Hitze. Kein Lüftchen regte sich, kein Wölkchen erbarmte sich. Für den Abend hatte der Wetterbericht allerdings schwere Gewitter angekündigt. Hoffentlich behielt er recht.

Irgendwann schreckte mich das Telefon aus meinem Dämmerschlaf. Das Display zeigte die Nummer der Telefonzentrale.

»Ich hab hier eine Frau in der Leitung, Herr Gerlach. Es geht um den Radfahrer.«

Die Anruferin klang nicht mehr ganz jung. »Ich heiße Katja Kummer. Und der Radfahrer, den wo Sie suchen, der ist mein Freund. Guido.«

Sie war in St. Ilgen zu Hause, einem Örtchen östlich von Sandhausen.

»Er hat bei mir übernachtet. Am Abend waren wir bei einer Grillparty von einer Freundin gewesen und haben ein bisschen was gebechert, und drum wollt er später nicht mehr heimfahren. Guido wohnt in Oftersheim, und er ist mit dem Rad da gewesen. Er war den ganzen Abend schon so komisch gewesen. Und wie wir dann bei mir waren, haben wir gestritten, ich weiß nicht mal, warum eigentlich. Dann sind wir eingeschlafen, und wie ich am Morgen wieder aufgewacht bin, da war er fort, der Mistkerl.«

»Wenn er heimfährt, nimmt er dann den Weg, der am Hardtbach entlangführt?«

»Ja, genau. Bis zur Bundesstraße.«

»Hat er Ihnen irgendwas erzählt, was er unterwegs beobachtet hat?«

»Geht's um die tote Frau?«

»Richtig.«

»Wir reden seither nicht mehr miteinander. Aber ich kann Ihnen seine Nummer geben.«

Guido Wohlbach meldete sich rasch und unhöflich. Offenbar störte ich ihn bei einer wichtigen Arbeit.

»Wir haben uns am Sonntagmorgen gesehen, auf dem Weg am Hardtbach, um kurz vor fünf.«

»Dann sind Sie dieser ... Jogger?«

»Stimmt.«

»Und jetzt wollen Sie mir eine reinwürgen?«

»Überhaupt nicht. Es ist nur ...«

»Sorry, dass ich so unhöflich war. Ist sonst nicht so meine Art. Aber ich war total stinkig auf meine Freundin, und den Ärger haben Sie dann abgekriegt.«

»Geschenkt. Was mich interessiert, ist, ob Sie etwas beobachtet haben. Ungefähr vier-, fünfhundert Meter von der Stelle, wo wir uns getroffen haben.«

»Was denn beobachtet?«

»Irgendwelche Menschen zum Beispiel.«

»Wie ich auf die Bundesstraße eingebogen bin, ist mir so ein alter Idiot entgegengekommen. Hat auf sein Handy geglotzt, und um ein Haar wären wir zusammengerasselt. Ich bin im letzten Moment ausgewichen, im Sand ausgerutscht, und dann hat's mich auch noch volle Kanne hingehauen. Der Alte hat nicht mal geguckt, ist einfach weitergefahren.«

»Sonst haben Sie nichts beobachtet? Oder gehört vielleicht?«

Nach einer kurzen Denkpause erwiderte Guido Wohlbach sehr zögernd: »Gehört. Gehört hab ich was. Eine Art Schrei. Hab gedacht, von einem Tier. Einem großen Vogel oder so. Sonst? Leider Fehlanzeige, sorry.«

Ich brachte mein übliches Sprüchlein an, er solle sich bei mir melden, falls ihm noch etwas einfiel. Das einzige Resultat dieses Telefonats war, dass mir bewusst wurde, wie sehr einen die Erinnerung täuschen konnte. Bis eben hatte ich mir eingebildet, Guido Wohlbach sei mir entgegengekommen, hätte also vor mir den Tatort passiert. In Wahrheit war er von hinten gekommen. Dieser Umstand spielte zwar in diesem Fall keine Rolle, da er ja kaum etwas beobachtet hatte. Aber er führte mir wieder einmal vor Augen, wie wenig Verlass auf Zeugenaussagen ist. Selbst wenn der Zeuge Chef der Kriminalpolizei ist.

Gegen halb fünf kam Sönnchen mit der Unterschriftenmappe. Wie üblich setzte sie sich für einen kurzen Plausch auf einen meiner Besucherstühle.

»Wie geht's voran mit dem neuen Fall?«, lautete ihre

Standardfrage, bevor sie an ihrem Kaffeebecher nippte. Seit einiger Zeit trank sie ihren Kaffee schwarz, wegen der Kalorien.

»Um die fünfzig, braun gebrannt, Brille, Protzuhr, Siegelring«, wiederholte sie die wesentlichen Punkte meines knappen Berichts. »Und der hat vielleicht eine junge Frau entführt, die aber wahrscheinlich nicht die ist, die umgebracht worden ist?«

»Klingt nicht, als hätte er sie entführt. Aber ich würde trotzdem gerne mit ihm reden. Außerdem trägt der Kerl ein Schnurrbärtchen, eine schwarze Basecap und eine Pilotensonnenbrille. Er fährt ein teures Auto und steht auf junge Frauen. Auf *sehr* junge Frauen.«

»Er will sich jünger machen.«

»Und, ach ja, am Hals hat er eventuell ein Muttermal. Auf der linken Seite.«

Sönnchens Blick weitete sich. Noch einmal nippte sie an ihrem offenbar noch zu heißen Kaffee. Dann sprang sie auf.

»Muss mal kurz telefonieren.«

»Sagen Sie bloß, Sie kennen den Kerl?«

Ich erhielt keine Antwort. Kurz darauf hörte ich sie im Vorzimmer sprechen.

»Du, Johannes, hast du die Ausgaben vom Antonius-Heftchen vom vorletzten Jahr noch irgendwo? Ich bräucht das Exemplar mit der Geschichte von diesem Superpfarrer in Mönchengladbach. Ich mein, es ist irgendwann im Sommer gewesen.«

Offenbar sprach sie mit dem Pfarrer der Kirchengemeinde in Neuenheim, in deren Chor sie eine tragende Rolle sang.

»Nicht?«, hörte ich sie enttäuscht sagen. »Dann vielleicht im September?«

Minuten später kam sie mit einem Papier in der Hand

zurück, legte es mit triumphierender Miene auf meinen Schreibtisch.

Der ganzseitige Artikel handelte von einem Priester, der einer Kirchengemeinde im Süden Mönchengladbachs vorstand und sich dort sehr um die Jugendarbeit verdient gemacht hatte. Die Kirche lag in einem Vorort mit Namen Mülfort, der auf eine römische Gründung zurückging, las ich. Und Bernd Lohfeldt, so hieß der engagierte Seelenhirt, hatte in den zehn Jahren, die er die Gemeinde jetzt betreute, den Laden gehörig aufgemischt. Da gab es Gottesdienste mit Rockmusik, eine inzwischen überregional bekannte Theatergruppe, einen Gospelchor und noch anderes. All das hatte dazu geführt, dass die Zahl der Kirchenbesucher in den vergangenen Jahren nicht wie fast überall sonst gesunken, sondern kontinuierlich angestiegen war. Natürlich war auch ein Foto dieses Wunder wirkenden, sichtlich sportlichen und braun gebrannten Priesters abgedruckt, und als ich es genauer betrachtete, wurde mir klar, warum Sönnchen mir diesen Artikel gebracht hatte.

»Das könnte er tatsächlich sein«, sagte ich. »Die Basecap ist zwar nicht schwarz, sondern weiß, aber die klotzige Uhr, der Siegelring, das Bärtchen ...«

»Und das Muttermal«, ergänzte Sönnchen mit Stolz in der Stimme. »Zu der Uhr gibt's übrigens eine Geschichte. Es ist eine echte Rolex, und es geht das Gerücht, er hätte sie einem steinreichen Fabrikanten auf dem Sterbebett abgeluchst. Die rechtmäßigen Erben sind auf die Barrikaden gegangen, aber es hat nichts genützt. Er hat zwar kein Testament vorweisen können, aber er hat einfach behauptet, der todkranke Millionär hätte sie ihm geschenkt, und keiner hat ihm das Gegenteil beweisen können.«

Vielleicht ausgelöst durch die Aufregung um die Rolex und die Lobeshymne im Antonius-Blättchen, war Wochen später in Mülfort eine regelrechte Bombe hochgegangen. Schon seit Längerem war hinter vorgehaltener Hand gemunkelt worden, der Herr Pfarrer zeige ein auffälliges Interesse an Mädchen am Beginn ihrer Pubertät. Mehr und mehr Eltern meldeten sich, die Staatsanwaltschaft begann, sich für den Fall zu interessieren, und um Bernd Lohfeldt, eben noch der Star der niederrheinischen Seelsorger, wurde die Luft sehr schnell dünner.

»Bevor sie ein offizielles Verfahren eröffnet haben, ist dann auch noch rausgekommen, dass er schon länger eine Freundin gehabt hat.«

»Eine, die gerade achtzehn geworden war?«, fragte ich sarkastisch.

»Nein, die war älter. Sie war alleinstehend und hat ein Kind gehabt, das aber nicht vom Pfarrer war.«

Als man dachte, schlimmer könne es nicht mehr werden, kam dann die Anzeige, die Bernd Lohfeldt endgültig das Genick brach.

»Eine Frau hat sich gemeldet, die zur Weihnachtskollekte zweitausend Euro gespendet hat. Aber wie der Pfarrer dann später das Ergebnis der Kollekte im Kirchenblättchen veröffentlicht hat, da waren angeblich insgesamt bloß neunzehnhundert und ein paar Zerquetschte eingegangen, ungefähr so viel wie jedes Jahr. Dabei hätten es ja diesmal um die viertausend sein müssen.«

»Er hat Geld für sich abgezweigt?«

»Er hat's sogar zugegeben, hat das Geld zurückbezahlt, und eines Morgens ist er dann einfach nicht mehr da gewesen. Die Kirchenoberen waren froh, dass sie so elegant aus der Malaise rausgekommen sind, und die Gemeinde hat sich mit der Zeit wieder beruhigt. Der jetzige Pfarrer soll eine Schlaftablette sein, dafür aber ehrlich.«

»Was hat Mönchengladbach eigentlich für ein Autokennzeichen?«

»MG, glaub ich. Wieso?«

»Weiß man, wo der Mann heute lebt?«

Nein, das wusste meine fast allwissende Assistentin nicht, fand es jedoch im Nullkommanichts heraus.

Der verkrachte Priester, der sich unter anderem einen teuren BMW-Roadster leisten konnte und eine ergaunerte Rolex spazieren trug, war heute in Leimen zu Hause, nur circa zehn Kilometer südlich von meinem Schreibtisch.

»Seit gut anderthalb Jahren«, sagte Sönnchen. »Wovon er zurzeit lebt, find ich auch noch raus.«

Unter Lohfeldts Festnetznummer meldete sich nur ein mürrischer Anrufbeantworter mit der Ansage: »Bin nicht da. Versuchen Sie es später noch mal.« Die Handynummer des diebischen Gottesmannes war auf die Schnelle nicht herauszufinden.

»Wissen Sie, was?«, fragte ich meine unersetzliche Sekretärin mit dem phänomenalen Gedächtnis. »Nach Leimen ist es nicht weit. Ich fahre da später mal hin und schnüffle ein bisschen herum.«

»Darf ich mit?«, fragte sie sofort.

»Also eigentlich …«

»Herr Gerlach, also bitte. Ohne mich wüssten Sie nichts über den Mann, stimmt's, oder hab ich recht?«

»Ich bin mit dem Rad hier und wollte eigentlich …«

»Bei der Affenhitze wollen Sie nach Leimen radeln? Kommt nicht infrage, schon gar nicht in Ihrem Zustand. Ich bin mit dem Auto da, und das hat eine Klimaanlage, und ich fahr Sie.«

Das Schlusswort »keine Widerrede« ersparte sie mir.

13

Fünfundzwanzig Minuten später waren wir in Sönnchens goldfarbenem Škoda Fabia auf dem Weg nach Leimen.

»Dass das klar ist, Frau Walldorf: Ich stelle die Fragen, und Sie schweigen, okay?«

Bernd Lohfeldt bewohnte ein verlottert wirkendes Haus am Hang, das auf einem von Gestrüpp und Unkraut überwucherten Eckgrundstück stand. Das zweistöckige Gebäude schien in den Fünfzigerjahren entstanden zu sein, als man Waschbeton noch für schick hielt. Wie ich während der Fahrt herausgefunden hatte, hatte das Anwesen bis vor drei Jahren einer kinderlosen Tante von Lohfeldt gehört, die ihrem Neffen, damals noch ein Priester ohne Fehl und Tadel, zudem einen alten Mercedes 220 SE sowie vermutlich einiges an Aktien und Geldvermögen vermacht hatte. Jenseits der östlichen Grundstücksgrenze sah ich nur noch Bäume. Am Ende der Straße, etwa zweihundert Meter von hier, wurde es offen. Dort begann ein kleiner Weinberg.

»Na, bei *Schöner Wohnen* gewinnt der jedenfalls keinen Preis«, meinte Sönnchen, als ich das vorwurfsvoll quietschende Gartentörchen aufdrückte. »Was für ein Urwald! Wenn er nicht aufpasst, kommt er bald nicht mehr in seine Garage.«

Wir mussten einige breite Stufen zur Haustür hinaufsteigen. Sönnchen folgte mir auf dem Fuß. Der Name an der Klingel war der richtige, ich drückte den Knopf, hörte von innen einen misstönenden Gong, dessen schräger Klang perfekt ins vernachlässigte Ambiente passte. Unmittelbar darauf begann ein großer Hund zu bellen, der jedoch nicht zur Tür kam, weshalb ich vermutete, dass das wütende Gekläffe elektronisch erzeugt wurde. Der gefakte Hund verstummte denn auch nach einer Weile wieder. Ich läutete ein zweites Mal, und sofort tobte er wieder los. Als nach meinem dritten Versuch immer noch niemand öffnete, trat ich einige Schritte zurück und sah mich um. Links von uns befand sich die Einfahrt zur Garage, deren hölzernes und nach einem frischen Anstrich lechzendes Tor geschlossen war.

Auf dem Nachbargrundstück schnippelte eine Frau mittleren Alters an einem prächtigen Rosenbusch herum und beobachtete unser Treiben aus den Augenwinkeln. Ich trat an die Hecke, über die ich gerade eben hinwegsehen konnte, und stellte mich als Polizist vor, woraufhin die Frau ihre Astschere abrupt sinken ließ und mich aus runden Augen anstarrte wie einen soeben materialisierten Poltergeist.

»Was hat er denn angestellt, unser Herr Nachbar?«

Ihre leuchtende Miene sagte: Kommt er jetzt in den Knast?

»Soweit ich weiß, nichts. Meine Kollegin und ich hätten nur zwei, drei Fragen an ihn.«

»Ach so«, erwiderte die Nachbarin enttäuscht.

Sönnchen konnte, da sie kleiner war als ich, nicht über die Hecke schauen, was sie ärgerte.

»Wissen Sie, wie wir Herrn Lohfeldt erreichen können?«

»Ich? Ich weiß bloß, dass er nicht da ist. Schon länger. Mein Mann und ich nehmen an, er macht Urlaub.«

»Und Sie wissen nicht zufällig ...«

»Wir wissen überhaupt nichts«, fiel sie mir barsch ins Wort und nahm die Schere wieder hoch. »Der Herr schwätzt ja nicht mit unsereinem. Der kommt und geht, wie's ihm passt.«

»Was erzählt man sich denn in der Nachbarschaft über ihn?«

»Dass er ein unfreundlicher Typ ist, der keinen grüßt, sich nicht mal vorgestellt hat, wie er vorletztes Jahr eingezogen ist. Keine Ahnung, was er arbeitet. Ob er überhaupt was arbeitet. Meistens fährt er ja bloß in der Weltgeschichte rum in seinem BMW-Cabrio. Aber nie vor zehn, elf am Vormittag.«

»Fährt er zu regelmäßigen Zeiten weg oder eher unregelmäßig?«, fragte meine Hospitantin Sonja Walldorf durch die Hecke, obwohl ich ihr ausdrücklich verboten hatte, sich einzumischen.

»Ganz unregelmäßig. Mein Ralf und ich glauben, der Lohfeldt macht sich einen faulen Lenz und lebt vom Geld seiner Tante. Gucken Sie sich doch bloß mal den Garten an. Ist das nicht eine Schande? Was war das für eine Pracht, wie die alte Frau Kübler noch gelebt hat! Und jetzt? Ein Chaos, wohin man guckt.«

»Er ist also eher nicht beliebt.«

»Beliebt?« Die Nachbarin lachte schrill. »Der? Wissen Sie, was man sich erzählt? Pfarrer soll er früher gewesen sein, und Geld soll er geklaut haben und den jungen Mädchen nachgestellt. Und außerdem, wie der Auto fährt! Das hier ist ein ruhiges Viertel, hier spielen Kinder auf der Straße, da brettere ich doch nicht mit siebzig durch. Und vom Klimawandel hat der auch noch nichts gehört. Einmal hätt er um ein Haar den Kater von der Frau Scheuchle überfahren. Sie hat sogar überlegt, ob sie zur Polizei gehen soll und ihn anzeigen, diesen Verrückten.«

»Verheiratet ist er nicht ...«

»Wer will denn so einen haben?«, fragte ein glatzköpfiger Mann in herrischem Ton, der plötzlich neben der Frau stand. »Wissen Sie, Herr ...«

»Gerlach.«

»Wissen Sie, Herr Gerlach, ich bin dreißig Jahre lang Personaler bei der Heidelberger Cement gewesen und hab Tausende Einstellungsgespräche geführt. Einen wie diesen Lohfeldt hätte ich nach einer Minute wieder rausgekegelt, aber hallo! Der Mann hat Dreck am Stecken, das sage ich Ihnen. Ich seh's so einem an der Nasenspitze an. Mit dem stimmt was nicht.«

»Er schaut einem nie in die Augen!«, rief eine weitere Nachbarin über die Hecke zur Straße hin. Offenbar hatte sie eigens für unser Gespräch ihren Garten verlassen. Sie war ungewöhnlich groß und beängstigend dürr. Silberlocken, empörte Oberlehrerinnenmiene. »Und wenn doch, dann tut er's auf so eine schiefe Art, als würd er einen für blöd halten.«

»Feindselig«, verbesserte die erste Nachbarin. »›Was willst du denn, du Wicht?‹ – ungefähr mit *dem* Blick schaut er einen immer an. Wenn er einen überhaupt mal anschaut.«

»Bekommt er hin und wieder Besuch?«

Blicke wurden getauscht. Schultern gezuckt, Köpfe geschüttelt.

»Ja oder nein?«, hakte ich nach.

»Ja«, sagte Nachbarin Nummer eins schließlich. »Manchmal geht's nachts ganz schön rund da drüben, wenn Sie verstehen, was ich meine.«

Ihr Mann machte eine eindeutige Geste dazu. »Meistens am Wochenende«, ergänzte er mürrisch und vielleicht auch ein klein wenig neidisch.

Ein weiterer Nachbar stand am Zaun wie aus dem Boden gewachsen. Bunt gekleidet, Ökolatschen, ein friedlich schlummerndes Baby auf dem Arm. »Spätabends, da habe ich mal gesehen, dass er eine Frau im Wagen hatte. Er ist aber gleich in seine Garage gefahren. Die geht ja ferngesteuert auf und zu, und es gibt einen Durchgang ins Haus.«

»Wie bei uns auch.« Nachbarin zwei nickte sachverständig. »Die Häuser auf der Seite sind alle von derselben Firma gebaut worden.«

»Wie alt war die Frau?«, fragte ich.

»Jung«, meinte der Nachbar mit dem Baby.

»Blond?«

»Nein, dunkelhaarig.«

Tuuli hatte ja angeblich die Haarfarbe öfter gewechselt.

»Fällt Ihnen sonst noch etwas zu Herrn Lohfeldt ein?«, fragte ich in die Runde.

Nachbarin eins hob ratlos die behandschuhten Hände und ließ die Heckenschere wieder sinken.

»Doch, doch, ein bisschen mehr wissen wir natürlich schon über den Spinner«, widersprach ihr Gatte grimmig. »Er hat sein Auto immer noch nicht umgemeldet. Und von Mönchengladbach, wo er früher gelebt hat, hört man so Sachen, die man lieber nicht weitererzählen will, weil man nicht wegen übler Nachrede angezeigt werden möchte. Und jetzt ist der Mann grad mal fünfzig und rührt keinen Finger mehr und lässt sich die Sonne auf den Bauch scheinen.«

»Manche wissen eben, wann es Zeit ist aufzuhören«, kommentierte seine Frau mit bitterem Unterton. »Manche schuften nicht bis zum zweiten Herzinfarkt.«

Ihr Mann tat, als hätte er nichts gehört. »Wieso wohnt er dann auf einmal hier?, frag ich Sie. Wieso ist er nicht da geblieben, wo er hingehört? Der hat Dreck am Stecken, so sieht's aus.« Den warnenden Blick seiner Frau ignorierte er.

»Ständig kriegt er Pakete«, ergänzte diese augenrollend. »Ich glaub, der bestellt sogar sein Essen im Internet. Sie müssten mal sehen, was für ein Turm bei uns im Gang steht.«

»Dürfte ich die sehen?«, fragte ich. »Die Pakete?«

»Wieso nicht?«, antwortete Ralf. »Von mir aus können Sie auch gern ein paar davon mit heimnehmen.«

»Ich habe auch schon drei Stück angenommen«, sagte der Mann mit dem Baby. »Aber bei uns waren es nur Päckchen von Amazon.«

»Ich nehm grundsätzlich nichts für andere Leute an«, verkündigte Nachbarin Nummer zwei. »Wer weiß, was da drin ist. Womöglich Rauschgift oder eine Bombe oder irgendwelches Nazizeug. Heutzutage weiß man ja nie.«

Der Paketstapel, den ich kurz darauf besichtigen durfte, war in der Tat beeindruckend.

»Wieso bestellt der so einen Haufen Zeug, wenn er doch weiß, dass er in Urlaub fährt?«, fragte der glatzköpfige Hausherr aufgebracht. »Ich meine, so einen Urlaub, den plant man doch. Da weiß man doch, dass man eine Weile nicht da ist. Da bestellt man doch nicht vorher noch einen Haufen Plunder im Internet!«

Es sei denn, der Urlaub war nicht geplant, sondern eine spontane Entscheidung gewesen. Oder es steckte etwas ganz anderes hinter Bernd Lohfeldts plötzlichem Verschwinden.

Die Namen der meisten Absender sagten mir nichts. Sicherheitshalber fotografierte ich einige Adressaufkleber. Manche der Kartons waren schwer, andere so leicht, als enthielten sie nur Luftpolsterfolie.

»Es ist also nicht sicher, dass Herr Lohfeldt in Urlaub gefahren ist?«, fragte ich. »Sie vermuten das nur?«

»Wir nehmen's halt an«, gab die Frau des Hauses mit einem verlegenen Blick auf ihren Mann zu.

»Sie haben nicht gesehen, wie er losgefahren ist?«

Synchrones Kopfschütteln.

»Irgendwann ist uns halt aufgefallen, dass man ihn auf einmal gar nicht mehr sieht, den Spinner«, knurrte der Mann.

»Wann war das ungefähr?«

Die beiden sahen sich an.

»Vor zwei Wochen?«, antwortete die Frau, der das Gespräch aus irgendeinem Grund zunehmend unangenehm zu sein schien. »Wir gucken ja nicht andauernd aus dem Fenster. Man hat ja auch anderes zu tun.«

»Manchmal ist er auch einfach so zwei, drei Tage weg«, ergänzte ihr Mann. »Jedenfalls, eines Morgens sagt die Sabine: ›Du, Ralf, den Lohfeldt sieht man überhaupt nicht mehr.‹«

»Hab gedacht, vielleicht ist ihm ja was passiert. Vielleicht liegt er mit gebrochenem Bein in seinem Haus, ganz allein, und keiner hilft ihm. Da hab ich meinen Ralf gefragt, also meinen Mann, ob er nicht mal drüben nachgucken möcht, aber das wollt er partout nicht ...«

»So weit kommt's noch!«, bellte Ralf und wischte sich mit dem Ärmel seines karierten Hemds den Schweiß von der Stirn. »Bin ich der Babysitter von diesem Knallkopf?«

»Falls er wieder auftaucht, würden Sie mich bitte anrufen?«

Ich überreichte der Frau mein Kärtchen und verabschiedete mich. Sönnchen wartete auf der Straße und wirkte ein wenig gekränkt darüber, dass sie die Pakete nicht hatte sehen dürfen.

Als wir zu ihrem Kleinwagen zurückgingen, rief eine Stimme von der anderen Straßenseite gedämpft: »Hallo?«

Es war der junge Vater. Sein selig schlafendes Kind nach wie vor im Arm, stand er in der lavendelfarben gestrichenen Tür seines Hauses und lächelte uns verlegen an.

»Sie sind wirklich Polizisten?«

»Aber ja. Alle beide.«

»Haben Sie vielleicht so etwas wie einen Dienstausweis bei sich?«

»Selbstverständlich.«

Sönnchen und ich durchquerten das halb offen stehende, in einem provozierenden Orange lackierte Gartentörchen. Vermutlich sollte die Farbe der Nachbarschaft signalisieren, dass hier Menschen wohnten, die anders waren. Die nicht dazugehören wollten.

Im Vorgarten wucherte ein riesiger Oleanderbusch, der in voller Blüte stand. Meinem Dienstausweis schenkte der junge Vater nur einen beiläufigen Blick. Er reichte mir die Linke, da er mit der Rechten das Kind festhielt. Dieses war inzwischen aufgewacht, blinzelte mich verdutzt an und nuckelte emsig an seinem pinkfarbenen Schnuller.

»Wollen Sie vielleicht kurz hereinkommen?«, fragte der Mann und trat zur Seite. »Die Neugierde der Leute hier ist schon fast pathologisch.«

Jetzt erst entdeckte ich die zwei kleinen Mädchen im Badeanzug, die halb neben, halb hinter ihm standen und mich neugierig beäugten.

»Das sind Judith und Lea«, stellte der stolze Vater die beiden vor. »Judith ist meine Tochter, Lea ist eine Kindergartenfreundin.«

»Hallo, ihr zwei«, sagte ich freundlich.

»Hast du eine Pistole?«, fragte Lea, die ein wenig größer und selbstbewusster war als ihre Freundin.

»Ja, schon. Aber die habe ich normalerweise nicht dabei.«

»Schießt du manchmal Verbrecher tot?«

»Bisher zum Glück noch keinen einzigen.«

»Dann bist du auch kein richtiger Polizist. Im Fernsehen schießen Polizisten dauernd Verbrecher tot.«

Im Haus roch es nach Babypopopuder und angebrannter Milch.

»Worum geht es denn eigentlich?«, fragte der Vater, der sich beim Händeschütteln als Manuel Gerstenberg vorgestellt hatte.

»Um eine junge Frau, die vermisst wird.«

»Seit wann?«

»Knapp drei Wochen.«

»Und Sie denken, Lohfeldt hat etwas damit zu tun?«

»Wir können im Moment noch nichts ausschließen.«

Er senkte den Blick seiner großen, dunklen Augen, schaukelte das Baby, das allmählich unruhig wurde. Vermutlich war es Zeit für die nächste Fütterung. Dann sah er wieder auf und gab sich einen Ruck.

»Es ist nämlich so«, begann er unbehaglich. »Ich möchte mich nicht an den allgegenwärtigen Tratschereien beteiligen, deshalb habe ich Sie ins Haus gebeten. Unser Kurti …«, liebevoll blickte er auf das Kind hinunter, das jetzt anfing, Geräusche von sich zu geben, »… ist ein Schreibaby. Deshalb bin ich nachts oft wach.«

»Immer plärrt er«, bestätigte Judith altklug. »Immer. Kurti ist ein ganz doofes Baby! Man kann überhaupt nicht mit ihm spielen.«

Herr Gerstenberg hatte hin und wieder gesehen, wie Bernd Lohfeldt spätnachts nach Hause kam. Oft mit einer Frau auf dem Beifahrersitz.

»In aller Regel waren sie jung, die Frauen, sehr jung. Manchmal habe ich mich gefragt, ob sie wohl schon volljährig sind. Genau vor unserem Haus steht eine Straßenlaterne, deshalb konnte ich sie immer gut sehen.«

»Wie oft war das?«

»Praktisch jedes Wochenende.«

Er wandte sich abrupt ab und ging in Richtung Küche. Wir folgten ihm. Dort nahm er ein fertig präpariertes Fläschchen aus dem Kühlschrank und stellte es in die Mikrowelle. Dann wandte er sich wieder mir und meiner Assistentin zu, die es sichtlich genoss, endlich einmal richtige Polizeiarbeit mitzuerleben.

»Meist in der Nacht zwischen Samstag und Sonntag. Ich

nehme an, er baggert die Mädchen in irgendeinem Club an, spendiert ihnen teure Cocktails und gibt mit seiner Uhr und dem tollen Wagen an.«

Nie hatte Manuel Gerstenberg bemerkt, dass Lohfeldt seine Begleiterinnen später nach Hause fuhr oder wenigstens zur Straßenbahnhaltestelle begleitete.

»Wenn sie zu Fuß weggegangen sind, dann haben sie vermutlich den direkten Weg runter in den Ort genommen. Dort konnte ich sie nicht sehen.«

»Das Mädchen, um das es uns geht, ist blond.«

»Die meisten waren dunkelhaarig. Einmal hatte er tatsächlich eine Blonde dabei. Langes, leicht lockiges Haar hatte sie. Könnte das das gesuchte Mädchen gewesen sein? Denken Sie, er ... hat ihr etwas angetan?«

Die Mikrowelle signalisierte, dass das Fläschchen warm war.

»Ich finde den Mann nicht sonderlich sympathisch, aber wie ein Vergewaltiger oder gar Mörder sieht er eigentlich nicht aus«, meinte Manuel Gerstenberg.

»Wir wissen bisher nur, dass das Mädchen verschwunden ist. Ungefähr zu dem Zeitpunkt, als Herr Lohfeldt hier zum letzten Mal gesehen wurde.«

Manuel Gerstenberg nahm das Fläschchen heraus, hielt es an die Wange, um die Temperatur zu prüfen, schüttelte es kräftig und begann, sein Söhnchen zu füttern, das begeistert saugte.

Kathrin und Judith waren in den Garten gegangen, wo offenbar ein Planschbecken stand und es viel zu lachen, quieken, jauchzen und spritzen gab.

»Einmal habe ich Schreie gehört«, sagte der junge Vater nach einigen Sekunden, in denen nur das Schmatzen des Babys zu hören war. »Wir haben zurzeit nachts alle Fenster gekippt. Wegen der Hitze. Und da habe ich Schreie gehört. Von einer Frau. Nur kurz. Dann war wieder Ruhe.«

»Das kann natürlich Verschiedenes bedeuten«, gab ich zu bedenken. »Wissen Sie sonst noch etwas über Ihren Nachbarn, das für uns interessant sein könnte?«

Lahmes Kopfschütteln. Der Kleine hatte das Fläschchen geleert und wurde über die Schulter des Vaters gelegt, um Bäuerchen zu machen.

»Er lebt sehr zurückgezogen, was diverse Nachbarn empört, wie Sie ja sicherlich bemerkt haben. Und er bekommt – abgesehen von den nächtlichen Frauenbesuchen – eigentlich nie Besuch.«

»Was bedeutet *eigentlich?*«

»Er hat eine Zugehfrau. Die kommt zweimal die Woche. Ein paarmal habe ich auch eine Frau bei ihm gesehen, die nicht so jung war. Sie dürfte etwa in seinem Alter gewesen sein und ist im eigenen Wagen gekommen. Einmal war es an einem Sonntag gegen Mittag, ein andermal irgendwann unter der Woche. Ihr Wagen war ein Golf und hatte ein Mannheimer Kennzeichen. Bitte denken Sie jetzt nicht, ich wäre auch einer von denen, die ihren Nachbarn hinterherspionieren. Aber wenn ich mit den Kindern unsere Runde drehe – es fällt einem ganz automatisch auf, wenn da ein Auto steht, das hier nicht hingehört.«

»Ein Golf, sagen Sie.«

»Noch recht neu. Ein Cabrio, grau. Die Frau war groß und dunkelhaarig. Elegant gekleidet, selbstbewusst.«

In meinem Kopf ging ein kleines Warnlämpchen an. Einen solchen Wagen hatte ich vor nicht allzu langer Zeit gesehen. Die Frage war, wo? Andererseits gab es vermutlich tausendmal so viele graue Golfs wie weiße BMW-Sportwagen der Hunderttausend-Euro-Klasse.

»Es kommt ein Gewitter«, sagte Sönnchen, als wir wieder in ihrem Škoda saßen. Im Westen stand tatsächlich eine schwarze Wolkenwand. Erste Böen wirbelten Staub auf.

»Gott sei Dank«, sagte ich. »Diese Hitze macht einen irre.«

Mein Handy brummte. Eilig zog ich es aus der Gesäßtasche meiner Jeans. Eine Nachricht … Nein, nicht von Louise, sondern von Sarah. Außerdem ein verpasster Anruf, der mich erreicht hatte, als Sönnchen mich von Heidelberg nach Leimen kutschierte. Die lange Nummer begann mit 00972, der Vorwahl von Israel.

Mit fliegenden Fingern rief ich zurück.

»Hallo«, begrüßte mich ein Mann mit Bärenstimme. »Schön, dass Sie gleich anrufen, Herr Gerlach. Es geht um das vermisste Pärchen.«

Der Mann war ebenfalls Polizist, saß an einem Schreibtisch im Zentrum von Jerusalem und trug den Namen Adam Miller. Außerdem sprach er fast akzentfreies Deutsch, und was er mir zu berichten hatte, trug leider nicht zu meiner Beruhigung bei.

»Ein Soldat hat sich bei uns gemeldet, der auch in dem verunglückten Bus saß. Zu seinem Glück ist er in Neve Ilan ausgestiegen, ungefähr zwanzig Kilometer vor der Unfallstelle.«

Und dieser Soldat behauptete nun, noch ein zweites junges Paar im Bus gesehen zu haben.

»Die einen haben ungefähr in der Mitte gesessen. Das waren Franzosen. Die hinten, meint er, waren Deutsche. Sie hätten ständig gestritten. Worüber, kann er nicht sagen, weil er bald nach der Abfahrt Kopfhörer aufgesetzt hat und außerdem nur wenige Worte Deutsch versteht.«

Wer die beiden verbrannten jungen Menschen waren, die Franzosen oder Louise und Mick, wusste bislang niemand zu sagen.

»Im Moment ist leider alles noch ein ganz schauderhaftes Durcheinander.«

»Sie haben bisher nur die Leichen von einem Pärchen gefunden, verstehe ich das richtig?«

»So ist es. Also besteht eine gewisse Chance, dass die anderen überlebt haben. Vielleicht sind sie durch die herausgesprungene Heckscheibe entkommen, vielleicht sind sie auch hinausgeschleudert worden. Leider ist es nicht ausgeschlossen, dass die beiden unter dem Bus liegen. Derzeit wird er mithilfe zweier Autokräne angehoben und in die Senkrechte gebracht.«

Zudem wurde die Umgebung des Unfallorts mit Hunden abgesucht. Es war möglich, dass noch andere Fahrgäste durch eines der zerbrochenen Fenster entkommen waren und in ihrer Panik und Verwirrung davongelaufen und irgendwo zusammengebrochen waren. Plötzlich riss das Gespräch ab, ohne dass wir uns verabschiedet hatten.

Zehn Minuten später, Sönnchen hatte mich soeben vor meiner Haustür abgesetzt und fuhr mit quietschenden Reifen an, rief der Kollege noch einmal an, um zumindest in einem Punkt Entwarnung zu geben. Der Bus war zwischenzeitlich wieder auf die Räder gestellt worden, beziehungsweise auf das, was davon übrig war, und darunter hatte niemand gelegen.

Sönnchen hupte zweimal kurz und bog mit Schwung um die Ecke.

Fast hätte ich in der Anspannung vergessen, Sarahs Nachricht zu lesen. Sie schrieb lapidar, sie werde übermorgen nach Hause kommen und eine Weile bleiben. Der Text klang, als wäre der Haussegen in Ancona kurz davor, von der Wand zu fallen.

»Hast du was von Lui gehört?«, lautete ihr letzter Satz. »Kann sie seit zwei Tagen nicht mehr erreichen.«

Als ich die Haustür aufschloss, legte mein Handy schon wieder los. Dieses Mal rief Klara Vangelis an, die ich gebeten hatte, weitere Informationen zu Bernd Lohfeldt, dem verkrachten Priester aus Mönchengladbach, zu beschaffen.

Unter anderem hatte sie länger mit einer netten und sehr gesprächigen Kollegin im Präsidium von Mönchengladbach telefoniert. Eine Polizeiakte über Lohfeldt existierte nicht, hatte meine engagierte Hospitantin dabei herausgefunden. Die Kollegin hatte ihr jedoch im Vertrauen verraten, dass der gescheiterte Priester bereits zweimal vor Gericht gestanden hatte.

»Beide Male wegen Verdachts auf Missbrauch Minderjähriger. Er ist jedes Mal freigesprochen worden. Angeblich haben die Mädchen – zum Tatzeitpunkt sechzehn und siebzehn Jahre alt – sich in ihren Aussagen so verheddert, dass der Richterin letztlich nichts anderes übrig blieb, als ihn freizusprechen.«

Nichts in Vangelis' Stimme verriet, dass sie immer noch auf meine Reaktion auf ihr Liebesgeständnis wartete. Wenn ich daran dachte, was ich möglichst vermied, dann wurde mir noch elender zumute als ohnehin schon. Ewig würde ich das klärende Gespräch nicht vor mir herschieben können. Ich hoffte sehr, meine Ablehnung so verpacken zu können, dass ich meine Mitarbeiterin nicht mehr als unvermeidlich verletzte.

Nach dem zweiten Prozess im Frühsommer vor zwei Jahren hatte Bernd Lohfeldt seinen Wohnsitz in den Süden verlegt, da zwischenzeitlich immer mehr Vorwürfe und Verdächtigungen gegen ihn die Runde gemacht hatten.

»Ist er wegen einer seiner anderen Delikte denn nicht angeklagt worden?«, wunderte ich mich.

»Das einzig Handfeste wäre die Unterschlagung von Spendengeldern. Hier ist die katholische Kirche die Geschädigte, aber da legt man wie so oft keinen Wert auf Aufklärung und Öffentlichkeit. Es wurde keine Anzeige erstattet, und so ist Lohfeldt aus allem fein raus.«

Den Abend verbrachte ich damit, länger mit Micks Mutter Annette zu telefonieren, um sie auf den aktuellen Stand zu bringen und ihr den Mut zu machen, den ich selbst nicht hatte.

Wie konnte ein Mensch nur so verzweifelt oder rachsüchtig sein, den Fahrer eines Busses zu erschießen, in dem er selbst saß?, fragten wir uns wieder und wieder. Und was mochte mit Louise und Mick geschehen sein? Mit etwas Glück war es ihnen vielleicht wirklich gelungen, den verunglückten Bus unter Zurücklassung ihrer Rucksäcke zu verlassen, bevor das Feuer um sich griff. Aber weshalb waren sie anschließend spurlos verschwunden? Ihre Handys waren in den Rucksäcken geblieben, aber es gab doch auch in Israel Telefonzellen. Oder nette Menschen, die einem kurz ihr Mobiltelefon liehen.

Hatten sie in ihrer Panik die falsche Richtung eingeschlagen und sich verlaufen? Waren von wilden Tieren angefallen worden, in eine Schlucht gestürzt oder …?

Nein!

Nein, nein, nein.

Sie mussten am Leben sein. Bestimmt würden sie sich bald bei mir melden. Vielleicht hatten hilfsbereite Menschen sie aufgenommen, die ihre Sprache nicht verstanden.

Die Heckscheibe war weggeflogen, das war ein Fakt, und die beiden hatten mit großer Wahrscheinlichkeit direkt davor gesessen. Wären sie durch das berstende Glas lebensgefährlich verletzt worden, hätte man sie im Bus oder in dessen Nähe finden müssen. Inzwischen waren fast achtundvierzig Stunden vergangen. Weshalb ließen sie nichts von sich hören? Lagen sie im Koma wie unser Unbekannter im Uniklinikum? Ihre Ausweise waren vermutlich in den Rucksäcken verbrannt.

Selbst wenn keiner der beiden eine Telefonnummer von

mir oder Micks Eltern auswendig wusste – wer merkte sich heutzutage noch Telefonnummern? Es gab tausend und eine Möglichkeit, mich dennoch zu erreichen. Ob meine Festnetznummer in irgendeinem analogen oder digitalen Telefonbuch zu finden war, wusste ich selbst nicht. Aber sie könnten die Polizeidirektion kontaktieren, deren Nummer im Internet problemlos zu finden war. Hatten sie durch den Schock oder Verletzungen, die sie sich beim Unfall zugezogen hatten, das Gedächtnis verloren? Alle beide? Irrten nun ziel- und planlos durch die Gegend? Die Landschaft zwischen Jerusalem und Tel Aviv sah nicht besonders einladend aus, hatte ich auf Google Maps gesehen. Immerhin gab es Bäume, streckenweise sogar Wald, Dörfer, alleinstehende Gehöfte. Es war Nacht gewesen, aber links und rechts von der Autobahn standen Straßenlaternen, es war also nicht völlig dunkel gewesen. Vielleicht waren sie zur Straße gelaufen und hatten einen Wagen angehalten?

Dreimal rief im Lauf des Abends Annette an, um sich mit zunehmender Verzweiflung nach Neuigkeiten zu erkundigen. Ihr ging es wie mir, sie konnte nur noch an eines denken: Wo steckte ihr Sohn, ging es ihm gut? Am Telefon spielte ich – hoffentlich überzeugend – den harten Kerl, der die Hoffnung nicht aufgab, dass sich alles zum Guten wenden würde.

Gegen halb elf meldete sich der Deutsch sprechende Kollege aus Jerusalem noch einmal, ausnahmsweise mit einer guten Nachricht: Die Hunde hatten tatsächlich eine Spur gefunden. Offenkundig waren zwei Personen die Böschung hinaufgeklettert, die der Bus kurz zuvor ungebremst hinabgedonnert war. »Eine der Personen hat geblutet. Aber nicht sehr. Sie haben nur vereinzelte Tropfen gefunden.«

»Wo endet die Spur?«

»Am Straßenrand. Auf der Seite, wo es nach Westen geht, nach Tel Aviv. Dort scheint sie dann jemand mitgenommen zu haben. Die Menschen hier sind sehr hilfsbereit, wissen Sie? Nachts ist zwar kaum Verkehr auf der Autobahn. Aber sie haben bestimmt nicht lange warten müssen, bis jemand gehalten hat.«

»Wer hat den Unfall gemeldet?«

»Ein Mann. Anonym. Seinen Namen wollte er nicht nennen. Nach seinem Dialekt stammt er aus Judäa. Das liegt östlich von Jerusalem.«

»Dann müssten Sie ja seine Handynummer haben.«

»Die haben wir tatsächlich. Aber die Nummer ist seither nicht mehr erreichbar. Ich fürchte, der Mann hat seine Gründe, den Kontakt mit der Polizei zu meiden.«

In der Nacht träumte ich von explodierenden Bussen und Feuersbrünsten und Zähne fletschenden Wüstenwölfen.

14

Am Mittwochmorgen herrschte Aufregung in der Polizeidirektion. Das versprochene Gewitter hatte sich woanders ausgetobt. Die Hitze hatte kaum nachgelassen, lediglich die Luftfeuchtigkeit war angestiegen, was alles nur noch schlimmer machte.

Selbst ein extrastarker Kaffee hatte es nicht geschafft, die bleierne Dösigkeit aus meinem Kopf zu vertreiben. Dies vermochten allerdings zwei Neuigkeiten, die mir Klara Vangelis überbrachte.

»Wir haben sie gefunden«, verkündete sie mit triumphierendem Blick, als sie keine zehn Sekunden nach mir mein Büro betrat. »In einem Wäldchen südlich vom Rheinauer See.«

Eine Frau, die am frühen Morgen ihren Hund ausführte, hatte schon um kurz nach acht angerufen. Der Hund – ein normalerweise lammfrommer und aufs Wort gehorchender Golden Retriever – hatte sich losgerissen und war aufgeregt bellend in den Wald gestürmt. Das Loch, in das die Täter die tote junge Frau gelegt hatten, war keinen halben Meter tief, die Erde wegen der wochenlangen Hitze hart gewesen, und da machte es vermutlich keinen allzu großen Spaß, tiefer zu graben.

»Die Spurensicherung ist schon vor Ort«, fuhr Vangelis fort. »Wollen wir gleich los?«

Ich wäre zwar lieber mit jemand anderem gefahren, aber das konnte ich an dieser Stelle wohl schlecht sagen.

Die zweite Neuigkeit verriet mir meine Mitarbeiterin, während wir mit Blaulicht und Trara vom Parkplatz der Polizeidirektion fegten. Ihren halsbrecherischen Fahrstil hatte sich Vangelis in Griechenland offenkundig nicht abgewöhnt.

»Die Ergebnisse der DNA-Analysen vom toten Mädchen und vom Koma-Mann sind gerade gekommen. Jetzt wissen wir, dass das Opfer nicht Tuuli Seljamaa ist. Und zum anderen steht fest, dass die beiden Opfer in direkter Linie verwandt waren.«

»Das heißt, sie sind Vater und Tochter?«

»So sieht es aus, ja. Sie stammen aus dem Osten, haben slawische Vorfahren, und das Mädchen ist von Natur aus nicht blond, sondern schwarzhaarig.«

Dass die Tote eine Perücke getragen hatte, wussten wir ja schon.

»Ich spekuliere jetzt einfach mal ins Blaue«, sagte Vangelis sachlich, während sie mit hundertvierzig eine Lkw-Kolonne überholte, an einer Stelle, wo maximal siebzig erlaubt waren. »Das Mädchen ist zu Hause ausgebüxt, vielleicht um irgendwo tanzen zu gehen oder auf eine private Party. Als sie am frühen Morgen immer noch nicht zurück war, hat der Vater sich auf die Suche nach seiner Tochter gemacht, vermutlich per Handyortung ...«

Vangelis benahm sich so natürlich und professionell, als hätte es das heikle Gespräch zwischen uns nie gegeben. Erwartete sie keine Antwort mehr von mir? Hatte sie aus meinem Verhalten bereits ihre Schlüsse gezogen?

»Ja, natürlich!«, fiel ich ihr lebhaft ins Wort. »Deshalb hat er sein Smartphone in der Hand gehabt.«

Eine Viertelstunde später stand ich vor dem Leichnam der jungen Frau, deren Schicksal nicht nur mir seit Tagen Kopfzerbrechen bereitete. Ihr Grab lag zwischen hohen Laubbäumen etwa zwanzig Meter vom Ufer des Baggersees entfernt, der heute als Badesee und für andere Freizeitvergnügen genutzt wurde. Das Gesicht, das ich nun zum ersten Mal sah, war oval, die großen Augen mit auffallend hellen, goldbraunen Pupillen standen offen und eine Spur zu weit auseinander. Die Stirn war hoch, die Nase nicht ganz gerade, der Mund schmal, das Kinn spitz, das kaffeebraune Haar unter der blonden Perücke straff gescheitelt. Das hübsche Mädchengesicht war übertrieben stark geschminkt. Wie so viele weibliche Teenager hatte sie vermutlich geglaubt, je mehr Schminke, desto größer wäre ihre Anziehungskraft auf Männer. Ihre Haut war schon zu Lebzeiten blass gewesen – sie schien sich in letzter Zeit trotz des Rekordsommers nicht oft im Freien aufgehalten zu haben. Der verschmierte Lippenstift war ebenso blutrot wie die Nägel, der Kajal um die Augen großzügig aufgetragen. Ansonsten war der Leichnam überraschend sauber, da die Täter ihn, vermutlich, um den Transport zu erleichtern, in eine stabile blaue Plane gewickelt hatten. Der Gesichtsausdruck der Toten drückte Angst aus, Todesangst.

Hatte sie Ähnlichkeit mit ihrem Vater? Die Augenfarbe vielleicht. Der Rest stammte wohl von der Mutter, die eine schöne Frau gewesen sein musste. Der Körper war extrem schlank, fast dürr, die Beine auffallend lang und gerade. Was hätte aus diesem Mädchen werden können, wie viele Chancen und Möglichkeiten waren vernichtet worden, als ihre Stirn auf diesen verfluchten Stein prallte!

Wäre da nicht die blutverkrustete Wunde an der Stirn gewesen, hätte man sich einbilden können, sie würde einfach nur schlafen.

Neben mir stand schwer atmend der Arzt, der hektisch an einem übel riechenden Zigarillo saugte. Er war etwa in meinem Alter, war jedoch einen Kopf kleiner als ich, weich und schwammig, und wirkte übernächtigt. Wie ich selbst vermutlich auch. Immer wieder hatte ich nachts mein Handy kontrolliert. Aber es hatte keine weiteren Neuigkeiten aus Israel gegeben. Weder gute noch schlechte. Mehr denn je war ich inzwischen überzeugt, dass Louise und Mick lebten.

»An der Verletzung ist sie aber nicht gestorben«, sagte der Arzt, hustete schleimig und trat den erst halb gerauchten Zigarillo aus.

»Sondern?«, fragte ich ungewollt mürrisch.

»Sie ist erstickt.«

Ich fuhr herum, starrte ihn an, als würde ich an seinem Verstand zweifeln. »Doch nicht etwa ...«

»Doch, leider. In dem Loch da, jämmerlich erstickt. Die zwei Vollidioten, die sie vergraben haben, haben nicht gemerkt, dass sie noch lebt.«

In der Kopfwunde hatte der Arzt Erdkrümel gefunden, Abrieb von dem Stein und ein wenig Moos.

»Schauen Sie ruhig, man sieht es mit bloßem Auge.«

In den Bäumen über uns meckerte ein großer Vogel so lustlos vor sich hin, als hätte er ebenfalls eine unruhige Nacht hinter sich. In der Ferne schlug eine Kirchturmuhr. Ein träger, feuchter Wind, der vom nur wenige Hundert Meter entfernten Rhein her kam, wehte mir ins Gesicht.

»Ist sie vergewaltigt worden?«, fragte Vangelis halblaut.

»Prima vista, nein«, erwiderte der Arzt und steckte sich den nächsten schwarzbraunen Glimmstängel an. Betrachtete ihn dann, als würde er sich plötzlich davor ekeln. »Endgültiges kann Ihnen natürlich erst die Kollegin sagen, die die Obduktion macht. Ihr Slip war ein bisschen verrutscht, und die eine Brust war nicht mehr im BH. Ansonsten habe ich nur ein paar harmlose Kratzspuren und kleinere Hämatome an den Armen, am Rücken und am Hals gefunden. Keine Würgemale oder Ähnliches. Wenn Sie meine Meinung hören möchten – was wir hier sehen, ist das Ergebnis einer riesengroßen Dummheit, verbunden mit einer Menge Pech.«

Wie so oft würden sich die Täter am Ende nicht als kaltblütige Killer entpuppen, sondern als Volltrottel, die die Signale, die die schöne junge Frau mit ihrer Aufmachung ausstrahlte, nicht adäquat zu deuten gewusst hatten.

Unweit von uns rauschte lebhafter Verkehr über die A 6. Hin und wieder war auch ein Zug zu hören, die Bahnlinie nach Süden war ebenfalls nicht weit entfernt. Einmal tutete ein Frachter auf dem Rhein. Ich fühlte mich hundeelend. Ich wollte weg von hier.

»Hat sie irgendwas bei sich gehabt?«, fragte Vangelis.

Der Arzt schüttelte müde den runden Kopf, an dem schweißfeucht das rotblonde Haar klebte. »Nur das Kettchen da am Hals.«

Ich ging in die Hocke, betrachtete den goldenen Anhänger, ohne ihn zu berühren.

»Was ist das? Sieht aus wie ein aufgeschlagenes Buch.«

»Der Koran«, antwortete Laila in meinem Rücken ohne Zögern. »Sie ist Muslimin.«

Sie und zwei Kollegen waren schon seit halb sieben vor Ort, hatten den Tatort gesichert und alles Notwendige veranlasst. Da es für uns hier nichts weiter zu tun gab, machten Vangelis und ich uns bald auf den Weg zurück an unsere Schreibtische.

»Wenn er seine Tochter mit dem Handy orten konnte, dann muss sie logischerweise auch eines gehabt haben«, überlegte ich, während Vangelis unseren Wagen jetzt ohne Blaulicht und Martinshorn nach Heidelberg steuerte. »Warum zum Teufel hat er sie nicht einfach angerufen?«

»Vielleicht hatte sie es lautlos gestellt? Töchter, die nachts auf der Piste sind, möchten nicht ständig von ihren Eltern angerufen werden.«

Das deckte sich mit meinen Erfahrungen. »Und die Täter haben ihre Handtasche mitgenommen mit allem, was drin war, um das Zeug später zu Geld zu machen.«

»Oder um uns die Identifizierung des Opfers zu erschweren«, ergänzte Vangelis mit unterdrückter Wut.

»Wenn ich daran denke, dass sie in dieser Drecksgrube erstickt ist, könnte ich kotzen. Entschuldigung, aber ...« Ich stieß einen abgrundtiefen Seufzer aus. Dann straffte ich meinen Rücken. »Okay. Jetzt, wo wir ihr Gesicht kennen, klappern wir alle infrage kommenden Lokalitäten ab. Allzu viele werden das ja wohl nicht sein. Ab jetzt geht es voran. Wir sind auf der Zielgeraden.«

Diese Aufgabe würde ich Laila Khatari und Tim Kurtz aufs Auge drücken. Die beiden waren jung genug, um in solchen Etablissements nicht aufzufallen, und konnten am ehesten mit den Leuten dort auf Augenhöhe sprechen.

»Da fällt mir ein«, sagte ich. »Kehren Sie bitte um. Wir machen erst noch einen Besuch in Mannheim.«

15

Tuulis Mutter öffnete erst nach meinem fünften Läuten und sah aus, als hätte sie drei Nächte nicht geschlafen oder stände unter Drogen. Sie hielt sich an der offenen Wohnungstür fest, schwankte leicht. Die Leggins, in denen sie heute steckte, waren ihr zwei Nummern zu weit, der Pulli dafür zu eng. Ihr Blick war glasig. Dieses Mal war ich ohne Begleitung gekommen. Vangelis wartete unten im Wagen.

»Was ist?«, fragte Frau Seljamaa heiser. »Sie sind doch dieser Polizist, der neulich schon hier war.«

»Stimmt. Aber dieses Mal bringe ich gute Nachrichten. Darf ich kurz hereinkommen?«

Kommentarlos gab sie die Tür frei, wankte vor mir her den Flur entlang, plumpste im Wohnzimmer auf ihren Lieblingssessel.

»Sagen Sie, was Sie zu sagen haben«, murmelte sie mit nervös herumirrendem Blick. »Und dann gehen Sie bitte wieder. Mir geht es nicht gut.«

Ihre Droge hieß Alkohol. Auf dem Tisch stand eine noch halb volle Flasche Gin, daneben ein Wasserglas. Mit fahrigen Bewegungen und Schweiß auf der Stirn schenkte sich Frau Seljamaa einen dreistöckigen Drink ein. Der Hals der Flasche klimperte gegen das Glas.

Ich nahm Platz. »Gut, dann also kurz und knapp: Die tote Frau, die ich am Sonntagmorgen gefunden haben, ist nicht Tuuli. Sie ist nicht einmal blond.«

»Und ... was heißt das?«, fragte sie gleichgültig.

»Das heißt, was es heißt«, erwiderte ich ein wenig erstaunt über ihre Frage. »Ihre Tochter ist mit allergrößter Wahrscheinlichkeit noch am Leben.«

»Das weiß ich doch längst.«

»Das tote Mädchen hat eine Perücke getragen und … Was sagten Sie eben?«

Regelrecht feindselig glotzte Tuulis Mutter mich an, nahm einen großen Schluck, stellte das Glas ab, ohne den Blick von meinem Gesicht zu wenden.

»Ich weiß, dass sie lebt.«

»Und das freut Sie gar nicht?«

Sie schüttelte den Kopf, sagte gleichzeitig: »Ja, doch. Natürlich.«

»Ist etwas nicht in Ordnung? Abgesehen davon, dass Tuuli nach wie vor vermisst wird?« Noch während ich fragte, wurde mir klar, dass sie mit ihrer Tochter inzwischen Kontakt gehabt haben musste.

»Alles ist in Ordnung. Und niemand wird vermisst.«

Wieder nahm sie einen großen Schluck. Das Glas war schon fast leer. Plötzlich warf sie es mit Schwung gegen die Wand, wo es in tausend Splitter zersprang. Idiotischerweise dachte ich in diesem Moment, dass Gin wohl keine Flecken machte.

»Soll ich Ihnen einen Arzt rufen, Frau Seljamaa?«

Ihr Lachen klang hysterisch, kreischend, brach so abrupt ab, wie es begonnen hatte.

»Einen Arzt? Sie sind lustig. Wirklich, sehr lustig.«

Sie griff sich an den Kopf, murmelte etwas Unverständliches, stemmte sich dann hoch, wankte zum Schreibtisch unter dem Westfenster, hob den Papierkorb hoch, kramte kurz darin herum, kam zurück und warf einige Stücke einer zerrissenen Ansichtskarte auf den Tisch.

»Ich darf?«, fragte ich.

Sie nickte abwesend, nahm wieder Platz, schloss die Augen mit einer Miene, als erwartete sie ein Urteil, das nur »schuldig« lauten konnte.

»Gestern gekommen«, brabbelte sie und nahm einen

Schluck aus der Flasche. »Aber ich habe es vorher schon gewusst. Dieses Miststück, diese Schlampe, diese …«

Es dauerte nur wenige Sekunden, die Schnipsel der Ansichtskarte so auf den Tisch zu legen, dass alles passte. Sie kam aus Monaco, zeigte die prächtige Fassade des palastähnlichen *Hôtel Hermitage Monte Carlo*. Ich drehte die Schnipsel um und rückte sie wieder zusammen.

Hi, Mom, las ich dann. Tuulis Schrift war fast noch kindlich. Sie hatte sehr klein geschrieben, vermutlich, damit sie mehr Platz hatte, um ihre Mutter zu ärgern. *Uns geht's voll mega hier. Monte Carlo ist voll der Oberhammer, das Hotel hat FÜNF Sterne, ein superriesiger Megapool, das Meer, alles geisteskrank nice. Frühstück kriegen wir jeden Morgen ans Bett gebracht. Mit Kaviar und Schampus und allem! Every day! Ich hoffe, dir geht's gut. Grüße auch von Bernd*

»Äh …«, brachte ich heraus.

Wieder dieses schrille Lachen, das mir in den Ohren und in der Seele schmerzte.

»Sie ist so ein bösartiges Luder, so eine …« Tuulis Mutter brach ab und begann übergangslos zu weinen.

»Bernd ist Bernd Lohfeldt, nehme ich an?« Blöde Frage! Wer sonst? »Fahren Sie zufällig einen grauen Golf?«

Sie senkte den Blick, die Unterlippe zitterte, die Tränen liefen ungehindert über das heute ungeschminkte Gesicht. Sie war die Frau, die Herr Gerstenberg gesehen hatte. Lohfeldts Geliebte – etwa, bis ihr smartes Töchterchen ihr den Lover ausgespannt hatte?

Bevor ich den Mund öffnen konnte, um nachzufragen, bestätigte Tuulis Mutter meinen Verdacht.

»Er ist so ein Arschloch. Kann seine Finger einfach nicht von kleinen Mädchen lassen, dieser Dreckskerl.«

Frau Seljamaa schwieg einige Sekunden. Bediente sich erneut aus der Flasche. Gin lief links und rechts aus dem ungeschminkten Mund und in ihren Ausschnitt.

»Im Grunde ist mir längst scheißegal, was er treibt. Und was sie treibt«, brach es dann aus ihr heraus. Plötzlich begann sie zu kreischen, das Gesicht jetzt krebsrot. »Ja, es ist mir scheißegal, mit wem er in die Kiste steigt und mit wem Tuuli rumvögelt, diese ... diese Drecksschlampe. Aber ausgerechnet mit Bernd, Herrgott, das wäre doch wirklich nicht nötig gewesen.«

Sie fuhr sich über die Augen, keuchte, beruhigte sich allmählich.

»Wir waren ein Paar. Fünf Jahre lang. Seinetwegen sind Tuuli und ich hierhergezogen. Seinetwegen habe ich mir den ganzen Stress angetan mit Umzug, neuer Stelle, Schulwechsel und so weiter und so fort. Dass er mir manchmal untreu war, wusste ich. Aber wir waren ... Wir sind ja schließlich nicht verheiratet. Ausgerechnet Tuuli!« Schon wurde sie wieder laut. »Dieser verlogene Arsch, dieser geile Sack, dieser Vollpfosten. Das hat sie wirklich fein eingefädelt, dieses ... dieses verdammte Drecksluder.«

»Sie denken, sie hat ihn verführt?«

»Ja, was denn sonst?«, bellte sie mich an.

Wenn Blicke töten könnten ...

»Das tut mir leid, Frau Seljamaa, wirklich ...«

»Ihr Mitleid können Sie sich sonst wohin stecken!«, fiel sie mir mit loderndem Hass ins Wort. »So, und jetzt hauen Sie ab, los, verschwinden Sie!« Sie schluckte und schluckte, dann sprang sie auf, lief in den Flur, Augenblicke später knallte eine Tür zu. Es war wohl zu viel Gin gewesen.

Als Vangelis auf die A 6 einbog, begann mein Handy zu jodeln. Mein Puls legte einige Extratakte ein, als ich die lange Nummer sah – Israel.

»Ja?«, rief ich viel zu laut ins Mikrofon.

»Hi, Paps«, hörte ich Louise mit matter Stimme sagen,

und ein Sturzbach der Erleichterung raste meinen Rücken herab.

Den beiden war es tatsächlich gelungen, den verunglückten Bus zu verlassen, nachdem die Heckscheibe herausgeflogen war und bevor das Feuer sich ausgebreitet hatte. Mick wollte noch einmal zurück, um die Rucksäcke zu holen, aber Louise hatte ihn daran hindern können. Verwirrt vor Schreck und Angst waren sie die Böschung zur Autobahn hinaufgekrabbelt, hatten beide Fahrbahnen überquert, ohne überfahren zu werden, und gleich das erste Auto, das in Richtung Tel Aviv unterwegs war, hatte angehalten. Zu diesem Zeitpunkt hatte der Bus noch nicht allzu heftig gebrannt. Der Fahrer des alten und schon ziemlich klapprigen Mercedes Diesel, ein älterer Herr, der einige Worte Englisch sprach, hatte jedenfalls nichts von dem Unfall bemerkt. Erst als sie schon einige Kilometer gefahren waren, hatte er auf Drängen seiner Passagiere hin die Polizei alarmiert.

Als er mitbekam, dass Mick blutete, hatte er Louise einen Verbandskasten in die Hand gedrückt, damit sie ihren Freund verarzten konnte. Später hatte er sie in irgendeinem tristen Vorort von Tel Aviv abgesetzt, ihnen den Weg zum Hauptbahnhof Savidor Central beschrieben und ihnen obendrein einen Geldschein zugesteckt, damit sie sich Tickets nach Haifa kaufen konnten. Ob so spät nach Mitternacht noch Züge verkehrten, wusste ihr einsilbiger Retter allerdings nicht zu sagen.

Die beiden Gestrandeten hatten sich in der riesigen Stadt auf dem Weg zu ihrem Ziel ohne Smartphone heillos verlaufen. Schließlich hatten sie sich – restlos erschöpft und entnervt – in einer kleinen Grünanlage auf Bänken zum Schlafen hingelegt. Aufgewühlt, wie sie waren, hatten sie lange keine Ruhe gefunden, und irgendwann war eine Horde sichtlich unter Drogen stehender junger Franzosen aufgetaucht und hatte die beiden angepöbelt. Mick gab ihnen dummerweise Kontra, woraufhin die anderen Messer zückten und Mick und Louise aufforderten, ihre Wertsachen herauszurücken. Sie wollten nicht glauben, dass es, abgesehen von dem Geldschein, nichts zu holen gab, und waren am Ende sogar gegen Mick handgreiflich geworden. Louise ging todesmutig dazwischen und kam einige Zeit später in einem Krankenhausbett wieder zu sich. Nun lagen sie auf getrennten Stationen, ohne Geld, ohne Handys, mit nichts als den Sachen, die sie am Leib getragen und die erst beim Unfall und später bei der Schlägerei sehr gelitten hatten.

An dieser Stelle ihres Berichts begann Louise zu schluchzen. »Ich bin so was von im Arsch, Paps. Mick hat die Schnauze auch gestrichen voll. Wir wollen nur noch heim. So schnell wie möglich weg von hier. Kannst du uns bitte, bitte helfen?«

»Ihr seid noch im Krankenhaus?«

»Ja, aber wir wollen raus hier.«

Im Hintergrund hörte ich Klinikgeräusche. Hektische Stimmen, Geklapper, gellendes Schimpfen in einer für mich unverständlichen Sprache.

»Wir haben kein Geld mehr. Wenigstens haben sie mich telefonieren lassen. Das Essen hier ist auch total gruselig, und überhaupt ist alles ...«

Klugerweise hatte meine kleine Louise vor Antritt ihrer großen Fahrt meine Handynummer mithilfe eines wasserfesten Filzschreibers auf ihrem Unterarm notiert.

»Wieso hast du denn nicht früher angerufen?«

Das hatte das Klinikpersonal nicht erlaubt. Stattdessen hatte eine ältere, sehr freundliche Ärztin Louise versprochen, mich zu informieren, es dann jedoch vermutlich im Trubel des Klinikalltags vergessen.

»Was soll ich denn jetzt machen, Paps?«

»Geht zur Polizei. Die werden …«

An dieser Stelle brach die Verbindung ab. Den Rest meines Satzes »euch zur deutschen Botschaft bringen« sprach ich ins Leere. Ich rief die israelische Nummer zurück, erreichte jedoch niemanden.

»Stress mit Ihrer Tochter?«, fragte Vangelis, ohne mich anzusehen.

Ich berichtete ihr, was Louise und Mick zugestoßen war.

»Die Kollegen in Tel Aviv werden den beiden helfen«, war sie überzeugt. »Die Leute da unten sind sehr hilfsbereit. Ich kenne Tel Aviv ein bisschen. Eine beeindruckende City …«

Sie erzählte mir etwas von fantastischen Stränden mit phänomenalen Sonnenuntergängen, aber ich hörte nur mit halbem Ohr hin. Louise lebte, das war wichtiger als alle Sonnenuntergänge und Strandbars dieser Welt. Es ging ihr nicht gut, aber sie war nicht schwer verletzt, konnte sich auf eigenen Beinen fortbewegen, und der Rest würde sich finden. Am liebsten wäre ich Vangelis singend um den Hals gefallen, aber das ließ ich natürlich bleiben.

16

Als ich wieder in meinem Büro war, versuchte ich, unterstützt von einem großen Cappuccino, mir einen Überblick darüber zu verschaffen, was wir über unseren aktuellen Fall Neues wussten und was unsere nächsten Schritte sein mussten. Immer noch bestand die Möglichkeit, dass plötzlich ein Zeuge auftauchte, der uns den entscheidenden Hinweis auf den Mann gab, der die junge Muslimin verfolgt und später - offenbar mithilfe eines Freundes - lebendig begraben hatte. Ein Widerspruch fiel mir auf: Sie trug zwar das Kettchen mit dem Koran am Hals, hatte sich jedoch, westlich gekleidet und geschminkt, ins samstägliche Nachtleben gestürzt. War sie zu Hause ausgebüxt und hatte sich irgendwo umgezogen und zurechtgemacht, bevor sie loszog? Allein? Wohl eher nicht. Nach meiner Schätzung war die Tote noch nicht lange volljährig gewesen, wenn überhaupt. Ihr Gesicht hatte fast noch kindlich gewirkt. Wobei man sich in diesem Punkt leicht täuschen konnte. Vor allem, wenn der oder die Betreffende aus einem anderen Kulturkreis stammte.

Am meisten Hoffnung setzte ich immer noch auf den Vater der Nachtschwärmerin. Wenn er endlich aus dem Koma erwachte, dann würde der Rest bestimmt sehr einfach sein. Ich nahm den Hörer zur Hand, um wieder einmal im Klinikum anzurufen und mich nach dem Befinden des Mannes zu erkundigen. In diesem Moment begann jedoch mein Handy zu brummen, das ich auf den Schreibtisch gelegt hatte.

Dieses Mal rief Louise aus der deutschen Botschaft an und klang schon wieder sehr viel zuversichtlicher als noch vor einer halben Stunde. Sie und Mick hatten genau das getan, was ich ihnen hatte raten wollen: Sie hatten einen Streifenwagen angehalten und sich zur Botschaft fahren lassen.

»Wir haben im Krankenhaus auf verschiedenen Stationen gelegen, oder hab ich das schon gesagt? Und ich durfte nicht zu Mick und er nicht zu mir, und in der Nacht sind dann auf einmal die Sirenen losgegangen, weil von Gaza mal wieder Raketen geflogen kamen, und ich hab eine Höllenangst gehabt, aber die Israelis sind voll locker geblieben. Das haben sie hier alle Tage, hat die Nachtschwester gesagt, und es ist noch nie was passiert. Die Leute von der Botschaft sagen übrigens, dass wir die Flugtickets bezahlen müssen. Später, wenn wir wieder daheim sind.«

Ich fragte sie nach den Rädern, die noch in Haifa standen. Über diesen Punkt hatten sie sich in all dem Trubel noch gar keine Gedanken gemacht.

»Wie geht's überhaupt Mick?«, wollte ich wissen.

»Besser als mir. Körperlich hat er zwar mehr abgekriegt als ich, aber der ganze Scheiß zieht ihn psychisch nicht so runter.«

Seiner Mutter hatten sie inzwischen ebenfalls die frohe Botschaft überbracht.

»Die hat Rotz und Wasser geheult. Wollt' gleich in den nächsten Flieger springen, um uns abzuholen. Aber das hat Mick ihr ausreden können. Am Ende ist sie hier, während wir im Flieger nach Frankfurt sitzen.«

Micks Vater, den ich als sturköpfigen und großmäuligen Haustyrannen kennengelernt hatte, hatte sich strikt geweigert, irgendwelche Kosten zu übernehmen. Er war von Anfang an gegen diese Weltreise per Rad gewesen, und nun war es gekommen, wie er es vorausgesehen hatte, und die so dramatisch Gestrandeten sollten gefälligst selbst gucken, wie sie wieder nach Hause kamen.

»Ihr ruht euch jetzt erst mal aus, klärt das mit den Rädern, und wenn ihr wisst, mit welchem Flug ihr kommt und so weiter, meldet ihr euch wieder«, sagte ich immer noch zutiefst erleichtert. »Ich hole euch natürlich vom Flughafen ab. Aber jetzt muss ich Schluss machen, mein Telefon klingelt.«

Der Anruf auf dem Festnetzapparat kam vom Uniklinikum. Der Zustand des unbekannten Koma-Patienten hatte sich über Nacht verschlechtert. Die Chancen, dass er noch einmal das Bewusstsein erlangen würde, gingen inzwischen gegen null.

»Manche kommen kurz vor dem Exitus noch mal zu sich und sind sogar kurz ansprechbar. Falls es so ist, was sollen wir ihn fragen?«, wollte die Stationsschwester wissen, die mich angerufen hatte.

»Seinen Namen. Fragen Sie ihn bitte nach seinem Namen. Und woher er kommt.«

Bei der vierten Sitzung der Soko Partygirl am frühen Nachmittag beschäftigten wir uns hauptsächlich mit der bei der Verbrechensaufklärung zentralen Frage nach dem Warum. Dass es dem Täter um Sex gegangen war, lag auf der Hand. Aber warum an diesem Ort? Auf diesem öden Parkplatz am Rand einer öden Bundesstraße? Warum nicht an einem romantischeren Plätzchen, auf einer lauschigen Lichtung oder in einem preiswerten Hotelbett? Hatte der Täter den Parkplatz im Wald gekannt? Dort vielleicht schon früher Mädchen bedrängt oder verführt?

Auch die Stelle, wo er und sein Helfer später die vermeintliche Leiche begraben hatten, war ungeschickt gewählt. Im weiteren Umfeld des kleinen Sees gab es zwar Wald und Hunderte von Möglichkeiten, morgens um fünf ungesehen ein Loch zu graben. Aber wieso ausgerechnet dieses winzige Wäldchen in der Nähe des Ufers? Welche

Beziehung hatten die Täter zu diesem Fleckchen Erde, wo durchaus die Gefahr bestand, dass auch schon am frühen Sonntagmorgen Jogger ihre Runden drehten? Das rundum von Einfamilienhäusern und im Nordosten von Mietblöcken umstanden war? Hier war die Gefahr, von jemandem gesehen zu werden, alles andere als klein gewesen.

»Vielleicht hat einer von den Deppen da ein Boot liegen?«, spekulierte Laila mit dem Zeigefinger an der gepiercten Nase.

»Oder er angelt«, schlug die Alemannin von der KT vor.

»Einer der beiden wohnt in der Nähe«, spekulierte Klara Vangelis. »Deshalb kannte er sich dort aus und fühlte sich sicher.«

Die Tatsache, dass das Opfer hätte überleben können, hätten die Täter nicht so kopflos reagiert, hatte gleich zu Beginn der Sitzung für Kopfschütteln und allgemeine Empörung gesorgt. Das Foto vom Gesicht der Toten, das der heute auffallend laut brummende Beamer an die Wand warf, hatte ich schon am Vormittag an die Medien verteilen lassen.

»Die Plane, in die sie das Mädchen gewickelt haben, gibt ein bisschen was her«, berichtete Cordula Albietz. »Massenhaft Fingerspuren. Allerdings keine von Personen, die schon mal erkennungsdienstlich erfasst worden sind.«

Weitere Zeugen hatten sich bislang nicht gemeldet, neue Fahndungsansätze gab es nicht, sodass ich die Sitzung bereits nach einer Viertelstunde wieder beendete. Tim Kurtz würde überprüfen, wie viele dunkle Kombis in der Umgebung des Fundorts der Leiche angemeldet waren. Die Hoffnung, dadurch einen Durchbruch zu erzielen, erschien mir nicht besonders groß, aber wir durften nichts unversucht lassen. Wie oft führten gerade die abwegigsten Ideen am Ende zur Lösung!

»Mir ist noch was eingefallen«, sagte unser Neuer, als er

bereits stand und sich seinen Laptop unter den Arm klemmte. »Es gibt im Internet so Bilddatenbanken, wo man nach bekannten Gesichtern suchen kann. Wenn ich ein gut retuschiertes Foto von dem Alten hätte, dann könnt ich versuchen rauszufinden, wer er ist. Bei dem Mädel sehe ich weniger Chancen. Die hat ein Allerweltsgesicht.«

»Es sei denn, sie ist bei Facebook oder Instagram«, warf Vangelis ein.

»Okay, ich probier's.« Tim Kurtz nickte. »Der Tag hat vierundzwanzig Stunden, und wenn das nicht reicht, nehm ich die Nacht dazu.«

Da das Opfer muslimischen Glaubens war, wurde mir auf dem Weg ins Büro mit Schrecken bewusst, mussten wir als Täter auch Männer aus dem rechtsradikalen Milieu ins Kalkül ziehen.

Nun begann wieder einmal das, was wir alle aus tiefstem Herzen hassten: die Warterei. Durch den Leichenfund waren wir ein großes Stück vorangekommen, hatten aber dennoch nichts in der Hand, was uns den erhofften Durchbruch bescheren würde. Wir mussten warten, bis jemand auf die Pressemeldung hin mit uns Kontakt aufnahm, bis ein Zeuge anrief, der etwas Wichtiges, vielleicht Entscheidendes gesehen oder gehört hatte. Die Menschen, die im Umfeld des Leichenfundorts wohnten, wurden zurzeit von uniformierten Kollegen aus dem Polizeipräsidium Mannheim aufgesucht und interviewt. Aber auch von dort war bislang nichts gekommen, was mich hätte aufhorchen lassen.

Als ich abends nach Hause kam, fand ich die Wohnungstür unverschlossen – Sarah war wieder da. Wir umarmten uns ausgiebig, und meine Älteste wunderte sich ein wenig, weshalb ich mich so unbändig freute, sie wiederzusehen. Und natürlich gab es viel zu erzählen. Über den Grund ihrer überstürzten Abreise aus Ancona schwieg Sarah allerdings beharrlich.

»Aus und vorbei«, lautete ihr einziger Kommentar. So landeten wir während des gemeinsamen Abendessens schließlich bei meinem aktuellen Fall. Seit Sarah beschlossen hatte, in meine Fußstapfen zu treten und ebenfalls Polizistin zu werden, nahm sie regen Anteil an meiner Arbeit.

»Das mit den Clubs könnt' ich doch machen«, schlug sie vor. »Da kenn ich mich wahrscheinlich besser aus als Laila und der ... Wie heißt euer Neuer noch mal?«

»Tim. Tim Kurtz. Du hast wahrscheinlich recht. Aber ...«

»Aber?«

»Ich weiß nicht, ob die Angestellten in den Clubs und Discos dir wirklich mehr verraten würden als zwei Polizisten.«

»Die vielleicht nicht. Aber das Publikum. Viele in meinem Alter kriegen die Krise, wenn die Polizei auftaucht. Weiß auch nicht, warum, aber so ist es eben. Außerdem, Paps, ich könnt jeden Abend wieder hingehen, da trifft man doch ständig andere Leute. Das werden Laila und dieser Tim bestimmt nicht schaffen. Außerdem haben deine Leute Besseres zu tun, als nachts durch die Discos zu ziehen. Und du müsstest ihnen Überstunden bezahlen, und du jammerst doch eh ständig, dass ihr zu wenig Geld habt ...«

»Ich kann dir natürlich keinen offiziellen Auftrag geben, aber gut«, bremste ich ihren jugendlichen Elan. »Ich hab Fotos von dem Opfer auf dem Handy, die schicke ich dir gleich. Ganz aus Versehen natürlich.«

Sarah trug ihr gerstenblondes Haar seit Neuestem kurz geschnitten, was ich ein wenig schade fand. Das Top, das sie zur üblichen Jeans trug, schien neu zu sein. *Amici, Amore, Ancona* stand auf ihrer Brust.

Im Lauf des Tages hatten unsere Kriminaltechniker zwei geeignete Porträtfotos der Toten so perfekt retuschiert, dass sie aussah, als wäre sie noch am Leben.

»Supercool, Paps. Ich mach mich gleich auf die Socken. Jetzt ist in den Clubs noch nichts los, da haben die Leute an den Bars vielleicht noch Zeit für ein Schwätzchen.« Sie betrachtete die beiden Fotos. »Sieht nett aus. Und sie ist wirklich tot?«

Ich nickte ernst. »Wir wissen so gut wie nichts über sie, außer dass sie wohl nicht aus Deutschland stammt.«

»Okidoki. Kann ich das Auto nehmen?«

Vor sechs Wochen hatte sie die Führerscheinprüfung abgelegt und gleich beim ersten Anlauf bestanden. Die Fahrerlaubnis der Klasse B war für die Zulassung zum Studium an der Hochschule der Polizei in Villingen-Schwenningen zwingend erforderlich.

»Wie ist es mit Spesen? Ich muss an den Bars was trinken, sonst reden die kein Wort mit mir.«

»Spesen gehen selbstverständlich auf mein Konto.«

»Könntest du mir einen Vorschuss geben? Bin grad ziemlich blank. Und wo steht eigentlich das neue Auto?«

Nachdem ich im Mai zum zweiten Mal innerhalb von nicht einmal zwölf Monaten mein Auto zu Schrott gefahren hatte – dieses Mal immerhin nicht aus eigener Schuld –, hatte ich beschlossen, dass ich jetzt, da meine Töchter flügge wurden, keine Familienkutsche mehr brauchte. So hatte ich mir einen Citroën C3 zugelegt, den kleinen Bruder des C5, den ich zuvor gefahren hatte. Der Kleinwagen hatte den Nachteil, dass man darin leicht Platzangst bekam, wenn man wie ich über einen Meter neunzig groß war und sich beim Ein- und Aussteigen leicht etwas zerrte. Dafür fand ich viel leichter einen Parkplatz als früher.

17

Die *Tagesschau* hatte gerade begonnen, als es an der Tür klingelte. Ich drückte den Knopf des Türöffners in der Annahme, Sarah hätte etwas vergessen oder das Auto nicht gefunden. Ich hörte die Haustür gehen, Schritte auf der Treppe, und dann erschien der Mensch, mit dessen Auftauchen ich am allerwenigsten gerechnet hatte. Meine Besucherin hielt eine Champagnerflasche in der Hand. Das Lächeln in ihrem immer noch schönen Gesicht wirkte ein wenig verkrampft. Ich hätte sie auch mit geschlossenen Augen erkannt, denn das Parfüm war noch das alte.

»Na, du traust dich ja was«, brachte ich nach der ersten Überraschung heraus.

»Ich dachte, wenn ich vorher anrufe, dann wimmelst du mich sofort ab«, erwiderte Theresa und hielt mir unbeholfen die gut gekühlte Flasche hin. »Lässt du mich rein?«

»Das weiß ich noch nicht.«

»Muss ich erst betteln?«

»Ja, ein bisschen betteln fände ich schon angebracht. Ich bin nämlich immer noch stinksauer auf dich.«

»Du bist gemein, Alex. Aber gut: Es tut mir leid, ehrlich. Und rachsüchtig bist du außerdem.«

»Das reicht nicht.«

Seufzend rollte sie die großen seegrünen Augen. »Bitte, bitte verzeih mir meinen Fehltritt. Ich habe Mist gebaut, ich sehe es ein. Großen Mist sogar.«

»Klingt schon besser.«

Sie litt, und das fand ich sehr angemessen.

»Muss ich vielleicht auch noch niederknien?«, fragte sie mit dem Kleinmädchenblick, den sie so gut beherrschte und mit dem sie mich bisher noch immer gnädig gestimmt hatte. »Füße küssen und so?«

»Gute Idee.«

Sie lächelte betreten. Ich lächelte nicht.

»Also ehrlich, jetzt übertreibst du aber!«

»Und was ist mit deinem Krimiautor?«, fragte ich ungerührt. »Wie heißt er noch mal?«

»Jörg. Muss ich noch lange hier stehen wie eine Zeugin Jehovas?«

»Was ist mit ihm?«, fragte ich halsstarrig. Dieser Jörg war der Grund für unser Zerwürfnis im Januar gewesen. Sie hatte sich in ihn verliebt, ihn vielleicht auch als großes Vorbild gesehen, da er Unmengen von Büchern verkaufte und unfassbar viel Geld damit verdiente.

Theresa zog eine Schnute. »Eine Schlaftablette ist er. Ich habe ihn seit vier Monaten nicht mehr gesehen.«

Ihr honigblondes Haar schien sie ein wenig aufgehellt zu haben, die Lockenpracht war noch dieselbe.

»Wieso kommst du erst jetzt?«

Es tat mir gut, sie zu quälen. Es befriedigte meine niedersten Instinkte, und genau das brauchte ich jetzt.

»Um ehrlich zu sein, ich habe mich nicht getraut. Und bitte, Alex, sprechen wir doch in der Wohnung weiter wie vernünftige Menschen.«

Nichts war ich in diesen Sekunden weniger. Jetzt war die Zeit der Rache. Die Vernunft hatte Sendepause.

»Als wir zuletzt gesprochen haben, Anfang Januar, hast du keinen besonders vernünftigen Eindruck auf mich gemacht.«

Theresa trat mit dem rechten Fuß auf. »Ich habe doch schon gesagt, dass es mir leidtut, Herrgott! Hast du denn noch nie einen Fehler gemacht?«

»Doch.«

Für einige Sekunden schwiegen wir uns an.

»Ich hab dich übrigens im Fernsehen gesehen, Frau Bestsellerautorin«, sagte ich, als sie Anstalten machte, zu gehen. »Da hast du eigentlich doch ganz vernünftig gewirkt, das muss ich zugeben.«

»Du hast es gesehen?«, fragte sie hoffnungsvoll. »Und nicht gleich den Sender gewechselt?«

Theresa war eine stolze und selbstbewusste Frau. Das hatte ich immer an ihr geliebt. Umso mehr war es ihr zuwider, jetzt vor mir im Staub zu kriechen und um Vergebung zu bitten.

»Und soll ich dir was sagen?«, sagte ich, allmählich ein wenig entspannter. »Ich Blödmann war sogar stolz auf dich. Obwohl ich dir immer noch am liebsten deinen hübschen Hals umgedreht hätte.«

Theresa witterte Morgenluft. »Das solltest du besser nicht tun, mein Herzblatt. Sonst musst du am Ende noch gegen dich selbst ermitteln. Und ob es dir passt oder nicht, ich komme jetzt rein. Versuch nicht, mich daran zu hindern, sonst schreie ich das Haus zusammen und behaupte, du wolltest mich vergewaltigen.«

In mir kämpften seit Minuten zwei Bedürfnisse gegeneinander. Einerseits wollte ich sie in die Arme nehmen und mit Küssen überhäufen. Andererseits wollte ich Rache nehmen für die Kränkung, die sie mir zugefügt hatte.

Ich wählte den dritten Weg: »Komm halt rein in Gottes Namen.«

Sie trat ein, ich schloss die Tür hinter ihr. Und dann standen wir uns im Flur gegenüber und wussten nicht, was tun.

»Es tut mir wirklich leid, Alex.« Theresa legte ihre Rechte auf meinen Unterarm und sah mir waidwund in die Augen. »Ich habe mich blöd benommen. Und ich war gemein zu dir. Sollen wir nicht endlich die Flasche aufmachen? Sie wird wirklich allmählich kalt.«

Sie lachte über ihren Versprecher. War nervös, verlegen, unsicher wie eine Fünfzehnjährige beim ersten Date, was mich überraschenderweise rührte.

Wir betraten die Küche. Theresa wusste, wo die Sektkelche standen, und ich ließ derweil den Korken knallen. Für den Besuch bei mir hatte sie sich fein gemacht. Sie trug ein bodenlanges Sommerkleid aus duftiger Spitze mit Spaghettiträgern, das der auch jetzt noch fast unerträglichen Hitze angemessener war als meine lange Leinenhose.

»Worauf trinken wir?«, fragte meine untreue Lebensabschnittsgefährtin launig. Ihre plötzliche Heiterkeit wirkte immer noch ein wenig gekünstelt.

»Auf dein schlechtes Gewissen. Und darauf, dass ich dir den Hals vielleicht doch nicht umdrehe.«

Das fand sie nicht lustig, machte jedoch weiter gute Miene zum gemeinen Spiel.

Der Champagner schmeckte ausgezeichnet und hatte genau die richtige Temperatur.

»Und auf deine Karriere als Autorin«, fügte ich hinzu. »Wäre ich nicht so sauer, dann wäre ich stolz auf dich. Wer hätte das für möglich gehalten!«

»Random House will die Rechte für den englischsprachigen Raum weltweit, stell dir vor, und ein französischer Verlag hat auch schon angefragt.«

Wir stießen ein zweites Mal an.

»Endlich fängt die ganze Schinderei an, sich zu lohnen. Ich habe mir übrigens eine Agentin zugelegt. Für jede Diskussionsveranstaltung kriege ich tausend Euro Minimum, ist das nicht der Wahnsinn? Ich weiß schon nicht mehr, wohin mit dem vielen Geld.«

Erneut entstand eine ungemütliche Pause, in der wir in unsere Gläser blickten und dem Champagner beim Perlen zusahen.

»Das Dumme ist«, sagte Theresa dann, »ich brauche gar

kein Geld. Ständig bin ich am Spenden, und das Konto wird trotzdem immer voller.«

»Freu dich doch.«

Endlich merkte sie etwas.

»Wie geht's dir denn so? Entschuldige, ich rede dauernd von mir ...«

»Beschissen wäre eine maßlose Untertreibung.«

In ihrem Erfolgstaumel hatte sie überhaupt nicht mitbekommen, was im Mai geschehen und dass ich seither dienstunfähig war. Ihre Betroffenheit war echt. Wir setzten uns an den Tisch. Mit gesenktem Blick erzählte ich. Von Nora. Von ihrem Bruder Knut, der mindestens vier Mal versucht hatte, mich umzubringen, glücklicherweise jedes Mal erfolglos, von dem Brand in meinem Schlafzimmer und am Ende auch von Louises so dramatisch geendeter Weltreise per Rad.

»Du liebe Güte, weshalb hast du dich nicht mal gemeldet?«

»Machst du Witze?«

Wir näherten uns dem eigentlichen Thema dieses hakeligen Gesprächs.

»Alex, du hättest um mich kämpfen müssen.«

»Wenn man mich nicht mehr haben will, dann dränge ich mich nicht auf.«

Sie nippte an ihrem Glas und sagte diesmal mit Wärme: »Noch mal, bitte glaub mir: Es tut mir ehrlich leid. Ich weiß auch nicht, welcher Teufel mich geritten hat. Ich war unfair und bin gehörig dafür bestraft worden.«

»Wie lange ist es denn gegangen mit deinem Jörg?«

»Willst du das wirklich wissen?« Sie schluckte. »Nun gut. Nicht mal drei Monate. Er ist ein Großmaul und ein Angeber, so, jetzt weißt du's. Ständig hat er mir unter die Nase gerieben, wie viele Bücher er verkauft und wie toll der Verlag ist, der seine glorreichen Werke herausgibt.«

Sie senkte den Blick, sah in ihr fast leeres Glas.

»Anfangs habe ich ihn ... Gott, ja, ein bisschen bewundert, wollte von ihm lernen. Erst als ich mir dann mal die Verkaufsränge seiner Krimis bei Amazon angesehen habe, habe ich gemerkt, dass meine ersten zwei Bücher sogar noch besser laufen als seine. Und außerdem, im Bett ... Na ja, Jörg war ein Griff ins Klo. Du glaubst nicht, wie oft ich das Handy in der Hand hatte, um mich bei dir zu melden und dich um Verzeihung zu bitten. Aber mein blöder Stolz hat jedes Mal verhindert, dass ich auf den grünen Hörer tippte.«

Wie gut ich das kannte!

Theresa gab sich einen Ruck, füllte unsere Gläser wieder und blickte mir zum ersten Mal an diesem Abend offen ins Gesicht.

»Auf mein schlechtes Gewissen und deinen Großmut.«

Ich erhob mein Glas nicht. »Es ehrt dich, dass du deinen Fehler einsiehst. Aber so billig kommst du mir nicht davon. Ich habe wirklich gelitten unter unserer Trennung. Dass du nie irgendeinen Pieps von dir gegeben hast.«

Für Sekunden herrschte wieder Schweigen.

»Meinst du, wir kriegen es wieder hin, Alex?«, fragte sie dann mit so betretenem Blick, dass ich fast über meinen Schatten gesprungen wäre. »Ich würde mich so freuen, wenn es zwischen uns wieder so wäre wie früher.«

Ich horchte in mich hinein. Sie war mir so vertraut. Zu gerne hätte ich sie jetzt in die Arme genommen. Aber da war diese Sperre und zudem plötzlich ein Kloß im Hals, der mir das Sprechen schwer machte. Ich schluckte und schluckte. Fehlte nur noch, dass mir jetzt die Tränen kamen.

»Ich brauche Zeit, Theresa«, brachte ich schließlich mit erstickter Stimme heraus. »Das kommt jetzt alles ein bisschen überraschend für mich.«

»Das heißt?«

»Das heißt, dass ich dich bitte, zu gehen. Ich muss mir erst über meine Gefühle klar werden. Aber du hörst von mir. Bald, versprochen.«

Kommentarlos leerte sie ihr Glas, legte kurz ihre Hand auf meine und ging. Ich sah ihr nicht nach. Wollte, dass sie blieb. Wollte, dass sie ging. Betäubt, konfus, dumm im Kopf. Füllte mein Glas wieder auf, die Flasche war noch nicht einmal halb leer, kämpfte gegen den Impuls an, Theresa nachzulaufen, um sie in mein Bett zu zerren, setzte mich. Raufte mir die Haare, leerte mein Glas, schenkte erneut nach, denn schließlich konnte man das teure Zeug nicht verkommen lassen, raufte mir noch einmal die Haare.

Ein Schlüssel drehte sich im Schloss. Sarah vermutlich, wer sonst? Aber es waren nicht ihre Schritte. Ich sprang auf, wandte mich zur Küchentür, und bevor ich sie abwehren konnte, hing Theresa an meinem Hals und küsste mich auf den Mund. In mir tobte ein Tornado von Glück und Erleichterung. Ich war selig, mich fallen lassen zu dürfen, die Entscheidung über unser künftiges Schicksal einfach Theresa überlassen zu dürfen. Ich drückte sie so fest an mich, dass sie nach Luft schnappte.

»Wieso hast du eigentlich immer noch meinen Schlüssel?«, fragte ich irgendwann zwischen zwei Küssen.

Sie giggelte wie ein Teenager, dem ein toller Streich gelungen war. »Man kann nie wissen, habe ich gedacht.«

18

Am Donnerstagmorgen fand ich eine Nachricht auf dem Handy. »War nix«, hatte Sarah lange nach Mitternacht geschrieben. »Das neue Autochen ist cool. Steht Ecke Kleinschmidt/Zähringer im Parkverbot. Solltest du vielleicht umparken, bevor die Zettelhexen anrücken.«

Sarah hatte tatsächlich ziemlich kriminell an der Ecke geparkt. Da ich keine Lust auf Parkplatzsuche vor dem Frühstück hatte, beschloss ich, ausnahmsweise mit dem Auto zur Arbeit zu fahren und mir unterwegs etwas Nahrhaftes beim Bäcker zu kaufen.

Im E-Mail-Posteingang fand ich einen knappen Bericht von Laila, den sie um null Uhr siebzehn geschickt hatte. Auch sie und Tim Kurtz hatten bei ihrer Tour durch die Discos und Clubs nichts erreicht.

Auf dem Schreibtisch lag obenauf der Autopsiebericht von unserer noch nicht identifizierten weiblichen Leiche. Nach Meinung der Ärztin, die ihn unterschrieben hatte, war das Opfer zwischen siebzehn und zwanzig Jahre alt. Der Hautfarbe nach zu schließen, stammte es nicht aus dem mediterranen Raum. Die junge Frau schien in ihrer Kindheit und Jugend gesund und ausreichend ernährt worden zu sein, die Haut wirkte gepflegt, das Gebiss war in hervorragendem Zustand, zwei Kunststoffplomben waren fachmännisch eingesetzt worden. Die Perücke stammte von einem vietnamesischen Hersteller und war von der Sorte, die gerne als Verkleidung an Fastnacht benutzt wurde. Auch das Kleidchen und die Sandaletten waren in Fernost produziert worden. Körperlich gearbeitet hatte unser Opfer vermutlich nie, nennenswert Sport getrieben ebenfalls nicht. Schrammen an den bloßen Armen und im Gesicht der jungen Frau deuteten darauf hin, dass es vor ihrem Sturz, bei dem sie sich einen Schädelbasisbruch zuzog, ein Handgemenge gegeben hatte. Unter den Nägeln hatte die Ärztin Fremd-DNA gefunden, die vermutlich vom Täter stammte. Spuren von Alkohol oder Drogen waren im Blut der Toten nicht nachweisbar gewesen. Zuletzt gegessen hatte sie Brot mit Ziegenkäse.

Um kurz vor neun erreichte mich ein niederschmetternder Anruf aus dem Uniklinikum. Unser Unbekannter war in der Nacht gestorben, ohne noch einmal das Bewusstsein erlangt zu haben.

Die Befragungen der Anwohner im Umfeld der Stelle, wo das Opfer verscharrt worden war, hatten nichts Verwertbares ergeben. Niemand hatte etwas gesehen oder gehört. Zwei Anwohner besaßen einen Kombi in dunkler Farbe, aber beide konnten nachweisen, dass ihr Fahrzeug zur fraglichen Zeit in der Garage beziehungsweise in einer Werkstatt gestanden hatte.

Ansonsten verlief mein Arbeitstag ausnahmsweise ruhig und weitgehend ungestört. Es gelang mir, einiges an Papierkram wegzuarbeiten und so ein wenig Platz auf meinem notorisch überfüllten Schreibtisch zu schaffen. Von Louise kam eine Nachricht, die Botschaft habe für sie und Mick Flüge von Tel Aviv nach Frankfurt gebucht. Die Maschine werde um halb neun Uhr abends in Deutschland landen, und ich möge sie doch bitte abholen. Außerdem werde die deutsche Botschaft den gestrandeten Weltenbummlern für erbrachte Dienstleistungen jeweils siebenhundertdreißig Euro in Rechnung stellen, was meine Tochter sehr empörte.

Hin und wieder dachte ich an Theresa. Wir hatten gestern Abend versucht, miteinander zu schlafen, ich hatte jedoch kläglich versagt.

»Das wird schon wieder«, hatte sie lächelnd gemeint. »Wir brauchen beide Zeit, um mit der Vergangenheit abzuschließen und wieder in die Zukunft zu blicken. Hättest du Lust, am Freitagabend mit mir essen zu gehen?«

Ich hatte so getan, als fände ich dies eine ganz ausgezeichnete Idee, und dann hatte Theresa sich angekleidet und war nach Hause gefahren.

In mir herrschte immer noch dieses Chaos von widersprüchlichen Gefühlen. Vielleicht hatte ich in den vergangenen Monaten zu viel Erschütterndes erlebt, mich zu sehr in mein Gekränktsein, meine Einsamkeit zurückgezogen. Vielleicht war ein gemeinsames Abendessen doch keine schlechte Idee. Wir mussten uns wieder aneinander gewöhnen, wieder Vertrauen fassen. Wobei das mit dem fehlenden Vertrauen ja allein mein Problem war. Mit dem Sex würde es mit der Zeit auch wieder besser werden. Und ja, mit Theresa zu schlafen, wäre vermutlich das beste Mittel, meine Blockade zu überwinden. Oder würde dadurch alles noch komplizierter werden? Sollte ich mir ein paar von diesen blauen Pillen beschaffen?

Sönnchen hatte sich für heute freigenommen, da eine liebe Tante zu beerdigen war, die nicht unvermögend gestorben war.

Und dann gab es immer noch das Thema Klara Vangelis. Ich war ihr eine Antwort schuldig. Diese würde »nein« lauten, das war klar. Aber wie verpackt man eine solche Absage so, dass sie nicht mehr als unvermeidlich schmerzt? Offenbar war ich im Vergeben von Körben noch weniger talentiert als im Flirten.

So saß ich einsam und wieder einmal von aller Welt verlassen an meinem Schreibtisch. Verwirrt, ratlos, mit dem starken Drang, wie Vangelis einfach davonzulaufen und irgendwo im Süden ein neues Leben zu beginnen.

Erst nachmittags um halb zwei ereignete sich wieder

etwas Erwähnenswertes. Tim Kurtz klopfte an meine Tür und trat ein, bevor ich den Mund aufbekam, um »herein« zu rufen. Er hielt einen zerknitterten Zettel in der Hand.

»Hab ihn«, verkündete er lautstark, als er mir gegenübersaß.

Mithilfe einer polnischen Bilddatenbank war es ihm tatsächlich gelungen, den in der vergangenen Nacht im Klinikum verstorbenen Vater unseres Opfers zu identifizieren. Seine Aktion verstieß natürlich gegen alle möglichen Dienstvorschriften, aber Kurtz bestand darauf, es sei eine rein private Recherche gewesen, und in einem Fall wie diesem heilige der gute Zweck die halbseidenen Mittel.

»Mit neunundneunzigprozentiger Wahrscheinlichkeit heißt der Typ Anatol Kustodijew. Er ist Russe und Professor für angewandte Mathematik an einer Universität in Grosny. Das ist die Hauptstadt von Tschetschenien. Wie es aussieht, ist er außerdem ein sauguter Schachspieler, hat sogar schon internationale Turniere gewonnen.«

Professor Kustodijew war vor vierundfünfzig Jahren in einem Dorf in der Nähe der finnischen Grenze zur Welt gekommen, hatte in Moskau studiert, später einige Semester in den USA geforscht und schließlich einen Lehrstuhl in Grosny ergattert. Mein zielstrebiger junger Kollege faltete seinen Zettel klein und kleiner zusammen.

»Das wäre momentan alles. Soll ich versuchen, mehr über ihn rauszufinden?«

»Wenn Sie es mit Ihrem Gewissen vereinbaren können, unbedingt. Falls Sie auffliegen, habe ich allerdings von nichts gewusst.«

Ich lobte ihn für seine Idee, sein Engagement außerhalb der Dienstzeit und den unerwarteten Erfolg, und er freute sich wie ein Kind. Die Ringe unter seinen grauen Augen sprachen dafür, dass er in der vergangenen Nacht nicht viel geschlafen hatte.

»Wo steckt ihr denn?«, fragte ich ins Handy, als ich abends gegen neun im Ankunftsbereich des Frankfurter Flughafens auf die beiden gescheiterten Weltenbummler wartete. »Eure Maschine ist vor einer halben Stunde gelandet.«

»Wir warten noch aufs Gepäck. Anscheinend gibt's irgendein blödes Problem damit.«

In meiner Vorstellung sah ich die beiden schon mit zentnerschweren Rollkoffern durch die breite Glastür kommen.

»Ich hab gedacht, eure Sachen sind noch in Haifa?«

Yessica, die nette Angestellte der deutschen Botschaft, hatte dafür gesorgt, dass Louises und Micks Habseligkeiten von Haifa nach Tel Aviv transportiert worden waren. So mussten die beiden lediglich ihre Fahrräder zurücklassen, was sie erstaunlich gefasst zur Kenntnis nahmen.

Zehn Minuten später kamen sie durch die automatischen Schiebetüren, sichtlich erschöpft, abgemagert, die Gesichter braun gebrannt und zugleich fahl. Ich drückte Louise lange und fest an mich, konnte einige Tränchen nicht zurückhalten, packte zwei der prallen und schweren Satteltaschen, und wir machten uns auf den Weg zum Parkhaus. Mick hatte mich mürrisch und wortkarg begrüßt. Er schien den schlechten Ausgang ihres Reiseabenteuers als persönliche Niederlage zu werten.

Louise seufzte glücklich. »Hätt' nie gedacht, dass ich mich mal so freue, nach Deutschland zurückzukommen«, murmelte sie gähnend.

Die beiden Passagiere und ihr Gepäck passten verblüffend gut in den kleinen Citroën. Ich fand den Weg aus dem Parkhaus und zur A 5, und als ich diese erreichte, schliefen die zwei Abenteurer schon selig.

Am Freitagmorgen fand ich keine Nachricht von Sarah auf meinem Handy. Sie war extra früh aufgestanden, um mir beim gemeinsamen Morgenkaffee persönlich und mit leuchtenden Augen einen ersten Erfolg zu melden.

»Ein Türsteher vom *Nirvana*, das ist ein megagroßer Club in Leimen, behauptet, er hätte die Blonde am Samstag gesehen!«

Angeblich hatte sie das Etablissement zwischen 10 und 11 Uhr in Begleitung eines Mannes betreten.

»Der Typ war älter als sie, meint Karsten, aber nicht sehr, er hat einen Vollbart gehabt, und sie haben in einer Sprache miteinander geredet, die er nicht verstanden hat.«

»Karsten ist der Türsteher?«

»Genau.« Sarah nickte aufgekratzt. »Er ist nicht auf den Kopf gefallen, aber auch nicht besonders kooperativ. Hab ihm einen Fuffi spendieren müssen, damit er überhaupt mit mir geredet hat.«

»Für wie glaubhaft hältst du seine Geschichte? Vielleicht hat er dir einfach irgendwas erzählt, damit du ihm den Schein gibst.«

»Ich hab ihn die Blonde beschreiben lassen, und er hat sie ziemlich gut getroffen. Das silberne Kleidchen und so. Sie sei schüchtern gewesen, sagt er, und übelst aufgeregt. War wohl das erste Mal, dass sie einen Club besucht hat, meint er.«

Der geschäftstüchtige Türsteher hieß mit Nachnamen Scholz und hatte Sarah am Ende sogar seine Handynummer anvertraut.

»Was hast du ihm erzählt, wieso du das Mädchen suchst?«

»Dass sie mich beklaut hat. Da war er gleich auf meiner Seite, weil er die zwei für Kameltreiber gehalten hat. Also, das hat er gesagt, nicht ich.«

Meine erste Amtshandlung des Tages bestand darin, den Namen Karsten Scholz in die Suchmaske des polizeiinternen Informationssystems INPOL einzutippen. Sarahs Informant hatte vor fünf Jahren im Gefängnis gesessen, zehn Monate wegen Körperverletzung in der JVA Mannheim. Die Höhe der Strafe ließ darauf schließen, dass er nicht zum ersten Mal einem Richter gegenübergestanden hatte. Scholz hatte auch damals schon als Türsteher gearbeitet, allerdings in einem anderen Club im Mannheimer Hafengebiet, wo er einen jungen Albaner, der sich beschwerte, weil man ihm den Zutritt verwehrte, nach einem kurzen Wortwechsel krankenhausreif geschlagen hatte. Es würde nicht leicht werden, dem Kerl weitere Informationen zu entlocken. Vermutlich zählte er Polizisten nicht zu seinen engeren Freunden. Aber vielleicht konnte Sarahs Charme helfen …

Um halb zwölf rief meine große Tochter an.

»Er ist wach. Wir dürfen kommen. Er weiß übrigens noch nicht, dass du von der Kripo bist.«

Die Adresse in der Heidelberger Altstadt, die Scholz Sarah genannt hatte, war eine andere als die, die in der Polizeiakte stand. Zurzeit wohnte er am östlichen Ende der Hauptstraße, mit dem Rad bequem in zehn Minuten zu erreichen.

19

Als ich ankam, wartete Sarah schon im Schatten des Hauses. Sie war auf ihrer Vespa angereist und trug wie üblich Jeans und ihren schon ein wenig ausgefransten alarmroten Lieblingspulli. Die Hitze war schon wieder unerträglich. Ich war von den wenigen Hundert Metern auf dem Rad durch und durch nass geschwitzt.

Das Haus war ein gesichtsloser und schlecht gepflegter Kasten aus den Fünfziger- oder frühen Sechzigerjahren. Auf der Aluminiumtafel links neben der Haustür zählte ich nicht weniger als zwölf Klingelknöpfe.

»Blöderweise wohnt er ganz oben«, bemerkte Sarah und drückte den Knopf, neben dem außer Scholz ein weiterer Name stand. Nach einer halben Ewigkeit wurde der Türsummer betätigt.

Im staubigen Treppenhaus, dem ein neuer Anstrich gutgetan hätte, roch es überwiegend nach Kaffee. Aus manchen Wohnungen hörte ich Geschirrgeklapper, aus einer im Erdgeschoss südamerikanische Gitarrenmusik, bei der ich mir nicht sicher war, ob sie live gespielt wurde oder aus Lautsprechern kam.

Karsten Scholz entsprach in keiner Weise dem Bild, das ich mir von ihm gemacht hatte. Ich hatte einen kleiderschrankgroßen, großflächig tätowierten Schlägertypen erwartet. In Wirklichkeit war der Türsteher des *Nirvana* ein gutes Stück kleiner als ich, schmal, aber drahtig. Mit seinen ausgeprägten Muskeln im Schulter- und Oberarmbereich sah er aus wie ein Olympiaruderer. Aus den Akten wusste ich, dass er zweiunddreißig Jahre alt war. Etwas in seinem wachen, lauernden Blick verriet mir, dass dieser

Mann ein gefährlicher Gegner sein konnte. Seine geringe Körpergröße kompensierte er vermutlich mit Kenntnissen in verschiedensten Kampftechniken.

Scholz trug zerknitterte Shorts und ein schwarzes Unterhemd. Sein volles sandblondes Haar war wirr. Out-of-bed-Look hätte der Kommentar meiner Töchter zu seinem Erscheinungsbild gelautet.

»Hi, Sarah«, begrüßte er meine Große mit schmalen Augen. »Wer ist der da?«

»Mein Pa«, säuselte Sarah mit liebevollem Blick auf mich.

»Dein Pa.« Ein abschätzender Blick scannte mich von oben nach unten und wieder zurück.

»Wir wollen gleich mit offenen Karten spielen.« Ich zeigte ihm meinen Dienstausweis. »Ich bin Polizist, Kripo.«

»Kripo«, wiederholte er gedehnt. »Es geht um die Blonde im silbernen Glitzerfummel? Was hat sie angestellt?«

»Sie ist ein paar Stunden, nachdem Sie sie gesehen haben, ermordet worden.«

Er sah Sarah finster an. »Du hast mich angelogen. Die Kleine hat dich überhaupt nicht beklaut.«

»Sorry, Karsten.« Sarah wand sich. »War 'ne Notlüge. Sonst hättest du mir doch bestimmt überhaupt nichts erzählt.«

»Worauf du einen lassen kannst.«

Scholz stand in der offenen Wohnungstür, aus der es nach Männerschweiß und gebratenem Ei roch, und machte keine Anstalten, uns hereinzubitten.

Sein Blick wanderte wieder zu mir. »Die Tote im Hardtwald etwa?«

»Richtig. Gut möglich, dass sie ihren Mörder im *Nirvana* kennengelernt hat.«

»Und was hab ich mit der ganzen Scheiße zu tun? Stehe ich etwa unter Verdacht, weil ich mal im Knast gesessen habe?«

Ich hob beide Hände. »Sie können sich entspannen. Ich möchte Sie nur als Zeugen sprechen. Sie sind bisher der Einzige, der die Frau überhaupt bemerkt hat.«

Scholz nickte mit mahlendem Kiefer. »Sie haben keine Ahnung, was da an den Wochenenden abgeht. Ins *Nirvana* passen über fünfhundert Leute rein. Alle zwei Sekunden ein neues Gesicht.«

»Das kann ich mir vorstellen. Aber Sie haben ja offenbar ein hervorragendes Personengedächtnis. Vielleicht haben Sie auch beobachtet, wann und mit wem sie den Club später wieder verlassen hat.«

»Hab ich bestimmt nicht«, sagte Scholz ein wenig zu zögernd. »Die, die gehen, interessieren uns nicht so. Wir haben genug mit denen zu tun, die kommen.«

»Außerdem wüsste ich gerne noch ein bisschen mehr über den Mann, mit dem sie gekommen ist. Gut möglich, dass *er* sie später umgebracht hat. Von der Frau wissen wir bisher eigentlich nur, dass sie aus Tschetschenien stammt.«

»Aus Kanakistan, klar. Den Typ hab ich gleich für einen von den Kamelfickern gehalten, die sich hier auf unsere Kosten ein feines Leben machen.«

»In welcher Sprache haben sich die beiden unterhalten?«

»Keine Ahnung. Mann, die waren total schnell an mir vorbei, davor waren Leute, dahinter waren Leute. Wie soll ich da drauf achten, was für eine Sprache die sprechen? Türkisch vielleicht oder Arabisch, ist mir doch scheißegal, Mann. Was springt für mich überhaupt raus, wenn ich euch helfe? Umsonst ist der Tod, und als Türsteher verdienst du dir keine goldene Nase.«

»Das heißt, Sie wissen mehr, als Sie sagen.«

»Hab ich so nicht gesagt.«

Noch immer standen wir im Treppenhaus unter der Dachschräge. Scholz hielt seine Tür jetzt in einer Weise fest, als befürchtete er, ich würde plötzlich versuchen, gewaltsam in sein Reich einzudringen.

»Vielleicht könnten wir die Details drinnen besprechen?«, schlug ich vor.

»Ohne Durchsuchungsbeschluss kommt ihr hier nicht rein. Und wie ich das sehe, gibt's eh nichts mehr zu reden.«

»Sie müssen den Mann doch beschreiben können. Sie sind Profi, Sie haben ein Auge für so was.«

»Ich interessier mich mehr für Mädels als für Jungs. War schon eine geile Schnecke, die Kleine.«

»Meiner Tochter haben Sie erzählt, ihr Begleiter hätte einen Vollbart gehabt.«

»Hab ich das? Dann wird's wohl so sein.«

»War er größer oder kleiner als die Frau?«

»Kann mich nicht erinnern.«

Ich spürte, wie eine ungesunde Aggression in mir hochkochte. Wie meine Fäuste sich ganz von alleine ballten. Und es ärgerte mich maßlos, dass dieser Bursche genau zu wissen schien, was in mir vorging. Wahrscheinlich legte er es darauf an, dass ich explodierte und grob wurde. Aber den Gefallen würde ich ihm nicht tun. Ich atmete tief durch, lockerte meinen Schultergürtel. Dann zückte ich mein Portemonnaie und zupfte einen Fünfziger heraus. Scholz' linker Mundwinkel hob sich ein wenig an. Ich hielt den Schein jedoch so, dass er ihn nicht erreichen konnte.

»Haarfarbe? Gesichtsform? Augen?«, fragte ich.

»Dunkel. Rund. Braun. Sonst? Keine Ahnung, echt nicht.«

»Na also, geht doch.«

»Gar nichts geht. Schönen Tag noch.«

Er trat einen Schritt zurück, machte Anstalten, die Tür zu schließen, aber ich stellte einen Fuß in den Spalt und hielt ihm den Schein unter die Nase wie eine Drohung.

»Herr Scholz«, sagte ich so ruhig, wie es mir möglich war. »Ich habe weder Zeit noch Lust auf Spielchen. Entweder wir reden ab sofort wie vernünftige Menschen miteinander, oder ich verlege das Gespräch in die Polizeidirektion. Als Zeuge sind Sie zur Aussage verpflichtet, das wissen Sie ja bestimmt.«

Das feine Grinsen spielte wieder um seinen linken Mundwinkel. Doch sein Blick war jetzt eiskalt.

»Sie können mich zwingen auszusagen. Aber Sie können mich nicht zwingen, mich an irgendwas zu erinnern.«

Womit er leider recht hatte. Er schien nur darauf zu warten, dass ich handgreiflich wurde, um anschließend seinen Anwalt anzurufen.

Ich warf Sarah einen Blick zu, den sie sofort richtig deutete.

»Mist, ich hab mein Tablet im Auto vergessen. Bin gleich wieder da«, sagte sie und war im nächsten Moment verschwunden.

»So«, sagte ich zu meinem unkooperativen Zeugen. »Jetzt sind wir unter uns und können Klartext reden. Ich rufe jetzt zwei kräftige Kollegen und lasse Sie in die Direktion verfrachten. Außerdem werden sie einen Durchsuchungsbeschluss mitbringen, und dann nehmen wir Ihre Wohnung auseinander.«

Ohne Karsten Scholz aus den Augen zu lassen, steckte ich den Schein weg, zückte mein Smartphone, wählte meine eigene Büronummer und sagte zu meinem Anrufbeantworter: »Gerlach hier. Ich brauche Unterstützung bei einer Festnahme. Ja, zwei Wagen reichen. Bewaffnet scheint er nicht zu sein. Aber trotzdem, sagen Sie den Kollegen, Eigenschutz hat oberste Priorität.«

Das Grinsen in Scholz' Gesicht wirkte jetzt ein wenig angestrengt.

»Ach ja, noch was«, sagte ich ins Handy. »Ich brauche einen Durchsuchungsbeschluss. Ja, aufs Handy, dann können wir hier gleich loslegen. Der Name des Wohnungsinhabers ist Karsten Scholz. Er ist übrigens ein alter Kunde von uns.«

Ich nannte meinem Anrufbeantworter die Adresse und beendete das Gespräch.

Hinter mir hörte ich Sarahs Schritte. Vermutlich hatte sie unten gewartet, bis ich mein Telefonat beendet hatte.

Scholz war jetzt ein wenig blass um die Nase.

»Durchsuchung? Was soll das? Weil ich mal eingesessen hab? Das war vor fünf Jahren, Mann, da könnt ihr mir doch jetzt keinen Strick mehr draus drehen.«

»Sie nerven mich, ich nerve Sie«, erwiderte ich achselzuckend. »So ist das Leben.«

Auf der auffallend hohen Stirn des Türstehers perlte inzwischen Schweiß.

»Sie fahren einen Ford Mustang?«, fragte ich betont gleichmütig. »Tolles Auto. Ich hab's mir vorhin angeguckt. Man scheint ja doch nicht so schlecht zu verdienen in Ihrem Job.«

»Gebraucht gekauft«, presste er heraus. »Und ich find das bodenlos unverschämt, was Sie hier machen. Ich werd mich beschweren. Ich hab einen sauguten Anwalt und ...«

»Den rufen Sie am besten gleich an. Sie werden ihn brauchen, wie ich die Sache sehe. Wenn Sie nicht endlich sagen, was Sie wissen, dann machen Sie sich der Verdeckung einer Straf...«

Karsten Scholz wedelte mit beiden Händen. »Ist ja gut, Mann, ist ja gut. Dann kommt halt in Gottes Namen rein. Will wer einen Kaffee?«

Wir betraten einen zwar miefigen, aber sauberen, aufgeräumten und modern möblierten Flur mit schrägen Wänden.

»Ihre Kollegen bestellen Sie am besten wieder ab. Ich kann keine Bullerei im Haus brauchen. Die Nachbarn unter uns sind eh schon stinkig auf mich und beschweren sich wegen jedem Mückenfurz bei der Hausverwaltung.«

Die Garderobe war ein Designermodell, stellte ich zu meiner Verblüffung fest. Daran hingen zwei schwarze Lederjacken, eine davon im täglichen Kampf des Türsteherdaseins schon etwas abgewetzt, die andere sichtlich neu und von einer teuren Marke. Daneben hingen ein leichter cremeweißer Trenchcoat, dessen Ärmel deutlich länger waren als die der schäbigen Jacke, sowie ein schmal geschnittenes Leinensakko der Marke Yves Saint-Laurent, das Scholz ebenfalls gewiss nicht passte. Am Boden standen sauber aufgereiht vier Paar mehr oder weniger ausgelatschte Sneakers sowie drei Paar edle, vielleicht sogar handgefertigte Herrenlederschuhe.

»Ja, fuck«, knurrte Scholz nach kurzem Schweigen. »Ich bin schwul, und ich bin stolz drauf. Mein Mann ist Steuerberater, macht 'ne Menge Kohle, und wenn's in dieser Scheißstadt irgendwo eine bezahlbare Vierzimmerwohnung gäbe, dann wären wir längst raus aus diesem Loch hier.«

»Deshalb machen Sie so einen Zirkus? Weil Sie mit einem Mann zusammenleben?«

»Scheiße, ja. Weiß auch nicht, warum. Ist mir halt immer noch peinlich. Den Mustang hat mir übrigens Holger zur Hochzeit geschenkt. So, jetzt wissen Sie das auch.«

Wir betraten einen geschmackvoll schlicht eingerichteten Wohnraum, auch hier schräge Wände, weshalb mehrere Regale wohl Spezialanfertigungen waren. Die vier verschiedenfarbigen und futuristisch geformten Sessel waren schlicht und verblüffend bequem. Scholz setzte sich auf den hellgrauen, ich wählte den grünen, Sarah den pinkfarbenen. Auf den Kaffee verzichteten wir vorerst.

»Also«, sagte ich.

»Der Typ war ungefähr einen halben Kopf größer als das Mädel.«

»Sie war einen Meter vierundsechzig.«

»Dann war er vielleicht eins fünfundsiebzig. Schlank, elegante, kräftige Bewegungen, aber nicht schwul. Schöne Augen hat er gehabt.« Scholz schwieg für Sekunden, fuhr dann ohne Aufforderung fort: »Kein Muckibuden-Typ, eher Student oder so was in der Art. Der Bart war auch nicht so, wie die Mullahs ihn normalerweise tragen. Mehr so dreitagemäßig. Seine Klamotten waren nichts Besonderes, aber sauber. Schwarze Jeans und schwarzes Shirt, wenn ich mich richtig erinnere. Keine Jacke. Die Sneakers von Puma, noch ziemlich neu und keine von den ganz billigen.«

Auf dem gläsernen achteckigen Couchtisch lag ein aufgeschlagenes Buch mit dem Rücken nach oben. Hannah Arendt, *Die Freiheit, frei zu sein*.

Scholz hatte meinen Blick bemerkt, lächelte traurig. »Hab voriges Jahr mein Abi nachgeholt. Jetzt will ich studieren. Weiß nur noch nicht recht, was.«

»Darf ich fragen, wie Sie bei Ihren Talenten so auf die schiefe Bahn geraten konnten?«, fragte ich verblüfft.

Missmutig zuckte er mit den Schultern. »Falsche Eltern, falsche Wohngegend, falsche Freunde. Das geht so fix, so schnell können Sie gar nicht gucken. Wenn Sie zum ersten Mal im Arrest gepennt haben, dann sind Sie auf einmal der Star der Clique, ein echter Gangster sozusagen. Auf einmal bist du wer, die Leute haben Respekt vor dir, und so kommt eines zum anderen. Dass ich im Knast gelandet bin, war aber ein Fehlurteil.«

»Das sagt jeder.«

»In meinem Fall stimmt es aber. In Wirklichkeit hat ein Kumpel diesen Albaner umgehauen. Der andere hat es aber auch wirklich darauf angelegt. Vollgekifft bis Oberkante Unterlippe, hat einfach nicht aufgehört, uns anzupöbeln. Mein Kumpel wollt' ihm eigentlich bloß eine ordentliche Ohrfeige verpassen, aber der andere war schon so wackelig auf den Beinen, dass es ihn volle Lotte hingehauen hat. Er ist mit dem Kopf auf eine Treppenstufe geknallt, hat sich aber wieder aufgerappelt und ist davongeeiert. Der hat heut was gelernt, haben wir noch gesagt, der kommt uns so bald nicht wieder frech. Dass er tot war, haben wir erst am nächsten Morgen erfahren.«

»Und wieso haben Sie die Schuld auf sich genommen?«

»Meine Sache.«

»Gut. Dann kommen wir noch mal zu dem Begleiter der Blonden.«

»Wie gesagt, er war eher so der Intellektuellentyp. Haare dunkel, aber nicht ganz schwarz, lockig, unauffällig gestylt. Große braune Augen, nettes Lächeln. Bewegt hat er sich, als hätte er Ballett gelernt. Exakt der Typ, auf den die Mädels in Geschwaderstärke fliegen.«

»Wären Sie bereit, im Lauf des Tages zu mir in die Polizeidirektion zu kommen, damit wir ein Phantombild machen können?«

Seufzend blickte er zur Decke. »Wäre taktisch unklug, wenn ich jetzt Nein sagen würde, was?«

Jetzt grinste er, und mit einem Mal war mir Karsten Scholz fast sympathisch. Er hatte in früheren Jahren Mist gebaut, dafür gebüßt und versuchte jetzt, etwas aus seinem Leben zu machen.

»Noch irgendwas zu der Frau?«, fragte Sarah.

»Die Haare. Für mich haben die nach Perücke ausgesehen. Ich glaub, in echt ist die genauso dunkel wie der Typ. Die Brauen waren dunkel, die Augen auch. Und ... na ja, ich könnte mir einbilden, die zwei hätten sich sogar ein bisschen ähnlich gesehen.«

Endlich dachte ich daran, ihm unser Foto zu zeigen, das Sarah ihm gestern schon einmal gezeigt hatte. Jetzt erst verstand ich, weshalb sie vorhin ihr Tablet geholt hatte. Darauf waren die Fotos viel größer als auf dem Handy. Scholz nahm ihr das Gerät aus der Hand, betrachtete jedes Bild einige Sekunden lang und nickte schließlich.

»Sie ist es, keine Frage. Eine Schande, so ein junges Ding. Ist sie vergewaltigt worden?«

Sarah und ich schüttelten synchron die Köpfe.

»Immerhin ein kleiner Trost. Sie war sofort tot?«

»Sofort nicht. Aber sie hat nicht leiden müssen.«

Scholz nickte ernst, schob das Tablet nachdenklich über den Tisch zu seiner Besitzerin zurück.

»Jetzt, wo ich sie noch mal gesehen hab«, sagte Scholz leise, »ich glaub echt, die zwei haben sich ähnlich gesehen. Die Augen, die haben ein bisschen weit auseinander gestanden. Das spitze Kinn. Vielleicht waren sie Geschwister?«

»Du hast die zwei aber später nicht mehr gesehen, oder?«, fragte Sarah. »Bis wann ging denn deine Schicht?«

»Bis der Chef den Laden zumacht. Oft wird es nach sechs am Morgen.«

Scholz schloss die Augen, überlegte lange. Hob schließlich die Schultern.

»Sorry, im Moment ... Da war noch irgendwas, könnt' ich mir einbilden, aber ich komm jetzt nicht drauf. Vielleicht später.«

»Würden Sie die Bilder heute Abend Ihren Kollegen zeigen?«, fragte ich.

»Und den anderen vom Personal sicherheitshalber auch?«, fügte Sarah hinzu. »Heut ist Freitag, da dürfte bei euch abends schon ordentlich was abgehen.«

Scholz versprach, das zu tun, und erhob sich. Beim Abschied drückte er kräftig zu.

»Sorry, dass ich vorhin bisschen pampig war.«

»Geschenkt.«

»Ich ... Man hat das so drin. Wenn Polizei kommt, sofort mauern. Eigentlich total bescheuert, ich weiß.«

Ich lächelte ihn an. »Da haben Sie recht.«

»Wo bleiben eigentlich Ihre Kollegen? Die haben Sie gar nicht abbestellt.«

»War ein Fake, tut mir leid.«

Jetzt lachte er lauthals, wirkte plötzlich, als wäre ein großer Druck von seiner Seele genommen. »Na, Sie sind ja ein Schlingel!«

20

In der Direktion erwartete mich wieder einmal unser Neuer mit einer erfreulichen Nachricht. Der junge Kollege, der mir mit jedem Tag besser gefiel, hatte weitere Informationen zu Prof. Dr. Anatol Kustodijew zusammengetragen.

»Fragen Sie mich lieber nicht, woher ich sie hab«, sagte er, als er wie üblich ein wenig atemlos und mit stolz glänzenden Augen auf den mittleren meiner drei blau bezogenen Besucherstühle plumpste. »Keine Sorge, ich hab's in der Nacht gemacht, auf meinem privaten PC.«

Der Professor für Mathematik hatte vier Kinder, aber keine Frau.

»Die Kinder sind Milena, sechsundzwanzig, Ilja, vierundzwanzig, Sergei ist neunzehn, und Alena, die ist grad erst achtzehn geworden.«

Dann wäre Alena das Opfer und Ilja oder Sergei wahrscheinlich der Begleiter mit den schönen Augen.

»Fotos von den Kindern haben Sie nicht auch noch gefunden?«

Er lachte leise. »Ich bemüh mich, Chef. Aber eins nach dem anderen.«

»Und es gibt keine Mutter zu den Kindern?«

»Doch, natürlich. Aber sie scheint verschwunden zu sein. Ist im Frühjahr angeblich verhaftet worden. Manche Leute glauben, dass sie tot ist. Von irgendeinem russischen Geheimdienst exekutiert. Hab ich in einem Forum von tschetschenischen Oppositionellen gelesen«, erwiderte mein umtriebiger Mitarbeiter. Seine dunklen Augenringe waren über Nacht noch tiefer geworden. »Sie war übrigens auch Professorin, an derselben Uni wie ihr Mann. Im Gegensatz zu ihm ist oder war sie aber keine Russin, sondern Tschetschenin.«

Tim Kurtz schob mir ein rosafarbenes Post-it über den Tisch, auf dem er zwei lange Telefonnummern notiert hatte.

»Das sind die Nummern der beiden Institute, wo die zwei arbeiten. Die Frau ist übrigens keine Mathematikerin, sondern Soziologin.«

»Haben Sie schon dort angerufen?«

Er schüttelte den Kopf. »Hab gedacht, es kommt besser, wenn Sie als Boss das machen. Sie haben da bestimmt mehr Impact als ich.«

Ich griff zum Hörer, der junge Kollege diktierte mir die Nummer des Instituts für angewandte Mathematik, dem Anatol Kustodijew vorstand. Niemand ging ans Telefon. Wir versuchten es mit der zweiten Nummer, wo sich nach dem dritten Tuten eine junge Frau meldete und mit heller Stimme ein für mich ganz und gar unverständliches Sprüchlein aufsagte.

»Do you speak English?«, fragte ich ohne viel Hoffnung.

»Oh, yes, yes. You're calling from Germany, right?«

»I'm a German policeman and I would like to talk to Mrs Hana Kustodijewa.«

»Oh ...« Die Stimme klang erschrocken. »This is ... in the moment ...«

»She's not there?«

»N...no.«

»Maybe later? Or tomorrow?«

Nein, auch später oder morgen würde die Professorin nicht zu sprechen sein.

»I hope, she is not ill?«

Auch krank war sie nicht. Etwas an der zögernden Art, in der die Frau am anderen Ende plötzlich sprach, sagte mir, dass sie zumindest ahnte, was aus ihrer Chefin geworden war. Sie wollte oder durfte mir nicht mehr sagen. Auch eine private Nummer ihrer Chefin wollte sie mir nicht verraten.

Als ich nach einer kurzen Mittagspause aus der Kantine zurückkam, stand Karsten Scholz vor meiner Tür. Die Daumen in die Gürtelschlaufen seiner zerschlissenen Jeans eingehakt, grinste er mir entgegen.

»Warten Sie schon lange?«, fragte ich freundlich.

»Passt schon.«

»Mögen Sie einen Kaffee?«

»Ja, den könnte ich jetzt gut vertragen.«

»Ist Ihnen noch was eingefallen zu unserer Alena?«, fragte ich leutselig, als zwei dampfende Kaffeebecher vor uns standen.

»Alena heißt sie?«

»Ich weiß es auch erst seit einer halben Stunde.«

Scholz pustete in seinen Becher, nahm einen vorsichtigen Schluck, verzog das Gesicht. Vermutlich war er Besseres gewohnt. »Sie hat Probleme mit den Schuhen gehabt. So, wie die rumgeeiert ist, hat sie noch nicht oft hohe Absätze getragen.«

Wir plauderten noch ein wenig über das Leben im Allgemeinen und das deutsche Rechtssystem im Besonderen, das den Anspruch erhob, Menschen, die sich etwas hatten zuschulden kommen lassen, wieder auf den rechten Weg zu führen, und nur zu oft das Gegenteil erreichte. Im Knast wurden nicht wenige Gestrauchelte erst wirklich kriminell, die bei guter und intensiver Betreuung noch eine Chance gehabt hätten, in ein Leben ohne Straftaten zurückzufinden.

»Bei Ihnen ist es ja offensichtlich gut gegangen«, sagte ich.

»Ich war nie kriminell«, erwiderte Scholz leicht verstimmt. »Ich habe für einen Kumpel im Knast gesessen.«

Für Sekunden herrschte ein ungemütliches Schweigen. Dann gab mein Besucher sich einen Ruck.

»Ihr Job gefällt mir«, sagte er. »Sie haben viel mit Menschen zu tun, nehme ich an.«

»Wobei auf meiner Ebene leider auch eine Menge Verwaltungskram anfällt.«

»Trotzdem. Sie kommen raus, Sie lernen ständig neue, interessante Leute kennen, stelle ich mir vor.«

»Das schon, ja.«

Scholz nickte, sah mich aufmerksam an. »Irgendwie habe ich nämlich gar keinen Bock drauf zu studieren. Ich bin jetzt Mitte dreißig und habe keine Lust mehr, mich mit halben Teenies in eine Bank zu setzen.«

»Und jetzt denken Sie darüber nach, ob Sie stattdessen Polizist werden sollen?«

Er nickte erneut. »Ich hab schon früher daran gedacht, auch mal ein bisschen im Internet gelesen. Aber dann habe ich das Thema wieder aus den Augen verloren.«

»Könnte ein bisschen schwierig werden. Sie sind vorbestraft, Sie sind eigentlich auch schon ein bisschen zu alt ...«

Scholz seufzte und legte das Gesicht in die Hände. Dann sah er wieder auf. »Sie können da nicht vielleicht was drehen?«

»Ich könnte es versuchen. Aber ich kenne Sie zu wenig, um beurteilen zu können, ob Sie wirklich zu uns passen.«

Nach einer weiteren Pause wechselte Scholz abrupt das Thema: »Was mich immer noch maßlos aufregt, ist, dass ich es einfach nicht schaffe, zu meinem Schwulsein zu stehen. Heute Morgen, ich habe regelrecht Panik gekriegt und weiß überhaupt nicht, warum. Dazu, dass ich im Knast war, stehe ich. Damit habe ich abgeschlossen. Aber das andere ... Mein Gott, wir sind verheiratet, auch wenn wir keine Ringe tragen, kein halbwegs vernünftiger Mensch macht sich heute noch einen Kopf darüber, ob einer auf Frauen steht oder auf Männer. Aber in meinem Schädel ...« Mit grimmiger Miene schlug er sich an die Stirn. »Irgendwas hat sich da drin verklemmt.« Er atmete heftig, wurde ruhiger, fuhr fort: »Schwulsein wäre aber kein Hindernis, bei der Polizei unterzukommen?«

»Ein Hindernis nicht, aber eine Herausforderung schon. Wir haben zwar inzwischen eine Menge weibliches Personal, aber trotzdem ist der Laden hier immer noch stark von Testosteron getränkt.«

»Kennen Sie einen schwulen Polizisten?«

»Ich habe mal einen gekannt, aber der ist gestorben. Und er hat zeitlebens streng darauf geachtet, dass es nicht rauskommt.«

»Die Message ist also: Vergiss es.«

»Nein«, sagte ich bestimmt. »Die Message ist: Denken Sie noch mal gründlich nach. Und wenn Sie dann immer noch wollen, dann helfe ich Ihnen.«

Es klopfte an der Tür, unsere Spezialistin für die Anfertigung von Phantombildern kam, um meinen Gast abzuholen. Den noch halb vollen Kaffeebecher nahm er mit, nachdem er höflich um Erlaubnis gefragt hatte.

Obwohl die beiden sich redlich Mühe gegeben hatten, war mit dem Phantombild von Alenas Begleiter, das sie mir anderthalb Stunden später präsentierten, wenig anzufangen. Ein Allerweltsgesicht, das irgendwie auf jeden dunkelhaarigen Mann Anfang zwanzig passte, der einen gepflegten Vollbart trug. Keine besonderen Kennzeichen, keine Auffälligkeiten, einfach ein gut aussehender junger Mann mit dunklen Augen, langen Wimpern und Bart.

Der Rest des Nachmittags brachte keine neuen Erkenntnisse mehr. Ich erledigte weiter Papierkram, der sich während meiner über zwei Monate dauernden Abwesenheit angesammelt hatte, sah mir hin und wieder die Fotos von Alena und das Phantombild ihres vermeintlichen Bruders an und machte zeitig Feierabend.

Louise saß in der Küche vor einem großen Glas Orangensaft mit viel Eis und blies Trübsal. Sarah war ausgeflogen. Seit sie achtzehn waren, machten sich meine Töchter nicht mehr die Mühe, mir mitzuteilen, wohin sie gingen und wann sie zurückzukommen gedachten.

Mit einem kargen Abendessen – niemand hatte daran gedacht einzukaufen – setzte ich mich zu Louise. Da ich sie nach den dramatischen Ereignissen der vergangenen Tage nicht allein lassen wollte, hatte ich das Essen mit Theresa kurzerhand abgesagt. Sie hatte Verständnis geheuchelt, und ich hatte hoch und heilig versprechen müssen, unser Versöhnungsessen am folgenden Abend nachzuholen.

»Wo ist eigentlich Mick?«, fragte ich.

»In Allensbach, bei seinen Eltern.«

Der Ton, in dem Louise das sagte, ließ mich aufhorchen. »Habt ihr ein Problem?«

»Denk schon«, antwortete sie mürrisch. »Mick sagt, er braucht erst mal Abstand nach dem ganzen Stress.«

»Klingt nicht gut.«

Sie zuckte die schmalen Schultern, nippte an ihrem beschlagenen Glas. »Mir ist es recht so. Nach dem ganzen Irrsinn brauch ich auch ein bisschen Ruhe.«

Später gingen wir ins Wohnzimmer und sahen zusammen einen Film von den Coen Brothers an, den ich schon mindestens dreimal gesehen hatte und immer noch gut fand. Er hatte ein wenig Überlänge, Louise verabschiedete sich nach dem ersten Drittel, um schlafen zu gehen, und als ich gegen elf ins Bad ging, legte mein Handy los.

Der Anrufer war Karsten Scholz. Er klang aufgeregt.

»Die Cindy«, sprudelte er los. »Sie erinnert sich an die Blonde. Und sie hat gesehen, mit wem sie getanzt hat, und mit dem ist sie dann später wohl auch gegangen. Und wie sie mir das erzählt, die Cindy, da fällt mir ein, dass ich das Mädel tatsächlich noch mal gesehen habe. Zusammen mit einem Typ, den ich ziemlich eklig fand. Es war lange nach Mitternacht, vielleicht zwei, halb drei, und der Typ war entschieden zu alt für sie. Ich sag nur so viel: dicke Hose, teures Handy, große Klappe und Angeberauto. Einer dieser Abschleppertypen, die jedes Wochenende eine andere Frau im Bett haben müssen. Auf der Treppe ist sie wieder fast aus den Latschen gekippt, und wenn ihr Typ sie nicht festgehalten hätte, dann hätte es sie wohl der Länge nach hingehauen.«

»Sie war aber nicht betrunken?«

In ihrem Blut hatten die Rechtsmediziner weder Spuren von Alkohol noch von anderen Drogen gefunden.

»Ein bisschen angeschickert war sie wohl schon. Nehme an, sie hat nicht viel vertragen.«

»Und das Auto?«

»Das hab ich nicht gesehen, nur gehört. Ziemlich laut war die Karre, wahrscheinlich getunt. Ein Sportwagen, vom Sound her. Mein Kollege hat die Karre auch nicht gesehen oder zumindest nicht drauf geachtet. Wenn es hier später ruhiger wird, frage ich noch mal bei den Kolleginnen rum. Nehme stark an, der Typ war nicht zum ersten Mal hier.«

»Falls Sie noch etwas erfahren, rufen Sie mich bitte an. Egal, wie spät oder früh es ist.«

Karsten Scholz war klug genug, meinen letzten Satz nicht wörtlich zu nehmen. Nachdem ich zu meiner Überraschung zum ersten Mal seit Ewigkeiten die Nacht komplett durchgeschlafen hatte, fand ich am Samstagmorgen um kurz nach sieben folgende Nachricht auf meinem Handy: »Er war diese Nacht wieder da. Fährt einen Triumph Spitfire. Farbe konnte ich nicht erkennen. Die Beleuchtung auf unserem Parkplatz ist nicht so toll. Auf jeden Fall nicht schwarz oder weiß.«

Von den legendären englischen Sportflitzern gab es nur sieben Exemplare in der Kurpfalz, stellte ich fest, als ich – obwohl heute Samstag war – an meinem Schreibtisch saß. Wenn einen das Fieber erst einmal gepackt hat, dann werden Dinge wie Wochenenden und Feierabende, Familien und Freunde zweitrangig. Einer der Gründe, warum so viele Polizistenehen scheiterten und die meisten Kollegen ihre Freunde unter ihresgleichen suchten.

Fünf der Oldtimer waren im Besitz älterer Herren, die ihre Schätze hegten und pflegten und nur ungern den Widrigkeiten des modernen Verkehrs aussetzten. Einer gehörte einer Architektin, die in Dossenheim zu Hause war, ihren heiß geliebten Spitfire hin und wieder sogar zum Einkaufen benutzte, einundsechzig Jahre alt war und von einem Club mit Namen *Nirvana* noch nie gehört hatte. Nummer sieben schließlich gehörte einem Werbegrafiker namens Pierre Boerne, Alter vierunddreißig, unverheiratet, wohnhaft im Norden Walldorfs, einem Städtchen etwa zehn Kilometer südlich von Heidelberg.

Begleitet von Klara Vangelis, machte ich mich gegen halb elf auf den Weg in Richtung Süden. Die Hitze schien mit jedem Tag schlimmer zu werden.

21

Der Mann, den wir sprechen wollten, bewohnte das Penthouse eines sechsstöckigen, architektonisch nicht weiter erwähnenswerten kastenförmigen Gebäudes. Er meldete sich erst, nachdem Vangelis mehrmals den Klingelknopf betätigt hatte, und hatte vermutlich wieder einmal eine lange, kräftezehrende Nacht hinter sich. Schon beim ersten Läuten hatte weit über uns ein nicht allzu großer Hund zu bellen begonnen. Die Sonne brannte mir ins Genick.
»Ja?«, krächzte es endlich aus dem Lautsprecher. »Wer stört?«

Nun hörten wir den aufgebrachten Hund auch aus dem Lautsprecher.

»Gerlach ist mein Name«, antwortete ich in amtlichem Ton. »Kriminalpolizei Heidelberg. Wir würden Sie gerne sprechen.«

»In welcher Angelegenheit, falls man das fragen darf?«

»Das würde ich Ihnen lieber sagen, wenn wir uns gegenüberstehen.«

»Soll ich schon mal mein Köfferchen mit dem Nötigsten packen?«, fragte Pierre Boerne launig.

»Fürs Erste reicht es, wenn Sie den Knopf für den Türöffner drücken.«

»Sechster Stock«, sagte er noch, bevor die Tür nachgab. »Nehmen Sie den linken Aufzug. Im rechten stinkt's seit vorgestern grauenhaft.«

Der Mann, der uns oben empfing, war alles andere als ein Womanizer. Knapp eins siebzig groß, pummelig, unsportlich und dazu ein Mondgesicht, in dem, obwohl er noch unrasiert war, nur wenige Barthaare sprossen. Er trug ein schon etwas zerschlissenes und ausgeblichenes T-Shirt von Pierre Cardin und weiße Shorts – vermutlich sein Schlafgewand für hochsommerliche Nächte. Den Hund hatte er zwischenzeitlich in ein anderes Zimmer gesperrt, wo er sich allmählich beruhigte. Hier oben, direkt unter dem flachen Dach, herrschte vermutlich auch nachts eine Hitze, die einem das Atmen und Schlafen schwer machte.

»Klimaanlage ist seit Wochen kaputt«, maulte der Bewohner der weitläufigen, spärlich und ohne erkennbaren Stil eingerichteten Wohnung. »Ausgerechnet jetzt.«

Wir schüttelten feuchte Hände. Seine war weich und schlaff.

»Wir müssen ein wenig leise sein«, sagte er mit verhaltener Stimme. »Ich habe Besuch, und sie schläft noch.«

Offenbar hatte er auch in der vergangenen Nacht im *Nirvana* ein williges Opfer gefunden.

»Wäre es okay, wenn wir auf die Dachterrasse gehen? Da ist es sowieso angenehmer, weil manchmal ein Lüftchen geht.«

Er bot uns etwas zu trinken an, wir wählten beide Wasser. Für sich selbst schenkte er ein hohes Glas bis zum Rand voll mit eisgekühlter Hafermilch.

»Es geht um eine Frau, die Sie vor einer Woche im *Nirvana* kennengelernt haben«, eröffnete ich das Gespräch, als wir wenig später an einem ausladenden hellgrauen Plastiktisch saßen. Hier draußen wehte tatsächlich ein leichter Wind, der die Hitze unter der sandfarbenen Markise ein wenig erträglicher machte. »Ihr Name ist Alena.«

»Ja, und? Was ist mit ihr?«

»Sie hat das Lokal mit Ihnen zusammen gegen 2 Uhr nachts verlassen, richtig?«

»Das ist richtig. Was ist mit ihr? Ist sie eine Illegale? Hab ich mir fast gedacht, ehrlich gesagt, so wie die sich angestellt hat. Aber ich halte sie hier nicht versteckt, falls Sie das glauben.«

»Sie sind zusammen hierhergefahren, nehme ich an?«

»Schon wieder richtig.«

»Und?«

»Nichts und.«

»Was heißt das?«

»Dass nichts gelaufen ist, heißt das. Das ist es ja wohl, was Sie wissen wollen. Ist sie minderjährig? Sind Sie deshalb hier? Ich habe sie ein paarmal geküsst, das gebe ich zu, und gestreichelt, auch an unsittlichen Stellen.«

»Wie ist es weitergegangen, als Sie hier waren?«

»Ich habe mein Schätzchen in die Garage gestellt.«

»Mit Schätzchen meinen Sie Ihren Wagen?«

»Sie haben's erfasst. Wir sind mit dem Aufzug hochgefahren. Sie war ziemlich heiß und auf Abenteuer aus. Blutjung, sechzehn, maximal siebzehn, vielleicht sogar noch Jungfrau. Und ich hatte das Gefühl, dass sie diesem Umstand dringend ein Ende machen wollte. Wir haben im Lift ein bisschen geknutscht, hatten wir im Club natürlich auch schon. Das hat sie total angetörnt, und während der Fahrt hat sie an mir geklebt wie eine Klette.«

Der schon etwas in die Jahre gekommene Schürzenjäger verstummte, betrachtete eingehend die sauber manikürten Nägel seiner Rechten.

»Wie spät war es da?«

»Ich habe nicht auf die Uhr gesehen. Noch nicht vier auf jeden Fall. Vielleicht halb. Oder Viertel vor.«

»Und weiter?«, drängte ich.

»Als wir in der Wohnung waren, habe ich versucht, ihr das Kleid auszuziehen. Der Reißverschluss hat aber geklemmt. Da ist sie ganz nervös und zappelig geworden, und bevor der Reißverschluss ganz offen war, hat sie auf einmal ihr Handtäschchen gepackt und wollte fort.«

»Sie *wollte?*«

»Erst habe ich sie noch festgehalten. Mehr spielerisch, nicht mit Gewalt. Manche Mädels stehen drauf, wenn man sie ein bisschen härter anfasst. Wenn man ihnen zeigt, wer der Herr im Haus ist. Sie hat versucht, sich loszureißen. Anfangs dachte ich, es ist auch von ihrer Seite ein Spiel. Sie will erobert werden.«

Sein Geständnis schien ihm nicht die Spur peinlich zu seit.

»Aber dann hat sie immer heftiger gezerrt und angefangen zu zetern, und da habe ich sie natürlich losgelassen, und dann ist sie fort, als wär ihr der Teufel persönlich auf den Fersen. Wie ist das eigentlich bei den Moslems, gibt's bei denen überhaupt einen Teufel?«

Ich sah Vangelis an, die zuckte die Achseln. Ich wusste ebenfalls keine Antwort.

»Wie kommen Sie darauf, dass sie Muslimin war?«, fragte Vangelis.

»Sie hat ein Kettchen am Hals gehabt mit einem Anhänger. Ich habe sie gefragt, was das sein soll, und da hat sie gesagt, das ist der Koran.«

»In welcher Sprache haben Sie sich eigentlich unterhalten?«

Der verhinderte Verführer kicherte albern. »Das ist in Zeiten der Smartphones kein Problem mehr. Außerdem konnte sie ein paar Brocken Deutsch und Englisch, und den Rest hat Google Translate gemacht. Tschetschenien, keine Ahnung, wo das liegt. Jedenfalls hat mein Handy die Sprache nicht gekannt. Alena hat dann Türkisch gewählt. Darin war sie ziemlich fit. War öfter in den Sommerferien dort, wenn ich richtig verstanden habe.«

»Noch mal zurück zu der Nacht, als sie hier war. Sie haben nicht mehr versucht, sie zu hindern? Die Tür versperrt oder solche Späße?«

»Ich habe sie an gar nichts gehindert. Ich bin ihr auch nicht nachgelaufen. Sie hat nicht gewollt, so what?« Er lachte kurz und meckernd. »Das heißt, stimmt nicht, ich bin ihr doch nachgelaufen. Bis zur Treppe. Sie hatte ihre affige Perücke verloren. Die habe ich ihr gebracht.«

»Wie spät war es da?«

»Keine Ahnung.«

Boerne, der bisher entspannt in seinem Loungesessel gelümmelt hatte, ein Bein über die Armlehne, setzte sich gerade hin, stellte sein schon fast leeres Glas energisch auf den Tisch.

»Was ist denn jetzt mit Alena? Wieso sind Sie hinter ihr her? Ist sie wirklich eine Illegale? Hat sie was verbrochen?«

»Wir sind nicht hinter ihr her«, erwiderte ich ein wenig angespannt, weil mir der Kerl immer unsympathischer wurde. »Wir suchen ihren Mörder.«

Boerne hätte um ein Haar sein Glas umgeworfen, so sehr erschrak er. »Soll das heißen, sie ist ... äh ... tot?«

»Sie dürfte, knapp anderthalb Stunden nachdem sie Sie verlassen hat, gestorben sein.«

Eine Weile starrte er mit glasigem, fassungslosem Blick erst mich, dann Vangelis an, dann biss er die Zähne zusammen, dass ich meinte, die Kiefer knacken zu hören.

»Sie glauben doch hoffentlich nicht, ich hätte sie ...?«, brachte er mit Mühe heraus.

»Ich glaube gar nichts. Im Moment sammeln wir nur Fakten. Wie spät war es, als Alena Ihre Wohnung verlassen hat?«

Er sank in seinen Sessel zurück, wischte mit der Hand über seine Stirn. »Das haben Sie mich eben schon mal gefragt. Gegen vier, würde ich sagen. Ich habe nicht aufs Handy geschaut.«

»Das heißt, über den Daumen haben Sie hier wie lange erst rumgeknutscht und später gerangelt?«

So wie die Hand zitterte, in der Boerne sein längst leeres Glas hielt, stand er jetzt unter höchster Anspannung. Weil er Alena auf dem Gewissen hatte? Weil er den Mann kannte, der sie auf dem Gewissen hatte?

»Nageln Sie mich bitte nicht fest«, jammerte er. »Herrgott, sehen Sie ständig auf die Uhr, wenn Sie mit einer Frau zugange sind?«

»Nein. Aber die Frauen, mit denen ich zugange war, leben auch alle noch.«

Was eine Lüge war, denn Vera, die Mutter meiner Töchter, war vor wenigen Jahren völlig überraschend gestorben, was mich zum Witwer und alleinerziehenden Vater gemacht hatte.

»Tschetschenien, wo liegt das überhaupt?«, fragte Boerne unsicher.

»In der Nähe von Georgien, soweit ich weiß.«

»Was haben Sie gemacht, nachdem Alena gegangen war?«, fragte Vangelis.

»Was ich gemacht habe?« Boerne lachte bitter und trank noch den allerletzten kleinen Schluck aus seinem Glas. »Mich ordentlich geärgert, geduscht, mir einen runtergeholt und mich schlafen gelegt.«

»Wie spät war es da?«

»Halb fünf vielleicht. Genauer weiß ich es wirklich nicht, sorry.« Seine Stimme klang jetzt wieder fester.

»Es hat also, wenn ich Sie richtig verstehe, ein kleines Handgemenge gegeben?«

»Wenn Sie es so nennen wollen, in Gottes Namen ja. Es gab aber keine Kratzer oder blaue Flecke, weder bei ihr noch bei mir. Ich würde eher sagen, es war eine neckische Kabbelei, die mit der Zeit ein wenig heftiger wurde. Das übliche Spielchen zwischen Männlein und Weiblein. Halb zog er sie, halb sank sie hin.«

»Ich glaube, bei Goethe war das irgendwie andersrum.«

»Sie wird es eher nicht als neckisch empfunden haben«, mischte sich Vangelis ein, die unseren Zeugen inzwischen ebenfalls zu hassen schien. »Am Ende hat sie ja sogar geschrien.«

Boerne zog eine missmutige Grimasse. »Geschrien ist übertrieben, aber gut, okay. Ich hätte vielleicht eher nachgeben sollen. Aber verflucht noch eins, fünf Minuten vorher war sie noch heiß wie eine rollige Katze, und ich ... Scheiße. Ja, es ist blöd gelaufen. Wie ist sie eigentlich gestorben?«

»Soweit wir wissen, hat ihr ein Kerl nachgestellt, in einem Waldstück zwischen Sandhausen und Oftersheim ...«

Schon wurde er wieder blass. »Das ist ja gar nicht weit von hier. Nur ein paar Kilometer.«

»Sie sagen es.«

»Könnte es sein, dass sie von Ihrem kleinen Zweikampf hier doch ein paar Schrammen davongetragen hat? Kleine Hautabschürfungen?«, fragte ich.

»Ich sage es gerne noch einmal: Definitiv nein.« Boerne hielt seine Linke hoch. Die Nägel an seinen weichen Wurstfingern waren kurz geschnitten und akkurat gefeilt. »Sehen Sie sich meine Finger an.«

»Die Sie vielleicht erst heute Morgen gekürzt und inzwischen tausendmal gewaschen haben«, erwiderte ich eisig.

»Ja, ich bin ziemlich reinlich«, erwiderte Boerne, ohne eine Miene zu verziehen. Inzwischen hatte er seine Fassung wiedergefunden. »Was ja wohl kein Verbrechen ist.«

»Sie haben nicht zufällig ein paar Selfies auf Ihrem Handy?«, fragte Vangelis, als wir uns erhoben.

»Jede Menge sogar. Im Club, im Auto, hier ...«

»Würden Sie mir die schicken?«, bat meine Bald-wieder-Kollegin. »Am besten per Mail. Wegen der Auflösung.«

»Warum?«

»Vielleicht ist der Mann, der sie später verfolgt hat, irgendwo im Hintergrund zu sehen.«

»Dann müsste er mir hinterhergefahren sein. Aber gut, möglich wäre es. Ich habe nicht allzu oft in den Spiegel geschaut während der Fahrt.«

Vangelis überreichte Boerne ein Kärtchen, das aus der Zeit stammen musste, als sie noch offizielles Mitglied der Heidelberger Kripo war.

Als wir im Erdgeschoss den Lift verließen, trafen wir auf einen Mann in mittleren Jahren, der gerade vom Einkaufen kam. Ich ließ ihn meinen Ausweis sehen.

»Es geht um Ihren Hausgenossen Herrn Boerne ...«

»Der wohnt direkt über uns. Wieso?«

Er stellte seine Einkäufe ab, wobei eine der Tüten umkippte und einige Orangen zu desertieren versuchten.

»Es geht um die Nacht von Samstag auf Sonntag vor einer Woche«, sagte ich zu dem am Boden herumkriechenden Nachbarn.

»Aha.«

»Er hat eine junge Dame zu Besuch gehabt.«

Der Mann lachte sarkastisch, hatte seine Orangen inzwischen wieder alle beisammen und richtete sich auf.

»Der Boerne schleppt ständig junge Frauen ab. Seeehr junge Frauen. Scheint sein Hobby zu sein. Also, für mich wär das ja nichts, alle paar Tage eine andere im Bett. Ich bin glücklich verheiratet, hab vier nette Kinder und eine sehr, sehr liebe Frau und werd den Teufel tun ...«

»Sie haben nicht zufällig etwas davon mitbekommen, was in besagter Nacht in der Wohnung über Ihnen passiert ist? Zwischen 3 und 4 Uhr?«

»Was soll denn da passiert sein?«

»Das frage ich Sie.«

»Also, ich schlaf wie ein Stein. Meine Frau schimpft immer, dass ich nie aufwache, wenn eines der Kinder schreit. Aber ... Moment ...« Er zückte sein Handy, wählte eine Nummer. »Du, Susilein, pass mal auf. Hier sind zwei Herrschaften von der Polizei ...«

Susilein erinnerte sich tatsächlich, in der fraglichen Nacht aus dem Penthouse Lärm gehört zu haben.

»Aber nur kurz«, wiederholte ihr Mann für uns. »Dann hat oben die Tür geknallt, und Schritte sind die Treppe runter. Frauenschritte. Hohe Absätze. Sehr eilig.«

Alena hatte also wirklich noch gelebt, als sie Boernes Wohnung verließ.

Als wir ins Freie traten, war es noch heißer geworden. Ein schwarzer Mercedes fuhr so langsam vorbei, als suche der Fahrer eine bestimmte Adresse oder einen Parkplatz im Schatten. Sonst war niemand zu sehen oder zu hören. Jeder Mensch, der konnte, hielt sich jetzt im Schatten auf oder im Wasser eines Schwimmbads oder seines eigenen Pools.

22

»Was hat sie wohl getrieben in der Zeit zwischen ihrer Flucht vor Boerne und der Tragödie im Wald?«, fragte ich, als wir im glühend heißen Wagen in Richtung Heidelberg unterwegs waren. Wieder hatten wir den Mercedes mit der defekten Klimaanlage erwischt.

»Was *kann* sie getrieben haben?«, fragte Vangelis zurück. »Alle Cafés und Kneipen hatten zu, so früh am Morgen geht kein Bus ...«

»Moment mal.« Ich zückte mein Handy und wählte die Nummer von Tim Kurtz. »Dieses Video von der Dashcam, das hat doch bestimmt einen Zeitstempel.«

»Sekündchen, ich guck mal eben. Ich denke aber schon ...«, sagte er. »Bingo. Dritter Achter, fünf Uhr zwölf.«

»Falls die Uhr des Geräts richtig geht.«

»Checke ich sofort. Sie hören von mir.«

»Sie muss völlig verängstigt gewesen sein«, überlegte Vangelis, während sie zum Überholen eines rostigen Lieferwagens ansetzte, dessen Fahrer offenbar nebenher Büroarbeiten erledigte. »Boernes Zudringlichkeit wird sie als bedrohlich empfunden haben. Sie war in einer ihr fremden Umgebung. Sie konnte die Sprache nicht. Weit und breit kein Mensch, den sie um Hilfe bitten konnte.«

»Und natürlich die große Frage: Wie sollte sie nach Hause kommen?«

»Wenn sie wirklich illegal im Land war, musste sie außerdem die Polizei fürchten.«

Für einige Sekunden herrschte nachdenkliches Schweigen in dem vom Brausen der Klimaanlage erfüllten Wagen, die nun allmählich doch Wirkung zeigte.

»Boerne sagt, sie hatte ein Smartphone«, sagte ich dann. »Warum hat sie es nicht benutzt? Ihren Bruder angerufen? Ihren Vater, eine Freundin …«

Mein eigenes Handy unterbrach unsere Grübelei. Tim Kurtz hatte zwischenzeitlich mit dem Besitzer der Dashcam telefoniert, die Uhr des Gerätchens ging zwei Minuten nach. Als Alena über die Straße lief, war es demnach fünf Uhr vierzehn gewesen.

»Sie könnten noch etwas für mich tun«, sagte ich. »Überprüfen Sie mal, ob in der nordwestlichen Ecke von Walldorf in der Tatnacht zwischen vier und fünf mit einem Handy telefoniert wurde.«

Vangelis hatte recht. Was mochte Alena getrieben haben in dieser Stunde? Mutterseelenallein in einer ihr unbekannten Gegend? Bei flottem Tempo hätte sie die Strecke von Boernes Penthouse bis zum Waldparkplatz an der B 291 in dieser Zeit problemlos zu Fuß zurücklegen können. Lebte sie vielleicht in Oftersheim? War sie die Bundesstraße entlanggetippelt auf ihren wackeligen Sandaletten und hatte die Aufmerksamkeit eines jungen Mannes auf sich gezogen, der leichte Beute witterte?

Oder hatte Boerne seine Niederlage nicht akzeptieren wollen, war Alena gefolgt, um sie vielleicht doch noch zu erobern? Zur Not mit etwas robusteren Mitteln als beim ersten Versuch? Könnte er der Mann auf dem Video sein?

Vangelis fand meinen Gedanken nicht völlig abwegig. »Irgendwie gefällt mir dieser Bursche ganz und gar nicht.«

Inzwischen hatten wir Heidelberg erreicht. Links lagen die endlosen Kasernengelände, die die US Army zurückgelassen hatte, rechts Wohngebiete.

»Seine Bestürzung war echt, als er gehört hat, dass Alena tot ist«, warf ich ein. »Das war nicht gespielt.«

Trotzdem mochte sie ihn nicht. Auch ich verspürte

große Lust, diesem schmierigen Wochenendcasanova noch einmal ein wenig auf den Zahn zu fühlen.

»Sollen wir ihn uns noch mal zur Brust nehmen?«, schlug ich vor. »Vielleicht in ein, zwei Tagen, wenn er ein bisschen nachgedacht hat?«

»Sie laden ihn vor?«

Ja, das war gut. Sollte er in irgendeiner Weise in Alenas Tod verwickelt sein, so hätte er auf diese Weise reichlich Zeit, sich mit Gewissensbissen zu quälen, mit Angstvorstellungen, und dann käme die Vorladung, was seine Sorgen weiter steigern würde ...

»Halten Sie bitte mal da vorne an der Bushaltestelle.«

Vangelis sah mich erstaunt an, tat aber, worum ich sie gebeten hatte.

»Ich bin Ihnen noch eine Antwort schuldig, Frau Vangelis«, sagte ich mit einem sehr flauen Gefühl im Magen, als der Wagen stand.

Sie sah mich schweigend an, blickte dann wieder nach vorn und ließ den Motor an.

»Die haben Sie mir längst gegeben.« Der Wagen ruckte an. »Sie werden verstehen, dass ich unter diesen Umständen nicht in Heidelberg bleiben kann.«

»Es tut mir leid, wirklich ...«

»Mir tut es auch leid. Aber die Liebe lässt sich nun einmal nicht zwingen. Sobald ich wieder offiziell im Dienst bin, werde ich meine Versetzung beantragen. Nach Mannheim vielleicht.«

Als ich mit nicht allzu guter Laune mein Büro betrat, trillerte das Telefon auf meinem Schreibtisch.

»Ach, ist also hin und wieder doch jemand da«, warf mir eine aufgebrachte Frauenstimme an den Kopf. »Das dürfte jetzt mein zwanzigster Anruf sein, und ...«

»Gnädige Frau, heute ist Samstag, und auch Polizisten

haben manchmal Wochenende. Wenn es um eine wichtige und dringende Angelegenheit geht, dann wenden Sie sich am besten an die Zentrale …«

»Die gnädige Frau können Sie sich sparen. Im Augenblick bin ich nämlich ziemlich ungnädig. Und ich möchte nicht mit irgendeiner Zentrale sprechen, sondern mit dem Chef der Kriminalpolizei. Ich hoffe, da bin ich nun endlich richtig.«

Ich sank auf meinen Schreibtischsessel, unterdrückte ein Gähnen und schwieg einfach.

»Nun gut«, sagte die Anruferin mit plötzlich ruhigerer Stimme. »Mein Name ist Rosalind von Bohnhoff. *Doktor* Rosalind von Bohnhoff. Und ich möchte eine Beobachtung melden, die ich vor einer Woche am frühen Morgen gemacht habe.«

Jetzt war ich wach. Sollte dies der lang ersehnte Anruf sein? Der uns der Lösung dieses Falls mit einem Schlag ganz nah brachte?

Frau Dr. von Bohnhoff wohnte wie Pierre Boerne im Norden Walldorfs und war am Sonntag vor einer Woche gegen 4 Uhr morgens auf dem Weg zum Frankfurter Flughafen gewesen.

»Der Flieger nach Helsinki ging um zehn nach acht. Ich wollte beziehungsweise musste zu einer Tagung in Turku.«

Die Anruferin war von Beruf Mikrobiologin und betrieb zusammen mit ihrem Mann in Heidelberg ein privates Forschungsinstitut mit achtzehn Angestellten.

»Diese Tagung war sehr hochrangig und äußerst wichtig für uns. Networking, Sie verstehen. Nun, und wie ich an dieser Bushaltestelle vorbeikomme, ich weiß nicht, wie sie heißt, jedenfalls ist sie an der Rennbahnstraße, kurz vor dem Kreisverkehr …«

Während sie sprach, suchte ich im Internet die Stelle, von der die Rede war.

»Rockenauerpfad«, sagte ich halblaut.

»Bitte?«

»So heißt die Haltestelle: Rockenauerpfad.«

»Mag sein. Jedenfalls steht da eine blonde junge Frau in einem auffälligen Glitzerkleidchen. Nach der Beschreibung, die ich gelesen habe, als ich heute beim Frühstück die alten Zeitungen durchblätterte, könnte es die junge Frau gewesen sein, die kurze Zeit später ermordet wurde.«

Mein Puls beschleunigte sich. »Fährt denn da so früh am Morgen schon ein Bus?«

»Natürlich nicht. Schon gar nicht am Wochenende. Das arme Ding hätte noch Stunden dort gestanden, zum Glück war es eine milde Nacht ...«

»Ich nehme an, das war nicht alles, was Sie gesehen haben.«

»So ist es. Da war ein Auto, ein Kleinwagen. Sie hat sich zum Beifahrerfenster hinuntergebeugt und mit jemandem gesprochen.«

»Konnten Sie sehen, mit wem?«

»Nein. Aber sie hat gelächelt, als würde sie den Fahrer kennen. Oder vielleicht auch die Fahrerin. Ich konnte die Person am Steuer leider nur von hinten sehen, weil sie den Kopf zum Beifahrerfenster gedreht hatte. Außerdem hat sie eine Kapuze getragen.«

Bei den letzten Worten war die Anruferin immer leiser und langsamer geworden. Jetzt war sie ganz verstummt.

»Frau von Bohnhoff?«, sagte ich.

Immer noch hörte ich nur ihren Atem. Doch dann räusperte sie sich und fuhr nach einem Seufzer fort.

»Es ist nämlich so, Herr Gerlach«, sagte sie mit plötzlich matter Stimme. Jetzt sprach nicht mehr die selbstbewusste Wissenschaftlerin und Firmeninhaberin zu mir, sondern eine verunsicherte, wenn nicht sogar verängstigte Frau. »Ich habe auch einmal an einer solchen Haltestelle gestanden. Ich war knapp siebzehn und hatte meinen Eltern versprochen, um Mitternacht zu Hause zu sein. Aber wie es so geht, auf einmal war halb zwei vorbei, und der letzte Bus war längst weg, und ich war ziemlich verzweifelt, wie Sie sich denken können.«

Zu ihrer großen Erleichterung hielt bald ein Wagen, in dem ein freundlicher älterer Herr saß, der ihr anbot, sie nach Hause zu fahren. Er machte einen so harmlosen, netten Eindruck, dass die junge Frau bedenkenlos in den Wagen gestiegen war, um bald darauf mit knapper Not einer Vergewaltigung zu entgehen.

»Ich weiß nicht mehr, wie ich ihn außer Gefecht setzte. Ich habe gekämpft wie eine Katze, mit allem, was ich hatte, und am Ende hat er heftig im Gesicht geblutet und geflucht wie ein Bierkutscher, aber er ließ von mir ab. Seither habe ich ein scharfes Auge für solche Szenen.«

»Das Auto …?«, fragte ich, als es schon wieder nicht mehr weiterging.

»Wahrscheinlich ein Mercedes, vielleicht auch ein großer Opel. Ihre Kollegen haben mich damals hundert Mal danach gefragt, und ich konnte immer nur antworten: Ich weiß es nicht.«

»Ich meine das Auto, das Sie an der Bushaltestelle gesehen haben.«

»Ach ja, natürlich. Bitte verzeihen Sie, aber diese Flashbacks, die mich immer noch hin und wieder überfallen, die bringen mich immer völlig durcheinander. Es war ein kleines Auto, wie schon gesagt, ein Viertürer. Kein europäisches Fabrikat. Weiß oder hellgrau, soweit ich es bei der trügerischen Beleuchtung sagen kann. Am Heck klebte ein Aufkleber. Ein rotes Herz, ich meine, mit zwei, drei Worten darin. Vielleicht *Just married* oder so etwas.«

»Das Kennzeichen?«

»Konnte ich leider nicht lesen. Entweder die Beleuchtung war defekt, oder er hatte den Motor ausgeschaltet. Der Fahrer, denken Sie denn, er …?«

»Es spricht manches dafür. Wenn jemand zu Ihnen käme und Ihnen Bilder zeigen würde, Bilder von Autos, die eventuell infrage kommen könnten, denken Sie …?«

»Wir können es gerne versuchen. Aber machen Sie sich bitte keine allzu großen Hoffnungen. Ich habe den Wagen nur für zwei, maximal drei Sekunden gesehen und natürlich mehr auf das Mädchen geachtet. Was sicherlich ein Fehler war.«

»Machen Sie sich keine Vorwürfe. Sie konnten ja nicht ahnen, was später passieren würde. Dieses Herz am Heck – haben Sie noch irgendeine Erinnerung an Details? Wie groß war es? Wo hat es geklebt, links oder rechts, eher oben oder eher unten? Hatte der Wagen eine Heckklappe? War er vielleicht irgendwo in einer anderen Farbe lackiert? Hatte er eine Beule? Einen großen Kratzer?«

»Eine Beule? Das wohl nicht. Der Wagen wirkte gepflegt und sauber. Er dürfte auch noch nicht allzu alt gewesen sein. Soweit ich das beurteilen kann, natürlich. Autos sind nicht gerade mein Spezialgebiet.«

Bereitwillig nannte sie mir ihre Adresse. Wir kamen überein, dass eine Kollegin sie in etwa einer Stunde besuchen und einen Laptop mitbringen würde. Ich beschloss, diese Aufgabe Klara Vangelis zu übertragen, damit sie nicht das Gefühl bekam, ich würde sie nach unserem heiklen Gespräch ignorieren.

Im Gegensatz zu Pierre Boernes auffälligem englischem Sportwagen war der weiße oder hellgraue Kleinwagen aus fernöstlicher Produktion alles andere als leicht zu finden. Tim Kurtz erstellte in kürzester Zeit eine Liste der infrage kommenden Fahrzeugtypen, die niederschmetternd lang war.

»Wie haben Sie das denn geschafft, in nicht mal einer halben Stunde?«, fragte ich beeindruckt.

Grinsend zuckte er die Achseln und antwortete mit nur zwei Buchstaben: »KI.«

Ich bat ihn, seine Liste samt Fotos an Vangelis zu schicken.

»Aber ehrlich gesagt, ich könnte aus dem Stand auch nicht sagen, ob so eine Karre jetzt ein Honda oder ein Toyota oder ein Hyundai ist oder doch ein Peugeot oder ein Fiat oder weiß der Teufel, was. Praktisch jeder größere Fahrzeugbauer der Welt hat so kleine Frauenautos im Angebot.«

»Warten wir ab, was Frau Vangelis berichtet, wenn sie zurückkommt.«

»Ein Herz am Heck«, meinte der engagierte junge Kollege, als er sich zur Tür wandte und plötzlich wieder stehen blieb. »Ist wohl auch eher was für Frauen.«

»Der Fahrer war aber wahrscheinlich ein Mann«, behauptete ich, obwohl unsere Zeugin das Gesicht der Person am Steuer nicht gesehen hatte. »Die Suchmeldung geht gleich raus. So wahnsinnig viele Autos mit roten Herzchen auf dem Heck dürfte es ja nicht geben.«

»Und was ist nun?«, fragte Theresa am Abend ungnädig. »War's das jetzt mit uns, oder wie?«

Das ins Auge gefasste gemeinsame Abendessen am Vorabend hatte ich – sehr zum Missfallen Theresas – wegen des Gesprächs mit Louise abgesagt. Heute hatte ich nicht noch einmal kneifen können.

Wir hatten uns auf neutralem Terrain getroffen, in einem Ristorante am Bismarckplatz, wo wir früher schon hin und wieder gegessen hatten. Wir waren beim Nachtisch – ein vorzügliches hausgemachtes Tiramisu – und hatten vielleicht schon ein bisschen zu viel Wein getrunken. Während des Essens hatten wir über Alltägliches geplaudert, die Ampelkoalition, die wenig bis nichts auf die Reihe kriegte, die Opposition, die keinen Plan hatte. Den nicht enden wollenden Ukrainekrieg, aber das Gespräch wollte nicht recht in Gang kommen, versiegte immer wieder, und das eigentliche Thema, ob und wie es mit unserer Beziehung nun weitergehen sollte, hatten wir beide angestrengt gemieden. Theresa war im Lauf des Abends immer einsilbiger geworden, und mir waren hin und wieder die Augen zugefallen, so erschöpft war ich von den zurückliegenden Tagen.

»Was hältst du davon, wenn wir in die Altstadt gehen und noch irgendwo einen Absacker nehmen?«, fragte ich lahm, um guten Willen zu zeigen. Eigentlich wäre ich viel lieber nach Hause gegangen und hätte mich schlafen gelegt.

»Du meinst, Alkohol hilft?«, fragte sie ungnädig, erhob sich jedoch, ohne zu zögern.

Ich ging zum Tresen und bezahlte die Rechnung, und als ich zum Tisch zurückkam, trug Theresa bereits den dunkelblauen Blazer, der ihr so gut stand, wie ich früher oft betont hatte. Dazu die Perlenkette, die sie an dem Abend getragen hatte, als ich sie zum ersten Mal sah. Bei meiner Inauguration zum Chef der Heidelberger Kriminalpolizei. Dass sie die Gattin meines zukünftigen, inzwischen leider verstorbenen Dienstvorgesetzten war, hatte ich damals natürlich nicht ahnen können.

Wir schlenderten – unter sorgfältiger Vermeidung jeglichen Körperkontakts – die Hauptstraße hinunter.

»Du weißt nicht, was du willst«, konstatierte Theresa irgendwann, ohne mich anzusehen. »Aber irgendwann wirst du dich entscheiden müssen. Und dieses Irgendwann ist jetzt nicht mehr allzu weit entfernt.«

Ihr Ton stellte klar, dass sie am Ende war mit ihrer

Geduld. Sie hatte aus ihrer Sicht alles Nötige getan, um unser Zerwürfnis auszuräumen, hatte um Verzeihung gebeten, ihren Fehler eingestanden. Mehr konnte ich nicht verlangen. Die Frage, die mich lähmte, war: Wollte ich überhaupt wieder mit Theresa zusammen sein? War ich schon bereit dazu? Ich war überfordert, zu keinem klaren Gedanken fähig, wollte eigentlich vor allem meine Ruhe haben. Die wenigen Tage, die ich nun wieder im Einsatz gewesen war, hatten mich regelrecht ausgelaugt. Dazu die Sorgen um Louise, die sich zum Glück in nichts aufgelöst hatten.

Nach längerem Fußmarsch landeten wir in der *Destille*, wo heute, am Samstagabend, natürlich Hochbetrieb herrschte. Krach, Lachen, Gläserklirren und Grölen. Schweiß, Parfüm und Alkoholdunst mischten sich zu einem ekelerregenden Mief, der bei mir Brechreiz auslöste, und am liebsten hätte ich auf dem Absatz kehrtgemacht. Aber Theresa ließ meine Hand nicht los, die sie gepackt hatte, als wir – ich hinter ihr – das brodelnde Lokal betraten. Mit Mühe ergatterten wir zwei gerade frei werdende Stehplätze am hintersten Ende der Bar, bestellten erneut Wein, obwohl ich den Alkohol inzwischen deutlich spürte.

»Du hast ganz recht«, sagte ich, als ich mein Glas in der Hand hielt. »Ich kann mich nicht entscheiden. Auf der einen Seite wäre ich gerne wieder mit dir zusammen, und das sage ich nicht nur, um dir eine Freude zu machen. Aber auf der anderen Seite sind da eine Menge ungute Erinnerungen, die ich nicht einfach abschütteln kann. Und ich … Ich weiß auch nicht. Mir fehlt im Moment die Energie zu einer Entscheidung, kannst du das verstehen?«

Theresa schwieg lange, sah mich nachdenklich an, stellte schließlich ihr Glas ab und wandte sich mir zu. Kurz befürchtete ich, sie würde mir in ihrer oft unverblümten Art jetzt einfach um den Hals fallen und mich abknutschen, aber das tat sie nicht. Stattdessen sagte sie kühl: »Ich habe einen Vorschlag, mein Herzblatt.«

»Ich höre.«

»Er ist ein bisschen blöd, aber etwas Besseres fällt mir heute Abend nicht mehr ein.«

Ich hob die Augenbrauen.

»Du gehst jetzt raus, vertrittst dir ein bisschen die Beine, und dann kommst du wieder herein, stellst dich neben mich und tust so, als würdest du mich nicht kennen.«

»Okay? Und dann?«

»Dann baggerst du mich an.«

»Ich weiß nicht ...«

»Na los, du Hasenfuß, trau dich.«

Ich konnte mir ein Grinsen nicht ganz verkneifen, als ich mich aufrichtete. »Klingt wirklich ziemlich bescheuert, aber wenn es der Wahrheitsfindung dient.«

»Die Ideen, die auf den ersten Blick am verrücktesten aussehen, sind am Ende oft die besten«, dozierte sie verhalten grinsend.

»Du passt auf mein Glas auf?«

»Wie der Hund von Baskerville.«

Draußen war es inzwischen frisch geworden. Vom Neckar her flutete kühle, feuchte Luft die summende Altstadt. Endlich Abkühlung! Meinen Mantel hatte ich wohlweislich zu Hause gelassen. Horden mehr oder weniger angetrunkener, bekiffter oder mit anderem benebelter junger Menschen brandeten an mir vorbei. Manche drängten in die *Destille*, andere kämpften sich heraus. Schließlich wurde es mir in meinem kurzärmeligen Hemd zu kalt, und ich ging wieder hinein.

Die frische Luft hatte mir gutgetan. Mein Kopf war jetzt klarer, der Blick schärfer. Ich drängelte mich mit sanfter Gewalt durch das Gewühl, stellte mich nicht an meinen alten Platz, sondern zwängte mich an Theresas andere

Seite. Sie rückte widerwillig ein wenig zur Seite. Ich bestellte ein neues Glas Wein, was bei der nicht mehr ganz jungen Dame jenseits der Theke leichte Irritation auslöste, nippte daran, beobachtete eine Weile das Treiben um mich herum. Immer wieder wurde ich angerempelt von Betrunkenen, die Nachschub orderten, prallte einmal gegen Theresa, murmelte eine Entschuldigung. Sie sah mich böse an, wandte sich wieder ihrem Glas zu.

»Tut mir leid, habe ich gesagt!«, rief ich ihr ins Ohr.

Sie hob nur die Schultern, schien die Bläschen in ihrem Wein zu zählen.

»Kann es sein, dass wir uns schon mal irgendwo begegnet sind?«

»Gähn«, erwiderte sie, ohne mich eines Blickes zu würdigen.

»Irgendwie kommen Sie mir bekannt vor.«

Sie warf mir einen belustigten Blick zu. »Wenn Ihnen nichts Originelleres einfällt, dann suchen Sie sich lieber ein anderes Opfer für Ihre Anmache.«

»Was sagt man denn heute so?«

»Zum Beispiel: Ich hab meine Telefonnummer verlegt, könnte ich vielleicht deine haben? So was in der Art.«

»Ich habe meine Nummer aber nicht vergessen.«

Sie drehte die Augen himmelwärts.

»Schicker Blazer übrigens. Passt super zu Ihren Haaren.«

»Auch nicht besonders originell, aber besser als vorhin.«

Erneut kehrte Schweigen ein. Ich stand jetzt so nah neben ihr, dass sich Körperkontakt gar nicht vermeiden ließ, fühlte ihre Wärme, roch ihren vertrauten Duft. Der Alkohol tat seine Wirkung. Ich schnupperte an ihren honigblonden, weich über die Schultern fallenden Locken. Und dann machte etwas »plopp« in meinem Kopf, und bevor ich es mir wieder anders überlegen konnte, sagte ich mit dem Mund nah an ihrem Ohr und viel Timbre in der Stimme:

»Zu dir oder zu mir, schöne Frau?«

»Nein«, erwiderte sie.

»Das war keine Frage, die man mit Ja oder Nein beantworten kann.«

»Weder zu dir noch zu mir. Wir gehen ins nächste Hotel. Alles andere dauert mir zu lange.« Sie packte ihre Handtasche, ich zückte mein Portemonnaie.

»Bezahlt habe ich schon.«

»Meinen zweiten Wein auch?«

Theresa wandte sich zum Gehen, als wäre sie auf der Flucht.

»Ich habe dich so vermisst«, stieß Theresa atemlos hervor, die nackt und schweißgebadet halb auf mir, halb unter mir lag. »Ich wusste gar nicht, dass man jemanden so vermissen kann.«

Dieses Mal hatte ich nicht versagt. Ganz im Gegenteil. Auch ich hatte mich völlig verausgabt.

Während ich draußen gewesen war, um frische Luft und Mut zu tanken, hatte sie ein Zimmer in einer Pension in der Nähe der Alten Brücke gebucht. Ich hatte keine Ahnung, wie spät es inzwischen war, und es war mir auch von Herzen gleichgültig. Das Zimmer war eigentlich eher ein Kämmerchen, karg eingerichtet und zudem maßlos überteuert. Aber zur Feier des Tages ...

Theresa seufzte in einem fort und streichelte meine Brust.

»Ich hatte so gehofft, du würdest um mich kämpfen, Alex, wenigstens ein bisschen. Wenigstens mal fragen, wie es mir geht. Eine SMS, eine kleine WhatsApp, wäre das zu viel verlangt gewesen?«

»Ich kann mich nicht erinnern, dass von dir mal irgendwas gekommen wäre«, versetzte ich ungewollt heftig. »Das wäre schließlich dein Job gewesen, nachdem du mir den Laufpass gegeben hast.«

Sie rollte sich auf mich, küsste mich zärtlich, strich mir das leider nicht mehr volle Haar aus dem Gesicht. Ich genoss ihren Geruch, diese Mischung aus teurem Parfüm, frischem Schweiß und den Ausdünstungen einer befriedigten Frau.

»Nicht böse sein«, schnurrte sie. »Können wir uns darauf einigen, dass wir uns beide blöd benommen haben, und es dann einfach gut sein lassen? Jetzt ist jetzt, und alles davor ist ab sofort Vergangenheit, okay?«

Mein »okay« klang vermutlich nicht wirklich überzeugend. Aber plötzlich waren wir beide so unfassbar müde, dass wir kaum noch die Augen offen halten konnten. Ich schaffte es gerade noch, den Lichtschalter zu drücken, und dann schliefen wir ein, wie wir waren, nackt, verschwitzt, glücklich.

23

Am Sonntagmorgen kam ich ungewöhnlich spät zum Dienst. Theresa und ich hatten unsere Versöhnungsnacht mit einem reichhaltigen Frühstück beschlossen, das uns über die Mängel des Zimmers und den nicht enden wollenden Partylärm vor dem Fenster hinwegtröstete.

Vangelis war gestern erst am frühen Nachmittag aus Walldorf zurückgekommen. Die Liste der infrage kommenden Fahrzeugtypen hatte sie zusammen mit Frau von Bohnhoff von knapp hundert auf zweiundzwanzig reduzieren können. Ein Kia Rio käme infrage, hatte sie gemeint. Ein Toyota Yaris, ein Peugeot 208 ... Das Auto gehöre einer Frau, hatte auch sie gemeint. Vielleicht frisch verliebt oder gerade erst verheiratet.

Bislang war der Wagen mit dem roten Herz am Heck jedoch noch nicht gefunden worden. Niemand hatte angerufen oder eine anonyme Mail geschickt. Obwohl ich in der Nacht viel zu wenig geschlafen hatte, war ich voller Tatendrang, Energie und Lebenslust.

Alle um mich herum waren auf einmal wie im Fieber. Jede und jeder war überzeugt, dass dieser ominöse Kleinwagen die entscheidende Spur war. Er würde uns zum Täter führen. Es war nur noch eine Frage der Zeit. Jederzeit konnte friodas Telefon klingeln und der entscheidende Hinweis kommen.

Wie bestellt, läutete das Festnetztelefon.

»Ja, Herr Gerlach«, dröhnte mir eine Bassstimme ins rechte Ohr. »Hier ist Kehle, HK Kehle. Sie suchen einen kleinen Japaner oder Koreaner, weiß und mit einem roten Herz hintendrauf?«

»Sagen Sie bloß …«

»Ich bin grad im Haus meiner Mutter. Hab sie in ein Heim geben müssen, es ist einfach nicht mehr gegangen, und jetzt bin ich dabei, ein paar Sachen am Haus und im Garten zu richten. Ich will die Hütte verkaufen oder vielleicht auch vermieten, weiß noch nicht, und dazu muss ich sie ein bisschen herrichten, und grad hör ich beim Streichen der Küche im Radio, dass Sie nach so einem Wägelchen mit einem Herz auf der Heckklappe suchen, und also ja, den kenn ich.«

Im Hintergrund hörte ich Vogelgezwitscher. Ein Radio spielte Achtzigerjahre-Hits.

»Es ist ein Kia, und ich kann ihn vom Küchenfenster aus sehen. Also normalerweise, weil im Moment ist er grad nicht da. Er gehört einer jungen Türkin, die wohnt im Nachbarhaus, und das Komische ist, fällt mir jetzt erst auf …«

»Was denn?«, fragte ich ungnädig vor Anspannung.

»Das Herz ist vorhin nicht mehr drauf gewesen. Dabei war es vorgestern noch auf der Heckklappe gepappt, ich bin mir sicher. Hundertpro.«

Der aufmerksame Kollege diktierte mir das Kennzeichen des Kia, das er seltsamerweise auswendig wusste. Wenige Mausklicks später wusste ich, dass der Wagen auf eine gewisse Ayshe Völkner zugelassen war, wohnhaft in der Jahnstraße jenseits des Neckars, verheiratet mit einem Deutschen, zwei Kinder im Alter von drei und fünf Jahren. Nebenbei erzählte mir Hauptkommissar Kehle aufgeräumt, was er sonst noch über die Frau wusste.

»Sie ist eine Brave. Deutscher als manche Deutschen, sag ich immer. Ihr Mann dagegen, der ist ein Hallodri. Nehme an, er schläft grad mal wieder seinen Rausch aus. Die Ayshe grüßt immer nett, wenn man sich trifft. Meine Mutter hat sie serngehabt, die Ayshe, und die hat ihr auch öfter mal bei irgendwas geholfen. Einkaufen zum Beispiel. Oder mal gründlich das Bad putzen, so Sachen. Die Kinder sind immer sauber und gut erzogen, sagen ›Guten Tag‹ und so. Seit die Kleine im Kindergarten ist, sitzt die Ayshe wieder jeden Vormittag an der Kasse vom Penny in Handschuhsheim. Ihr Mann ist das genaue Gegenteil. Faul wie Dreck, die meiste Zeit arbeitslos oder schafft schwarz irgendwo auf dem Bau. Elektriker hat er gelernt, glaub ich, und mit den Kindern springt er um, dass es der Sau graust. Dass die Ayshe den noch nicht umgebracht hat, grenzt für mich an ein Wunder.«

»Die Ayshe ist nicht da«, herrschte mich der klobige Typ mit Pferdegesicht und Schaufelhänden an, der mir eine halbe Stunde später die Tür öffnete.

Da Ayshe Völkner und ihre Familie nur wenige Hundert Meter von der Polizeidirektion entfernt lebten, hatte ich mich, nachdem ich noch einige Meldungen durchgesehen hatte, die gestern Abend und in der Nacht hereingekommen waren, wieder einmal per Rad auf den Weg gemacht. Noch war die Temperatur erträglich. Aber der Wetterbericht kannte keine Gnade. Auch heute würden wir wieder nur knapp an der Vierzig-Grad-Marke vorbeischrammen. Wie sollte das enden?

»Beim Kleiderflohmarkt ist sie«, bellte der Ehemann weiter. »Die Blagen hat sie Gott sei Dank mitgenommen, damit ich ausschlafen kann, und jetzt kommst du daher und …«

Er brach ab, als er meinen Dienstausweis sah.

»Bullerei? Was wollen Sie von ihr?«, ging er kommentarlos zum »Sie« über.

»Ich habe nur ein paar Fragen an sie. Es geht um ihr Auto.«

»Hat sie wieder mal falsch geparkt? Ist ein Hobby von

ihr. Als könnten wir die Kohle mit beiden Händen zum Fenster raushauen, sag ich immer.«

Die Fahne des Kerls war atemberaubend. Ich ging zwei Schritte auf Abstand.

»Wann wird Ihre Frau zurück sein?«

»Woher soll ich das wissen? Sie schleppt Zeug zum Tauschmarkt, das wo den Kids zu klein geworden ist. Die wachsen ja wie verrückt. Dafür bringt sie anderes Zeug mit. Sparen wir ordentlich Kohle, können Sie mir glauben. Klamotten für Kids sind nämlich sauteuer, da kann man arm dran werden, sag ich immer. Der Tauschmarkt ist immer am Sonntag. In irgendeiner Kirchengemeinde. Alle vier Wochen, glaub ich. Küchenzeug haben sie auch. Letztes Mal hat sie eine super Kaffeemaschine mitgebracht, weil unsere alte den Geist aufgegeben hat.«

»Ihre Frau fährt einen Kia Rio.«

Ayshe Völkners Gatte nickte wichtig und kratzte sich ungeniert an seinem Gemächt. »Hab ich günstig geschossen, die Karre. Hat 'nen Unfallschaden gehabt, aber den hat mir ein Kumpel billig hergerichtet. Für mich wär das ja nix, so eine Kinderschaukel. Meiner ist der Schwarze da drüben, der Range Rover. Das ist ein Auto, kann ich Ihnen sagen! Vierradantrieb, Sechsgangautomatik, zweihundertvierzig Pferdchen unter der Haube. Da geht was, wenn man dem die Sporen gibt, das können Sie mir glauben.«

»Seit wann ist Ihre Frau denn schon weg?«

»Keine Ahnung. Hab geschlafen. Bis jetzt. Mal wieder spät geworden, gestern.«

Der Kerl war fast zwei Meter groß und brachte mindestens hundertzwanzig Kilo auf die Waage. Sein militärisch kurz geschnittenes Haar war hellblond. Sein Schlafanzug bestand aus einer labberigen roten Hose, die über dem Bauch spannte, und einem verblichenen Muskelshirt, das früher vielleicht einmal gelb gewesen war.

»Benutzen Sie auch manchmal das Auto Ihrer Frau?«

»Ich?« Völkner lachte heiser und hustete. »Da pass ich ja gar nicht rein bei meiner Größe. Außerdem hab ich doch selber ein Auto, hab ich Ihnen doch grad lang und breit erklärt.«

Was sollte ich tun? Hier warten und mir das Geschwätz dieses stinkenden Idioten anhören oder mir vor dem Haus die Zeit vertreiben? Ich entschied mich für Letzteres. Draußen war die Luft noch erträglich, und es stank nicht nach ungewaschenem Muskelprotz und Alkohol.

Das Haus, vor dem ich kurz darauf im zwielichtigen Schatten einer kümmerlichen Linde stand, war blassrosa gestrichen, hatte zwei Stockwerke mit je zwei Wohnungen. Das Nachbarhaus links war ein Einfamilienhaus. Durch ein offen stehendes Fenster hörte ich Radiomusik und hin und wieder Geräusche, die der Kollege Kehle beim Streichen der Küche verursachte.

Ich sah mich nach einem Café um, fand jedoch keines. So bummelte ich ein wenig auf und ab, hörte Frühstücksgeräusche und Kindergeplapper aus anderen offenen Fenstern oder von Terrassen, Hundegebell und sogar das Blöken eines Schafs. Immer öfter blickte ich aufs Handy und fragte mich, ob es nicht klüger wäre, in einer Stunde noch einmal herzukommen. Andererseits war ich viel zu gespannt darauf, was Ayshe Völkner mir zu erzählen hatte, wenn ich sie fragte, weshalb ihr Wagen vor einer Woche um 4 Uhr morgens in Walldorf gesehen worden war. Und vor allem natürlich, wer die Person war, die am Steuer gesessen hatte.

Ich wartete zehn Minuten, zwanzig, fünfundzwanzig, und gerade als ich endlich auf die naheliegende Idee kam, ihren Mann nach der Handynummer seiner Frau zu fragen, kam der kleine Hyundai aus Richtung Stadt die schmale Straße entlanggefahren. Er war tatsächlich weiß und außerdem frisch gewaschen. Ein Parkplatz gegenüber der Eingangstür des Hauses war frei, direkt hinter dem klotzigen schwarzen Geländewagen ihres unsympathischen Ehemanns.

Ayshe Völkner war eine kleine, agile Frau mit Mädchenfigur. Ihr fast hüftlanges Haar fiel ihr glatt und bläulich schwarz schimmernd um die Schultern. Sie sprang aus dem Wagen, öffnete die hintere Tür, um das jüngere ihrer Kinder zu befreien, während der zwei Jahre ältere Bruder schon allein Gurt und Tür öffnen konnte. Dann schickte sie die beiden über die Straße mit der Weisung, dort zu warten, und öffnete die Kofferraumklappe, auf der kein Herz mehr klebte.

»Frau Völkner?«

Sie fuhr herum und musterte mich mit großen, fast schwarzen Augen von oben bis unten.

»Nicht erschrecken, ich komme von der Polizei und hätte ein paar Fragen an Sie. Es geht um Ihren Wagen.«

Dem Dienstausweis gönnte sie nur einen kurzen Blick. Dann sah sie mir wieder ins Gesicht.

»Wieso?«, fragte sie unsicher. »Was soll damit sein?«

Sie sprach Hochdeutsch mit leichtem Kurpfälzer Akzent.

»Könnte es sein, dass auf dem Heck bis vor Kurzem noch ein rotes Herz geklebt hat?«

Verblüfft zog sie die Klappe wieder herunter. »Wo ist das denn hingekommen? Wieso hat er ...?«

»Haben Sie Ihr Auto am vergangenen Wochenende verliehen?«

Sie zögerte eine Spur zu lange mit ihrem »Nein«.

Ich steckte das Ausweiskärtchen wieder ins Portemonnaie, versenkte dieses in der rechten Gesäßtasche. Die zwei Kleinen – ein schwarz gelocktes Mädchen und ein dunkelblonder Junge – hielten sich an den Händen und beobachteten uns aufmerksam.

»Frau Völkner«, sagte ich mit freundlichem Ernst. »Es ist nicht verboten, sein Auto zu verleihen. Es könnte allerdings sein, dass Ihr Wagen im Zusammenhang mit einem Verbrechen steht. Deshalb müssen Sie mir sagen, wer es in der Nacht von Samstag auf Sonntag gefahren hat.«

»Ich ... Nein, das ... Muss ich antworten?«

»Ja, das müssen Sie leider. Dass Sie es verliehen haben, haben Sie praktisch schon zugegeben. Sie stehen nicht unter Verdacht, Sie sind nur eine Zeugin. Aber als solche sind Sie zur Aussage verpflichtet, es sei denn, Sie würden sich selbst oder einen nahen Angehörigen belasten.«

»Mami!«, rief das Mädchen weinerlich. »Kommst du?«

Das Kind spürte vermutlich, dass sich Unheil anbahnte. Die Mutter kaute auf der Unterlippe und sah zu Boden.

»Und wenn ich nichts sage, dann werde ich verhaftet?«

»Verhaftet nicht, aber ich kann Sie vorladen und im schlimmsten Fall von einem Streifenwagen abholen lassen.«

»Es war ... Gökhan. Mein Bruder, mein jüngerer Bruder. Er leiht sich das Auto manchmal aus. Meistens an den Wochenenden. Er zahlt auch dafür. Zwanzig Euro für den Tag plus Benzingeld. Das Geld können wir gut brauchen, Allah ist mein Zeuge. Und an den Wochenenden muss ich nicht arbeiten, da steht das Auto meistens eh nur rum.«

»Dann hat Ihr Bruder das Herz entfernt?«

»Ich wüsste nicht, wer sonst. Meistens ist er mit Kumpels unterwegs, und dann gehen sie in Discos. Tanzen, Mädels anbaggern, was junge Kerle halt so treiben. Ich habe mich sowieso gewundert ...«

»Worüber?«

»Gökhan hat das Auto anscheinend gewaschen. Und sogar ausgesaugt. Das macht er sonst nie. Vielleicht wollt er mir eine Freude machen. Ich habe morgen Geburtstag.«

»In der vergangenen Nacht hat er es nicht gehabt?«

Sie schüttelte den Kopf, dass die langen Haare wogten. »Nein. Und darüber habe ich mich auch gewundert.«

»Wann hat er es denn vor einer Woche zurückgebracht?«

In einem der gegenüberliegenden Häuser wurde ein Fenster geöffnet, ein weißhaariger Mann sah neugierig zu uns herüber.

»Weiß ich nicht genau«, sagte Ayshe Völkner. »Er wirft den Schlüssel immer in den Briefkasten. Es ist ... warten Sie ... Am Sonntagmorgen gegen sieben hat die Kleine nach mir gerufen. Dabei habe ich aus dem Fenster geguckt, und da war das Auto noch nicht da. Wie ich dann gegen neun Frühstück gemacht habe, da hat es vor dem Haus gestanden. Exakt da, wo es jetzt auch steht.«

»Dann nehmen Sie jetzt bitte Ihre Sachen aus dem Kofferraum und geben mir den Schlüssel. Ich lasse den Wagen später abholen, damit wir ihn untersuchen können.«

»Aber nach was suchen Sie denn, wenn man fragen darf?«

»Nach Spuren einer Frau, die wahrscheinlich darin gesessen hat.«

Sie erblasste.

»Ist ihr ... was passiert?«, fragte sie mit tonloser Stimme.

Ich nickte. »Leider. Sie ist tot.«

»Tot?« Sie schlug die schmale Rechte vor den Mund. »Bei Allah ... Aber Sie glauben doch nicht, Gökhan ...?«

»Bis jetzt wissen wir kaum mehr, als dass Ihr Bruder sie wahrscheinlich ein Stück im Auto mitgenommen hat. Was dann passiert ist, wird er mir hoffentlich bald selbst sagen.«

Schweigend hob sie zwei gelbe Klappkisten voller bunter Kleidungsstücke aus dem Kofferraum, trug sie über die Straße, um sie neben ihren brav wartenden Kindern abzustellen. Dann überreichte sie mir, ohne mir noch einmal ins Gesicht zu sehen, den Schlüssel.

»Wo könnte ich Ihren Bruder denn finden?«

»Das weiß ich nicht. Er ist ... Er hat im Moment keinen festen Wohnsitz, glaube ich. Ich kann Ihnen aber seine Handynummer geben.«

»Das wäre schon mal prima. Und keine Angst, spätestens am Nachmittag steht Ihr Auto wieder vor der Tür. Noch sauberer als jetzt.«

Um elf Uhr siebenundvierzig saß ich wieder an meinem Schreibtisch. Um elf Uhr neunundvierzig machten sich zwei Kolleginnen vom Kriminaldauerdienst in einem zivilen Pkw auf den Weg zur Jahnstraße. Um Viertel nach zwölf stand Ayshe Völkners Kleinwagen auf dem Parkplatz der Polizeidirektion, und eine Gruppe von Kriminaltechnikern machte sich darüber her. Um zwölf Uhr neunundzwanzig kam der erlösende Anruf: »Volltreffer, Herr Gerlach. Er hat das Auto zwar gründlich ausgesaugt, aber so gründlich dann doch nicht ...«

Im Spalt zwischen Mittelkonsole und Rückenlehne des Beifahrersitzes hatten die Kollegen ein blondes langes Haar gefunden.

»Passt perfekt zu der Perücke, die ich auf dem Tisch liegen habe. Also, ich würd sagen, das Ding ist gegessen.«

Eine Minute später ging die bereits vorbereitete Fahndung nach Gökhan Gülmen über alle Kanäle.

Der junge Mann war eine zwielichtige Figur, hatte ich zwischenzeitlich festgestellt. In Mannheim zur Welt gekommen, war er im Viertel »Klein Istanbul« aufgewachsen, hatte die Realschule mit Ach und Krach abgeschlossen, sich anschließend jedoch offenbar nicht wirklich um eine Anstellung oder einen Ausbildungsplatz bemüht. Ein Kollege am Polizeipräsidium Mannheim kannte den jungen Mann und vermutete, dass dieser von kleinen Diebereien und ein wenig Drogenhandel lebte.

Türkisch!, fiel mir mitten im Gespräch ein. Pierre Boerne hatte ausgesagt, Alena habe Türkisch gesprochen! Vermutlich hatte sie sich in dieser Sprache mit Gökhan Gülmen unterhalten, froh, jemanden zu treffen, mit dem sie sich verständigen konnte.

Das Netz zog sich zu.

»Wir haben ihn uns schon mehrfach gegriffen, aber die Staatsanwaltschaft hat das Verfahren jedes Mal wegen Geringfügigkeit eingestellt«, maulte der Mannheimer Kollege aufgebracht. »Da frag ich mich schon manchmal, wozu ich diesen Job hier überhaupt noch mache. Muss so einer erst einen totschlagen, dass da mal durchgegriffen wird, Herrgott? Wenn wirklich Hopfen und Malz verloren sind?«

Anschließend telefonierte ich noch einmal mit Gökhans Schwester, und ihr war tatsächlich noch etwas eingefallen. Am vergangenen Sonntag hatte ihr kleiner Bruder sie gegen Mittag angerufen.

»Er war total durch den Wind, konnte nicht mal sagen, was er eigentlich von mir wollte. Dass es ihm schlecht geht, hat er gesagt, und dass er vielleicht ins Ausland muss. Und dass ich niemandem sagen darf, dass er mein Auto gehabt hat. Wie ich gefragt habe, warum und was denn überhaupt los ist, da hat er auf einmal aufgelegt. Ich hatte den Eindruck, dass er einfach jemanden brauchte, bei dem er sich ausheulen konnte. Wahrscheinlich hat er wieder mal was angestellt, habe ich gedacht.« Sie schnaubte entrüstet. »Aber, ganz ehrlich, ich habe schon lange keine Lust mehr, diesem Dummkopf jeden dritten Tag aus einer anderen Patsche zu helfen.«

In der Studenten-WG in Mannheim, wo er nach Meinung seiner Schwester für einige Monate gehaust hatte, war er schon lange nicht mehr gesehen worden. Der junge Mann, mit dem ich sprach, war absolut nicht traurig über diesen Umstand.

»Drei Monate hat er hier gewohnt und für keinen einzigen Tag Miete bezahlt. Und wie ich ihn dann mal zur Rede gestellt habe, da war er am nächsten Tag verschwunden.«

»Sie haben vermutlich keine Idee, wo er im Moment zu finden sein könnte?«

»Hab ich nicht, und es interessiert mich auch nicht«, erwiderte der andere grimmig. »Besser, wenn er mir nicht über den Weg läuft, sonst mache ich mich noch der Körperverletzung schuldig. Wir konnten es ihm nicht beweisen, aber einiges spricht dafür, dass er uns sogar beklaut hat. Keine großen Beträge, mal einen Zwanziger, mal einen Zehner.«

Im Hintergrund schepperte etwas zu Boden, und eine kräftige Frauenstimme stieß einige gottlose Flüche aus.

»Falls Sie etwas von ihm hören, geben Sie mir bitte Bescheid.«

»Mit Freuden«, versprach der Mann am anderen Ende der Leitung. Ich notierte mir seinen Namen: Adam Goldschmid. »Er wird dann hoffentlich eingesperrt?«

»Das habe ich nicht zu entscheiden.«

»Falls ja, lassen Sie ihn bloß nicht so bald wieder laufen. Der Kerl ist eine Zecke, einer, der immer nur an sich denkt und an seinen eigenen Vorteil.«

»Wie ist es mit Freunden?«

»Freunde?« Er lachte schallend. »Gökhan? Oder doch … Warten Sie mal kurz …«

Ich hörte, wie er mit der Frau sprach, die vorhin so herzhaft geflucht hatte.

»Einen Dave gibt es«, sagte er dann zu mir. »Der war zwei-, dreimal hier, um Göki abzuholen. Sonst hat er meines Wissens nie Besuch gehabt. Mit Mädels ist anscheinend auch nichts gelaufen bei ihm. Jedenfalls habe ich ihn nie in weiblicher Begleitung gesehen.«

»Dieser Dave, was wissen Sie über ihn?«

»Er hat ein bisschen cleverer gewirkt als Göki. Sonst? Hm ... Sie waren alte Kumpels, das hat man gemerkt. Vielleicht von der Schule her? Keine Ahnung, sorry.«

»Gökhan hat mittlere Reife.«

»Wie er die geschafft hat, wird mir für immer ein Rätsel bleiben. Moment, da fällt mir was ein. Dave hat mal ein Shirt angehabt, da war ein Aufdruck auf dem Rücken. Warten Sie ... Ich glaube, mit ›A‹ ist es losgegangen.«

Die Walküre rief etwas.

»Richtig, AGS. Advanced Graphic Systems. Vielleicht die Firma, wo er arbeitet?«

»Das hilft mir sehr. Vielen Dank.«

Während ich mich eilig verabschiedete, gab ich die drei Buchstaben schon in die Suchmaschine ein.

»Wissen Sie eigentlich, was der Name bedeutet? Gökhan?«, fragte der junge Mann in Mannheim, als ich schon auflegen wollte.

»Herrscher des Himmels. Ist das nicht der Witz des Jahres?«

Gökhan Gülmen kannte eine Menge Leute, bei denen er untergekrochen sein könnte, fand ich im Lauf des Nachmittags heraus. Die meisten der Menschen, die ich telefonisch erreichte, waren schlecht auf ihn zu sprechen. In der Regel, weil er ihnen Geld schuldete oder sie bestohlen hatte.

Er schien ein gutes Versteck gefunden zu haben, denn alle Tipps, die ich erhielt, führten ins Nichts. Hoffentlich war er nicht längst bei irgendeiner entfernten Tante in der östlichen Türkei untergekommen. Seine Eltern waren beide tot. Die Wohnung, in der er zur Welt gekommen und aufgewachsen war, bewohnte jetzt ein älterer Bruder mit Frau und vier Kindern. Als er den Namen Gökhan hörte, bekam er einen Wutausbruch. Ich verstand Worte wie »Schande«, »Gesindel« und »Teufel holen«. Dann legte der Bruder, der deftigen Kurpfälzer Dialekt sprach, grußlos auf.

Hin und wieder trudelten Meldungen ein, Gökhan sei hier oder dort gesehen worden. Aber jedes Mal war es falscher Alarm.

24

Am späten Nachmittag brummte mein Handy.

Die Anruferin war Sarah: »Du, Paps, mir ist grad noch was eingefallen.«

Karsten Scholz hatte bei ihrem ersten Gespräch eine Bemerkung gemacht, der Sarah zunächst keine Bedeutung beigemessen hatte.

»Irgendwas wie, es hätte sich schon vor mir jemand nach Alena erkundigt.«

»Laila und Tim vermutlich.«

»Passt nicht. Karsten sagt, es war ein Mann, noch ziemlich jung, Anfang zwanzig vielleicht, und er hat nur Englisch gesprochen. Am Mittwoch oder Donnerstag ist es gewesen, am frühen Abend, und der Typ hat ihm ein Foto von Alena gezeigt. Darauf hat sie allerdings schwarze Haare gehabt.«

Der Unbekannte, der aus dem arabischen Raum zu stammen schien, hatte Scholz gefragt, mit wem Alena den Club verlassen hatte, aber zu diesem Zeitpunkt war das dem Türsteher noch nicht wieder eingefallen. An Boerne hatte er sich erst später erinnert.

»Er hat Karsten dann sogar Geld angeboten, aber er hat es trotzdem nicht gewusst.«

»Und weiter?«

»Karsten meint, der Typ wäre danach noch ein bisschen auf dem Parkplatz rumgestreunt und hätte alle möglichen Leute angequatscht.«

Scholz meinte sich zu erinnern, der Unbekannte sei zusammen mit einer islamisch gekleideten Frau in einem Mercedes gekommen.

»Die zwei haben später, bevor sie wieder abgezogen sind, angeblich übelst gestritten. Dabei hat Karsten den Eindruck gehabt, dass die Frau das Sagen hat. Sie haben bei ihrem Auto gestanden und sich gezofft. Danach ist der Typ noch mal losgezogen und hat noch mehr Leuten sein Foto gezeigt. Der Mercedes war schwarz und hat ziemlich neu ausgesehen.«

Glücklicherweise ging im *Nirvana* auch am Sonntagnachmittag jemand ans Telefon, sogar der Chef persönlich, der sich als Jaroslav Sirucek vorstellte.

»Klar«, sagte er. »Wir haben sogar zwei Kameras, die den Parkplatz überwachen. Sie glauben nicht, wie oft es da draußen Stress gibt wegen Parkremplern oder Eifersuchtsdramen oder sonst irgendeinem Scheiß. Eine Zeit lang sind auch Autos aufgebrochen worden. Aber das hat dann zum Glück von allein wieder aufgehört.«

»Ich bräuchte die Aufzeichnungen von Mittwoch und Donnerstag. Ich hoffe, die sind noch nicht gelöscht.«

»Eigentlich sollten die nach zwei Tagen automatisch gelöscht werden, aber Sie haben Glück. Nachdem ich vergangenes Jahr mal Stress hatte, hab ich die automatische Löschung abgestellt.«

Damals hatte es spätnachts eine Messerstecherei gegeben, und als meine Kollegen auf die Idee kamen, den Inhaber des Clubs nach den Videos zu fragen, waren sie schon gelöscht gewesen.

»Sie haben den Übeltäter aber dann trotzdem geschnappt. Eine Weibergeschichte wieder mal.«

Jaroslav Sirucek hustete und stöhnte in einem.

»Die eine Kamera hat vor ein paar Wochen den Geist aufgegeben. Hundertmal hab ich der Firma schon Feuer unterm Arsch gemacht, aber meinen Sie, da kommt mal einer und tauscht das Mistding aus? Vielleicht ist es ja bloß ein Wackelkontakt, aber ich hab echt keine Zeit und keinen Bock, mich auch noch um die Technik zu kümmern, und außerdem ist noch Garantie auf diesem chinesischen Plunder …«

Wieder seufzte der vielfach geplagte Firmeninhaber schwer.

Ich diktierte ihm meine Mailadresse und bat ihn, mir die Aufzeichnungen zu schicken.

»Das sind aber megagroße Dateien!«

»Mich interessiert nur der Nachmittag.«

»Mittwoch und Donnerstag, haben Sie gesagt?«

»Richtig. Etwa ab 4 Uhr nachmittags bis 7 Uhr. Oder besser halb acht.«

»Wissen Sie, was? Ich ziehe den ganzen Rotz auf einen Stick, und meine Bea soll sich auf ihre Yamaha schwingen und Ihnen das Zeug vorbeibringen. Sie haben bestimmt Leute, die mehr Zeit haben als ich, um den Kram zu sichten.«

Bea schien gefahren zu sein wie der Leibhaftige persönlich, denn schon zwanzig Minuten später lag der Stick auf meinem Schreibtisch. Ich wählte die Nummer von Laila Khatari. Erfreulicherweise saß auch sie am Sonntag an ihrem Schreibtisch und hatte im Moment nichts zu tun, das nicht Zeit bis morgen hatte. Dies änderte sich durch meinen Anruf schlagartig.

Eine Firma AGS gab es zwar nicht in Mannheim, dafür in Brühl, einem Städtchen, das einige Kilometer südlich von der Kurpfalz-Metropole lag. Und auch dort wurde am Sonntag gearbeitet.

»Dave?«, fragte eine Frau mit kratziger Kleinmädchenstimme, die das Gespräch nach längerem Läuten entgegengenommen hatte.

»Er müsste so um die zwanzig sein.«

»Sekunde, ich schau mal. Ah ja, da steht er. Macht bei

uns eine Lehre zum Systemelektroniker. Dave, also David. Wieso wollen Sie ihn sprechen? Er ist nicht im Haus. Nicht jeder ist so dämlich wie wir und arbeitet auch noch am Sonntag.«

»Eigentlich suche ich nicht Dave, sondern einen Freund von ihm. Ich hoffe, er kann mir einen Tipp geben, wo ich den finde.«

»Sie erwarten jetzt aber nicht von mir, dass ich Ihnen seine Adresse oder die Handynummer verrate? Auch wenn Sie Polizist sind, der Datenschutz ist bei uns hier ziemlich heilig.«

»Es würde mir schon reichen, wenn Sie mir den Nachnamen verraten würden.«

»Na gut, das kann ich wohl riskieren, ohne in die IT-Hölle zu kommen. Bischoff heißt er, hinten mit zwei f. David Bischoff. Seinem Dialekt nach stammt er aus der Gegend.«

Einen Mann dieses Namens gab es in Mannheim glücklicherweise nur einmal. Im Melderegister war eine Adresse im Mannheimer Stadtteil Rheinau eingetragen. Nicht allzu weit von dem kleinen See entfernt, in dessen Nähe wir Alenas Leiche gefunden hatten.

David Bischoffs Elternhaus lag an der Leutweinstraße und schien aus den Fünfzigerjahren zu stammen. Altrosa gestrichen, nur ein kleines Fenster zur Straße hin. Davor standen ein alter, liebevoll gepflegter silberfarbener BMW und ein leicht angerosteter Anhänger. Der Rasen im Vorgärtchen war akkurat gemäht, die Ligusterhecke sauber geschnitten und regelmäßig gewässert. Die Eingangstür befand sich an der Seite des etwas verwinkelten und offenbar mehrfach erweiterten Hauses. Links vom Eingang war irgendwann eine Fertiggarage angebaut worden, deren taubenblau gestrichenes Blechtor geschlossen war. Hinter allen Fenstern hingen kleinbürgerliche, blickdichte Vorhänge.

Als ich den Klingelknopf drückte, ertönte innen ein rasselndes Geräusch.

»Hier möcht man nicht tot überm Zaun hängen«, murmelte Tim Kurtz neben mir und begutachtete mit krauser Stirn das schäbige Ambiente.

Innen näherten sich schwere Schritte, die Haustür wurde aufgerissen. Der Mann, der uns gegenüberstand und feindselig musterte, war mittelgroß. Vollglatze, Kugelbauch, kariertes Hemd, bleigraue Tuchhose.

»Ja?«, wurden wir militärisch knapp begrüßt.

Ich zeigte Herrn Bischoff meinen Dienstausweis. »Gerlach, Kripo Heidelberg. Der junge Mann neben mir ist Kommissar Kurtz.«

»Soso. Und was verschafft mir die Ehre Ihres Überfalls am heiligen Sonntag?«

»Wir würden gerne Ihren Sohn sprechen.«

»Der schläft noch.«

»Nachmittags um halb fünf?«

»Ist nicht verboten, oder? Um was geht's denn überhaupt?«

»Um seinen Freund Gökhan.«

»Gehn Sie mir bloß weg mit diesem Kümmeltürken! Wenn ich nur den Namen höre, juckt's mich schon in den Fingern. Ich versteh überhaupt nicht, wie David mit so einem Blödkopf befreundet sein kann, der nix, aber auch gar nix auf die Kette kriegt. Ständig lieg ich ihm in den Ohren, er soll sich anständige Freunde suchen, die ihn weiterbringen, von denen er was lernen kann. Aber nein, ein Kanake muss es sein und dann auch noch so einer. Irgendwann bringt der mein Kind noch ins Unglück. Was hat er denn diesmal angestellt? Ich hoffe bloß, David hängt nicht mit drin. Das haben wir nämlich schon mehr als einmal gehabt, dass der Türke irgendeine Scheiße baut, und dann steht die Polizei vor meiner Tür.«

»Keine Sorge, gegen Ihren Sohn liegt nichts vor, Herr Bischoff. Wir suchen nur Gökhan, und da dachte ich, Ihr Sohn könnte uns vielleicht einen Tipp geben, wo wir ihn finden.«

»Wird er dann endlich eingelocht, der Knoblauchfresser?«

»Gut möglich. Vielleicht sogar für ziemlich lange.«

»Gut. Sehr gut. Dann kommen Sie halt rein, wenn Sie schon mal da sind.«

Herr Bischoff trat zur Seite, zog die mit Gitterglas verunzierte Aluminiumtür bis zum Anschlag auf. Wir traten in eine enge, dunkle Diele, wo es nach aufgewärmten Ravioli roch.

»Davids Bude ist oben, Treppe rauf, zweite Tür rechts. Warten Sie, ich geh lieber vor. Und passen Sie auf, die Treppe ist ziemlich steil. Heutzutage würd man so was ja nicht mehr bauen.«

Im Obergeschoss steuerte der Hausherr eine geschlossene Tür an, bollerte dagegen.

»David, mach mal auf. Du hast Besuch.«

Von innen kein Geräusch.

Der Vater drückte die Klinke. Die Tür war verschlossen. Er bollerte noch einmal.

»Wach halt auf, du Schlafmütze ...«

Ich hob die Hand. Durch die geschlossene Tür hatte ich etwas gehört. Ein Fenster, das geöffnet wurde, dann ein Poltern von draußen, als wäre jemand auf ein Blechdach gesprungen. Tim Kurtz hatte es ebenfalls gehört und war bereits auf dem Weg nach unten.

»Halt!«, hörte ich ihn Augenblicke später draußen rufen. »Polizei! Bleiben Sie stehen!«

Alles war so schnell gegangen, dass mir keine Gelegenheit blieb, ihn zurückzupfeifen. Es gab ja keinen Anlass, David Bischoff zu verfolgen. Andererseits ließ sein überstürzter Aufbruch vermuten, dass er ein schlechtes Gewissen hatte. Die Rufe meines Mitarbeiters entfernten sich rasch, wurden leiser. Seufzend machte ich mich auf den Weg, um ihm im Fall des Falles beizustehen.

Während David Bischoff und mein Mitstreiter durch die Gärten der Nachbarhäuser hetzten, blieb ich auf dem Gehweg, joggte ohne Ehrgeiz hinterher, holte sogar auf, da ich nicht über Hecken springen oder Zäune klettern musste. Bald sah ich einen jungen Mann in Boxershorts und mit nacktem Oberkörper etwa fünfzig Meter vor mir mit erstaunlichem Tempo das Sträßchen überqueren und in einem Fußweg verschwinden. Wenn meine mit jedem Monat schlechter werdenden Augen mich nicht täuschten, war er barfuß. Jetzt erschien auch sein Verfolger, flankte elegant über einen Lattenzaun. Inzwischen hatte er das Rufen eingestellt.

David Bischoff war in einen schmalen, auf beiden Seiten von hohem Gebüsch gesäumten Fußweg eingebogen, hatte dessen Ende schon fast erreicht, als ich an der Abzweigung angekommen war. Der Weg führte auf eine breite vierspurige Straße, wo lebhafter Verkehr herrschte. Ich hörte Bremsen kreischen, das dröhnende Hupen eines großen Lkw, und dann war plötzlich Stille.

Keuchend erreichte ich das Ende des kleinen Wegs, sah Gökhans Freund Dave mit unnatürlich verrenkten Gliedern auf der Fahrbahn liegen, vor einem riesigen sonnengelben Scania-Sattelschlepper mit ausländischem Kennzeichen. Eben kraxelte der Fahrer mit weichen Knien aus seinem Führerhaus, schreckensbleich, mit offenem Mund und Panik im Gesicht. Die Blutlache um Davids Kopf wurde rasch größer. Tim Kurtz ging soeben in die Hocke, fühlte den Puls am Hals von Gökhans Freund.

»Er lebt noch!«, hörte ich ihn durch das Dröhnen in meinen Ohren rufen, während ich mein Handy zückte, um einen Notarztwagen anzufordern.

Während wir auf den Arzt warteten, begann mein Handy zu randalieren.

»Kowatsch hier«, meldete sich eine Männerstimme, die mir entfernt bekannt vorkam. »Wir haben uns am Freitag getroffen. Ich hab meine Orangen verstreut, und Sie haben mich nach unserem Nachbarn Boerne ausgefragt.«

»Ich erinnere mich.«

Aus der Ferne hörte ich ein Martinshorn rasch näher kommen. Auf der Straße hatte sich inzwischen ein Stau gebildet.

»Ja, also, es ist nämlich so ...«

Herr Kowatsch und sein Susilein hatten seit mindestens zwei Tagen nichts mehr von ihrem Schürzen jagenden Nachbarn gehört.

»Dafür bellt der Hund die ganze Zeit wie verrückt. Ich bin schon dreimal oben gewesen und hab geläutet. Aber er macht nicht auf, und vorhin bin ich wieder oben gewesen, und ich könnt' mir einbilden, es müffelt irgendwie komisch aus der Wohnung.«

Ich wählte die Nummer des Kriminaldauerdienstes. Laila Khatari nahm ab, die inzwischen rund um die Uhr im Dienst zu sein schien.

»Kann ich machen, aber dann muss ich die Videos liegen lassen«, sagte sie.

Ich überlegte kurz. »Schauen Sie mal, wer noch im Haus ist, und die Videos laufen uns ja nicht weg ...«

»Nichts lieber als das. Ich glaub, ich werd noch blind davon.«

Inzwischen war der Notarzt angekommen, dazu zwei, bald drei Streifenwagen, die den Unfallort absicherten, und wenig später zwei Kollegen von der Mannheimer Kriminalpolizei, die, nachdem sie einige Fotos vom Unfallort und dem schwer verletzten David Bischoff gemacht hatten, erst meinen jungen Kollegen und anschließend mich zum Hergang des Unfalls befragten.

Eine interessante Erfahrung, einmal auf der anderen Seite des Frage-Antwort-Spiels zu stehen.

»Das wird wohl eine interne Untersuchung geben, Herr Gerlach«, sagte ein Kollege, der sich als KHK Miltner vorgestellt hatte.

»Das ist mir klar.«

Vor allem Tim Kurtz würde eine Menge unangenehmer Fragen beantworten müssen.

»Hoffen wir, dass der junge Mann durchkommt«, sagte Kollege Miltner ernst und steckte seinen teuer aussehenden Edelstahl-Kugelschreiber ein. »Wenn die Presse von der Geschichte Wind bekommt, dann gnade uns Gott. Ich seh schon die Schlagzeilen …«

Das Klingeln meines Handys unterbrach unser Gespräch.

25

»Gott im Himmel«, hörte ich Laila keuchen. »Hier sieht's vielleicht aus, Chef. Mir ist ganz schlecht.«

Ein Hausmeister hatte ihr und Klara Vangelis die Tür zu Pierre Boernes Appartement geöffnet und anschließend, nach einem hastigen Blick in die Wohnung, umgehend die Flucht ergriffen. Boerne lag drei Schritte hinter der Tür auf dem Boden. Mit durchschnittener Kehle und in einer riesigen Blutlache und zudem an mehreren Stellen von dem ausgehungerten Hund angefressen.

»Sein weißes Shirt, die Shorts, alles rot.« Laila klang, als müsste sie sich wirklich gleich übergeben. »Als Erstes haben wir den Hund erschießen müssen. Der ist so außer Rand und Band gewesen, dass er jeden angegriffen hat, der in die Wohnung wollt'. Das hat zum Glück die Klara gemacht. Ich hätt das nicht gekonnt, ich nicht. Gott im Himmel, wie können Menschen so was machen?«

Die taffe Klara Vangelis, die nichts umwarf. Zumindest, soweit es ihren Dienst als Kripobeamtin betraf.

»Aber das ist noch nicht alles«, fuhr Laila mit kraftloser Stimme fort. »In der Tür zur Terrasse liegt noch eine Leiche. Eine junge Frau. Wir wissen noch nicht, wer sie ist. Anscheinend haben sie grad zusammen gefrühstückt. Champagner steht auf dem Tisch und Lachs, auf dem jetzt zwei Millionen Fliegen sitzen. Und dieser bestialische Gestank überall …«

Wieder würgte sie.

»Mindestens zwei Tage liegen die schon da. Was der Hund alles gefressen hat in seiner Not, nur den Lachs, den hat er nicht gemocht, der ist jetzt voller Maden …«

»Frau Khatari!«, fiel ich ihr im Chefton ins Wort. »Hören Sie auf damit, sofort. Sie verlassen jetzt die Wohnung, Frau Vangelis auch, und dann warten Sie vor der Tür, bis die Spurensicherung kommt, verstanden?«

»Der Frau hat er nicht die Kehle durchgeschnitten«, fuhr sie fort, als hätte sie mich nicht gehört. »Die hat er erstochen. Zwei Stiche in die Brust. Die war noch so jung, fast noch ein Mädchen.«

»Frau Khatari!«, fuhr ich die arme Kollegin an. »Raus aus der Wohnung, Tür zu und warten. Das ist ein Befehl, verstanden?«

»Ja, ja«, murmelte sie. »Ich geh ja schon. Nichts lieber als das. Ich geh ja schon.«

»Fühlen Sie sich imstande, die Spusi anzurufen?«

»Das macht die Klara grad. Jetzt gehen wir raus, ich zieh die Tür hinter mir zu, und, o Gott, ich muss mich hinsetzen. Mir dreht sich alles.«

»Sie mach ich fertig!«, geiferte Jonas Bischoff mit irrem Blick und überkippender Stimme. »Ab heute werden Sie keine ruhige Stunde mehr haben, alle beide, das versprech ich Ihnen! Machen Sie sich auf was gefasst. Ich hab einen Cousin, der ist Anwalt. Der wird Sie grillen, alle beide, verlassen Sie sich drauf!«

Der verzweifelte Vater saß vorgebeugt auf einem Chrom-und-Holz-Küchenstuhl und starrte abwechselnd mich und meinen völlig apathischen Kollegen so hasserfüllt an, als wollte er uns im nächsten Moment an die Gurgel gehen. Sein Sohn war während des kurzen Transports ins nächste Krankenhaus, das Diako in der Speyerer Straße, gestorben. Zusammengesunken und mit leerem Blick saß Tim Kurtz neben mir, der seit Davids Unfall noch keine zehn Worte von sich gegeben hatte.

Das Zimmer des jungen Mannes wurde zurzeit von zwei

Kriminaltechnikern auseinandergenommen. Er hatte gewiss nicht ohne Grund das Weite gesucht, da musste etwas zu finden sein.

»Herr Bischoff, bitte«, versuchte ich den Vater zu beruhigen. »Ich verstehe natürlich …«

»Gar nichts verstehen Sie, Sie blöder Wichser!«, schrie er, jetzt krebsrot im Gesicht. Schweiß stand auf seiner Stirn. »Haben Sie Kinder, Sie Sesselfurzer? Haben Sie schon mal so was erlebt? Ich schon. Voriges Jahr ist unsere Yasmin gestorben, an Krebs, mit siebzehn! Vier Wochen später meine Frau. Sie ist in den Rhein gegangen. Hat den Kummer nicht ausgehalten. In der Nähe von Wiesbaden haben sie sie rausgefischt, Wochen später. Und jetzt auch noch David. So ein lieber Junge, fleißig, freundlich, und da kommen Sie daher und faseln irgendwas von wegen, Sie würden was verstehen.«

»Es wird eine amtliche Untersuchung des Vorfalls geben, und wenn sich jemand falsch verhalten hat, dann wird das Konsequenzen haben, das verspreche ich Ihnen.«

»Ich«, murmelte Tim neben mir mit tonloser Stimme. »Ich bin schuld.«

»Quatsch«, fuhr ich ihn an. »Jeder andere wäre ihm auch nachgelaufen. Wenn ich noch fit genug wäre, dann, wer weiß …«

»Ich werd Sie verklagen!«, kreischte Jonas Bischoff. »Verklagen werd ich Sie, alle beide!«

»Das steht Ihnen selbstverständlich frei.«

»Mich«, murmelte Kurtz. »Mich müssen Sie anzeigen, nicht meinen Chef.«

»Er trägt die Verantwortung. Er hat Ihnen die Anweisung gegeben, meinen Sohn totzuhetzen.«

»Das stimmt nicht.« Tims Stimme wurde allmählich fester. »Der Herr Gerlach hat mir überhaupt keine Anweisung gegeben. Ich habe gehört, wie der Bursche durchs Fenster ist, und bin ihm automatisch hinterher. Man steigt nicht aus dem Fenster, wenn man nichts auf dem Kerbholz hat. Es war meine Entscheidung und …«

Die Tür öffnete sich. Eine Kriminaltechnikerin in weißem Schutzanzug trat ein. In den Händen eine kleine blaue Kunststoffkiste, die sie mir hinhielt.

»Schaun Sie mal, Herr Gerlach.«

Sie legte ein Tütchen voller gelblicher Kristalle auf den Küchentisch. Chrystal, dieses Teufelszeug, das so schnell süchtig macht, so furchtbar billig herzustellen und zu haben ist und den deutschen Drogenmarkt überschwemmt wie eine moderne Pest.

»Als Eigenbedarf geht das nicht durch«, war die Kollegin überzeugt.

»Das soll David gehört haben?«, empörte sich Jonas Bischoff, jetzt eine Spur leiser als zuvor. »Das kann nicht sein. Sie konstruieren jetzt irgendwas, damit David schlecht dasteht. Ein ganz linker Trick ist das, ein ganz linker Trick! Aber damit kommt ihr nicht durch, das kann ich euch versprechen. Damit nicht. Nicht bei mir!«

Als Nächstes kamen mehrere Tütchen mit weißem Pulver auf den Tisch, vermutlich Kokain, und weitere Beutelchen mit verschiedenfarbigen Pillen.

»Und dann die zwei Dinger hier.« Die Kollegin förderte zwei ältere Smartphones zutage, eines aus chinesischer Produktion, ein etwas neueres von Samsung, beide ebenfalls in Ziptütchen verwahrt. Sie platzierte beide neben den anderen Sachen. Das Display des einen hatte an der rechten oberen Ecke einen Sprung und …

Moment mal!

Hatte nicht das Handy, das Alenas Vater in der Hand hielt, einen solchen Defekt gehabt?

»Bitte nachher gleich Fingerabdrücke abnehmen«, sagte ich heiser. »Sonst haben Sie nichts gefunden?«

»Nö«, sagte die Kollegin entspannt. »Wir fangen ja gerade erst an. Die Handys sind uns eigentlich bloß aufgefallen, weil er sie so gut versteckt hat. Unter einer Bodendiele hinterm Schrank. Die sind nichts wert. Aber gucken Sie mal hier.«

Sie zeigte mir eine schmale Schachtel, die offensichtlich Diebesgut enthielt. Drei Damen-Armbanduhren sah ich, eine Perlenhalskette, Kreolen mit vermutlich echten Steinen, die in der Nachmittagssonne funkelten und blitzten.

»Die Armbanduhren sind von Patek Philippe und Lacroix. Alles kein Plunder.«

»Sieht aus, als hätte er bevorzugt Frauen beklaut«, sagte ich.

Daves Vater war inzwischen verstummt und starrte mit leerem Blick und mahlendem Kiefer vor sich hin.

An dem Samsung-Handy entdeckten wir Reste von Nagellack. Blutrot und mit Glitzereffekt. Der Lack war wohl noch nicht ganz trocken gewesen, als die Besitzerin es einsteckte.

Ich legte meine Rechte auf den Unterarm meines am Boden zerstörten Mitarbeiters. Er sah auf, nickte traurig, senkte den Blick wieder. Noch einmal wandte ich mich an den fassungslosen Vater. Natürlich tat er mir leid, aber das Folgende konnte ich ihm dennoch nicht ersparen.

»Der BMW, der vor dem Haus steht, ist das Ihrer?«

»Das geht Sie einen Scheißdreck an, was für ein Auto ich hab, lenken Sie nicht ab!«, sagte er jetzt nicht mehr lautstark und empört, sondern kraftlos und müde.

»Leider geht es mich sehr wohl etwas an. Es ist überhaupt kein Problem, einen Durchsuchungsbeschluss ...«

»Passat Kombi«, sagte Kurtz mit dem Smartphone in der Hand. »Baujahr siebzehn, Farbe nachtblau.«

»Ich nehme an, der Wagen steht in der Garage?«

Jonas Bischoff nickte, ohne mir in die Augen zu sehen.

»Jetzt bin ich ganz allein«, flüsterte er und strich sich mit einer fahrigen Bewegung über die Stirn. »Das große Haus, der schöne Garten, das Auto, die viele Arbeit, die das alles gekostet hat, nichts mehr wert. Alles nur noch Dreck. Am besten, ich schieß mir eine Kugel in den Kopf. Dann hat das Elend ...«

»Sie besitzen eine Schusswaffe?«, fragte ich scharf.

Verblüfft sah er auf. »Was? Wieso? Obwohl, doch, eine Luftpistole. Hab mal eine Weile im Verein geschossen. Aber nur Luftpistole, nichts Schwereres.«

»Wir müssen Ihren Wagen später leider mitnehmen, um ihn zu untersuchen.«

»Was soll denn das jetzt wieder?«

»Das werden wir sehen, Herr Bischoff«, sagte ich begütigend. »Ich weiß, das ist alles furchtbar schwer für Sie, und ich hoffe sehr, mein Verdacht bestätigt sich nicht. Auf jeden Fall kriegen Sie Ihren Wagen spätestens morgen wieder zurück.«

»Was für ein Verdacht den4n? Was soll denn sein mit meinem Auto? Das steht seit zwei Wochen in der Garage.«

»Das werden wir alles klären. Bitte glauben Sie mir, es tut uns sehr, sehr leid, was passiert ist. Wenn wir könnten, würden wir es von Herzen gerne ungeschehen machen.«

»Raub scheidet definitiv aus«, verkündete der abgekämpfte Spurensicherer, der mir am frühen Abend gegenübersaß. Er und seine Mitstreiter waren gerade erst aus Walldorf zurückgekehrt.

Klara Vangelis leistete uns Gesellschaft. Laila war auf mein Geheiß hin nach Hause gefahren, um sich hinzulegen. Mit ihr war kein vernünftiges Wort mehr zu wechseln gewesen.

»Der Geldbeutel dieses Boerne hat neben dem Telefon

gelegen, mit fast fünfhundert Euro drin und Perso und drei Kreditkarten«, fuhr der Kollege fort.

»Rache«, sagte ich leise. »Das war eine Hinrichtung.«

»Oder Eifersucht?«, überlegte Vangelis. »Vielleicht war die Kleine in festen Händen, und ihr Freund oder Verlobter …«

Ein leichter Sommerwind säuselte um die Hausecken, durch die weit offen stehenden Fenster meines Büros drangen der Verkehrslärm vom Römerkreis und das Geschrei einer Horde aufgekratzter Kinder, die vielleicht aus dem Schwimmbad kamen. Eine Markise oder ein Sonnensegel flatterte hin und wieder und erinnerte mich daran, dass dieser Tag eigentlich viel zu schön war, um solche widerwärtigen Themen zu erörtern.

»Todeszeitpunkt?«, fragte ich erschöpft.

»Der Arzt meint, vorgestern, am Freitag, eventuell gegen Mittag. Wegen dieser Höllenhitze hilft die Körper-Kerntemperatur nicht weiter. Die Leichen kühlen ja kaum ab. Nur die Blutgerinnung …«

Vorgestern hatten Vangelis und ich Boerne besucht. Am späten Vormittag war das gewesen, wenn ich mich richtig erinnerte. Der Mörder musste also kurz nach uns gekommen sein. Vielleicht hatten wir ihn sogar gesehen. War da nicht ein schwarzer Mercedes gewesen, der so auffallend langsam an uns vorbeifuhr? Sollten wir den Mörder zu seinem Opfer geführt haben?

»Tatwaffe?«, fragte ich weiter. Mit einem Mal merkte ich wieder, wie sehr mich dieser turbulente Tag, die ereignisreiche Woche mitgenommen hatten. Wie wenig Kraft noch in meinen Knochen steckte.

»Nicht auffindbar«, erwiderte der Spurensicherer knapp. Offenkundig wollte auch er endlich Feierabend machen.

»Täterspuren?«

»Ein paar Sohlenabdrücke haben wir, Größe zweiundvierzig. Das Profil sieht nach Sportschuh aus. Vermutlich Puma. Das klärt eine Kollegin morgen früh, heut nicht mehr.«

»Und das zweite Opfer?«

»Annalena Abele, siebzehneinhalb, wohnhaft in Nussloch. Die Eltern sind schon informiert. Wie es aussieht, haben sie nackig auf der Terrasse gefrühstückt, wie es geläutet hat. Boerne hat sich einen Kimono übergezogen, das Mädel ist draußen geblieben, und wie sie gehört hat, dass in der Wohnung Randale ist, ist sie rein und ihrem Mörder direkt in die Arme gelaufen.«

»Er hat sie getötet, weil sie sein Gesicht gesehen hat«, überlegte ich laut.

Drei Tote an einem Tag. Was für ein Wahnsinn! Ich wollte nur noch nach Hause, duschen, mich ins Bett legen und vier Wochen lang schlafen.

»Mehr hab ich im Moment noch nicht zu bieten, Herr Gerlach«, sagte der Spurensicherer matt. »Und ich würd' dann jetzt gern Schluss machen. Meine Frau hat Geburtstag.«

»Das genügt auch«, erwiderte ich kraftlos. »Das war mehr als genug.«

26

»Du siehst schrecklich aus, Paps«, fand Louise, die ich im Flur traf, als ich um kurz nach halb sieben zu Tode erschöpft und von Selbstvorwürfen gemartert nach Hause kam. Im Büro hatte ich keinen klaren Gedanken mehr fassen können. Erst mit Verzögerung hatten mich die Erinnerungen an David Bischoffs tragisches Ende überfallen. Der riesige Lkw, der schmale Körper darunter, mit vermutlich tausend gebrochenen Knochen, das Blut, die Miene meines jungen Mitarbeiters.

»Ist schon wieder was passiert?«, wollte Louise mitfühlend wissen.

»Es reißt nicht ab. Aber ich will nicht drüber reden. Nicht jetzt. Morgen, okay?«

Sie nickte. »Hättest du ein bisschen Zeit für mich?«

»Ja klar.«

Wir gingen in die Küche. Mein Magen knurrte. Ich konnte mich nicht erinnern, zu Mittag etwas gegessen zu haben.

»Setz dich, Paps. Ich mach dir Abendessen. Was möchtest du?«

»Was da ist. Erst mal ein großes Glas Wasser.«

»Still oder medium?«

»Hauptsache viel.«

Nachdem mein Durst und der gröbste Hunger gestillt waren, begann Louise zu erzählen.

»Du hast mich gestern gefragt, was mit Mick ist. Aus ist es. Ich habe ihn während unserer Tour von einer ganz anderen Seite kennengelernt. Auf einmal ist er total jähzornig gewesen und gemein. Hat mich wegen jeder Kleinigkeit runtergemacht und beschimpft. Eigentlich wollt' ich schon in der Türkei abbrechen und ihn allein weiterfahren lassen. Hätte ich mal bloß. Wär' mir eine Menge erspart geblieben.«

Ihr Blick wurde trübe. Vermutlich dachte sie jetzt an den schrecklichen Unfall in Israel, den Moment, als der Bus Feuer gefangen hatte.

»Ihr standet unter Stress. So ein Abenteuerurlaub bringt einen leicht an seine Grenzen und darüber hinaus.«

»Es gibt Sachen, die sagt man auch im größten Stress nicht. Außerdem ...« Sie zögerte kurz, fuhr dann fort: »Der Mann, der uns nach Tel Aviv gefahren hat, hat uns das Geld nicht geschenkt, wie ich dir erzählt hab.«

»Sondern?«

»Mick hat ihn beklaut. Über zweitausend Schekel. Das sind fünfhundert Euro. Er hat hinten gesessen, und da hat die Jacke vom Fahrer gelegen. Es ist ziemlich viel Geld drin gewesen, ein dickes Bündel. Wahrscheinlich hat er noch nicht mal gemerkt, dass was fehlt.«

Ich runzelte die Stirn.

»Außerdem, und das fand ich am schlimmsten, er hat wieder angefangen zu kiffen.«

»Nur Hasch oder auch Härteres?«, fragte ich alarmiert.

»Wenn er welches hätte kriegen können, dann hätte er auch Heroin genommen.«

Unvermittelt brach meine jetzt sehr verzagte Tochter in Tränen aus. Ich nahm sie in den Arm, versuchte, sie zu trösten, aber es half nicht viel. Ich fühlte ihre Rippen. Offenbar hatte sie während der Reise abgenommen, was sie wahrlich nicht nötig hatte.

»Und jetzt?«, fragte ich, als sie sich wieder beruhigt hatte.

»Aus und vorbei. Er weiß es schon, und es scheint ihm nicht viel auszumachen. Jetzt gönn ich mir erst mal eine

Männerpause. Und vielleicht date ich dann übers Internet. Sarah macht das auch wieder. Grad jetzt trifft sie zum zweiten Mal einen Studenten, der ganz gut in ihr Beuteschema passt.«

»Und was ist mit deinem Studium?«

Louise schwieg lange. »Erst mal nichts. Hab überlegt, ob ich erst mal ein FSJ mache. Irgendwo weit weg.«

Ein Freiwilliges Soziales Jahr würde ihr bestimmt nicht schaden.

»Vielleicht in Südamerika. Irgendwo, wo es den Leuten echt dreckig geht, weißt du? Wo ich wirklich gebraucht werde und was bewirken kann.«

Puh! Ich wusste noch nicht recht, was ich von diesem Teil ihres Plans halten sollte. Nach den jüngsten Ereignissen hätte ich meine Töchter gerne in meiner Nähe gehabt. Aber im Moment fehlte mir die Kraft, mir Argumente auszudenken und sie überzeugend vorzubringen.

»Lass uns morgen drüber reden, okay?«

Louise musterte mich verwundert. »Dass es keine Missverständnisse gibt, Paps«, sagte sie dann. »Ich frage dich nicht um Erlaubnis. Nur um deinen Rat.«

Die Wohnungstür ging, Sarah gesellte sich zu uns, setzte sich mit an den runden Tisch.

»Bist du krank, Paps?«, fragte sie beunruhigt.

Nun musste ich doch erzählen, und ich merkte bald, dass es mir guttat. Während meines Berichts konnte ich beobachten, wie meiner Großen Zweifel an ihrer Berufswahl kamen. Diese Seite des Polizistenlebens war ihr bislang verborgen geblieben.

»Und was passiert jetzt?«, fragte sie.

»Es gibt eine offizielle Untersuchung. Ein Mensch ist bei einer Polizeiaktion ums Leben gekommen, da läuft das alles automatisch. Aber es wird nichts dabei rauskommen. Er ist aus freien Stücken getürmt. Mein Kollege hat ihn verfolgt, weil er davon ausgehen musste, dass der junge Mann etwas zu verbergen hatte und sich einer Festnahme entziehen wollte. Man wird uns befragen, es werden Protokolle geschrieben werden, und am Ende wird die Staatsanwaltschaft beschließen, dass kein Anfangsverdacht auf schuldhaftes Verhalten von irgendwem vorliegt, und fertig.«

»Und das war dann alles?« Louise sah mir fassungslos ins Gesicht.

Ich zuckte die Achseln.

»Ein Mensch ist tot, und es gibt nur ein paar Gespräche und eine Akte, die wahrscheinlich nicht mal besonders dick sein wird?«

»Von dicken Akten wird niemand wieder lebendig«, versetzte ich schärfer als gewollt. »Mädels, regt euch ab. Mein Kollege hat den Mann nicht mal berührt. Er war noch mindestens zehn Meter hinter ihm, als er in seiner Panik unter den Laster gerannt ist.«

Meine Töchter nickten, murrten noch ein wenig und beruhigten sich bald. Ich hingegen beruhigte mich noch lange nicht.

»Möchtest du zu mir kommen?«, fragte Theresa voller Wärme, nachdem ich ihr später am Telefon mein Leid geklagt hatte.

»Besser nicht. Ich würde dir nur auf die Nerven gehen ...«

»Das lass mal meine Sorge sein.«

»Ich möchte jetzt lieber allein sein.«

»Dann trink nicht zu viel.«

»Ich werde es versuchen.«

Den Abend verbrachte ich in einer ungesunden Mischung aus tödlicher Erschöpfung und nicht nachlassender Unruhe und Aufregung. Ich versuchte fernzusehen, doch nichts konnte mich fesseln. Der einzige kleine Lichtblick war ein Anruf gegen halb neun. Auf dem in

Daves Zimmer gefundenen Smartphone mit dem Sprung im Display waren tatsächlich die Fingerabdrücke von Prof. Anatol Kustodijew zu finden gewesen, auf dem anderen die seiner Tochter Alena. Zudem hatten die Kollegen im Laderaum des Passat von David Bischoffs Vater zwei blonde Haare sichergestellt, die eindeutig aus Alenas Perücke stammten. Was bedeutete, dass David mit Alenas Tod zu tun haben musste. Vermutlich hatte Gökhan ihn angerufen und um Hilfe gebeten, als er Alenas Leiche verschwinden lassen wollte und nicht wusste, wie er es anstellen sollte. David hatte ihm geholfen, und zum Dank hatte Gökhan ihm die beiden Smartphones überlassen. Oder so ähnlich.

Meinen Weinkonsum zu begrenzen, fiel mir leicht, da nur noch eine halbes Gläschen Forster Riesling im Kühlschrank war. Die Anspannung legte sich mit der Zeit ein wenig, und die Müdigkeit gewann die Oberhand. Als die Flasche leer war, war es Viertel nach elf, ich schaltete den Fernseher aus und ging ins Bad. Louise schien schon zu schlafen, Sarah war wieder weggegangen, würde vielleicht bei ihrem neuen Studenten nächtigen. Die Wohnung war vollkommen still, und ich fühlte mich tödlich einsam.

Eine halbe Stunde vor Mitternacht lag ich im Bett.

Fünf Minuten später begann mein Handy zu toben.

Gökhan Gülmen war einen Meter sechsundsechzig groß, stämmig, zappelig und von einer anscheinend niemals nachlassenden Nervosität. Seine Hände waren in unentwegter Unruhe, sein Blick fand nirgendwo länger als eine Sekunde Halt. Das dunkle lange Haar hatte er zu einem neckischen kleinen Dutt zusammengefasst. Dunkelgraue Jeans, weißes Shirt, ein Goldkettchen am linken Handgelenk und an den Füßen Sneakers. Die weiche Oberlippe schmückte ein schmales Bärtchen.

Einer Fußstreife – eine junge Kommissarsanwärterin und ein gutmütiger Kollege kurz vor der Pensionierung – war der junge Mann in der Mannheimer Innenstadt aufgefallen, weil er sich so auffällig bemühte, nicht aufzufallen. Gökhan Gülmen hatte dann auch umgehend die Flucht ergriffen, zu seinem Pech war die Kollegin jedoch nicht nur eine leidenschaftliche Marathonläuferin, sondern überdies auch noch eine bestens trainierte Kampfsportlerin. So hatte Gökhans Flucht schon nach wenigen Metern am Boden geendet.

»Was wollten Sie denn da, in der Innenstadt?«, eröffnete ich das Gespräch in väterlichem Ton. »Noch einen kleinen Absacker trinken?«

Vor Beginn dieses Gesprächs hatte ich die Fingerabdrücke des jungen Mannes nehmen lassen, wogegen er sich heftig gesträubt hatte, als könnte dies noch irgendetwas helfen. Erst die Androhung von Beugehaft hatte schließlich dazu geführt, dass er seine kurzen, kräftigen Finger auf den Scanner legte.

»Ich trinke keinen Alkohol«, wurde ich mit deutlichem Kurpfalzakzent belehrt. »Das verbietet meine Religion.«

Um für eine entspannte Atmosphäre zu sorgen, führte ich die erste Vernehmung in meinem Büro durch. Damit hatte ich immer wieder gute Erfahrungen gemacht. Laila Khatari leistete uns Gesellschaft. Sie schien in den vergangenen Stunden ein wenig Schlaf gefunden zu haben, gähnte jedoch immer noch im Minutentakt. Aber sie wollte es sich partout nicht nehmen lassen, beim Finale dabei zu sein. Sönnchens supermoderne Maschine hatte für uns alle Kaffee gekocht.

»'nen Kumpel suchen«, beantwortete Gökhan Gülmen mit Verzögerung meine Frage, nachdem er zur Ölung der Stimmbänder einen Schluck aus seinem Becher genommen hatte.

Ich lehnte mich zurück, damit er sich nicht bedrängt oder gar bedroht fühlte. Zunächst, wenn irgend möglich, Vertrauen aufbauen, im Idealfall sogar so etwas wie eine freundschaftliche Beziehung zu dem unglücklichen Menschen an der anderen Seite des Tischs herstellen. Was nicht selten gelang. Viele festgenommene Verbrecher waren nach kurzer Zeit geradezu dankbar dafür, dass sie endlich mit jemandem sprechen durften. Ihr Gewissen erleichtern, sich ihre Sorgen von der Seele reden.

Bei Gökhan Gülmen dürfte es jedoch schwierig werden, Vertrauen aufzubauen, denn er hatte offenkundig panische Angst vor mir. Immer wieder wanderte sein Blick zu meiner jungen Mitarbeiterin, die aus dem Irak stammte und Gökhan vermutlich entschieden sympathischer war als ich alter weißer Mann.

»Wie heißt dieser Kumpel?«, fragte ich weiter in einem Ton, als veranstalteten wir hier einen Kaffeeklatsch.

»Dave«, stammelte Gökhan. »Also David.«

»Und warum haben Sie ihn nicht einfach angerufen?«

»Sein Handy ist aus. Sein iPhone hat 'ne Macke, dabei ist es keine vier Wochen alt. Andauernd ist der Akku leer.«

»Sie wollten ihn aber unbedingt sprechen. Aus einem bestimmten Grund oder einfach so?«

Gökhan, der Herrscher des Himmels, senkte den Blick, knetete die Hände. »Seinen Vater wollt' ich nicht anrufen. Der hasst mich.«

Laila gähnte.

»Warum?«

»Hä?«

»Warum wollten Sie Dave sprechen? Was war so dringend, dass es nicht bis morgen warten kann?«

»Na ja ... äh ... es geht um ein Mädel, mit dem er mal was gehabt hat. Tina. Sieht aus wie frisch gekotzt und ist blöd wie die Nacht.«

Ich nahm einen extragroßen Schluck Kaffee, beugte mich vor, faltete die Hände auf dem Tisch.

»Herr Gülmen, was haben Sie denn in der Nacht von Samstag auf Sonntag vor einer Woche gemacht?«

»Von Samstag auf Sonntag?«, fragte er alarmiert zurück und hustete. »Äh … Also … Nix Besonderes. Wieso?«

»Von Ihrer Schwester weiß ich, dass Sie in ihrem Wagen unterwegs waren.«

»Ohne Auto ist man ja voll angeschissen. Die ganzen Clubs und Discos sind irgendwo am Stadtrand oder in der Pampa. In Speyer zum Beispiel oder in Schwetzingen.«

»Und in welchen Clubs waren Sie?«

Seine Augen wurden zu Schlitzen. »Im SOHO, im *Zimmer*, die sind beide in Mannheim«, zählte er an den Fingern ab. »Im *Tanzpalast* in Speyer, im *Basement* in Schwetzingen, und am Schluss war ich noch im *Atlanta* in Wiesloch.«

»Und war's schön?«

Gökhan schüttelte fahrig den Kopf. »Voll die Scheißnacht. Mädelsmäßig ist nix gegangen. Rausgeschmissenes Geld.«

»Zuletzt waren Sie also in Wiesloch, habe ich das richtig verstanden?«

Er nickte vorsichtig.

»Bis wann ungefähr?«

»Bis wann?«, rätselte er. »Halb zwei, zwei vielleicht? Hab nicht aufs Handy geguckt.«

»Das Auto hat doch bestimmt auch eine Uhr.«

»Wieso wollen Sie das eigentlich alles wissen? Um was geht's denn überhaupt? Bei einem Verhör hab ich nämlich das Recht zu wissen, was man mir vorwirft. Ich kenne meine Rechte.«

Und er hatte eine ganze Woche Zeit gehabt, sich schlauzumachen.

»Das hier ist kein Verhör«, erwiderte ich milde. »Bei einem Verhör geht's ganz anders zur Sache. Da ist nichts mit Kaffee und Gemütlichkeit. Sehen Sie mal: Wir zeichnen nichts auf, ich mache mir nicht mal Notizen, meine Kollegin schläft praktisch. Das hier ist ein nettes Gespräch zu später Stunde, bei dem Sie Punkte machen können. Das Verhör kommt dann gegebenenfalls morgen. Wenn wir alle wieder wach sind.«

»Ja, aber um was geht es denn? Wieso bin ich hier?«

»Es geht um eine junge Frau, die in der fraglichen Nacht gestorben ist.«

»Hab ich nix mit zu tun«, versicherte der junge Mann viel zu eilig. »Darf man hier eigentlich rauchen?«

»Hier drin nicht. Da geht gleich der Feueralarm los. Aber wir können zusammen runtergehen, vor die Tür, wenn Sie mir versprechen, keinen Blödsinn zu machen.«

»Mach ich nicht. Bin doch nicht bescheuert.«

Ich erhob mich seufzend. Sah den gemeinsamen Ausflug an die frische Luft als vertrauensbildende Maßnahme.

»Sie haben mittlere Reife«, sagte ich, als wir nebeneinander in der Nachtkühle vor dem Eingang der Polizeidirektion standen. Die frische Luft tat mir gut, machte mich wieder ein wenig wacher.

»Hm«, brummte Gökhan zwischen zwei gierigen Zügen. »Wieso?«

»Ihre Schwester sagte mir, Sie haben meistens keine Arbeit. Sie gammeln lieber herum, versuchen nicht mal, eine Arbeit zu finden. Obwohl Sie doch eindeutig nicht auf den Kopf gefallen sind.«

Ich musste einige Sekunden auf seine kleinlaute Antwort warten.

»Hab schon tausend Jobs probiert, ehrlich. Aber das Richtige ist noch nicht dabei gewesen.«

»Was würde Ihnen denn Spaß machen?«

»Weiß nicht«, gab er widerwillig zu. »Irgendwas mit Technik. Computer, Autos, Flugzeuge. So Sachen.«

Er warf den fast bis auf den Filter heruntergerauchten Stummel auf den Boden und trat ihn aus. Dann sah er zu mir auf.

»Gehn wir wieder rein?«, fragte er kleinlaut. »Mir ist kalt.«

Ich wandte mich zur Tür, doch als ich sie öffnete, sah ich Gökhan gerade noch um die Ecke verschwinden.

Lautstark fluchend nahm ich das Handy ans Ohr.

27

Achtzehn Minuten später saßen wir uns wieder gegenüber. Ein aufgeweckter Kollege von der Bundespolizei hatte Gökhan auf dem Bahnhofsvorplatz entdeckt, wo er Geld für ein Zugticket zu schnorren versuchte.

»So, jetzt ist Schluss mit lustig«, verkündete ich finster. »Und geraucht wird natürlich ab sofort auch nicht mehr.«

Laila hatte die Pause genutzt, um mit dem Kopf auf den Armen ein Nickerchen zu halten. Jetzt war ihr Gesicht zerknautscht, und die Augen waren noch kleiner als zuvor.

Gökhan blieb dabei, das *Atlanta* in Wiesloch vor 2 Uhr nachts verlassen zu haben.

»Jemand hat Sie fast zwei Stunden später in Walldorf gesehen«, warf ich ihm kalt an den Kopf. »Wo waren Sie in der Zwischenzeit?«

»In Walldorf?«, fragte er empört und zugleich merklich beunruhigt. »Was soll ich denn da gemacht haben?«

»Sie haben an einer Bushaltestelle die Frau angequatscht, die eine Stunde später tot war.«

»So'n Blödsinn. Was für eine Haltestelle denn? Und wer behauptet das?«

»Eine Zeugin mit ziemlich guten Augen hat Sie gesehen. Sie hat das Herz gesehen, das zu dem Zeitpunkt noch am Heck des Autos Ihrer Schwester geklebt hat.«

»So einen Aufkleber haben tausend Leute am Auto.«

»Sie behaupten also, nicht an der Haltestelle gewesen zu sein?«

»Nie im Leben! War ich nicht, nein.«

»Was haben Sie gemacht, nachdem Sie das *Atlanta* verlassen haben?«

»Nach Heidelberg bin ich gefahren, ganz einfach. Hab die Faxen dicke gehabt nach dem Scheißabend, das Auto zu meiner Schwester gebracht, mich auf mein Bike geschwungen und bin heimgeradelt.«

»Wo wohnen Sie zurzeit?«

»In 'ner WG in der Märzgasse. Wieso?«

»Ach? In Heidelberg?«

»Ist nicht verboten, oder?«

»Wen könnte ich dort fragen, wann Sie in der Nacht heimgekommen sind?«

»Keine Ahnung. Wahrscheinlich ist überhaupt keiner in der Wohnung gewesen. Die anderen drei sind Studenten und fahren an den Wochenenden meistens heim zu Mama.«

»Wie sind Sie von Wiesloch nach Heidelberg zurückgefahren? Welche Strecke, meine ich.«

»Über die A 5«, kam es wieder eine Spur zu eilig. Auf keinen Fall konnte er auch nur in der Nähe dieser Haltestelle gewesen sein, wo Alena vergeblich auf einen Bus gewartet hatte.

»Sie haben das Auto dann gleich bei Ihrer Schwester abgestellt?«

»Sag ich doch. Wieso fragen Sie mich immer wieder das Gleiche?«

»Weil sie komischerweise was anderes sagt. Morgens um sieben hat es noch nicht da gestanden, sagt sie. Erst gegen neun.«

»Dann hat sie die falsche Brille aufgehabt.«

»Sie haben den Wagen ausgesaugt und gewaschen, sagt sie.«

»So ein Quatsch, wieso sollt' ich? Hat sie wahrscheinlich selber gemacht und vergessen.«

Gökhan war wesentlich schlauer, als ich ihn anfangs eingeschätzt hatte. Er verfolgte konsequent eine einfache, aber oft erfolgreiche Strategie: alles leugnen, was ich ihm nicht beweisen konnte. Er war nicht an dieser Bushaltestelle in Walldorf gewesen, nie im *Nirvana* in Leimen, hörte den Namen des Clubs angeblich zum ersten Mal. Und natürlich hatte er niemals eine junge Frau namens Alena gesehen oder gar gesprochen.

Bald begannen wir uns im Kreis zu drehen. Ich stellte ihm die immer wieder gleichen Fragen, erhielt die Antworten, die ich schon auswendig kannte. Im Gegensatz zu mir schien der kleine Kerl mir gegenüber nicht müde zu werden.

Morgens um 2 Uhr legte ich eine Pause ein, erlaubte unserem Verdächtigen als Zeichen meines guten Willens, unter Lailas Aufsicht im Treppenhaus zu rauchen, riss die Fenster auf, um frische Luft hereinzulassen, ließ mir einen zweiten, dieses Mal extrastarken Kaffee aus der Maschine. Damit setzte ich mich wieder an meinen Schreibtisch und überlegte, wie ich weiter vorgehen sollte. Die Option, die Vernehmung abzubrechen und morgen weiterzumachen, kam für mich nicht infrage. Ich wollte ihn knacken, und ich würde ihn knacken. Bis zum Sonnenaufgang wollte ich diesen vermaledeiten Fall gelöst haben, und ich war zutiefst überzeugt, kurz vor dem Ziel zu sein.

Noch hatte ich einige Trümpfe im Ärmel.

Um Viertel nach zwei machten wir weiter. Laila sah frischer aus als zuvor. Der kleine Ausflug ins Treppenhaus hatte ihre Lebensgeister wieder geweckt.

»Sie sind also auf der Autobahn nach Heidelberg zurückgefahren«, begann ich.

»Hab ich jetzt schon hundertmal gesagt: ja, ja, ja.«

»Ich höre es auch beim hundertundersten Mal noch gern. Ist Ihnen unterwegs irgendwas aufgefallen? Gab es einen Unfall? Einen Stau? Irgendwas?«

Gökhan schüttelte den Kopf und seufzte zugleich abgrundtief. »Scheiße, nein. Gar nichts war. Es ist ja auch kaum Verkehr gewesen, morgens um zwei.«

Womit er vermutlich recht hatte.

»Welche Ausfahrt haben Sie genommen?«

»Sie meinen, bei Heidelberg? Die Schwetzinger, glaub ich.«

»Glauben Sie?«

Er senkte den Blick. »Kann mich nicht erinnern. War ziemlich am Ende, ehrlich gesagt.«

»Hatten Sie vielleicht doch Alkohol getrunken? Irgendwas eingeschmissen? Wäre ja kein Verbrechen.«

»Nein, nein, nein«, heulte Gökhan auf und schlug mit beiden Händen auf den Tisch. Allmählich begann er doch, Nerven zu zeigen. Seine Verteidigungsmauern bekamen erste Risse.

Es klopfte an der Tür. Ein älterer, sehr erfahrener Kollege aus der KT, der das Pech hatte, an diesem Wochenende Bereitschaft zu haben, trat ein. Auch seine Augen waren klein vor Müdigkeit. Er übergab Laila ein rosarotes Post-it, reckte erschöpft den Daumen in meine Richtung und verschwand wieder, ohne einen Ton von sich gegeben zu haben. Laila schob das Zettelchen zu mir herüber. Es stand nur ein Wort darauf: »Treffer«.

»Okay«, legte ich mit möglichst entspannter Stimme wieder los. »Es gibt da noch einen Punkt, den wir besprechen müssen, dann lasse ich Sie in Frieden. Alenas Leiche war in einer Plane eingewickelt und wurde ganz in der Nähe des Wohnorts Ihres Kumpels Dave vergraben.«

»Wenn Sie das sagen«, maulte unser Verdächtiger achselzuckend. Trotz seiner patzigen Antwort war jetzt offensichtlich: Auch er war am Ende seiner Kräfte. Bald würde ich mich in mein inzwischen kalt gewordenes Bett legen dürfen und lange, lange schlafen.

»Ich sage es ungern, aber an dieser Plane sind Ihre Fingerabdrücke, Herr Gülmen. Die von Ihrem Freund David übrigens auch. Wie erklären Sie sich das?«

»Schwachsinn!«, schrie Gökhan mit der Miene eines frisch eingefangenen wilden Pferds. »Totaler Schwachsinn. Sie versuchen, mich zu linken. Ich weiß nix von einer Plane, verfickte Scheiße noch mal. Ich weiß nix von …«

Mitten im Satz brach er ab, ließ den Kopf auf die Brust sinken, sackte regelrecht in sich zusammen und begann zu weinen. Ich wartete ein Weilchen, bis er sich wieder etwas gefangen hatte. Laila reichte ihm ein Taschentuch.

Nachdem Gökhan seine Tränen abgewischt und sich geschnäuzt hatte, drehte ich meinen Laptop so, dass er den Bildschirm sehen konnte, und startete das kurze Video aus der Dashcam des zufällig an dem Waldparkplatz vorbeifahrenden Autos. Blinzelnd starrte Gökhan darauf. Er fragte nicht, wer die Frau war, die so eilig die dunkle Straße überquerte. Er fragte nicht, was weiter geschah.

»Haben Sie es gesehen?«

»Was?«, fragte er, jetzt wieder aggressiv.

Ich startete das Video erneut, stoppte es dieses Mal in dem Moment, als der Schatten eines jungen Mannes am Bildrand auftauchte.

»Das sind doch Sie, oder nicht?«

»Gar nicht!«, brauste er auf.

Laila, die schon wieder eingenickt war, schrak hoch, griff sich an die Stirn, murmelte eine Entschuldigung.

»Das bin ich nicht«, zeterte unser zunehmend verzweifelter Verdächtiger. »Das ist alles erstunken und erlogen. Sie wollen mir was anhängen. Sie wollen mich reinlegen.«

»Wenn Sie es nicht sind, wer ist es dann?«

»Keine Ahnung, Scheiße, Mann!«

»Was hattest du an in der Nacht?«, fragte Laila mit schläfriger Gelassenheit.

»Einen Hoodie«, keuchte Gökhan. »Grau. Dunkelgrau.«

»Das, was der Kerl da anhat – ich nehme mal an, es ist ein Kerl –, hat einen hellen Streifen am Ärmel«, übernahm wieder ich. »Könnte eine Sportjacke sein.«

»Von mir aus.«

»Haben Sie so eine Jacke?«

»Nein.«

»Sie können ruhig die Wahrheit sagen. Wir finden es sowieso raus. Morgen nehmen wir Ihr WG-Zimmer auseinander.«

»Ich hab nie so eine Scheißjacke gehabt, verd ...«

Er brach ab, sah uns unsicher an. Als hätte er sich verplappert.

»Aber du kennst jemanden, der eine hat.«

»Was? Wieso denn? Nein.«

»Wissen Sie eigentlich, wo das ist?«, mischte ich mich jetzt wieder ein. »Da rechts ist ein kleiner Waldparkplatz. Kennen Sie den?«

»Nö.«

»Was glauben Sie, warum die Frau so eilig über die Straße rennt?«

»Weil sie blöd ist?«

»Und Sie kennen wirklich niemanden, der so eine Jacke besitzt?«, hakte ich noch einmal nach.

Dieses Mal beschränkte sich Gökhans Antwort auf ein mattes Kopfschütteln.

»Was glauben Sie, was passiert ist, nachdem die junge Frau die Straße überquert hatte?«

»Mir egal. Hab ich nix mit zu tun.«

»Waren Sie zu zweit unterwegs in der Nacht?«

»Nö.«

Ich drehte den Laptop wieder in meine Richtung. Lehnte mich weit zurück, schloss kurz die Augen, zwang sie wieder auf und faltete die Hände im Genick.

»Herr Gülmen, was soll das? Wir haben schon jetzt genug Beweise gegen Sie, dass es für eine Anklageerhebung reicht. Ob wegen Mordverdachts oder Totschlags, wird die Staatsanwaltschaft entscheiden. Ihre Fingerabdrücke waren nämlich nicht nur an der Plane, sondern auch an der Leiche. Sie haben die arme Frau an den Beinen gepackt, als Sie sie auf die Plane legten. Das haben Sie aber nicht allein gemacht. Es war jemand bei Ihnen. Jemand hat den Passat-Kombi organisiert, in dem Sie die Leiche transportiert haben. Wer war der andere? Wer hat Ihnen geholfen?«

Schweigen mit gesenktem Blick.

Ich beugte mich wieder vor, brachte mein Gesicht so nah an seines, wie der Tisch es zuließ. »Sie sitzen bis Oberkante Unterlippe in der Scheiße, um es in Ihrer Sprache auszudrücken. Sie haben jetzt nur noch eine Möglichkeit, Ihre Situation zu verbessern. Und zwar, indem Sie hier und jetzt reinen Tisch machen und ein umfassendes Geständnis ablegen.«

Schweigen mit mahlendem Kiefer.

Ich nahm einen Schluck aus dem Becher. Der Kaffee war schon wieder nur noch lauwarm. Gökhans Atem ging jetzt stoßweise. Er schluckte. Und schluckte. Dann nuschelte er etwas, was sich für mich wie »Ich ... nicht mehr« anhörte.

»Was?«, fuhr ich ihn an. »Reden Sie lauter, verdammt noch mal!«

Gökhan schluckte noch einmal. Dann sagte er, ohne den Blick zu heben: »Ich weiß es nicht mehr.«

Ich konnte ein bitteres Lachen nicht unterdrücken, fiel in meinen Sessel zurück. »Das ist die blödeste Ausrede, die ich hier jemals ...«

Laila legte ihre Rechte sanft auf meinen Unterarm.

»Ab wann?«, fragte sie mit aufmerksamem Blick ins Gesicht des Häufchens Elend, das uns jetzt gegenübersaß. »Ab wann kannst du dich nicht mehr erinnern?«

»Irgendwann im *Atlanta.*« Gökhan sprach jetzt sehr leise. »Filmriss. Ganz plötzlich. Hab so was noch nie erlebt.«

»Was hast du getrunken?«

»Ananasschorle.«

»Könnte es sein, dass dir wer was reingetan hat?«

»Nö.« Unser inzwischen am Boden zerstörter Verdächtiger schüttelte heftig den Kopf. »Da pass ich immer total auf.«

»Und wenn du mal aufs Klo musst, zum Beispiel? Oder Kippen holen? Da nimmst du deinen Drink ja wohl nicht mit.«

»Dann passt ein anderer drauf auf. Mir tut keiner was ins Glas, das können Sie mir glauben. Ich hab auch schon die ganze Zeit hin und her überlegt ...«

»Wer hat denn in der Nacht auf dein Glas aufgepasst?«, fragte Laila mit mütterlicher Wärme.

»Niemand. Ich war allein. Da hab ich eine von den Barschlampen gebeten, auf mein Glas aufzupassen.«

»Hm. Wieso habe ich ständig das Gefühl, dass Sie mich anlügen?«

Laila übernahm wieder: »Du hast also auf einmal einen Filmriss gehabt.«

»Sag ich doch.«

»Aber es war niemand bei dir, der sich ein Späßchen mit dir hätte erlauben können?«

»Nein.«

»Sie decken jemanden. Wen? Ihren Kumpel Dave?«

»Den hab ich an dem Abend gar nicht gesehen. Keine Ahnung, wo der sich rumgetrieben hat.«

»Später haben Sie ihn dann aber doch gesehen. Das können wir beweisen. Als Sie die Leiche weggeschafft haben, war er bei Ihnen.«

»Welche Leiche denn? Weiß nix von einer Leiche.«

Stöhnend legte ich das Gesicht in die Hände.

»Herr Gülmen«, sagte ich dann. »Wir haben heute im Zimmer Ihres Freunds zwei Handys gefunden, die den beiden Menschen gehört haben, die Sie auf dem Gewissen haben. Das sind Fakten. Auch da sind Ihre Fingerabdrücke drauf, die von Dave und die der rechtmäßigen Besitzer.«

»Kann nicht sein. Alles Quatsch.«

Ich versuchte es mit einem Überraschungsangriff: »Dave hat Ihnen was in ihr Glas getan, stimmt's?«

»Nein«, heulte Gülmen wieder los. »Konnt' er ja gar nicht, weil er die ganze Zeit mit dieser blöden Tussi rumge ...«

Plötzlich herrschte Totenstille.

»Er war also doch dabei«, konstatierte Laila. »Im *Nirvana*.«

Gökhan zog es vor zu schweigen.

»War er von Anfang an dabei?«, fragte ich. »Auch in den anderen Clubs?«

Kaum merkliches Nicken.

»Und wieso machen Sie so ein Geheimnis daraus?«

»So halt.«

»Ihr wart die ganze Nacht zusammen«, stellte Laila fest. »Richtig?«

Kaum merkliches Nicken. Ein unsicherer Seitenblick auf mich.

»Und könnte er dir nicht doch was in den Drink getan haben? Nicht aus bösem Willen, sondern einfach aus Spaß? Um dir einen Streich zu spielen?«

»Dave ist mein bester Kumpel.«

Und im Übrigen vermutlich auch der einzige.

»Und überhaupt – wieso sollt' er so was machen? Das wär doch ...«

Gökhan brach ab. Über sein Gesicht zog ein Gewitter von Zweifeln, Ablehnung, Empörung, wieder Zweifeln. Er rieb sich mit beiden Händen das Gesicht. Schüttelte zum tausendsten Mal in dieser Nacht den Kopf, nahm die Hände runter, sah Laila mit leerem Blick an.

»Echt, glauben Sie mir, das kann nicht sein. Dave macht so was nicht.«

»Erzähl uns doch mal, was passiert ist, bevor du den Filmriss gehabt hast. Am besten den ganzen Abend, von Anfang an.«

Gegen 10 Uhr am Samstagabend hatte Gökhan den Autoschlüssel von seiner Schwester entgegengenommen.

»Logo hat sie wieder rumgenölt, ich soll keinen Scheiß damit machen und die Karre ohne Beule heimbringen und so weiter. Ständig meckert sie an mir rum, ich würd' immer bloß Scheiße bauen und nichts auf die Reihe kriegen und so. Wenn ich selber ein Auto hätte, dann könnt' sie mich kreuzweise. Ständig tut sie so, als wär' sie meine Mama.«

Ich überließ Laila die weitere Gesprächsführung und war froh, für eine Weile Pause zu haben und einfach nur zuhören zu dürfen. Einen klaren Gedanken zu fassen, fiel mir mit jeder Minute schwerer.

»Du und Dave, ihr seid an den Wochenenden oft zusammen auf Tour?«, fragte Laila leutselig.

»Schon. Es ist ... Also, manche Türsteher lassen Jungs nicht rein, die irgendwie arabisch aussehen, so wie ich. Wenn Dave dabei ist, ist das nie ein Problem.«

»Um kurz nach elf hatten Sie das SOHO im Mannheimer Quadrat J7 betreten.«

»Da ist aber noch voll tote Hose gewesen. Außerdem war die Mucke krasse Scheiße. Irgendein Grufti hat so Achtziger-Jahre-Schrott aufgelegt.«

Die nächste Station war das *Zimmer* gewesen, im Quadrat Q5.

»Da ist schon mehr los gewesen. Aber es sind ein paar Schlägertypen gekommen, die auf Krawall aus waren.

Einer hat mich gleich so schräg angeguckt, da haben wir uns lieber verzogen.«

Die nächsten Stationen der beiden Saturday-Night-Helden waren der *Tanzpalast* in Speyer und schließlich das *Basement* in Schwetzingen gewesen. Dort fühlten sich die zwei jungen Männer endlich wohl, tanzten ein wenig, Gökhan trank seine Ananasschorle, ließ das Glas dabei keine Sekunde ohne Aufsicht.

»Eine Weile war's ganz lustig. Dave hat ein Blondchen angegraben, die ist schon ziemlich auf Dope gewesen und breit wie sonst was. Aber dann ist ihr Freund aufgekreuzt, hat einen auf dicke Hose gemacht und Dave Prügel angedroht. Danach ist die Stimmung dann voll im Eimer gewesen.«

»Dave hat schon Alkohol getrunken, nehm ich an.«

Gökhan nickte müde. »Hat wohl auch was eingeworfen. Man sieht's an den Augen, wenn er drauf ist. Ist aber total friedlich geblieben, hat überhaupt keinen Stress gemacht wie sonst manchmal. Keine Leute angepöbelt, keine Mädels angegrapscht oder was er sonst manchmal macht.«

»Das heißt, sonst hat es schon mal Ärger gegeben mit ihm?«, fragte Laila vorsichtig.

Gökhan nickte zum tausendundersten Mal in dieser Nacht. »Je nachdem, was er eingeworfen hat und wie viel davon.«

»Hattet ihr an dem Abend Streit wegen irgendwas?«, fragte Laila harmlos weiter.

»Nö, gar nicht. Die üblichen Kabbeleien halt, aber das ist mehr so ein Spiel zwischen uns. Das ist nie ernst. So, wie man sich unter Kumpels mal anboxt oder schubst.« Für Sekunden schwieg Gökhan mit gesenktem Blick und hängendem Mund. »Höchstens ...«

»Was höchstens?«

»Na ja, die Sache mit dem Auto.«

»Was war mit dem Auto?«

»Eine Weile hat er gestichelt, ich soll ihn doch mal damit fahren lassen. Das kommt eigentlich jedes Mal irgendwann, wenn wir zusammen unterwegs sind. Aber das geht nicht. Ich musst meiner Schwester beim Leben unserer Mutter schwören, dass ich den Schlüssel nicht aus der Hand gebe. Außerdem hat der Dave ja nicht mal den Führerschein.«

»Trotzdem glaubt er, er könne Auto fahren?«

»Kann er ja auch. Er ist bloß durch die Prüfung gerasselt und hat dann keine Böcke gehabt, es noch mal zu probieren. Find ich total blöd. Ich meine, wer schafft denn beim ersten Anlauf die Führerscheinprüfung? Also, ich jedenfalls nicht.«

»Wann ging das los mit der Stichelei?«

»Erst später. Auf dem Weg nach Wiesloch. Nur ein paar Kilometer, hat er gemeint, und wenn wir beim *Atlanta* sind, dann wechseln wir wieder, und ich darf einparken.«

»Du hast dich aber auf nichts eingelassen.«

»Wenn ich was versprochen hab, dann ...«

Gökhan brach ab. Laila wartete geduldig auf die Fortsetzung. Aber es kam nichts mehr.

»Wer hat das Auto gefahren, nachdem Sie weggetreten waren?«, übernahm ich wieder. Laila schien ein wenig zu schwächeln, und ich hatte zwischenzeitlich durchatmen können. »Sie ja wohl eher nicht.«

»Ich ... Ich weiß nicht, ehrlich. Ich weiß einfach nichts mehr.«

»Überhaupt gar nichts mehr?«, fragte Laila mit mütterlicher Nachsicht. »Nicht das allerkleinste bisschen?«

Gökhan nagte auf seiner Unterlippe, hob erst die Achseln, dann die Hände.

»Irgendwie müssen Sie zum Auto gekommen sein«, versuchte ich seiner Erinnerung auf die Sprünge zu helfen.

Schweigen mit geschlossenen Augen.

Doch dann, sehr leise: »Kalte Luft. Dave hat mich untergehakt, glaub ich. Er hat mit mir geschimpft wegen irgendwas. Er regt sich immer so leicht auf. Wegen dem kleinsten Scheiß kann der einen Mörderaufstand machen. Vor allem, wenn er was intus hat.«

»Vielleicht hat er das Auto nicht gleich gefunden?«

Nach einigem Überlegen nickte Gökhan mit zweifelndem Blick. »Sie glauben, er ist dann einfach gefahren, obwohl ich's ihm verboten hab? Hat mir den Schlüssel weggenommen und ist einfach ...?«

»Haben Sie eine bessere Idee?«

Schweigen mit halb offenen Augen.

»Dann wart ihr im Auto«, sagte Laila sachte, lockend. »Habt die Türen zugemacht, Dave hat den Sitz verstellt und den Spiegel und den Motor angelassen ...«

Achselzucken. »Wahrscheinlich wird's so gewesen sein.«

»Hattet ihr Musik an?«

»Bestimmt. Dave macht immer gleich als Erstes die Mucke an und immer voll laut. Aber ich erinnere mich nicht. Alles ist dunkel in meinem Kopf. Nebel. Schwarzer, dicker Nebel.«

»Irgendeine Erinnerung an eine Ampel? Eine Kirche vielleicht? Ein auffälliges Auto?«

Verzweifeltes Kopfschütteln.

»Eine Bushaltestelle?«

»Was?«

»Kannst du dich erinnern, dass ihr an einer Bushaltestelle gestanden habt?«

»Wieso? Wir hatten doch ein Auto?«

»Ein blondes Mädchen? Ein hübsches blondes Mädchen in einem silbernen Kleidchen?«

Die Augen waren jetzt angestrengt zugekniffen. Alle möglichen Muskeln zuckten in Gökhans Gesicht.

»Eine Tussi ... warten Sie. Da ist eine Stimme. Eine Frau. Sie hat ... Sie hat Türkisch gesprochen. Könnt' ich mir zumindest einbilden, aber ...«

Mit etwas übertriebener Verzweiflung schlug er sich an die Stirn.

»Kann Dave denn auch Türkisch?«

Vor Beginn der Vernehmung hatten Laila und ich vereinbart, Gökhan vorerst nichts vom Tod seines Freunds zu erzählen. Ich wollte vermeiden, dass er dann umgehend alle Schuld auf Dave schob.

»Bisschen, schon, ja«, antwortete er auf Lailas Frage. »Wir sind vorletztes Jahr zusammen vier Wochen unten gewesen. Bei meiner Oma in Giresun. Dave tut sich leicht mit Sprachen. Ist eine lustige Zeit gewesen. Das Meer, der Strand, die Leute sind so wahnsinnig freundlich, alles so irre billig. Wir haben eine echt coole Zeit gehabt und trotzdem kaum Geld ausgegeben, weil uns ständig wer zum Essen eingeladen hat ...«

»Das Mädchen ...«, unterbrach Laila Gökhans Urlaubserinnerungen sanft. »Kannst du dich erinnern, was die beiden gesprochen haben?«

Extralanges Schweigen, dann: »Heidelberg hab ich mal gehört, glaub ich. Ach, Scheiße, ich weiß doch nichts mehr, einfach nichts.«

Gökhan bat um die Erlaubnis zu rauchen, und ich telefonierte nach einem Kollegen, der ihn begleitete und davor bewahrte, erneut auf dumme Gedanken zu kommen.

28

»Bei Boerne«, sagte ich zu Laila, als wir allein waren. »Wie läuft's da?«

Sie stöhnte auf. »Fingerspuren haben wir bisher noch keine. Dafür jede Menge Mikrospuren, Hautschuppen, Haare, die nicht von Boerne oder seinem Betthäschen stammen, das Übliche. Im Grunde hätte der Täter auch gleich seinen Perso dalassen können. DNA wird zurzeit noch ausgewertet. Aber das wird wohl eher übermorgen werden, bis aus Stuttgart was kommt.«

»Immer noch keine Zeugen?«

»Doch. Eine Frau in einem Einfamilienhaus gegenüber hat im Obergeschoss die Betten gemacht. Und da hat sie gesehen, wie zwei junge Männer das Haus betreten haben, wo der Boerne wohnt. Beide um die zwanzig, sagt sie, ungefähr gleich groß, dunkle Haare, Jeans und Sneakers. Wahrscheinlich Araber, meint sie. Jedenfalls keine Deutschen.«

»Hat einer einen Vollbart gehabt?«, fragte ich sofort.

Laila schüttelte den Kopf. »Hat sie nichts von gesagt. Aber sie hat die zwei wahrscheinlich auch nur von hinten gesehen.«

Auch wann die beiden das Haus wieder verlassen hatten, hatte die Zeugin nicht gesehen.

»Was sie aber gesehen hat, ist ein schwarzer Mercedes, der um die Ecke am Straßenrand geparkt hat und in den sie eingestiegen sind. Sie hat aber nicht weiter darauf geachtet.«

Geräusche an der Tür, Gökhan kam zurück. Nach Zigarettenrauch riechend und sichtlich erfrischt.

»Wo hast du gesessen?«, fragte Laila, als der junge Mann wieder auf seinem Stuhl saß. »Als ihr an der Bushaltestelle wart, hast du auf dem Beifahrersitz gesessen, nehme ich an. Aber später, als ihr zu dritt wart?«

»Wie kommt ihr darauf, dass ...?«

»Wir wissen, dass sie in eurem Auto war. Und dass sie vorne gesessen hat, wissen wir auch. Also musst du ja wohl hinten gesessen haben.«

»Okay ...« Stummes Händeringen, das plötzlich abbrach. »Ja, stimmt. Wie ich später wieder aufgewacht bin, die meiste Zeit hab ich ja gepennt, aber da bin ich auf einmal hinten gesessen, jetzt erinnere ich mich. Ist ziemlich unbequem gewesen wegen den Kindersitzen. Hab mir auch saumäßig den Ellbogen angestoßen. Aber dann bin ich wieder weggepennt. Und Dave hat mich ganz schön schütteln und rütteln müssen. Später dann. Sogar eine reingehauen hat er mir, dass ich wach werd.«

»Und das Mädchen? Sie hat übrigens Alena geheißen.«

»Die war da schon weg. Ich war allein im Auto, bevor Dave gekommen ist, um mich wach zu machen.«

»Gehen wir noch mal zurück zur Bushaltestelle«, bat Laila mit Engelsgeduld. »Da war also eine weibliche Stimme, die Türkisch gesprochen hat. Kannst du dich nicht vielleicht doch an irgendwas erinnern, was Dave und Alena geredet haben? Zu dem Zeitpunkt wirst du ja wohl noch vorne gesessen haben. Sozusagen mittendrin im Gespräch.«

Gökhan hatte die Augen wieder geschlossen, durchpflügte sein Gedächtnis nach Erinnerungsfetzen.

»*Eve gitmek.* Sie wollte nach Hause«, murmelte er wie in Trance. »Sie wollt' heim, nach Heidelberg. War total durch den Wind und irre glücklich, dass sie wen gefunden hat, mit dem sie reden kann.« Gökhan zögerte, zog die Nase hoch. »*Ama otobüs yok.* Aber es geht kein Bus. Wie auch, nachts um vier. Sie war keine Türkin, glaub ich. Hat so einen komischen Akzent gehabt. Und auf einmal hab ich hinten gesessen, und wir sind weitergefahren. Auf einer breiten Straße. Keine Autobahn. Dave hat immer mal wieder was gesagt. Sie nichts mehr. Sie ist die ganze Zeit still gewesen. Einmal hat der Blinker getickert. Dann hat er wieder Gas gegeben.«

Ich ließ ihn noch einmal das kurze Video sehen. Dieses Mal sah er genauer hin.

»Keine Ahnung«, sagte er, nachdem ich das Video mehrfach abgespielt hatte. »Ich bin's nicht. Und Dave auch nicht.« Die letzten Worte waren mit etwas zu viel Nachdruck gekommen.

»Okay. Irgendwann waren Sie auf dem Parkplatz«, ergriff ich wieder die Initiative. Es wurde Zeit, dem hier ein Ende zu machen, sonst würde unser Verdächtiger bald zwei schlafenden Polizisten gegenübersitzen.

»Ich hab gepennt wie ein Stein. Auf dem Rücksitz ist kaum Platz gewesen wegen diesen Scheißkindersitzen. Irgendwann bin ich mal kurz aufgewacht. Beide Türen haben offen gestanden. Saukalt ist es auf einmal gewesen. Mir haben die Zähne geklappert. Und dann merk ich, dass Dave an mir rumzerrt und mich anschreit, total von der Rolle ist er gewesen, ich hätt eine Riesenscheiße gebaut, voll die Katastrophe, hat er geschrien.«

»Was für eine Scheiße denn?«

»Wusst' ich in dem Moment doch nicht. Aber er würd' mir helfen. Wir kriegen das klar, hat er gesagt. Wir sind Freunde, er hilft mir. Er hängt mich nicht hin. Dann sind wir nach Mannheim gefahren, Dave ist gefahren, um den Kombi von seinem Vater zu holen.«

Während der Fahrt, die maximal eine halbe Stunde gedauert haben dürfte, hatte Dave seinem Freund Gökhan eingeredet, er habe Alena bedrängt, während der Fahrt ständig von hinten angegrapscht, an die Brüste gefasst, versucht, sie zu küssen und so. Später, auf dem Parkplatz, habe er dann völlig die Kontrolle verloren, sei er regelrecht brutal geworden. Als Alena daraufhin die Flucht ergriff, habe er sie wütend verfolgt, niedergeschlagen, und jetzt sei sie tot, und sie müssten schleunigst die Leiche verschwinden lassen.

Als sie den Tatort wieder erreichten, hatte Dave den Passat gewendet, sodass sie die Straße beim Abtransport der Leiche nicht überqueren mussten. Er hatte eine große himmelblaue Plane aus dem Laderaum des Kombis geholt, sie hatten das Waldstück durchquert, und plötzlich war Dave stehen geblieben und hatte seinen immer noch willenlosen Kumpel am Arm gepackt. Da ist einer, hatte er geraunt. Der macht sich an der Tussi zu schaffen, Scheiße, Mann! Wenn der uns sieht, dann bist du am Arsch, Gögi.

»Er hat mich immer Gögi genannt, obwohl er gewusst hat, dass ich es hasse. Wir sind leise weitergeschlichen, aber dann bin ich aus Versehen auf einen Ast getreten, und der Alte hat sich aufgerichtet und uns gesehen. Da hat Dave sich gebückt und ein dickes Holzstück aufgehoben. Das hat er mir in die Hand gedrückt. ›Hau ihn um‹, hat er gesagt. ›Mach ihn weg, den Arsch. Es ist deine einzige Chance.‹«

Und Gökhan, immer noch benebelt von dem, was sein vermeintlicher Freund ihm in seine Ananasschorle getan hatte, hatte gehorcht. Alenas Vater hatte noch versucht, sich zu wehren, den jungen Burschen angebrüllt, der drohend auf ihn zukam, sich schließlich umgewandt, um die Flucht zu ergreifen. Aber da hatte Gökhan getan, was Dave ihm aufgetragen hatte.

»Es ist alles so eine Scheiße gewesen«, wimmerte Gökhan mit feuchten Augen und zitternder Unterlippe. »Wenn Ayshe rausgekriegt hätt', dass ich Dave hab fahren lassen, die hätt' mich einen Kopf kürzer gemacht. Wo der Dave doch nicht mal den Führerschein hat und … Und dann die Scheiße mit dem Mädel. Die hat da am Boden gelegen, und ich hab mich immer noch an rein gar nichts erinnern können …«

»Wie war das denn, als ihr die Plane durch den Wald geschleift habt?«, fiel ihm Laila milde ins Wort. »Mit der Frau drin. Seid ihr da sehr schnell gegangen?«

»Schnell ging überhaupt nicht. Ich war ja immer noch total weggetreten, musst' mich die meiste Zeit an Dave festhalten. Sogar den Alten hab ich nur mit Mühe eingeholt, dabei ist der wirklich nicht der Schnellste gewesen.«

»Und eine Dreiviertelstunde früher bist du wie der Blitz hinter Alena her, hast sie sogar eingeholt?«

Gökhan blickte sie verständnislos an. »Ja, aber … wie soll es denn sonst gewesen sein?«

»Wo war Dave eigentlich, als du Alena verfolgt hast?«

»Im Wald, kacken.«

»Woher weißt du das?«

»Hat er mir erzählt. Später.«

»Entschuldige, aber das ist doch alles kompletter Blödsinn. Du warst viel zu k. o., um hinter irgendwem herzulaufen.«

Es kommt nicht oft vor, dass man als Polizist einen geständigen Täter von seiner Unschuld überzeugen muss.

»Aber wer denn sonst?«

»Einmal darfst du raten.«

»D…dave?«

»Dein toller Freund, genau. Er hat dich nach Strich und Faden verarscht, um seinen eigenen Hals zu retten.«

Gökhan schüttelte wieder einmal den Kopf. Dieses Mal jedoch nicht mehr so energisch wie zuvor. »So was tät' der nie machen, nie.«

»Wir haben in seinem Zimmer zwei Handys gefunden,

die Alena und ihrem Vater gehört haben«, mischte ich mich wieder ein. »Den Geldbeutel des Vaters und Alenas Handtasche finden wir wahrscheinlich bei Ihnen, nehme ich an?«

Gökhans Welt ging in diesen Sekunden in Trümmer. Wieder und wieder schüttelte er den Kopf, als könnte er dadurch alles, was er soeben gehört hatte, in die Vergessenheit zurücktreiben.

»Wie ist es dann weitergegangen?«, fragte ich, als ich mir die fassungslose Stille lange genug angehört hatte.

Den Professor hatten sie in ihrer Panik und Verwirrung einfach liegen lassen, vielleicht, um ihn später zu holen oder auch nicht. Alenas vermeintliche Leiche in die Plane gewickelt und bis zum Straßenrand geschleift. Dave hatte den Laderaum geöffnet, und sie hatten den verpackten und nicht sonderlich schweren Körper hineingehoben.

»Dave hat eine Stelle gekannt, da findet die im Leben keiner, hat er gesagt. Wir sind dann noch mal bei ihm daheim vorbeigefahren, und er hat einen Spaten und eine Hacke aus dem Geräteschuppen hinterm Haus geholt.«

»Und Daves Vater hat nichts gehört?«

Über Gökhans Gesicht huschte ein scheues Lächeln, und er machte eine Geste, als würde er ein großes Glas leeren.

»Er säuft?«

»Wie ein Loch.«

Nach Alenas Begräbnis hatten die traurigen Helden beide Autos zu einer Tankstelle an der Neckarauer Straße gefahren.

»Dave kennt da einen Typ, der macht meistens die Nachtschichten und hat extra für uns die Waschstraße aufgemacht. Mitten in der Nacht quasi. Obwohl, da war's ja schon hell.«

Wie zur Bestätigung begann vor den immer noch offenen Fenstern ein Amselmännchen sein Morgenlied zu singen.

»Und Sie ...« Gökhan rieb sich mit beiden Händen das Gesicht, schnaufte. »Sie meinen, das stimmt alles gar nicht? Ich hab die Frau da ... diese Alena gar nicht ... sondern Dave?«

»Es gibt keine andere Möglichkeit, Gökhan.« Laila legte ihre Rechte auf seine Hand. »Wir werden das alles noch genau überprüfen, aber ich bin jetzt schon überzeugt, dass es genau so war. Dave hat Alena verfolgt, wollt' ihr an die Wäsche, sie hat sich gewehrt und ist unglücklich gefallen. Er hat gedacht, sie ist tot, und hat dir eingeredet, es sei deine Schuld.«

»Was soll das heißen, er hat gedacht ...?« Seine Augen weiteten sich vor Entsetzen. »Hat sie etwa noch gelebt? Und wir haben sie ...?«

Es dauerte eine Weile, bis wir fortfahren konnten. Das rote Herz am Heck des weißen Kleinwagens hatte Dave entfernt, da er der Ansicht war, es wäre zu auffällig. Sie hatten die Autos durch die Waschanlage gefahren und gründlich ausgesaugt, und dann hatten sich ihre Wege getrennt. Gökhan war inzwischen wieder so weit klar im Kopf gewesen, dass er das Auto steuern konnte, ohne auf den ersten Metern von der Straße abzukommen.

»Auf dem Weg nach Heidelberg hab ich die ganze Zeit überlegt, ob der Alte auch tot ist«, murmelte er mit gesenktem Blick. »Ob ich den auch kaltgemacht hab. Zweimal musst' ich anhalten und kotzen. Erst am übernächsten Tag hab ich im Handy gelesen, dass er im Krankenhaus liegt. Im Koma.«

Plötzlich sah er auf.

»Haben Sie schon ...« Gökhan sah abwechselnd Laila und mich an. »Haben Sie überhaupt schon mit Dave geredet? Was sagt er denn zu allem?«

29

»Wo steckt eigentlich der Kollege Kurtz?«, fragte ich in die Runde, als die Soko Partygirl sich am Montagmorgen traf. Ich hatte in der Nacht kaum drei Stunden geschlafen, war entsprechend müde, aber dennoch fast euphorisch. Die Nachricht, dass Alenas Tod und der Angriff auf ihren Vater aufgeklärt waren, hatte sich natürlich wie ein Lauffeuer verbreitet.

Unseren Neuzugang hatte an diesem Morgen noch niemand gesehen. Laila versuchte, ihn auf dem Handy zu erreichen.

»Ist aus«, sagte sie ratlos, als sie ihr Smartphone sinken ließ. »Ich schick ihm eine Nachricht.«

Bislang hatte Kurtz sich als verlässlicher und pünktlicher Kollege gezeigt. In meinem Bauch machte sich ein ungutes Gefühl breit. Wir waren gestern erst nach 4 Uhr aus Mannheim zurückgekommen, erinnerte ich mich. Ich war nur noch kurz in mein Büro gegangen, um den Bericht zu dem Drama am Vormittag zu schreiben. Anschließend hatte ich mich auf den Heimweg gemacht. Meinen jungen Kollegen hatte ich nicht mehr gesehen.

»Ich hab ihn noch kurz getroffen«, fiel einem älteren Kollegen ein. »Auf der Treppe. Er hat ausgesehen wie der Tod und mich nicht mal bemerkt, obwohl ich ihn sogar angesprochen hab.«

»Ich schicke eine Streife zu ihm nach Hause«, beschloss ich, das Handy schon in der Hand. »Hoffentlich hat der Junge keinen Unsinn gemacht.«

Letzteres hoffte ich auch in meinem eigenen Interesse. Erst jetzt, viel zu spät, fiel mir ein, dass Kurtz auffallend schweigsam gewesen war. Schon während des Disputs mit Daves Vater, aber auch danach, während der Rückfahrt nach Heidelberg, hatte er kaum ein Wort gesagt. Mir war es recht gewesen, denn ich haderte selbst mit dem, was in Mannheim geschehen war. Ich machte mir die Vorwürfe, die man sich nach einer so katastrophal aus dem Ruder gelaufenen Aktion immer macht. Ich hätte Kurtz bremsen müssen. Ich hätte voraussehen müssen, dass Dave die Nerven verlieren würde. Ich hätte den jungen Kollegen zurückpfeifen müssen.

Natürlich war das alles Unfug. Alles war viel zu schnell gegangen, als dass ich eine durchdachte Entscheidung hätte treffen können. Zu allem Elend hatte ich aber auch später nicht weiter darauf geachtet, wie es meinem noch unerfahrenen Mitarbeiter ging. Was ich als sein Vorgesetzter unbedingt hätte tun müssen. Ich hätte ihn zu einem Psychotherapeuten schicken müssen, zu einem Arzt. Auf keinen Fall hätte ich ihn einfach sich selbst überlassen dürfen. Aber ich war auch nur ein Mensch, Herrgott! Ich hatte mit meinen eigenen Problemen zu kämpfen, und Tim Kurtz hatte zu keinem Zeitpunkt das Gespräch mit mir gesucht. Heimlich, still und leise hatte er sich verkrümelt. Um was zu tun? Einen Arzt aufzusuchen? Sich zu betrinken? Oder Schlimmeres?

Da Laila noch übermüdeter wirkte, als ich mich fühlte, berichtete ich der Runde, was gestern und in der vergangenen Nacht geschehen war. Als ich geendet hatte, klopften alle anerkennend auf die Tische, was mich idiotischerweise freute.

»Jetzt fehlen nur noch die Formalitäten. Beweise haben wir mehr als genug«, schloss ich.

Wir hatten Fingerabdrücke der beiden Dummköpfe auf der Plane und an der Leiche. Wir hatten Hautspuren unter Alenas Nägeln, die von Dave stammten …

Die Tür öffnete sich leise, und Tim Kurtz trat ein. Er nickte wortlos in die Runde, setzte sich an seinen Stammplatz, murmelte eine Entschuldigung.

»Wir reden später, okay?«, sagte ich zu ihm und bemühte mich, mir meine überschäumende Erleichterung nicht anmerken zu lassen. »Sie sehen aus, als bräuchten Sie erst mal einen starken Kaffee.«

Jemand schob ihm einen Becher hin, schüttete aus einer der beiden Thermoskannen auf dem Tisch dampfende Flüssigkeit hinein, bot Milch und Zucker an. Kurtz trank seinen Kaffee schwarz.

»Hab gehört, der Fall Alena ist geklärt?«, fragte er nach dem ersten großen Schluck in meine Richtung.

»Das ist richtig. Vielleicht tröstet es Sie zu hören, dass Dave zwei Menschenleben auf dem Gewissen hatte und für viele Jahre in den Knast gewandert wäre. Was ist eigentlich mit Ihrem Handy? Wir haben versucht, Sie zu erreichen.«

Er zog es aus der engen Hosentasche, musterte es verwirrt. »Akku leer. Fuck aber auch!«

Jemand schob ihm ein Ladegerät hin. Er stöpselte es mit fahrigen Bewegungen in eine der Mehrfachsteckdosen, die eine gute Seele vor einigen Wochen organisiert hatte, setzte sich wieder, trank einen weiteren Schluck Kaffee und sagte dann mit schon etwas festerer Stimme: »Ich hab heut Nacht was rausgefunden.«

Verbotenerweise hatte er sich die Videos aus der Überwachungskamera des *Nirvana* auf einen Stick kopiert und mit nach Hause genommen. Laila, deren Job es eigentlich gewesen wäre, die Aufnahmen zu sichten, war aufgrund der sich überschlagenden Ereignisse nicht wirklich dazu gekommen, und so hatte er sich stillschweigend der Sache angenommen.

»Das Pärchen mit dem Mercedes ist am Mittwoch von

siebzehn Uhr fünfundfünfzig bis achtzehn Uhr elf da gewesen«, berichtete er. »Eigentlich wollt' ich jetzt ein paar Bilder zeigen, hab den Laptop aber daheim vergessen, sorry. Ich hab sie auch auf dem Handy. Kann der Beamer Bluetooth?«

Eine halbe Minute später erschien das erste Bild an der Wand. Es zeigte einen großen schwarzen Wagen, vermutlich den Mercedes, der auf den Parkplatz fuhr. Die Qualität der Aufnahme war miserabel. Die Kamera zeichnete alle fünf Sekunden ein Bild auf, erfuhren wir.

»Zwar in Farbe und mit ordentlicher Auflösung, aber die Qualität ist trotzdem, als hätte eine Taube aufs Objektiv geschissen.«

Das Kennzeichen war nicht zu erkennen. Der Fahrer hatte den Wagen in der letzten Reihe geparkt, obwohl auch direkt vor dem Eingang des Clubs um die frühe Uhrzeit noch reichlich Plätze frei waren.

Auf dem nächsten Bild sah man zwei Personen bei dem Wagen stehen, eine Frau mit in die Stirn gezogenem Kopftuch und in einem schwarzen Kittel, der bis zum Boden reichte. Die zweite Person war ein junger Mann, westlich gekleidet und etwas größer als die Frau.

»Knapp eins achtzig, würd ich schätzen«, meinte Kurtz.

Nach einem kurzen Wortwechsel war der Mann mit mäßiger Geschwindigkeit und sichtlichem Widerwillen zum Eingang des Clubs gegangen, während sich die Frau wieder auf den Beifahrersitz des Wagens setzte.

»Sieht aus, als hätte der Typ nicht wirklich Bock auf den Job gehabt«, fuhr Kurtz fort. »Er ist dann aber doch hingegangen und hat mit den beiden Türstehern verhandelt. Hat ihnen ein Foto gezeigt, sie haben kurz palavert, und dann ist er wieder abgezogen. Auf mich wirkt es, als wäre er froh, dass er nichts erreicht hat.« Er kratzte sich am bartlosen Kinn. »Sie haben dann im Auto noch mal geredet.

Sehen Sie – da. Es geht ordentlich zur Sache. Anscheinend haben sie sich ordentlich gezofft.«

Daraufhin hatte der Mann sich ein zweites Mal auf den Weg gemacht, hatte jeden Menschen, den er auf dem Parkplatz fand, angesprochen und einen Blick auf Alenas Porträt werfen lassen.

»Eine Frau hat sie anscheinend wiedererkannt und ihm irgendwas dazu erzählt. Danach sind sie dann weggefahren. Da war's zehn nach sechs.«

»Wer hat den Wagen gefahren?«, fragte ich.

»Den sieht man nicht. Er ist nicht ausgestiegen. Ich nehme aber an, die Frau ist Milena, der mit dem Handy ist Sergei, und am Steuer sitzt Ilja.«

Als der Mercedes vom Parkplatz fuhr, war die Sicht auf das Heck frei und das Licht günstig.

»Aber ich hab's ja schon gesagt, die Optik von der Kamera ist so mies, dass man gerade so erkennen kann, dass es ein Mercedes ist. Mehr aber auch nicht. Könnte sein, dass es ein CLA 200 neueren Baujahrs ist.«

Tim Kurtz richtete sich auf, straffte seinen Rücken. Jetzt kam offenbar der Höhepunkt seines Auftritts. Er hatte sich erstaunlich rasch von seinem Schock erholt.

»Mit dem Kennzeichen, das ist echt nicht easy gewesen. Die halbe Nacht hab ich damit rumgebosselt, hab sogar eine KI bemüht, aber die Qualität der Aufnahmen ist einfach zu schlecht. Ein bisschen was kann ich aber trotzdem sagen: Das Kennzeichen ist wahrscheinlich aus Heidelberg, und die letzte Ziffer ist eine Null oder eine Acht.«

»Gute Arbeit«, sagte ich anerkennend und bat ihn, sich mit einer Daimler-Vertretung in Verbindung zu setzen, um sich seine Vermutung betreffend den Wagentyp bestätigen zu lassen.

»Sobald wir den kennen, geben Sie den Wagen in die Fahndung. Und anschließend fahren Sie wieder nach

Hause und legen die Beine hoch. Vor Anfang nächster Woche will ich Sie hier nicht mehr sehen.«

Kurtz nickte ergeben und versenkte sein übergroßes Handy in einer Hosentasche. Aber ich sah es in seinen Augen, dass er nicht vorhatte, meine Anweisung zu befolgen.

Ich lehnte mich zurück, atmete tief durch und blickte in die Runde. »Was gibt's Neues bei dem Mord an Boerne?«

Nichts, erfuhr ich. Alles, was wir bislang wussten, hatte Laila mir schon in der Nacht berichtet.

»Ob einer der Täter vielleicht Alenas Freund war?«, rätselte sie.

»Ich bin sicher, es waren ihre Brüder«, sagte ich.

»Mit einem von ihnen ist sie in den Club gekommen«, spann Laila den Faden weiter, während Tim Kurtz mit halb offenem Mund auf den Tisch starrte, als ginge ihn das alles plötzlich nichts mehr an.

»Und mit Boerne wieder gegangen«, ergänzte Vangelis, die heute ungewohnt schweigsam war. »Damit hätten wir ein perfektes Motiv.«

»Die großen Brüder rächen die entehrte und ermordete Schwester.«

Vangelis litt, vermied es hartnäckig, mich anzusehen, und ich machte mir auch ihretwegen Vorwürfe, obwohl es doch nicht den geringsten Grund dafür gab. Was konnte ich dafür, dass sie sich ausgerechnet in mich verguckt hatte?

Zwanzig Minuten später – inzwischen saß ich wieder an meinem Schreibtisch – überbrachte mir Tim Kurtz die niederschmetternde Nachricht, der schwarze Wagen sei entweder kein Mercedes gewesen, oder die spärlichen Informationen zum Kennzeichen seien falsch. Offenbar war hier auch die Künstliche Intelligenz an ihre Grenzen gestoßen. »Gucken Sie sich die entscheidenden Aufnahmen später noch mal in Ruhe an«, versuchte ich, ihm Mut zu machen. »Es würde uns schon helfen, wenn wir sicher wüssten, dass es wirklich ein Mercedes war.«

»In dem Punkt bin ich mir absolut sicher. Wie er vom Parkplatz fährt, sieht man deutlich, wie der Stern auf der Heckklappe kurz aufblitzt. Und beim Typ liegen wir auch richtig. Ich habe ein Bild vom Heck des Wagens an die Mercedes-Niederlassung in Mannheim geschickt, und sie haben mir ausdrücklich bestätigt, dass es ein CLA 200 ist. Baujahr 2017 oder später.«

»Dann stimmt also das Kennzeichen nicht.«

»Vor 2017 haben die Heckleuchten anders ausgesehen, man sieht es ganz deutlich. Ich kann Ihnen Fotos zeigen.«

Schon hielt er sein Smartphone wieder in der Hand, aber ich bremste ihn mit einer Handbewegung.

»Lassen Sie es gut sein. Sie fahren jetzt nach Hause und gönnen sich ein bisschen Ruhe. Um den Rest wird sich Frau Vangelis kümmern. Unendlich viele von diesen Autos wird es in unserer Metropolregion ja nicht geben.« Ich beugte mich vor. »Und noch was, Herr Kurtz. Sie dürfen das nicht auf die leichte Schulter nehmen, was gestern passiert ist. Kontaktieren Sie unbedingt unseren psychologischen Dienst, und lassen Sie sich helfen. Es hilft einem, ich spreche aus Erfahrung. Niemand außer mir wird es wissen. Sie müssen nicht fürchten, im Haus auf einmal als Weichei zu gelten. Oder als Verrückter.«

Tim Kurtz nickte knapp und sprang auf, als wäre er froh, mein Büro verlassen zu dürfen.

Kaum war er aus der Tür, öffnete sie sich erneut.

»Moin, Chef!«, begrüßte mich eine wohlbekannte Stimme – Sven Balke war aus den Flitterwochen zurück. »Und, wie macht sich unser kleiner Timmi?«

Er setzte sich breitbeinig auf einen meiner Besucherstühle und grinste mich über den Schreibtisch hinweg tatendurstig an. In der Rechten hielt er einen noch halb vollen Kaffeebecher, am Ringfinger funkelte der nagelneue Ehering. Laila hatte falsch getippt, er war aus Rotgold, sehr schlicht, schmal und schnörkellos.

»Sehr gut«, beantwortete ich seine Frage, nachdem ich ihm herzlich zur Hochzeit gratuliert hatte. »Er kann gut mit Computern, Bildverarbeitung, künstlicher Intelligenz und so weiter.«

»So einer fehlt uns schon lange im Team. Wir werden von den Ganoven, was die IT betrifft, ständig links und rechts überholt.«

Ich brachte den frischgebackenen Ehemann auf Stand, was die aktuellen Fälle betraf. Er hörte aufmerksam zu, leerte nebenbei seinen Becher. Irgendwann klopfte es. Laila streckte den Kopf durch den Türspalt.

»Darf ich kurz?« Jetzt erst sah sie Sven Balke. Ein Leuchten ging über ihr Mädchengesicht.

Ich winkte sie herein.

Die Ergebnisse der DNA-Untersuchungen bei Boerne waren gekommen.

»Diesmal sind die beim LKA ausnahmsweise mal fix gewesen. Ich bin den Kollegen aber auch schwer auf den Sack gegangen.« Sie setzte sich neben Balke, strahlte ihn an. »Na, jedenfalls, die nächsten Wochen sollte ich da lieber nicht anrufen.«

Die DNA-Spuren am Tatort stammten von zwei verschiedenen Männern, die beide in keiner unserer Datenbanken zu finden waren.

»Aber der Knaller kommt erst noch«, fuhr sie verschmitzt fort. »Beide sind mit Alena verwandt. Eng verwandt. Mit neunundneunzigprozentiger Wahrscheinlichkeit waren es wirklich ihre Brüder. Wie Sie gesagt haben, Chef.«

»Blutrache«, sagte Balke spontan, der aufmerksam zugehört hatte. »Die ist im Kaukasus immer noch nicht ausgerottet. Die zwei dachten, Boerne hat ihre Schwester auf dem Gewissen, und wenn ich richtigliege, dann wäre es die Aufgabe des ältesten Manns in der Familie, Rache zu nehmen.«

»Ilja«, sagte ich.

»Puh«, machte Laila. »Da gruselt es einen ja.«

Wieder klopfte es an der Tür.

Tim Kurtz stürzte herein, zögerte kurz, öffnete den Mund, schloss ihn wieder. Ich wies auf den noch freien Besucherstuhl.

»Wieso sind Sie denn immer noch hier?«, fragte ich streng.

Atemlos erzählte er, im Raum Heidelberg/Mannheim seien siebenundachtzig Mercedes des Typs CLA 200, Baureihe 118, zugelassen.

»Das ist zu schaffen. Das kläre ich noch, und dann geh ich heim, versprochen.«

Dreiunddreißig der infrage kommenden Wagen waren schwarz lackiert.

»War damals wohl grad Modefarbe«, meinte der junge Kollege. »Ich hab schon mal eine Liste der Halter gemacht und an die Kollegen auf der Straße verteilen lassen. Ich hoffe, das war jetzt nicht übereilt …«

»Abgesehen davon, dass Sie sich hartnäckig weigern, den Dienstanweisungen Ihres Vorgesetzten Folge zu leisten, war es genau das, was ich auch getan hätte.«

»Den finden wir«, meinte Balke, dem schon wieder das Jagdfieber aus den blauen Augen leuchtete. »Schickst du mir eine Kopie von deiner Liste, Tim?«

30

In den folgenden Stunden trudelten die Meldungen von den Streifenwagenbesatzungen herein. Einer der infrage kommenden Wagen gehörte einem umtriebigen jungen Zahnarzt in Wieblingen, der schwor, sein Mercedes stehe seit dem vergangenen Sonntag in der Garage und sei seither keinen Meter bewegt worden, da er grundsätzlich mit dem Rad zur Arbeit fuhr. Ein anderer gehörte einem Ehepaar, das damit zurzeit eine Spanienrundreise machte.

Tim Kurtz war auf meine erneute Ermahnung hin endlich nach Hause gefahren, um sich dort hoffentlich nicht gleich wieder an seinen Computer zu setzen und irgendwelche kreativen Ideen zu verwirklichen.

Mehr und mehr Meldungen landeten auf meinem Schreibtisch, und am späten Nachmittag waren nur noch zwei Wagen übrig, deren Verbleib bislang nicht geklärt werden konnte. Einer gehörte einem Prof. Dr. Justus Kollberg, der auf das Läuten der Kollegen nicht reagiert hatte und nach Meinung eines Nachbarn zurzeit verreist war. Die letzte Ziffer des Kennzeichens war in diesem Fall eine Neun. Auf einem unscharfen Foto leicht zu verwechseln mit einer Acht oder einer Null. Der andere Mercedes CLA 200 war dem Eigentümer vor acht Wochen gestohlen worden, vermutlich durch Überlistung des Keyless-Go-Systems. Die letzte Ziffer des Kennzeichens war hier eine Eins.

Die Kollegen, die den immer noch zornschnaubenden Fahrzeughalter gesprochen hatten, meinten, der Wagen sei auch gebraucht noch mindestens fünfzigtausend Euro wert und noch in der Nacht des Diebstahls ins östliche Ausland verbracht worden.

Prof. Kollberg, fand ich problemlos heraus, leitete das Institut für Festkörperphysik an der Heidelberger Universität und besaß ein geräumiges Haus an der Panoramastraße, das er allein bewohnte. Von seiner ungnädigen Sekretärin erfuhr ich, dass er tatsächlich in Urlaub war. Wo, wollte sie mir allerdings nicht verraten.

Die Uhr zeigte Viertel nach fünf, auf meinem Schreibtisch lag nichts mehr, was nicht Zeit bis morgen hatte, und der Professor wohnte nur drei Kilometer von meinem Büro entfernt, mit dem Rad bequem zu erreichen.

Das Haus, das ich suchte, lag am Westhang des Boxbergs, und von der tiefer liegenden Straße war kaum mehr als der Schornstein zu sehen. Das steil ansteigende Grundstück wurde zur Straße hin von einer etwa drei Meter hohen weiß gestrichenen Betonmauer begrenzt. In der Mitte war ein Gittertor eingelassen, dahinter sah ich in einer Nische Mülltonnen stehen. Eine lange, gerade Treppe führte zum Haus hinauf. Neben dem Gittertor befand sich ein geschlossenes, schmutzig graues Garagentor, auf dem ein etwas schief montiertes Schild verkündete: *Ausfahrt Tag und Nacht freihalten.*

Ich lehnte mein Rad an die Mauer, trat an das Gittertor und drückte den Klingelknopf, neben dem *J. Kollberg* stand, ohne Professor oder Doktor. Von der kurzen Fahrt hierher war ich schon wieder schweißgebadet. Ich hatte sowohl die Entfernung als auch die herrschenden Temperaturen unterschätzt. Würde in der kommenden Nacht nun endlich das immer wieder versprochene Gewitter Kühlung bringen?

In der Nähe stritten Kinder über irgendwelche Spielregeln. Die Sonne brannte auf mich herab, als sollte ich zu Tode gegrillt werden. Kein Schatten weit und breit. Ich klingelte noch einmal. Eines der Kinder begann zu weinen und machte sich auf den Weg, um seiner Mami sein Leid zu klagen.

»Da werdet se koi Glück hawe«, sagte eine Männerstimme in meinem Rücken, die nach viel zu vielen Zigaretten klang. Ich wandte mich um. »Der Professor, der ischt nämlich in Urlaub. In Ägypte, soweit ich woiß.«

Der Mann, der mit einer filterlosen Zigarette in der Hand vor mir stand, mochte Ende fünfzig sein, hatte nur noch wenige Haare auf dem runden Schädel und ein offenes Lachen im nachlässig rasierten Gesicht.

»Schreiner«, stellte er sich mit einer angedeuteten Verbeugung vor. »Ich wohn da drüwe, in dem Bungalow.«

Ich zeigte ihm meinen Dienstausweis.

»Kripo?«, staunte Herr Schreiner. »Heut Nachmittag sind scho zwei von Ihre Kollege do gewese. Aber die waret in Uniform. Was isch denn los mit unserem Professor? Hat er gar ebbes ausgfresse?«

»Es geht um sein Auto. Das wird er ja wohl nicht mit nach Ägypten genommen haben.«

Über diese Vorstellung musste der alte Herr – der kaum älter war als ich, wie mir bei dieser Gelegenheit wieder einmal schmerzhaft bewusst wurde – herzlich lachen. Der Mercedes werde wohl in der Garage stehen, meinte er, nachdem er sich wieder beruhigt und einen langen Zug von seinem Glimmstängel genommen hatte.

»Könnte es sein, dass jemand den Wagen ohne sein Wissen benutzt hat?«

Herr Schreiber kratzte sich am wie eine gut polierte Kegelkugel glänzenden Kopf. Dann sah er sich um, vergewisserte sich, dass niemand lauschte, und kam ganz nah. »Ich möcht' den Professor ja nicht in Schwierigkeite bringe, weil, er ischt ein feiner Kerl. Aber ich glaub fascht, in seiner Souterrainwohnung, do wohnet seit Neuschtem Leut. Leut, die man aber nie zu Gesicht bekommt.«

»Er hat die Wohnung vermietet?«

»Ich glaub, die zahlet gar koi Miete. Des sind au keine Deutsche, wenn Sie verstehet, was ich mein.«

»Migranten?«, fragte ich nun ebenfalls leise. »Illegale?«

Herr Schreiner saugte zufrieden an seine Zigarette. »Des hawet jetzt aber Sie g'sagt.«

»Seit wann wohnen die Leute da?«

»E halbs Johr vielleicht? Es ischt ein älterer Mann, heißt's. Und zwei junge Männer. Oiner davon hat en Bart, en dunkle Vollbart. Der anner isch jünger und hat koin Bart. Und zwei Töchter gibt's angeblich au noch. Aber die sieht man nie.«

Dies war die Stelle, an der Sven Balke »Bingo« zu sagen pflegte.

»Wie kann ich den Professor erreichen?«

»Der hat bestimmt sei Handy dabei. Die Nummer kenn ich aber net. Probieret Sie's doch emol bei de Frau Doderer do drüwe. Die isch mit dem Professor ziemlich eng, glaub ich. Enger jedefalls als wie ich.«

Die Kinder hatten ihren Streit beigelegt. Inzwischen wurde wieder gelacht und gekichert, geplanscht, gejauchzt und gequiekt.

»Ja bitte?«, knarrte es aus der offenbar defekten Sprechanlage.

»Mein Name ist Gerlach. Ich bin Polizist und würde gerne kurz mit Ihnen sprechen.«

»Ach ja? Worüber denn?«

Offenbar sprach ich mit einer älteren Dame.

»Über Ihren Nachbarn, Professor Kollberg.«

»Der weilt zurzeit im Ausland.«

»Urlaub in Ägypten, ich weiß. Sie haben nicht zufällig seine Handynummer?«

»Was, wenn es so wäre?«

»Dann wäre ich Ihnen sehr verbunden, wenn Sie sie mir verraten würden.«

»Ach, wissen Sie, junger Mann, bemühen Sie sich doch bitte zu mir herauf, ja? Dann kann ich Sie ein wenig beschnuppern, und wir können die Angelegenheit Auge in Auge besprechen.«

Der Türöffner schnarrte, und ich musste einige Kraft aufwenden, um die schwere, schwarz gebeizte Holztür aufzustoßen. Dahinter sah es aus wie beim Nachbarhaus: erst Mülltonnen, dann eine lange Treppe nach oben.

Dort erwartete mich eine große, von einer bordeauxroten Markise beschattete und üppig begrünte Terrasse, die mich unwillkürlich an *Tausendundeine Nacht* denken ließ. Die Dame des Hauses war uralt, stark gehbehindert und wohl auch ein wenig kurzsichtig, bewegte sich mit ihrem Rollator jedoch mit der Würde einer Grande Dame, als sie aus ihrem dunklen Haus trat. Sie trug ein reich verziertes, wallendes und bodenlanges Gewand aus dünnem Stoff und Unmengen Schmuck: Gold, Perlen und Silber am Hals, an den Armen, an den gichtkrummen Fingern, an den Ohren. Ihr schlohweißes Haar umringte ihren schmalen Kopf wie eine Sommerwolke.

»Nehmen Sie doch Platz, bitte sehr«, sagte sie, ohne mir die Hand zu reichen. »Möchten Sie Tee? Sie sehen ein wenig erschöpft aus und außerdem stark dehydriert.«

»Danke. Bei der Hitze wäre mir ein Glas Wasser lieber«, sagte ich, nachdem ich ihr meinen Ausweis gezeigt hatte, den sie allerdings kaum zur Kenntnis nahm.

»Völlig falsch, junger Mann. Gerade an heißen Tagen trinkt man im Orient ständig Tee.«

Anstelle des versprochenen Getränks wurde ich mit einer längeren Beschreibung ihres bewegten Lebenslaufs beglückt.

»Mein Mann war im diplomatischen Dienst. Da er Arabisch und Persisch sprach, war er meist im Nahen Osten tätig. Beirut, als es noch schön war, Damaskus, als es noch blühte, Isfahan, Bagdad, Kairo. In all diesen wundervollen Städten haben wir gewohnt und gelebt. Es war eine traumhafte Zeit in herrschaftlichen Häusern, mit mehr Personal, als man beschäftigen konnte, geistreichen, gebildeten Freunden und Gästen aus aller Herren Ländern.«

Gestorben war ihr Mann bei einem Bombenanschlag in Tripolis, der eigentlich einem russischen Oligarchen galt.

Die Hausherrin hatte Mühe, sich auf einen der großzügigen Sessel aus hellem Rattan zu setzen. Eine Weile nestelte sie seufzend an verschiedenen Kissen herum, dann saß sie endlich richtig und sah mir wieder ins Gesicht.

»Sie sehen wirklich sehr abgekämpft aus, Herr Gerlach, wenn ich mir die Bemerkung erlauben darf. Sie sollten unbedingt mehr trinken. Im Orient … ah, da fällt mir ein, ich hatte Ihnen ja Tee angeboten. Dürfte ich Sie bitten, sich selbst zu bedienen? Personal kann ich mir leider nicht mehr leisten, und Sie sehen ja selbst, dass ich nicht mehr so mobil bin, wie ich es gerne wäre.«

»Wo dürfte ich mir denn ein Glas Wasser holen?«

»Geht es immer noch um das tote Mädchen? Im Radio sagten sie, der Fall sei gelöst.«

»So ist es auch. Aber in diesem Zusammenhang hat es inzwischen leider zwei weitere Morde gegeben.«

Die alte Dame nickte ernst und konzentriert, und ich war mir nicht sicher, ob sie mich verstanden hatte. Nach meiner Schätzung lag ihr neunzigster Geburtstag nicht mehr allzu fern. Dennoch schien sie zwar ein wenig vergesslich, ansonsten jedoch geistig topfit zu sein. Sie hörte noch gut und konnte sich klar und in druckreifen, wenn auch manchmal etwas geschraubten Sätzen ausdrücken.

»Sie war Tschetschenin, ist das korrekt?«, fragte sie mitfühlend.

Ich nickte.

»Ja, das passt zu den Tschetschenen«, sagte sie und schauderte. »Ein archaisches Volk mit rauen Sitten. Aber welche Rolle spielt nun mein lieber Nachbar in dieser unappetitlichen Angelegenheit?«

»Er selbst überhaupt keine. Es scheint nur so zu sein, dass ein Bruder der Toten hin und wieder seinen Wagen benutzt.«

Frau Doderer schwieg für Sekunden, betrachtete mich nachdenklich und sorgenvoll.

»Wie hält man das aus?«, fragte sie dann unvermittelt. »Den ständigen Umgang mit den finstersten Seiten des menschlichen Charakters?«

»Schlecht«, gab ich nach einigem Zögern zu. »In jungen Jahren nimmt man es als sportliche Herausforderung. Genießt den Triumph, wenn man wieder einmal einen Bösewicht dingfest gemacht hat. Aber in letzter Zeit merke ich, dass mir das alles mehr und mehr zu schaffen macht. Von Triumph ist meist keine Rede mehr. Oft genug weiß ich nicht einmal mehr, mit wem ich mehr Mitleid haben soll, mit dem Opfer oder mit dem Täter.«

»Herrje!« Erschrocken schlug sie die reich beringte Rechte vor den karmesinrot geschminkten Mund. Die Armbänder klirrten leise. »Sie haben ja noch immer nichts zu trinken. Vor zwanzig Jahren hätte ich jetzt in die Hände geklatscht, und schon wäre ein dienstbarer Geist erschienen und hätte Ihre Wünsche erfüllt.«

»Ich kann mir wirklich gerne selbst ein Glas Wasser holen.«

»Das würde Ihnen tatsächlich nichts ausmachen? Ich fühle mich elend, weil ich so eine schlechte Gastgeberin geworden bin. Aber Sie sehen ja ... Gehen Sie bitte ins Haus, quer durchs Wohnzimmer, und dann landen Sie unvermeidlich in der Küche.«

Der abgedunkelte Wohnraum hatte die Ausmaße eines kleinen Saals und war angefüllt mit einer verschwenderischen Fülle von orientalischem Tand, vermutlich kostbaren Accessoires, plüschigen Sofas und Ottomanen, üppigen Kissen und zierlichen Tischchen aus altem, rötlich glänzendem Holz. Dicke, teilweise doppelt liegende Teppiche dämpften meine Schritte und überhaupt alle Geräusche, sodass im Raum eine fast klösterliche Stille herrschte. Ich hätte mir einbilden können, aus der Ferne das Blöken einer Kamelkarawane zu hören. Statuen aus würdig gealtertem Metall standen in den Ecken, hie und da blitzte Gold im Dämmerlicht, Totenmasken, die vermutlich unbezahlbar waren. Es duftete nach den Gerüchen des Orients. Nelken, Muskat, Rosen roch ich und anderes, was ich nicht zuordnen konnte.

Auch die Küche war riesig, ein wenig altertümlich eingerichtet zwar, aber zweckmäßig und sauber. Ich nahm ein hohes Glas aus einem Oberschrank, füllte es randvoll mit Wasser, leerte es in einem Zug, füllte es erneut und ging wieder hinaus. Die Herrin des Hauses war inzwischen in ihrem Sessel eingeschlummert. Als ich wieder Platz nahm, schreckte sie hoch, schüttelte den Kopf, fuhr sich mit der Rechten übers runzlige Gesicht.

»Habe ich mich eigentlich schon vorgestellt?«, fragte sie.

Sie war eine Gräfin von Battenberg. Hatte unten an der Klingel nicht ein anderer Name gestanden? Die Gräfin lächelte, als ich sie auf diesen Umstand ansprach.

»Wir haben oft in unruhigen, manchmal auch gefährlichen Ländern gewohnt, und deshalb hat mein verstorbener Gatte immer Wert darauf gelegt, möglichst anonym zu leben. Doderer ist mein Mädchenname. Von Battenberg war der Name meines Mannes, den er jedoch meist nur bei offiziellen Anlässen trug. Dass ich nicht mit dem österreichischen Schriftsteller verwandt bin, fand ich zeitlebens schade. In jungen Jahren habe ich nämlich selbst der Schreibkunst gefrönt. Historisierende Schnulzen voller Liebe, Verrat, Aufstieg und Fall. Die Sachen haben sich nicht einmal sonderlich schlecht verkauft, aber irgendwann habe ich den Spaß daran verloren. Später habe ich hin und wieder Reiseberichte veröffentlicht über die Städte und Länder, wo mein Mann und ich gelebt haben. Die habe ich auf nachdrücklichen Wunsch des Auswärtigen Amts unter Pseudonym herausgebracht.«

»Frau von Battenberg«, sagte ich und beugte mich vor. »Könnte es sein, dass im Souterrain des Nachbarhauses seit einiger Zeit eine Familie wohnt? Eine Familie, die sich ungern in der Öffentlichkeit zeigt und aus dem Ausland stammt?«

Sie zögerte lange, nickte schließlich, schlug die dunklen, immer noch eindrucksvollen Augen nieder.

»Ja«, sagte sie schließlich. »Das könnte wohl sein. Mehr möchte ich zu diesem Punkt aber nicht sagen. Ich kann Ihnen anbieten, einen Kontakt zu meinem Nachbarn herzustellen. Wenn Sie bitte so freundlich wären, noch einmal ins Haus zu gehen und mir mein Telefon zu bringen? Professor Kollberg soll Ihnen persönlich sagen, was es mit dieser Familie auf sich hat.«

Das moderne Telefon fand ich im Flur gleich neben der Tür zum Wohnraum. Auf einem wundervoll gearbeiteten Tischchen mit Intarsien.

Die alte Gräfin bediente das technische Wunderwerk souverän, drückte einige Knöpfe und nahm es ans Ohr.

Und schwieg.

Und schwieg.

»Er nimmt nicht ab«, sagte sie leise und wollte das Gerät schon sinken lassen, als ein Ruck durch sie ging. »Ja, Justus, mein Lieber, sei gegrüßt, wo immer du dich herumtreibst. Hier ist Betty, und mir gegenüber sitzt ein Herr von der Kriminalpolizei, der dich sprechen möchte.«

Sie reichte mir den Apparat. Ich stellte mich vor und schilderte dem Professor mein Anliegen.

Er zögerte.

»Die Angelegenheit ist ein bisschen heikel«, sagte er schließlich. »Und ich möchte sie nicht coram publico besprechen. Geben Sie mir doch Ihre Handy ...«

Er wurde unterbrochen von einer quengeligen Frauenstimme.

»Yes, Darling«, antwortete er begütigend. »I'll be ready in a minute.«

Ich diktierte ihm meine Handynummer, doch er schien keine Anstalten zu machen, sie zu notieren.

»Ich wiederhole ...«

»Nicht nötig«, unterbrach mich Professor Kollberg heiter. »Ich hab sie schon im Kopf und rufe Sie in spätestens einer Stunde an, okay? Erst habe ich hier noch einer angenehmen privaten Verpflichtung nachzukommen.«

Im Hintergrund hörte ich Brandungsrauschen und Frauenlachen.

31

Die Gräfin ließ mich erst gehen, nachdem ich versprochen hatte, sie am kommenden Wochenende wieder zu besuchen und mehr Zeit mitzubringen.

»Ich werde einen syrischen Zitronenkuchen für Sie backen. Wenn Sie den gekostet haben, werden Sie begreifen, weshalb ich den Orient so sehr liebe«, verkündete sie strahlend.

Während der Rückfahrt in die Heidelberger Weststadt hatte ich plötzlich böigen Gegenwind, was das Treten zwar anstrengender machte, aber auch für ein wenig Kühlung sorgte.

Als der Professor zurückrief, war ich schon fast zu Hause angelangt.

»Sekunde noch«, sagte ich. »Ich suche mir schnell ein schattiges Plätzchen.«

Mit dem Handy am Ohr radelte ich die letzten Meter bis zum Wilhelmsplatz und fand dort eine freie Bank im Schatten einer großen Linde. Die nahe Bonifatiuskirche schlug 6 Uhr, als ich mich niederließ.

»Bin schon rasend gespannt, was es da so Dringendes gibt«, sagte Prof. Kollberg. »Sie sind wirklich von der Kripo, habe ich das richtig verstanden?«

»Es geht um Ihre Untermieter.«

»Wenn ich einigen armen, illegal eingereisten Migranten Unterschlupf gewähren würde, wäre das ein schlimmes Verbrechen?«

»Die eine oder andere städtische Behörde könnte schon ein wenig verschnupft reagieren, falls sie davon erfahren sollte. Aber das ist nicht der Punkt, der mich interessiert.

Bei Ihnen wohnt ein älterer Herr mit seinen vier Kindern, ist das richtig?«

»Jepp. Dieser ältere Herr heißt Anatol Kustodijew, und wir sind befreundet.«

»Die jüngste Tochter heißt Alena?«

»So ist es.«

»Ich muss Ihnen leider mitteilen, dass Alena vor Kurzem ums Leben gekommen ist.«

»Gewaltsam?«, fragte der Professor nach kurzem Zögern.

»Ja. Und Ihr Freund Anatol lebt leider auch nicht mehr.«

»Anatol? Meine Güte!«, brachte er heraus. »Reicht Putins Arm inzwischen bis nach Heidelberg?«

»Der Fall hat keinen politischen Hintergrund.«

»Sondern?«

Was sollte ich sagen? Dummheit? Jugendlicher Leichtsinn? Kontrollverlust unter dem Einfluss von Drogen?

»Zwei junge Männer, Deutsche, haben versucht, Alena anzubaggern, und das Ganze ist dann leider fürchterlich aus dem Ruder gelaufen.«

»Aber was ist denn da ... Um Gottes willen! Sie ... entschuldigen die Frage, das ist jetzt nicht irgend so ein alberner Telefonscherz oder wie man das nennt?«

»Ich wünschte, es wäre so.«

»Und was kann ich ...?«

»Zunächst interessiert mich, wie Ihr Freund und seine Kinder nach Deutschland gekommen sind. Ich weiß, dass er Professor an einer Universität in Grosny war und dass seine Frau unter unklaren Umständen ums Leben gekommen ist.«

Ich hörte Prof. Kollberg wieder mit Darling sprechen, die offenbar sehr umtriebig war und sich rasch langweilte, wenn man sich nicht mit ihr abgab. Doch dann ging es weiter: »Ich habe Anatol erlaubt, das Auto zu benutzen.«

Kennengelernt hatten die beiden sich über ihre gemeinsame Leidenschaft, das Schachspiel. Sie spielten beide auf internationalem Niveau.

»Es war bei einem Turnier in Göteborg, meine ich mich zu erinnern. Oder war's im Jahr davor in Oslo?«

Die beiden älteren Herren hatten sich von Beginn an gut verstanden. Kollberg schätzte den sarkastischen, manchmal bissigen Humor seines russischen Kollegen. Man hatte sich wieder getroffen, Kollberg hatte seinen Schachfreund in Grosny besucht und dabei seine Familie kennengelernt. Er hatte sogar überlegt, ob er dem angesehenen Mathematiker nicht eine Gastprofessur an der ehrwürdigen Ruprecht-Karls-Universität beschaffen könnte.

»Vielleicht hätte sich da sogar etwas machen lassen. Es gibt ein EU-finanziertes Austauschprogramm für Wissenschaftler ... Aber dann ist das mit Hana, seiner Frau, passiert.«

Diese hatte in Grosny Philosophie und Politologie gelehrt.

»Vielleicht hat sie sich deshalb so sehr für Politik interessiert. Ganz im Gegenteil zu Anatol übrigens, der ein durch und durch unpolitischer Mensch war. Ich habe doch richtig verstanden, dass Anatol ebenfalls nicht mehr lebt?«

»Leider. Erschlagen von den beiden Idioten, die auch seine Tochter auf dem Gewissen haben.«

»Da verlassen sie ihre Heimat, um sich in Deutschland in Sicherheit zu bringen, und dann so was ...«

Für Sekunden herrschte Schweigen. Dann fuhr Prof. Kollberg mit matter Stimme fort: »Hana war eine erklärte Feindin der russischen Besatzer. Anatol ist ... war geborener Russe und hatte deshalb weniger Probleme damit. Er hat sich aber auch sonst kaum für solche niederen Dinge interessiert. Seine Welt waren vieldimensionale Räume, Zahlentheorie und so weiter. Um ehrlich zu sein, ich habe nie auch nur in Ansätzen verstanden, was er als Mathematiker eigentlich treibt.«

Im März dieses Jahres hatte Hana Kustodijewa an einer kleinen, friedlichen Kundgebung teilgenommen, weil eine ihrer Kolleginnen von den russischen Sicherheitskräften ohne Angabe irgendwelcher Gründe verhaftet worden war.

»Zeugen haben gesehen, dass es ein kleines Handgemenge gab zwischen Hana und einem Zivilisten, der vermutlich zu irgendeiner Geheimpolizei gehörte. Hana hat den Mann angeblich auf Russisch beschimpft, sie wurde abgeführt, und man hat nie wieder etwas von ihr gehört.«

Professor Kollberg nahm sein Handy vom Ohr, vielleicht um einen Schluck zu trinken. Um ihn herum herrschte mediterranes Treiben. Autos fuhren vorbei, ein dröhnender Bus, es wurde viel gehupt und gelacht. Vermutlich saß er in einem Straßencafé. Unnötig zu sagen, dass ich ihn heftig beneidete. Der Wind hatte sich inzwischen gelegt, und die Hitze lag wieder wie eine glühende Bleiplatte über Heidelberg.

»Anatol hat jeden Hebel in Bewegung gesetzt, um seine Hana zu finden. Als international angesehener Wissenschaftler und russischer Staatsbürger hatte er da schon ein paar Freiheiten und Möglichkeiten. Aber er hat nichts erreicht, rein gar nichts.«

Im Juni hatte Anatol Kustodijew dann beschlossen, Tschetschenien zusammen mit seinen Kindern zu verlassen. Die Staatsmacht hatte begonnen, ihm ebenfalls das Leben sauer zu machen. Auf einmal gab es Probleme mit der Vertragsverlängerung seiner Sekretärin, sein ohnehin bescheidenes Forschungsbudget wurde ohne Angabe von Gründen kräftig gekürzt, sein Auto, ein Wolga M24, hatte plötzlich alle möglichen technischen Mängel. Und bevor er selbst auch noch aus dem Verkehr gezogen wurde, hatte er bei seinem Freund in Heidelberg angefragt, ob dieser ihm behilflich sein könne.

Anatols Sohn Ilja befand sich zu diesem Zeitpunkt ohnehin schon in Deutschland, studierte seit drei Jahren Medizin in München.

Kollberg besaß ein großes Haus, das größtenteils leer stand. Und so hatte er seinem Freund Anatol angeboten, er könne zusammen mit seinen Kindern bei ihm wohnen, bis sie in Deutschland Fuß gefasst haben würden. Sein Gast war keineswegs arm, hat einiges Vermögen in Russland, eine große Wohnung in Sankt Petersburg, Aktien, Staatsanleihen, die er allerdings erst einmal zu Geld machen und den Erlös irgendwie nach Deutschland transferieren musste.

»So sind die fünf dann bei mir eingezogen. Ich habe ihnen ein paar Möbel überlassen und sie gebeten, sich erst mal nicht in der Öffentlichkeit blicken zu lassen. Wir haben überlegt, ob Anatol Asyl beantragen könnte, aber das war aussichtslos, weil er in Tschetschenien ja nicht direkt bedroht wurde. Dass irgendeine Geheimpolizei ihn auf dem Kieker hatte, hätten unsere deutschen Bürokraten mit Sicherheit nicht geglaubt. Und dass er sich in seinem Land nicht mehr wohlfühlte, wäre auch nicht von Belang gewesen. Kurz und gut: Auf einmal haben die vier als illegale Einwanderer in Deutschland gelebt. Nur Ilja hatte ein Visum wegen seines Studiums, der konnte sich frei bewegen. Stellen Sie sich das mal vor: von heute auf morgen ohne Einkommen, ohne gültige Pässe und, abgesehen von Ilja, ohne jede Zukunftsperspektive. Tja, und nun hoffe ich sehr, Sie drehen mir keinen allzu dicken Strick aus meiner Gutherzigkeit.«

»Ich habe einen Mord aufzuklären und keine Aufenthaltsberechtigungen zu prüfen. Hat Ihre Nachbarin, die nette Gräfin, zufällig einen Schlüssel zu Ihrem Haus?«

»Zufällig nicht, sondern absichtlich. Ich rufe Betty gleich an und sage ihr, sie soll Ihnen aufschließen, okay?«

»Gut geschlafen, Chef?«, hörte ich Balke launig fragen und schrak hoch.

»Wie lang?«, krächzte ich.

»Halbe Stunde ungefähr.«

»War irgendwas?«

»Wir sind uns nicht sicher«, erwiderte mein Mitarbeiter, dessen nagelneuer Ehering im kalten Licht der Innenbeleuchtung des Einsatzwagens funkelte, in welchem ich mein Nickerchen gehalten hatte.

Alle Türen und Fenster der Blechkiste standen offen, die Sonne hatte sich schon vor einiger Zeit hinter den Pfälzer Bergen zur Ruhe begeben, aber dennoch herrschte immer noch eine Gluthitze hier drin. Ich wischte mir den Schweiß vom Gesicht, verspürte große Sehnsucht nach einer Dusche und einem gut gekühlten Bier. Ersatzweise wäre ich auch mit einer Flasche eiskaltem Wasser zufrieden gewesen. Letztere fand Balke für mich in einem kleinen Kühlschrank, mit dem der Wagen ausgestattet war.

Seit drei Stunden wurde die Souterrainwohnung in Prof. Kollbergs Haus, so gut es ging, überwacht. Da die Fenster der Wohnung von der Straße aus nicht einsehbar waren und mir eine Observation vom Garten der Gräfin aus zu riskant erschien, ging es nicht gut. Letztlich blieb uns nur die Möglichkeit, das Haus per Drohne zu beobachten, die jedoch immer nur für kurze Zeit eingesetzt werden konnte, weil ihr Akku und auch die Reservebatterie altersschwach waren. In den Zeiten, in denen unser leise surrendes fliegendes Auge in der Luft war, hatte sich in der Wohnung nichts bewegt. Bei aufziehender Dämmerung wurde oben im Haus kein Licht eingeschaltet, kein Fenster geöffnet, die breite Glastür zur Terrasse blieb geschlossen. Entweder stellten sich die Bewohner tot, oder, was ich für wahrscheinlicher hielt, sie waren längst über alle Berge.

»Sehen Sie mal.« Balke deutete auf den großen Laptop, auf dessen Monitor die von der Drohne gelieferten Videos zu betrachten waren. Er spulte etwa eine Viertelstunde zurück. Zunächst sah ich nur die Fensterfront und die Terrassentür, deren obere zwei Drittel verglast waren. Über die ganze Front waren Vorhänge angebracht, die die Sicht nach innen versperrten.

»Da!« Balke stoppte den Film. »Haben Sie es gesehen?«

Nein, ich hatte nichts gesehen.

Geduldig ging Balke noch einmal einige Sekunden zurück, und dieses Mal bemerkte ich es auch: ein kurzer Lichtblitz.

»Könnte die Reflexion von den Frontlinsen eines Fernglases sein, mit dem jemand unsere Drohne beobachtet«, meinte er und zeigte mir die Szene noch ein drittes Mal. »Das Gleiche ist noch an zwei anderen Stellen zu sehen. Aber immer nur ganz kurz.«

Balke lehnte sich zurück und streckte seine muskulösen Mountainbiker-Beine von sich. »Was machen wir? SEK oder do it yourself?«

Nach kurzem Überlegen entschieden wir uns für Letzteres. Bis die Rambos vom SEK einsatzbereit waren, konnten Stunden vergehen. Und ich wollte nach Hause. Duschen. Schlafen.

Wir diskutierten mögliche Risiken, fanden keine.

»Schusswaffen sind wohl keine in der Wohnung«, sagte ich und massierte mir die Nasenwurzel. »Das sind ja keine Gangster. Wenn wir vom Grundstück der Gräfin kommen, im hinteren Bereich über den Zaun, dann können sie uns nicht sehen und nicht hören, und wir haben die Überraschung auf unserer Seite.«

»Schlage vor, wir nehmen den Neuen mit, Tim. Kriegt er gleich mal ein bisschen Praxis.«

»Ist der etwa hier?«, fuhr ich hoch. »Ich reiße ihm den Kopf ab, Menschenskind! Nein, der kommt nicht mit. Der bleibt zur Strafe hier. Nehmen Sie zwei Kollegen von der blauen Fraktion ins Team.«

Über uns hörte ich das Sirren der Drohne näher kommen. Es klang wie ein bösartiges Rieseninsekt.

»Schutzwesten und Helme sind obligatorisch«, verkündete ich mit schlecht gespielter Entschlossenheit und stemmte mich hoch. Bald. Bald würde es vorbei sein, und ich durfte mich endlich in mein herrlich bequemes Bett legen. Und morgen würde ich keinesfalls vor Mittag aufstehen. Und den Abend würde ich bei Theresa verbringen und mich bekochen lassen.

Die Schlüssel für das Haus ihres Nachbarn und Freundes hatte mir die Gräfin schon vorhinanvertraut. Im Übrigen schien sie unsere Aktion nicht sonderlich interessant zu finden. Vermutlich hatte sie in ihrer bewegten Vergangenheit im nahen Osten schon Dramatischeres erlebt. Vier Kollegen von der Schutzpolizei würden sich auf der Treppe von der Straße zum Haus hinauf als schnelle Eingreiftruppe bereithalten. Balke, ich und zwei Freiwillige in blauer Uniform würden über den Zaun steigen und das Haus betreten.

Allzu viel konnte wirklich nicht schiefgehen. Insbesondere, da ich ohnehin davon ausging, dort oben niemanden anzutreffen.

Der Zaun war eher symbolischer Natur, die Sträucher dahinter ohne Stacheln. Ich bildete das Schlusslicht des kleinen Stoßtrupps, Balke ging voran, ein breitschultriger Hüne folgte ihm, und sein schmaler, hektisch Kaugummi kauender Kollege schien froh zu sein, gute Deckung nach vorne zu haben. Balke schaffte es, die Haustür nahezu geräuschlos zu öffnen. Vor uns tat sich ein breiter, dämmriger Flur auf, fast schon eine Halle, rechts führte eine breite Treppe in elegantem Bogen nach unten. Diese war mit einem Teppich belegt, der unsere Schritte bis zur Unhörbarkeit dämpfte. Auf mein Zeichen hin zückten die Kollegen ihre Waffen, entsicherten, klappten die Visiere der Helme herunter. Es roch nach alten Möbeln und Staub.

Vorsichtshalber machten wir kein Licht, erreichten das untere Ende der Treppe auch im trügerischen Dämmerlicht unversehrt, verharrten dort noch einmal.

Balke hob die Hand, legte den Finger an den Mund. Dann hörte ich es auch. Hinter einer stabil wirkenden Holztür, die nach rechts führte, wurde leise gesprochen. Zu leise, um etwas verstehen zu können. Die Stimmen, eine Frau und ein Mann, klangen entspannt. Offenkundig rechnete man hier nicht mit unserem Besuch.

Der kräftige Kollege deutete auf die Tür, schob die rechte Schulter vor, sah mich fragend an. Ich schüttelte den Kopf, trat zwei Schritte vor und drückte die Klinke. Die Tür war unverschlossen, die Scharniere waren gut geölt.

Ich machte Licht.

Balke stürzte heldenmütig an mir vorbei und brüllte: »Polizei! Waffen weg! Hände über den Kopf!«

Aber außer uns war niemand da, der ihn hätte hören können. Über der Spüle der Kochnische stand ein kleines Radio, das man vergessen hatte auszuschalten. Die Sprache, in der sich der Mann und die Frau unterhielten, war für uns unverständlich. Offenbar handelte es sich um ein Internetradio, das Sender aus der ganzen Welt empfangen konnte.

Die Wohnung verfügte über zwei Zimmer, eine spärlich ausgestattete Kochnische und ein überraschend großzügiges Bad mit Wanne, Dusche, Bidet und Toilette. Es roch muffig hier, als wäre seit Ewigkeiten nicht mehr gelüftet worden. Auf dem Boden des Wohnraums lagen drei Matratzen. Zwei weitere waren hochkant an die Wand gestellt. Ein kleiner Tisch mit fünf Stühlen, die nicht zusammenpassten. In der Spüle Geschirr, auf dem Tisch noch Brotreste, leere Gläser und ein halb volles, das lauwarme Cola zu enthalten schien. Allem Anschein nach war der Aufbruch in großer Eile erfolgt. In einer Ecke stand ein kleiner Flachbildfernseher.

Der uniformierte Kollege mit dem Kaugummi nahm etwas vom Tisch, ließ es in der Luft pendeln – zwei Schlüssel an einem Ring. Einer vermutlich für die Haustür, einer für die Tür zur Wohnung.

Balke interessierte sich momentan für ein Mobile aus asymmetrischen Glaskörpern, das über dem Couchtisch hing und sich in nur Gott-weiß-welchem-Luftzug langsam bewegte.

»Das Ding da hat das Sonnenlicht reflektiert«, meinte er achselzuckend.

Der Hüne lüftete den Deckel des Küchenmülleimers, rümpfte die Nase und ließ ihn sofort wieder fallen.

»Ihren Müll hätten sie ja schon noch runterbringen können«, fand er.

»Die Spurensicherung muss her«, sagte ich in die Runde, während ich meine betagte Walther-Pistole wieder sicherte und entlud.

Balke zückte sein Handy. »Das übliche Programm?«

An einem Schlüsselbrett neben der Tür hingen noch andere Schlüssel, einer davon mit einem Schildchen, auf dem »Garage« stand. Was allerdings fehlte, war ein Autoschlüssel mit Mercedes-Stern.

Im Gänsemarsch verließen wir das Haus und stiegen die Treppe zur Straße hinab. Ich fühlte mich inzwischen so wackelig auf den Beinen, dass ich mich sicherheitshalber am Geländer festklammerte. Jenseits des Gittertors wandten wir uns nach rechts. Der Schlüssel passte, das Garagentor schwang knarrend und quietschend auf. Rechts ein Lichtschalter. Kühle Luft, ein Geruch nach Öl und Stahl, kein schwarzer Mercedes. Nur ein beigefarbener, schon etwas älterer kleiner Motorroller mit Münchner Kennzeichen lehnte an der Rückwand.

32

Wie ein gefällter Baum war ich ins Bett gefallen, innerhalb von Sekunden eingeschlafen und nach nicht einmal einer Stunde wieder hochgeschreckt. Anschließend hatte ich mich eine gefühlte Ewigkeit schweißnass von einer Seite auf die andere gewälzt und gegrübelt und gegrübelt. Wo mochten die drei jungen Menschen jetzt stecken, die sich aufgrund eines schrecklichen Missverständnisses, fehlerhafter Überlegungen und mittelalterlicher Moralvorstellungen ins Unglück gestürzt hatten? Mindestens einer, vermutlich Ilja, um jede Chance auf ein erfülltes Leben gebracht, auf eine Karriere als Arzt.

Es war zum Heulen, wie so oft.

Nichtsdestotrotz musste geklärt werden, wer von den dreien beim Mord an Pierre Boerne welche Rolle gespielt hatte, welchen Anteil an der großen Schuld wer auf sich zu nehmen hatte. Nur einer der Brüder war vermutlich ein Mörder. Der zweite hatte sich, wie es aussah, zumindest der Beihilfe schuldig gemacht.

Was würde ich tun, wäre ich an Iljas Stelle? Ins Ausland fliehen, am besten in Richtung Osten. Polen, Tschechien, Ungarn und von dort weiter nach Tschetschenien, in die Heimat. Dorthin, wo man sich auskannte, wo man Freunde hatte, Verwandte, weit, weit weg vom Zugriff der deutschen Polizei, mit unzähligen Möglichkeiten, sich in irgendeinem gottverlassenen Bergdorf zu verkriechen.

Wir wussten nicht einmal, wann die drei aufgebrochen waren. Ich vermutete, unmittelbar nach dem Mord an Boerne und seiner Freundin. Vielleicht hatte ihr Gepäck schon im Kofferraum des Mercedes gelegen, als sie in Walldorf vorfuhren. Damit wären inzwischen vier Tage verstrichen. Zeit genug, um Tausende von Kilometern zurückzulegen. Genug, um nach Sibirien zu fahren, nach Anatolien, in den Iran, in die wilden Gebirge Afghanistans oder sonst wohin, wo wir die drei niemals suchen, geschweige denn finden würden.

Um halb vier donnerte es zum ersten Mal, noch einmal und noch einmal, und dann brach innerhalb von Sekunden ein Gewitter los, als sollten wir alle ertränkt werden. Ich schaffte es gerade noch, das Fenster zu schließen und den Rollladen herabzulassen, bevor der Sturm begann, kübelweise Wasser dagegen zu werfen. Ich machte einen Kontrollgang durch die Wohnung. Louise hatte ihr Fenster schon geschlossen, schlief friedlich und bekam von der feuchten Apokalypse da draußen nichts mit. Sarahs Bett war leer. Das Fenster stand sperrangelweit offen, am Boden hatte sich bereits eine Pfütze ausgebreitet, die ich, leise vor mich hin fluchend, aufwischte, damit das Parkett keinen Schaden nahm.

Dann legte ich mich wieder in mein schweißfeuchtes Bett und grübelte weiter.

Alenas Geschwister waren keine Berufsverbrecher, die in eiskalter Ruhe ihre Pläne ausheckten. Sie waren blutige Anfänger, Amateure voller Unsicherheit, Angst und Panik. Womöglich wollten sie gar nicht in ihre alte Heimat zurück, weil sie sich vor den dortigen Behörden fürchteten. Vielleicht war es ihnen verboten gewesen, das Land ohne Genehmigung zu verlassen, und sie hatten sich des unerlaubten Grenzübertritts schuldig gemacht. Vielleicht würde man ihnen die angeblichen Vergehen ihrer Eltern anlasten, sie einsperren und wegen irgendwelcher frei erfundener Verbrechen für immer aus dem Verkehr ziehen. Was wusste ich schon von diesem fremden, fernen Land?

Erst als Sturm und Regen nachließen und die Ritzen im Rollladen hell wurden, kam ich allmählich zur Ruhe und fand am Ende doch noch ein wenig Schlaf.

Um halb acht wankte ich ins Bad, um Viertel vor acht saß ich in der Küche vor einem improvisierten Frühstück und schickte Prof. Kollberg eine Handynachricht mit der Frage, ob und wann wir im Laufe des Tages noch einmal telefonieren könnten. Ich hatte kaum auf Senden gedrückt, als mein Handy zu brummen und jubeln begann.

»Morgen, Herr Gerlach!«, rief der Professor aufgeräumt. »Was darf ich heute zur Mörderjagd beitragen?«

Kollberg war ein wenig außer Atem, da er gerade den um diese Uhrzeit noch weitgehend menschenleeren Strand entlang joggte. Windgeräusche machten die Verständigung manchmal schwierig. Wann war ich eigentlich das letzte Mal joggen gewesen?

»Es geht noch mal um Ihre Untermieter«, sagte ich. »Wie ich befürchtet habe, sind die drei ausgeflogen, unter Zuhilfenahme Ihres Wagens übrigens …«

»Na, die sind ja lustig. Klauen einfach mein Auto.« Er klang nicht, als fände er diesen Umstand sonderlich aufregend. »Aber ich verstehe nicht, vor wem sind sie eigentlich auf der Flucht?«

»Dazu möchte ich im Moment noch nichts sagen. Jedenfalls habe ich gute Gründe, die drei wieder einzufangen. Aber dazu muss ich sie natürlich erst mal finden. Deshalb wollte ich noch mal mit Ihnen reden. Haben Sie eine Idee, wo sie sich verstecken würden? Sie kennen die Leute tausendmal besser als ich …«

»Na ja, kennen …«

»Alles, was Sie wissen, kann wichtig sein. Ich hoffe, Sie haben ein bisschen Zeit.«

»Zeit habe ich in Hülle und Fülle. Können Sie sich vorstellen, dass dies der erste Urlaub seit neun Jahren für mich ist? Und den mache ich auch nur, weil meine Lebensgefährtin mich praktisch mit Waffengewalt zu meinem Glück gezwungen hat. By the way: Ist das eigentlich ein justiziabler Akt, jemanden zu seinem Glück zu zwingen?«

Trotz der unerfreulichen Umstände musste ich lachen. »Das hängt vermutlich von den Umständen ab. Und von der Art der angewendeten Gewalt.«

»Ich setze mich mal hier in den Sand, Füße ins Wasser, so. Soll ich Ihnen ein Selfie schicken? Mit Meer im Hintergrund?«

»Lieber nicht, danke. Ich beneide Sie auch so schon heftig genug.«

»Also, wo fange ich an? Anatol …«

»Mich interessieren vor allem die Kinder.«

»Ach so, natürlich. Dann fange ich mit Alena an. Ein ungemein hübsches, aufgewecktes Mädchen. Quirlig, lebenslustig, das genaue Gegenteil von Milena, ihrer älteren Schwester. Alena habe ich eigentlich immer nur in Jeans gesehen. Hin und wieder hat es Geschrei gegeben, weil sie partout kein Kopftuch tragen wollte.«

»Das hat ihrem Vater nicht gepasst?«

»Anatol waren solche Sachen völlig egal. Der wollte in Ruhe seine Schachpartien durchziehen, dann war er glücklich. Milena war es, die versucht hat, im heidnischen Westen zwischen lauter Ungläubigen eine streng religiöse Familie aufrechtzuerhalten. Alena hat ihr aber zünftig Kontra gegeben. Sergei, der Zweitjüngste, hat seine Ohren einfach auf Durchzug gestellt, wenn Milena an ihm rumgemeckert hat, Ilja dagegen hat anfangs oft mit ihr gestritten, später dann nicht mehr so. Untereinander haben sie natürlich Tschetschenisch gesprochen, aber manchmal, wenn ich oben auf der Terrasse saß, habe ich doch das eine oder andere verstanden.«

Milena hatte er immer nur im schwarzen Tschador und

mit akkurat gebundenem Kopftuch, manchmal sogar in einer Burka gesehen, die auch das Gesicht verhüllte.

»Ich habe in der Tat gar keine Vorstellung, wie sie eigentlich aussieht, wird mir gerade bewusst.«

Alena dagegen hatte er öfter gesehen, immer westlich gekleidet und ohne Kopftuch.

»In den letzten Wochen hat sie oft draußen gesessen, Deutsch gelernt und englische Liedchen geträllert. Ich denke, sie wollte hierbleiben und einen Beruf erlernen, vielleicht studieren.«

»Was können Sie zu Sergei sagen?«

»So gut wie gar nichts. Wenn ich ihn mal gesehen habe, dann immer mit seinem Smartphone in der Hand. Hat wohl mit irgendwelchen Leuten gechattet. Vielleicht mit alten Freunden oder Freundinnen in Grosny.«

»Dabei fällt mir ein, kennen Sie die Handynummern der jungen Leute?«

»Die von Anatol habe ich natürlich, sonst keine. Mit den Kids hatte ich ja praktisch keinen Kontakt.«

»Die Person, die mich im Moment am meisten interessiert, ist Ilja.«

»Er ist mit Abstand der Agilste und Aktivste der vier«, sagte Kollberg. »Und der Klügste außerdem. Der Junge wird es mal zu was bringen. Oft ist er morgens weggefahren, auf seinem koreanischen Roller, und erst abends zwischen sechs und sieben wieder heimgekommen.«

»Das klingt, als würde er irgendeiner Arbeit nachgehen. Jemand muss ja das Geld zum Leben verdienen.«

»So habe ich mir das auch gedacht. Sie wissen, dass er studiert, wenn nicht gerade Semesterferien sind? Medizin in München?«

»Falls er wirklich irgendwo gearbeitet hat – hätten Sie eine Idee, wo?«

Während ich sprach, machte ich mir eine Notiz: *Ilja Job?*

»Negativ«, sagte der Professor. »Leider. Anatol hat mal zu mir gesagt, Ilja sei sehr fleißig und zielstrebig. Auf den Jungen war er mächtig stolz, das hat man gemerkt.«

»Wie stand der Vater zu den anderen Kindern?«

»Alena hat ihm Sorgen gemacht. Die war schwer zu bändigen, wollte raus aus dieser spaßfeindlichen Kultur, weg von ihrer fanatischen Schwester. Auf der anderen Seite hatte sie natürlich keine Chance, ihren Clan zu verlassen, solange sie kein Geld verdiente. Kein Geld verdienen konnte, weil sie das Haus nicht verlassen durfte.«

»Oder einen Mann kennenlernt, der sie ernährt.«

»Was auch schwer möglich ist, wenn man nicht mal die Straße betreten darf.«

»In welcher Sprache haben Sie sich mit Ihrem Freund unterhalten?«

»Englisch. Als Wissenschaftler muss man Englisch können, auch als Russe oder Tschetschene, sonst ist man weg vom Fenster. Wenn Sie nicht regelmäßig auf internationalen Tagungen vortragen, dann nimmt Sie kein Mensch zur Kenntnis.«

Dann hatte Alenas Vater mich also sehr wohl verstanden, als ich ihn auf Englisch ansprach. Vermutlich war er zu geschockt gewesen, um mir zu antworten. Um auch nur zu begreifen, was ich von ihm wollte.

»Sie kennen nicht zufällig die Adresse in München, wo Ilja wohnt? Oder gewohnt hat?«

Kollberg verneinte. »Sie denken jetzt hoffentlich nicht an eine Islamisten-WG?«, fragte er belustigt.

»Weiß man's?«

Ich machte mir eine Notiz: *München Meldeamt.*

»Haben Sie mal irgendwas aufgeschnappt in diesem Zusammenhang? Etwas, das er erlebt hat? Merkwürdige Leute, von denen er erzählt hat? Wenn er hier studiert, dann spricht er ja wohl Deutsch.«

»Ilja hat mir nie irgendwas erzählt. Und wenn er seinen Leuten was erzählt hat, dann natürlich nicht auf Deutsch.«

Allmählich klang Kollberg ein wenig genervt. Aber ein guter Ermittler ist eine Zecke, hatte einmal jemand gesagt. Er beißt sich fest und lässt lange nicht locker.

»Fällt Ihnen sonst noch etwas zu Ilja ein? Wie ist es mit Freunden? Freundinnen? Er ist ein hübscher Junge, habe ich gehört ...«

»Am Wochenende war er regelmäßig auf Tour. Oft habe ich die Vespa erst am frühen Sonntagmorgen wieder gehört. Und jedes Mal hat er prompt einen schweren Anschiss von Milena kassiert. Aber mit der Zeit hat Ilja ihr Gekeife wohl einfach nicht mehr zur Kenntnis genommen.«

Der Professor lachte unbekümmert, nahm das Handy vom Ohr und sprach liebevoll mit jemandem in amerikanisch gefärbtem Englisch. Offenbar war Darling inzwischen aufgestanden und hatte ihn aufgespürt.

»Sorry«, sagte er dann zu mir. »Meine Lebensabschnittsgefährtin meldet gewisse Ansprüche an meine Person an.«

»Wir waren bei Ilja.«

»Tja, was kann ich sonst noch über ihn sagen? Nichts eigentlich.«

»Meines Wissens ist er vierundzwanzig.«

»Aussehen tut er immer noch wie ein Lausbub. Ah, vielleicht das noch: Oft ist er nach dem Abendessen, das für Tschetschenen anscheinend die Hauptmahlzeit ist, noch mal weggefahren.«

»Also doch eine Freundin?«

»Da hat's immer sehr lecker geduftet. Gekocht hat Milena und ... Was wollte ich jetzt eigentlich sagen?«

»Die eventuelle Freundin ...«

»Richtig. Abends ist er öfter noch mal weggefahren auf seiner Knatterbüchse. Und meistens hab ich längst im Bett gelegen, wenn er wieder heimkam. Muss aber nicht unbedingt eine Freundin bedeuten. Vielleicht hatte er Freunde gefunden, eine Clique ...«

Ich hörte Darling quieken und kichern. Der Professor klang zunehmend unkonzentriert, und plötzlich brach das Gespräch ab.

Ich streckte die Beine von mir und nahm einen großen Schluck von meinem schon ein wenig abgekühlten Cappuccino. Dann erhob ich mich, um im Kühlschrank nach Essbarem zu suchen. Hatte ich gestern etwas zu Abend gegesse? Das konnte, das durfte so nicht mehr lange weitergehen. Ich fand noch einen Zipfel französische Salami und zwei Scheiben schon ein wenig angetrocknetes Bauernbrot. Während ich kaute, schrieb ich Theresa eine launige Guten-Morgen-Nachricht und versprach, sie am Abend zu besuchen, um mich von ihr nicht nur kulinarisch verwöhnen zu lassen. Theresa hatte einen Kochkurs besucht, hatte sie mir erzählt: »Französische Küche für Dummies« oder so ähnlich.

Mit vierundzwanzig Jahren hockte man nicht jeden Abend vor dem Fernseher, überlegte ich.

Kollberg würde sich melden, sollte ihm noch etwas zu Ilja einfallen. Die besten Gedanken kommen einem ja meist, wenn man überhaupt nicht an das Problem denkt, das man lösen möchte. Unser Gedächtnis ist eine eigensinnige, oft unkooperative Einrichtung, die am liebsten nach ihren eignen Regeln spielt.

Mein nächster Anruf galt dem Polizeipräsidium München.

»Ilja Kustodijew«, wiederholte die Kollegin, an die mich die Telefonzentrale weitergereicht hatte. »Ja, so einen hab ich hier.«

Sie nannte mir eine Adresse in Garching, einem Vorort im Norden der großen Stadt.

»Scheint a WG zu sein. Die ham normalerweise keine Festnetznummern.«

Ich bat sie, mich mit meinem Kollegen zu verbinden, Kriminaldirektor Ernst Kocak, Chef der Münchner Kriminalpolizei. Einige Zeit durfte ich mir Telefongedudel anhören, bevor Kocak abnahm.

»Herr Gerlach!«, dröhnte er fröhlich. »Schön, von Ihnen zu hören.«

Angeblich hatten wir uns vorletztes Jahr bei einem Seminar in Hamburg kennengelernt, woran ich allerdings keine Erinnerung mehr hatte.

»Mordverdacht?«, wiederholte er beunruhigt. »Dann ist der Knabe gefährlich?«

»Das glaube ich eigentlich nicht. Aber ausschließen kann ich natürlich nichts. Er ist Tschetschene und ...«

»Sind das nicht alles Muslime? Mit den Leuten ist nicht zu spaßen. Was schlagen Sie vor?«

»Möglicherweise hält er sich mit seinen zwei Geschwistern zusammen in der WG versteckt. Da stehen jetzt in den Ferien oft Zimmer leer ...«

»Da müsste er aber schön blöd sein. Er kann sich an zwei Fingern ausrechnen, dass wir dort als Erstes nach ihm suchen werden.«

»Sehe ich genauso. Aber Sie kennen das Spiel. Wir müssen jeder Fährte nachschnüffeln.«

»Wissen Sie, was? Ich schicke erst mal eine Kollegin in Zivil hin, die unter irgendeinem Vorwand versucht, in die Wohnung zu kommen. Vielleicht muss sie im Auftrag der Hausverwaltung die Fenster überprüfen oder den Zustand der Wasserhähne, so was in der Art.«

Er versprach, mich auf dem Laufenden zu halten.

Nach dem Telefonat blieb ich noch ein Weilchen sitzen, überlegte, dass nicht nur Kollberg von einer Frau begehrt wurde. Was, wenn ich mir den Vormittag einfach freigab,

Theresa mit einem Überraschungsbesuch beglückte, mich zu ihr in ihr sicherlich noch warmes Bett kuschelte und den Dingen einfach ihren natürlichen Lauf ließ? Später könnten wir in ihrem Garten, im Schatten eines Baums, zusammen frühstücken. Und uns anschließend noch einmal ein wenig hinlegen und den Vormittag vertrödeln.

Viertel vor neun, sagte die Küchenuhr. Zeit, sich die Flausen aus dem Kopf zu schlagen. Heute Abend würden wir uns sehen. Und es würde mir ganz unwichtig sein, was es zu essen gab. Hauptsache, Theresa war da. Hauptsache, wir waren wieder zusammen.

Seufzend schob ich den Stuhl zurück und stemmte mich hoch.

33

Das nächtliche Unwetter hatte endlich die ersehnte Abkühlung gebracht. Trotz der unruhigen Nacht fühlte ich mich erstaunlich frisch und unternehmungslustig, als ich ins Freie trat und mich auf mein Rad schwang.

Vor meiner Bürotür erwarteten mich Laila und Balke. Letzterer begrüßte mich mit seinem üblichen »Moin, Chef«. Laila hielt ein DIN-A4-Blatt voller handschriftlicher Notizen in der Hand. Im ersten Moment fürchtete ich, es könnte schon wieder etwas Schlimmes passiert sein. Aber dann entdeckte ich das triumphierende Glitzern in ihren Augen.

»Sven hat die Idee gehabt«, sprudelte sie los, als wir hintereinander mein Büro betraten. »Wenn dieser Ilja in München studiert, dann muss er da ja irgendwo wohnen ...«

»Wird gerade von den dortigen Kollegen überprüft.«

»Ach so.« Enttäuscht ließ sie ihren Zettel sinken. Um ihn gleich wieder hoch zu nehmen. »Aber er kennt da bestimmt Leute, bei denen er und seine Geschwister unterkriechen können.«

»Jetzt, in den Semesterferien, stehen bestimmt massenhaft Zimmer oder Apartments leer«, ergänzte Balke.

Wir setzten uns an meinen Schreibtisch, und ich bat Klara Vangelis telefonisch dazu. Ein Brainstorming mit meinen besten Mitarbeitern war jetzt genau das Richtige. Nachdem wir komplett waren und alle mit Kaffee versorgt, machte ich den Anfang.

»Ich habe die halbe Nacht darüber nachgedacht. Anfangs dachte ich, sie sind bestimmt ins Ausland gefahren, Richtung Osten wahrscheinlich.«

Balke grinste. »Drei muslimisch aussehende junge Leute in einem Auto, das ihnen nicht gehört?«

»Sie könnten den Mercedes irgendwo abgestellt und den Zug genommen haben«, schlug Laila vor.

»Hätten sie genug Geld für die Fahrkarten?«, warf Vangelis ein. »Und auch in den Zügen wird in letzter Zeit wieder strenger kontrolliert.«

Vangelis wollte noch etwas hinzufügen, aber ich hob die Hand, nahm das Handy vom Tisch und wählte die Nummer von Prof. Kollberg.

»Geld?«, schrie er, denn um ihn herum herrschte ein enormer Trubel, Geschrei, Gerumpel, Geschepper und Geklapper, dazwischen Verkehrslärm. Vielleicht befand er sich auf einer belebten Uferpromenade oder einem Basar. »Eher nicht. Das Problem war ja, dass Anatol sein Vermögen nicht aus Russland herausgekriegt hat. Das war schwer auszuhalten für ihn, vermögend zu sein und sich gleichzeitig als Bettler fühlen zu müssen. Immer wieder hat er mir versichert, er werde alles bis auf den letzten Cent bezahlen, die Miete und das, was ich ihm hin und wieder zugesteckt habe. Wenn sie mal wieder klamm waren, hab ich Anatol manchmal einen Hunderter in die Hand gedrückt.«

»Sie haben kein Geld«, sagte ich, als ich das Handy wieder auf den Schreibtisch legte.

»Damit scheiden Zug und Hotel schon mal aus«, meinte Laila.

»Ein Auto braucht Benzin«, warf Balke ein. »Ohne Geld kommst du nirgendwohin.«

»Aber wo könnten sie sonst stecken?«, fragte Laila ungeduldig.

»Sie brauchen vor allem ein Dach über dem Kopf«, überlegte ich. »Sie brauchen hin und wieder was zu essen. Vielleicht haben sie sich irgendwo versteckt, um in Ruhe abzuwarten, bis der Trubel sich gelegt hat. Und in der Zwischenzeit planen sie ihre Weiterreise.«

So spekulierten wir noch ein Weilchen hin und her, ohne recht voranzukommen. Die zündende Idee wollte sich nicht einstellen, und ich ärgerte mich mehr und mehr, weil ich meinem Impuls, Theresa zu besuchen, nicht nachgegeben hatte. Was sollte dieses ewige Pflichtbewusstsein, die ungezählten Überstunden, unbezahlt natürlich – wem half das alles? Boerne? Gewiss nicht. Den drei Tschetschenen ebenso wenig, die jetzt vielleicht irgendwo herumirrten und keinen Ausweg aus der selbst gestellten Falle fanden. Kollbergs Wagen und seine Insassen waren seit gestern Abend zur Fahndung ausgeschrieben, bislang leider ohne jeden Erfolg.

Den Tag über landeten immer wieder Meldungen auf meinem Tisch, der schwarze Mercedes sei hier oder da gesichtet worden. In Kerpen, bei Braunschweig, sogar in Garching. Verschleierte Frauen und junge Männer mit dunklen Vollbärten wurden in Kompaniestärke gemeldet. Aber immer wieder waren es Fehlalarme.

Um kurz vor 17 Uhr geschah dann das, worauf ich seit dem Morgen gehofft hatte. Mein Festnetztelefon läutete.

»Schreiner hier«, meldete sich eine heisere Männerstimme. »Mir habet uns vorgeschtern gesprochen. Ich bin der Nachbar vom Professor Kollberg.«

»Ich erinnere mich.«

»Genau. Und Sie habet doch gsagt, ich soll mich melde, wenn ebbes ischt.«

Das schien nun der Fall zu sein. Es war etwas.

»Hier steht ein hübschs Mädle. Scho e ganze Weile schleicht sie hier herum und guckt zum Haus vom Professor nauf. Sie heißt Ramona und ischt ganz traurig. Sucht nach einem Ilja. Könnet Sie dademit ebbes anfange?«

»Halten Sie sie fest. Spendieren Sie ihr einen Kaffee oder eine Cola, und lassen Sie sie auf keinen Fall weggehen. Ich bin in einer Viertelstunde bei Ihnen.«

Es dauerte dann trotz Blaulichtfahrt doch achtzehn Minuten, bis Vangelis vor dem Haus des aufmerksamen Herrn Schreiner die Handbremse zog.

Ramona war ein blondes Mädchen von achtzehn Jahren mit einem hübschen runden Gesicht und großen Kinderaugen, die ständig ungläubig herumguckten.

»Hallo, Ramona«, sagte Vangelis freundlich und setzte sich dem Mädchen gegenüber. »Ich bin Polizistin, und der Mann da, das ist Herr Gerlach, mein Chef.«

Ramona nickte mit fragendem Blick. Wir saßen auf Herrn Schreiners Terrasse im Schatten eines ausladenden tannengrünen Sonnenschirms. Unsere Zeugin, auf deren Auftauchen ich so sehnlich gewartet hatte, trug ein kurzes Sommerkleidchen aus einem fast durchsichtigen Stoff. Dem Hausherrn, der mit am Tisch saß, bereitete es sichtlich Probleme, seinen Blick von Ramonas üppigen Brüsten zu lösen.

»Was ist mit Ilja?«, wollte sie mit dünner Stimme wissen. »Er lässt überhaupt nichts mehr von sich hören. Ich versteh das nicht. Ist ihm was passiert?«

»Wir glauben nicht, dass ihm was passiert ist«, sagte Vangelis ruhig. »Aber wir wissen leider auch nicht, wo er zurzeit steckt.«

»Er wohnt aber doch da drüben, oder?«

»Nicht mehr. Er und seine zwei Geschwister sind weggefahren, und wir haben leider keinen Dunst, wohin.«

Ramonas Blick wurde noch mutloser. »Ach so«, murmelte sie und sah auf die würfelförmige schwarze Handtasche, die auf ihrem Schoß lag.

»Woher kennst du Ilja denn?«

»Aus dem *Nirvana*. Da bin ich am Samstag manchmal,

und da haben wir uns kennengelernt. Sie sind von der Kriminalpolizei, hab ich das richtig verstanden?«

Ich reichte ihr meinen Dienstausweis, den sie aufmerksam betrachtete. Der Schirm flatterte im Wind. Ramona gab mir das Kärtchen zurück.

»Aber die Kriminalpolizei ist doch dazu da, Verbrecher zu fangen. Dann hat Ilja also doch was angestellt? Was Schlimmes?«

»Wir wollen ihm nur ein paar Fragen stellen«, behauptete ich und fühlte mich ziemlich schäbig dabei. Aber wem wäre geholfen, wenn wir Ramona die bittere Wahrheit präsentierten?

»Und im *Nirvana* hast du dich also in ihn verliebt«, sagte Vangelis, um wieder zum Thema zu kommen.

Ramonas Blick wurde noch kläglicher. Sie spürte vermutlich, dass hier etwas faul war. Oberfaul.

»Er ist so ein Lieber. Es war schon am ersten Abend so ... Ich weiß gar nicht ... hab so was noch nie erlebt. Ich hab ihn gesehen, und zack, weg war ich. Und ihm ist's genauso gegangen. Wir sind beide so ... so glücklich gewesen. Er hat mir einen Drink spendiert und später noch einen, und wir haben ganz viel getanzt, und als ich nicht mehr konnt, da hat er mich auf seinem Roller heimgefahren, und wir haben uns geküsst, und dann konnt ich die ganze Nacht nicht schlafen vor Aufregung.«

Die beiden hatten sich für den nächsten Samstag verabredet. Ramona hatte kaum etwas gegessen, sich im Unterricht auf nichts mehr konzentrieren können, einen Mathetest verhauen, drei Kilo abgenommen und die Stunden gezählt, bis sie ihren Ilja wiedersehen würde.

»Ich hab sooo gehofft, dass er auch wirklich kommt. Dass er mich nicht auch wieder ghostet, wie es die Typen ja so gern machen.«

»Aber ist er gekommen?«

Ramona nickte ungefähr zehn Mal in rascher Folge.

Vangelis veränderte ihre Sitzposition und wurde ernst. »Sag mal, Ramona, wir haben gehört, dass Ilja gejobbt hat. Stimmt das?«

»Ja, ich weiß aber nicht, was und wo. Ich weiß nur, dass es eine schwere Arbeit war und voll mies bezahlt. Oft hat ihm am Abend alles wehgetan, und manchmal ist er sogar eingepennt, wenn wir zusammen waren.«

»Du hast nicht mal eine Ahnung, wo diese Arbeit sein könnte? Hat er nicht mal was erzählt? Irgendwas? Eine kleine Bemerkung am Rande könnte uns vielleicht schon weiterhelfen.«

Ich begann zu ahnen, worauf sie mit ihren Fragen hinauswollte. Und ich begann zu hoffen, dass dieses Gespräch der Wendepunkt sein könnte. Der Punkt, nach dem nichts mehr so war wie zuvor.

Ramona schüttelte jedoch nur traurig ihren Wuschelkopf. »Oft hat er über einen Kollegen geschimpft, so einen Skinhead, der ihn dauernd hänselt und ärgert, weil er kein Deutscher ist, also Ilja. Aber seit zwei, drei Wochen ist Ilja nicht mehr hingefahren. Da ist er dann an den Abenden auch nicht mehr um halb neun eingepennt.«

»Seit wann seid ihr eigentlich zusammen, ihr zwei?«

»So um Pfingsten rum haben wir uns getroffen. Genau weiß ich's nicht mehr. Soll ich im Handy nachgucken?«

»So wichtig ist es auch nicht. Dann kennt ihr euch aber schon ganz schön lange.«

»Ja, das stimmt«, bestätigte die junge Frau mit mattem Stolz.

»Ist toll, wenn man zum ersten Mal so richtig verliebt ist, nicht wahr?«

Ramona wurde eine Spur größer in ihrem Sessel, als sie sagte: »Wir haben sogar schon überlegt, ob wir heiraten sollen. Und wie wir dann leben würden und alles. Es ist so ... so, so schön, wissen Sie? Es ist wie im Himmel. Ich denke immer, es kann gar nichts Schöneres geben. Und jetzt ist er auf einmal weg. Hat das damit zu tun, dass Sie ihn suchen?«

»Ja«, gab Vangelis zu. »Aber du musst dir keine Sorgen machen, Ramona, wirklich nicht.«

»Okay ...« Ramona machte sich inzwischen sehr wohl Sorgen. Sie fühlte, sie wusste, dass es schlimm stand um ihren Märchenprinzen.

Allmählich gingen Vangelis die Fragen aus, und mir fiel im Moment auch nichts mehr ein, was mich noch interessiert hätte.

Doch, vielleicht dieser eine Punkt noch, die typische Vaterfrage: »Wovon wollt ihr denn leben, wenn ihr verheiratet seid?«

Bei Zeugenvernehmungen kommt es darauf an, das Gehirn der befragten Person beschäftigt zu halten. Durch immer neue Wendungen und später auch Wiederholungen die Erinnerungen herauszukitzeln, die deinem Gegenüber unter normalen Umständen niemals eingefallen wären.

Ramona lächelte verzagt. »Ilja kann ein bisschen kochen. Er meint, von zwei, drei Euro am Tag könnten wir leben. Und er weiß sogar einen Ort, wo wir fürs Erste umsonst wohnen könnten.«

»Wo?«, fragte ich sofort. Aber Ramona wusste keine Antwort.

»Ich bin mir nicht mal sicher, ob er das ernst gemeint hat. Aber ich, ich meine es ernst. Ich kann nicht mehr leben ohne ihn. Ich sterbe, wenn ich ihn nicht bei mir hab.«

»Hat er öfter mal ein bisschen geflunkert?«, fragte Vangelis.

»Nö, eigentlich nie. Er ist kein Angeber, und er lügt auch

nicht. Nur in einem Punkt glaub ich ihm nicht. Er behauptet, er würd in München Medizin studieren und will Arzt werden.«

»Das hast du ihm nicht geglaubt?«

Energisches Kopfschütteln.

»Es stimmt aber«, sagte Vangelis, während wir uns erhoben. »Ilja studiert wirklich Medizin.«

Vangelis hatte unseren Wagen bereits gewendet, da sagte ich: »Stopp! Ich will noch kurz was überprüfen.«

Ich zückte den kleinen Bund, den ich seit gestern Abend noch in der Hosentasche trug, fand den Schlüssel zu Prof. Kollbergs Garage, riss das erschrocken quiekende Tor hoch, und tatsächlich: Da stand der schwarze Mercedes, soweit ich sehen konnte, unversehrt. Was jetzt fehlte, war der kleine Motorroller. Was hatte das nun wieder zu bedeuten? Auf jeden Fall bedeutete es, dass die drei Gesuchten sich noch in der Nähe aufhielten. Auf einem kleinen Motorroller fährt man keine tausend Kilometer.

Nachdenklich schloss ich das Tor wieder, ging zum Wagen zurück, wollte gerade einsteigen, als ich Herrn Schreiner rufen hörte: »Stopp! Moment noch, Herr Gerlach.«

Er kam näher. »Unserer kleinen Ramona ist nämlich doch noch was eingefallen ...«

Zwei Minuten später betraten wir sein Haus am Panoramaweg mit der unbezahlbaren Aussicht auf das Rheintal und die Pfälzer Berge zum zweiten Mal.

»Ja, also«, sprudelte Ramona aufgeregt los. »Hab nicht gedacht, dass es wichtig sein könnt, aber der Herr Schreiner hat gemeint, alles könnt wichtig sein, und ich muss es Ihnen unbedingt erzählen.«

Der glatzköpfige Kollege, der Ilja ständig beleidigte und schikanierte, hatte es sich zur Gewohnheit gemacht, von seinem und Iljas Arbeitsplatz zu einem nahe gelegenen Supermarkt zu laufen, um dort Zigaretten zu besorgen oder Bier oder Wurstbrötchen mit Gurkenscheiben.

»Das Blöde ist, dass der Edeka auf der anderen Seite von der Autobahn ist. Wenn er den richtigen Weg über die Brücke nehmen würd, dann wär's zwei, drei Kilometer weiter, und drum rennt der Depp einfach über die Autobahn, obwohl das doch total verboten ist. Und einmal, es ist schon ein paar Wochen her, da ist er fast von einem Porsche überfahren worden.«

»Und weiter?«

»Nichts weiter, wieso?«

Ramona wirkte ein wenig geknickt, weil uns ihre Neuigkeit nicht in Verzückung versetzte.

»Das ist gut, Ramona«, sagte ich langsam, während mir klar wurde, dass dieser Beinahe-Unfall uns mit ein wenig Glück tatsächlich zu Iljas früherem Arbeitsplatz führen könnte. »Das ist vielleicht sogar sehr gut.«

»Wenn Sie ihn finden, sagen Sie ihm, er soll sich bei mir melden, ja? Bitte!«

»Das werden wir tun«, versprach Vangelis. »Ganz großes Polizistinnenehrenwort.«

Ramona lächelte sie dankbar an.

Als wir die Polizeidirektion erreichten, hatte ich gerade einen Polizeiobermeister Overath vom Revier Schwetzingen am Handy.

»Ja, das passt«, bestätigte er gemütlich. »Am 18. Juni ist das gewesen, am späten Nachmittag. Ich hab die Anzeige selber aufgenommen. So ein Großschwätzer ist er gewesen, der Herr Porschefahrer. Protzhandy, Mordsklappe, Fischkopf ... äh ... will sagen, Norddeutscher. Und dem ist angeblich auf der A 535 irgendein Vollpfosten um ein Haar ins Auto gelaufen. Beschreibung passt auch: Glatze, wahrscheinlich Springerstiefel, Schlägertyp. Ich hab den Herrn Porschefahrer dann gefragt, was ich denn jetzt machen soll. Und da hat er allen Ernstes gemeint, den Typ zur Fahndung ausschreiben und wegen Verkehrsgefährdung vor Gericht bringen. Da hab ich gesagt, das mach ich gern, und da ist er zufrieden gewesen und abgezogen. Diese Leute haben manchmal Vorstellungen ...«

Die Autobahn A 535 verlief auf der Gemarkungsgrenze zwischen Schwetzingen und Plankstadt, wo der Supermarkt lag. Neben der Autobahn trennte auch noch eine Eisenbahnlinie die beiden Orte.

»Wie sieht's auf der anderen Seite von der Autobahn aus? Was ist da?«

»Nichts Besonderes. Direkt gegenüber vom Edeka sind eine Spedition und ein großes Fitnesscenter. Zweihundert Meter weiter südlich steht so eine vergammelte Industrieruine. Soweit ich weiß, steht die Stadt dem Besitzer auf den Füßen, dass er die Bude entweder abreißt oder instand setzt ... Moment ...«

Ich hörte eine energische Frauenstimme sprechen.

»Ich geb Ihnen mal die Chefin«, sagte mein Gesprächspartner leicht genervt. »Die weiß anscheinend mehr als ich.«

»Maibach hier«, stellte die Frau sich vor. »Oberkommissarin seit zwei Wochen. Also, mit der Halle, da ist der Kollege nicht ganz auf Stand. Das Anwesen hat ein Geschäftsmann aus Stuttgart gekauft, um eine Großdisco draus zu machen. Wäre für Plankstadt ein ordentlicher Imagegewinn, und die Lage wäre ideal. Links die Autobahn, rechts die Eisenbahn, jede Menge Parkfläche, und vor allem weit weg von irgendwelchen Anwohnern, die sich belästigt fühlen könnten.«

Seit Mai wurde die Halle nun zunächst geleert, wusste die Kollegin zu berichten. Schrottreife Maschinen waren zu demontieren und abzutransportieren, Maschinenfundamente aus Stahlbeton zu zertrümmern und so weiter.

»Das scheint aber keine Firma zu machen, sondern ein Trupp von Hilfskräften. Wir sind immer mal wieder vorbeigefahren, und dann ist jedes Mal fast die Panik ausgebrochen.«

»Haben Sie Kontrollen durchgeführt?«

»War nicht unser Job, sorry. Dafür ist der Zoll zuständig. Wir wollen denen ja auch keinen Ärger machen. Wenn da wirklich so eine Megadisco hinkommt, dann ist doch allen geholfen. So was bringt Steuergelder, unser Städtchen wird vielleicht sogar überregional bekannt. Wieso sollen wir dann die armen Teufel arbeitslos machen, die da wahrscheinlich für einen Hungerlohn schuften und froh sind, dass sie überhaupt einen Job haben.«

Seit einigen Wochen schienen die Arbeiten nun jedoch zu ruhen.

»Ich hab was läuten gehört, der tolle Stuttgarter Geschäftsmann sei bankrott und hätt sich nach Singapur abgesetzt.«

Während ich der frischgebackenen Oberkommissarin lauschte, entstand in meinem Kopf ein Bild. Eine große Halle, vermutlich auch einige Büroräume, wie jede Firma sie brauchte. Für die Abbrucharbeiten wurde Strom benötigt und Wasser. Vermutlich gab es Toiletten und vielleicht auch eine Teeküche mit Kühlschrank und Wasserkocher. Dazu noch drei Luftmatratzen, und fertig wäre das perfekte Versteck. Wo, wie Ilja seiner Ramona erklärt hatte, man ein Weilchen ganz umsonst wohnen könnte.

34

»Darf ich die Braut auch küssen?«, fragte Tim Kurtz aufgekratzt. »Wir müssen ja schließlich eine überzeugende Show abliefern.«

»Den Punkt klären Sie bitte mit der Braut direkt«, erwiderte ich mit mattem Grinsen.

Obwohl wir bislang noch nicht einmal wussten, ob die drei Gesuchten sich wirklich in der imposanten Industrieruine versteckten, die sich einige zehn Meter von uns entfernt erstreckte, hatte ich darauf bestanden, dass Tim und Laila ihre Dienstwaffen einsteckten, bevor sie ihren Erkundungsgang antraten. Die beiden würden ein Liebespaar spielen, herumalbern und Selfies schießen, bei denen es uns vor allem auf das ankam, was im Hintergrund zu sehen sein würde.

Der Rest meiner kleinen Streitmacht hielt sich im Schatten des riesigen schuhkartonförmigen Betongebäudes auf, in dem sich die Spedition und das Fitnessstudio befanden. Neben einem siebensitzigen Bus langweilten sich Kollegen von der Bereitschaftspolizei, die ich sicherheitshalber als Verstärkung angefordert hatte. Neben mir stand Sven Balke mit den Händen in den Taschen seiner Jeans. Unsere Hospitantin Klara Vangelis hatte ich nicht mitgenommen, da es hier unter Umständen gefährlich werden konnte.

Die Sonne war vor wenigen Minuten hinter dem dunstigen Horizont verschwunden, aber noch immer herrschte die brütende, jetzt auch noch feuchte Hitze des zu Ende gehenden Tages. Das Gewitter in der vergangenen Nacht hatte leider nur vorübergehende Erfrischung gebracht.

Bei der Spedition herrschte kaum noch Betrieb. Nur selten kurvten noch schwere Lkws auf den Hof, die heute jedoch nicht mehr entladen werden würden. Im Fitnessstudio dagegen war feierabendliche Hochkonjunktur. Überwiegend junges, schick gestyltes Publikum fuhr in gepflegten Fahrzeugen vor. Viele Cabrios sah ich, getunte BMWs oder VWs.

Ich beobachtete, wie Tim und Laila schäkernd und immer wieder kurz Körperkontakt suchend davonspazierten, rechts abbogen, bald außer Sicht waren. Sie spielten ihre Rolle recht überzeugend, und mir wurde bewusst, dass ich Sehnsucht nach Theresa hatte. Sobald dies hier zu Ende war, musste ich mich unbedingt wieder mehr um sie kümmern. Hoffentlich vergaßen Tim und Laila beim Theaterspielen nicht, dass sie nicht zum Vergnügen hier waren.

Mein Handy schlug Alarm. »Videoanruf T Kurtz«, stand auf dem Display. Tims Lausbubengesicht grinste mir entgegen.

»So, da wären wir«, sagte er in normaler Lautstärke. »Diese Halle ist echt mega riesig. Ich zeig sie Ihnen mal.«

Er drehte das Handy um und schwenkte die Kamera ein wenig hin und her.

»Wir sind jetzt an der nordwestlichen Ecke, und ... Ah, da ist noch ein kleineres Gebäude. Vielleicht war da früher die Verwaltung drin?«

»Möglich ist alles«, sagte ich, da er offenbar eine Antwort von mir erwartete.

»Ein paar Scheiben sind eingeschlagen. Ansonsten liegt aber erstaunlich wenig Müll rum.«

»Sehen Sie frische Reifenspuren? Die vielleicht zur Halle führen?«

»Negativ. Hier ist alles asphaltiert.«

»Denken Sie daran, dass Sie vermutlich beobachtet werden«, ermahnte ich ihn.

»Ich tue so, als würd ich Fotos machen. Und ansonsten denken wir natürlich an nichts anderes als an unseren Auftrag, nicht wahr, mein Schatz?«

»Aber ja, mein Held«, erwiderte Laila in übertrieben schwärmerischem Ton.

Ein Zug rauschte vorbei. Dann hörte ich für einige Zeit nur die Schritte der beiden. Kurz darauf noch ein Zug, ein Güterzug diesmal. Laila und Tim tuschelten und kicherten. Plötzlich wurden sie wieder dienstlich.

»Hier an der Südseite des kleineren Gebäudes gibt es einen Anbau mit großen Fenstern im ersten Stock. Da könnten Büros drin gewesen sein. Wenn dieser Riesenschuppen wirklich eine Disco werden soll, dann wird die weltrekordmäßig. Mit tausend Leuten ist die immer noch nicht voll.«

Wieder erklang ein Kichern, es folgte ein schmatzender Kuss. Die beiden schienen in ihren Rollen aufzugehen.

Ich überlegte, dass ich mir den morgigen Tag freigeben könnte. Sollten wir die drei Tschetschenen in Kürze festnehmen können und am späteren Abend vielleicht auch schon ein erstes Geständnis erzielen, dann hätte alles andere Zeit bis übermorgen. Aber wieso überhaupt dienstfrei? Ich war ja immer noch krankgeschrieben. Ich konnte kommen und gehen, wie es mir passte. Und bislang wussten wir noch immer nicht, ob wir hier überhaupt richtig waren. Dies änderte sich allerdings in den nächsten Sekunden, als die Küsserei ein jähes Ende fand.

»Da war grad ein Typ am Fenster«, sagte Kurtz leise und ein klein wenig atemlos. »Hat kurz geguckt und ist dann gleich wieder verschwunden. Ich glaub fast, Chef, hier sind wir goldrichtig.«

Ich wies die beiden an, umgehend den Rückzug anzutreten. Die kritische Frage war, wie die drei Tschetschenen reagieren würden, wenn die Polizei anrückte. Würden sie sich mit Zähnen und Klauen, mit Küchenmessern und

Knüppeln verteidigen? Oder würden sie im Gegenteil ihr Heil in der Flucht suchen?

Als Laila und Tim eng umschlungen um die Ecke bogen, hatte ich meine Entscheidung schon getroffen.

»Ich gehe allein«, verkündete ich dem verblüfften Publikum. »Sie folgen mir mit Abstand, aber nur so weit, dass die Zielpersonen Sie nicht zu Gesicht bekommen. Wenn Sie den Eindruck haben, die Sache läuft aus dem Ruder, dann stürmen Sie. Herr Balke, Sie haben die Leitung.«

Ich nickte ihm zu, drückte seine Nummer an meinem Handy und ging los, als die Verbindung stand. So konnte er mithören, was gesprochen wurde. Nach wenigen Schritten machte ich noch einmal kehrt, um Balke meine Dienstwaffe zu übergeben.

»Ist besser so«, sagte ich, als er mich halb verwundert, halb entsetzt ansah.

Dann folgte ich dem staubigen Weg, der nach rechts abzweigte und parallel zu der langen Halle verlief, erreichte die nordwestliche Ecke, sah nun auch das zweite, viel kleinere Gebäude, bog nach links ab auf den Weg, der parallel zu den Bahngleisen verlief, erreichte das Haus, in dem wir Ilja und seine Geschwister vermuteten, stand schließlich vor einer erbärmlich verrosteten Tür an der Südfront. Sie war nicht verschlossen, quietschte zum Erbarmen, als ich sie aufdrückte. Die perfekte Alarmanlage.

Rechts führte eine breite Stahlgittertreppe zum Obergeschoss hinauf. Am Boden, auf der Treppe, überall lag eine dicke Staubschicht, in der deutlich die Spuren von Schuhen unterschiedlicher Größe zu erkennen waren. Es stank nach Öl und Verwesung. Vermutlich hatte sich irgendwo hier drin ein größeres Tier zum Sterben hingelegt.

Ich gab mir keine Mühe, leise zu sein, während ich die Treppe hinaufstieg. Als ich die letzte Stufe erreichte, öffnete sich eine schlichte weiße Holztür, und vor mir stand in sehr aufrechter Haltung ein junger Mann. Schlank und muskulös, etwa eins fünfundsiebzig groß, gut sitzende Jeans, ein etwas verschossenes Poloshirt, blütenweiße Sneakers: Ilja.

Ilja ohne Bart.

»Guten Abend, Herr Kustodijew«, begrüßte ich ihn und reichte ihm die Rechte, die er erst zögernd, dann fest ergriff. »Ich nehme an, Sie wissen, weshalb ich hier bin.«

Er nickte stumm. Sein fein geschnittenes Gesicht war blass, der Blick ruhig und konzentriert. Ohne Angst. Seine Hand fühlte sich hart und schwielig an. Wochenlange Plackerei auf der Baustelle hatte ihre Spuren hinterlassen.

Er öffnete den Mund, schloss ihn wieder, sagte schließlich in fließendem Deutsch: »Kommen Sie doch bitte herein. Ich nehme an, Ihre Kollegen warten draußen?«

»So ist es.«

»Das war nämlich unsere größte Sorge: dass Sie mit hundert Mann und schweren Waffen anrücken, das Haus stürmen und uns bei der kleinsten falschen Bewegung erschießen.«

»Wenn Sie sich friedlich verhalten und keine Dummheiten machen, dann wird Ihnen nichts geschehen.«

Der Raum, den ich betrat, war groß, maß vielleicht hundertfünfzig Quadratmeter. Die meisten der alten Schreibtische standen noch in Reih und Glied. In manchen Ecken lagen leere Flaschen, zerknüllte Zigarettenpackungen, sogar Kissen. Hier hatte offenbar schon die eine oder andere Party stattgefunden, bevor Ilja und seine Geschwister den Raum für sich okkupierten. An der gegenüberliegenden Wand standen Milena und Sergei.

Milena war in ein bodenlanges Gewand gehüllt, schwarz von oben bis unten, auch das Gesicht war bis auf einen schmalen Sehschlitz verdeckt, durch den mich zwei große, dunkle Augen anstarrten. Sergei fummelte an seinem Smartphone herum, wirkte völlig gleichgültig, als ginge ihn das alles nichts an. In Milenas Augen hingegen loderte ein Hass, wie ich ihn noch nie zuvor gesehen hatte.

Ich hob die Rechte zum Gruß und nickte den beiden zu, wiederholte mein Sprüchlein: »Keine Angst. Ihnen wird nichts geschehen, wenn Sie sich kooperativ verhalten.«

»In dem Land, aus dem wir kommen«, sagte Ilja neben mir halblaut, »hat man immer Grund, Angst vor der Polizei zu haben. Dort brauchen Ihre Kollegen nicht mal einen Anlass, um einen zu erschießen. Es genügt schon ein gewisser Grad von Antipathie.«

»Ihre Geschwister sprechen kein Deutsch, soweit ich weiß?«

»Sergei kann schon recht gut Englisch. Milena spricht nur Tschetschenisch.«

»Hello! You don't have to be afraid, okay?«

Sergei hob unbeholfen die Hand und winkte kurz. Milena starrte mich weiter an.

Wenn Blicke töten könnten …

35

Natürlich wurde auch an diesem Abend nichts aus meinem geplanten Besuch bei Theresa. Als wir alle wieder in der Direktion waren, war es schon halb neun vorbei. Die erkennungsdienstliche Behandlung der drei Festgenommenen dauerte. Es musste etwas zu essen organisiert werden, da die Vorräte der drei seit vorgestern aufgebraucht waren und sie nicht gewagt hatten, einkaufen zu gehen. Was ohnehin schwierig gewesen wäre, da ihnen längst das Geld ausgegangen war.

Mit Milena ins Gespräch zu kommen, war erwartungsgemäß unmöglich. Nach 10 Uhr am Abend noch eine Übersetzerin aufzutreiben, versuchten wir gar nicht erst. Aber es würde auch mit Dolmetscherin nicht leicht werden, an sie heranzukommen.

»Sie lebt streng nach den Regeln des Islam«, erklärte mir Laila, die aufgrund ihrer Herkunft am meisten über den Islam wusste. »Den Umzug in den gottlosen Westen hat sie wahrscheinlich von der ersten Sekunde an strikt abgelehnt.«

Da Milena jedoch nach den Regeln ihrer Religion zum unbedingten Gehorsam dem Vater gegenüber verpflichtet war, hatte sie sich am Ende fügen müssen.

»Nachdem der Vater tot war, wurde sie als Älteste zum Familienoberhaupt. Das wäre traditionsgemäß eigentlich der älteste Sohn gewesen, aber der hat vermutlich kein Interesse an dem Job gehabt.«

Das Letzte, was ich von Milena sah, bevor die Tür zu ihrer Zelle verriegelt wurde, war ein schwarzes Denkmal der Gottesfurcht und Prinzipientreue, das aufrecht und verloren auf einer harten Pritsche saß. Vermutlich wünschte sie sich sehr weit weg und uns allen den Zorn Allahs an den Hals.

Mit Sergei wechselte ich zwischen Tür und Angel einige Worte, die er offenkundig verstand, aber er gönnte mir keine Antwort. So wandte ich mich schließlich dem Menschen zu, der mich ohnehin am meisten interessierte: Ilja.

Als mir Prof. Kustodijews ältester Sohn endlich gegenübersaß, war es schon eine halbe Stunde vor Mitternacht. Vermutlich war ich todmüde, fühlte es jedoch nicht. In mir kochte das Jagdfieber, in meinen Adern brodelte das Adrenalin. Endlich war der Moment gekommen, an dem ich erfahren würde, was in der Nacht von Samstag auf Sonntag vor über einer Woche geschehen war.

»Ihr Name ist Ilja Kustodijew«, begann ich formell, nachdem ich mir von dem schmucken jungen Mann auf der anderen Seite des Tisches fürs Protokoll hatte bestätigen lassen, dass er meine Sprache beherrschte. Sein Deutsch war fast akzentfrei, der Wortschatz erstaunlich umfangreich.

»Ja«, sagte Ilja mit gesenktem Blick.

Er war fast genauso groß wie sein Bruder, hatte die gleiche schlanke Statur, trug die gleichen Jeans, aber ein anderes T-Shirt. Sergeis war feuerrot und mit der Aufforderung *Follow your dreams* bedruckt, das von Ilja hingegen war hellgrau und trug das Logo der Ludwig-Maximilians-Universität München.

»Geboren am 11. August 2000 in Grosny«, fuhr ich fort.

»Das ist korrekt.«

»Dann haben Sie ja gestern Geburtstag gehabt. Herzlichen Glückwunsch nachträglich.«

Jetzt sah er auf.

»Weshalb sind Sie so freundlich zu mir? Ich habe zwei

Menschen getötet. Ich habe Ihrem Land seine Gastfreundschaft schlecht gedankt.«

»Wäre etwas besser, wenn ich unfreundlich wäre?«

Nachdenklich schüttelte er den Kopf. Scharfer Schweißgeruch wehte zu mir herüber. Offenbar hatte es im Versteck der drei kein fließendes Wasser gegeben.

»Sie bleiben dabei, dass Sie keinen Anwalt hinzuziehen wollen?«

»Ja.«

»Darf ich fragen, warum?«

»Nach den Gesetzen Ihres Landes habe ich ein schweres Verbrechen begangen, und ich stehe zu meiner Schuld.«

Unser Gespräch fand in einem kahlen Vernehmungszimmer statt. Auf dem blanken Tisch stand das digitale Aufzeichnungsgerät, vor mir lag ein jungfräulicher karierter Block.

»Ist Mord bei Ihnen zu Hause etwa kein Verbrechen?«

Ilja zog eine schiefe Grimasse. »Nach den Regeln der Scharia in diesem Fall nicht. Der Mann hat unsere Schwester entehrt und getötet und ...«

»Und?«

»Die Scharia verlangt ... ach was. Lassen wir das Thema erst mal, okay? Das überfordert mich im Moment.«

Ich blickte auf meinen leeren Block, zögerte, wusste mit einem Mal nicht mehr vor und zurück. Entschlossen packte ich das Aufzeichnungsgerät, schaltete es aus, schob Block und Stift zur Seite und sah Ilja ins Gesicht.

»Wissen Sie, was? Ich habe keine Lust auf diesen Bürokratenmist. Mitternacht ist vorüber, und wir beide sollten längst im Bett sein.« Ich schlug ein Bein übers andere. »Aber wenn Sie mögen, würde ich mir trotzdem gern Ihre Geschichte anhören. Ich möchte wissen, wie alles gekommen ist. Wie Alena im *Nirvana* gelandet ist und alles, was später daraus folgte.«

»Es interessiert Sie wirklich?«, fragte Ilja mit halb unsicherem, halb erstauntem Blick. »Obwohl ich ein Fremder für Sie bin?«

»Sonst wäre ich nicht hier.«

»Also kein Verhör?«

»Kein Verhör. Nur ein Gespräch zwischen zwei erwachsenen Menschen. Danach schlafen wir uns gründlich aus, und morgen sehen wir weiter.«

Er schwieg kurz, schien sich zu sammeln.

»Na gut«, sagte er dann und straffte seinen Rücken. »Sie müssten das Gerät aber bitte noch mal kurz einschalten. Ich will noch etwas loswerden, damit es später klappt mit dem Schlafen.«

Achselzuckend drückte ich ein zweites Mal den »Rec«-Knopf.

»Ich, Ilja Kustodijew«, sagte der junge Tschetschene dann mit fester Stimme und einer gewissen Feierlichkeit, »gestehe hiermit, Pierre Boerne und seine Freundin ermordet zu haben, deren Namen ich leider nicht kenne. Ich habe es freiwillig getan. Es war meine Entscheidung. Ich war es, niemand sonst. Ich allein.«

»Das war's?«

Er nickte, ich schaltete das Gerät wieder aus und lehnte mich erneut zurück.

»Womit soll ich beginnen?«, fragte er.

»Womit Sie wollen.«

So begann Ilja, mir von seiner Heimat zu erzählen. Von Grosny, der Hauptstadt Tschetscheniens, die in den Neunziger- und frühen Zweitausenderjahren in gleich zwei Kriegen verheert wurde und einige Zeit den zweifelhaften Ruhm genoss, die am schlimmsten zerstörte Stadt der Welt zu sein.

»Inzwischen wurde vieles wieder aufgebaut«, fuhr er fort. »Modern natürlich, das meiste hässlich. Aber man kann dort leben, die meisten Menschen leiden keine Not.«

Solange sie sich nicht mit den russischen Besatzungstruppen anlegten, sich heraushielten aus den endlos gärenden Händeln zwischen Besatzern und Besetzten, hielt sich der Druck von oben in Grenzen. Längst blühten auch zwischen den nach dem zweiten Krieg von den Russen eilig gebauten Plattenbau-Hochhaustürmen Blumen, hüpften Mädchen an den Händen ihrer Väter, lachten Frauen auf den Straßen, die ihre obligatorischen Kopftücher eher nachlässig trugen.

»Ihre Mutter hat sich eingemischt, habe ich erfahren ...«

Iljas Blick verschleierte sich. »Sie war eine tapfere Frau. Und die klügste Frau, die ich kenne.«

»Nachdem sie verschwunden war, hat Ihr Vater beschlossen, sich und den Rest seiner Familie im Westen in Sicherheit zu bringen.«

Er nickte. »Es ist ihm sehr schwergefallen. Aber irgendwann musste er einsehen, dass er in Tschetschenien keinen Frieden findet, solange die Russen das Sagen haben. Für Milena ist die Welt zusammengebrochen. Dafür hat sich für Alena eine neue Welt geöffnet. Sie ist übergesprudelt von Träumen und Wünschen, Hoffnungen und Erwartungen. Endlich leben, dachte sie. Endlich all das live sehen und hören, was sie sonst nur von YouTube kannte.«

Und vielleicht sogar ein Konzert von Taylor Swift besuchen, deren glühendster Fan Iljas kleine Schwester gewesen war. In Grosny hatte Alena ein Poster der weltweit bekannten Sängerin über dem Bett hängen. Doch als die Hoffnung immer weiter sank, die Mutter könnte noch einmal nach Hause kommen, hatte Milena es eines Tages, während die stolze Besitzerin in der Schule war, heruntergerissen und verbrannt.

»Und dann war Alena auf einmal hier, im goldenen

Westen, und durfte nichts, absolut nichts«, sagte Ilja kopfschüttelnd. »Außer wie früher schon zu Hause sitzen und von all den tollen Dingen träumen, die so nah waren und trotzdem unerreichbar wie der Mond.«

Er hatte ein neues Poster organisiert, größer und schöner als das verbrannte, und dieses Mal hatte Milena nicht gewagt, es zu zerstören.

»Aber irgendwie hat Alena es dann offenbar doch geschafft, eine Disco zu besuchen«, sagte ich, als Ilja nicht mehr weitersprach.

Er knetete seine durch die Arbeit auf der Baustelle rau gewordenen Hände.

»Ich«, sagte er nach langem Schweigen, »ich habe ihr geholfen. Hätte ich es nicht getan, dann würde sie jetzt noch leben.«

Als Alena herausfand, was ihr großer Bruder an den Samstagabenden trieb, wo er hinfuhr, nachdem er sich ausgehfein gemacht hatte, war sie schier zersprungen vor Neid. Und sie hatte begonnen, ihn systematisch zu zermürben. Einmal, ein einziges Mal könne er sie doch mitnehmen. Das sei doch nicht zu viel verlangt, und um gute Ausreden waren sie schon in Grosny nie verlegen gewesen.

»Ich wäre eigentlich gar nicht hier gewesen.« Ilja stieß einen tiefen Seufzer aus. »Aber als die vier im Mai hier aufschlugen, habe ich das Semester sausen lassen, um sie, so gut ich konnte, zu unterstützen. Mit meinem Studentenvisum kann ich mich im Land frei bewegen. Ich habe eingekauft und auch sonst alles erledigt, wozu man auf die Straße musste. Die anderen hatten ja praktisch nichts dabei. Sie konnten kaum etwas mitnehmen bei der überstürzten Abreise, die eher eine Flucht war. Professor Kollberg hat ihnen geholfen, wo er konnte. Sogar sein Auto durfte mein Vater benutzen.«

»Sie nicht?«

»Ich habe keinen Führerschein«, gestand er mit entwaffnendem Lächeln. »Aber Auto fahren kann ich natürlich trotzdem. Da, wo wir herkommen, sieht man das nicht so eng.«

»Was ist eigentlich aus Ihrem Bart geworden?«

»Abrasiert. Vorgestern. Nachdem ich ... es getan hatte, wollte ich nicht mehr herumlaufen wie ein Mullah. Milena hat getobt und gekreischt, aber das war mir egal.« Sein Blick wurde finster. »Seit Mama nicht mehr da ist, hält sie sich für unsere Erziehungsberechtigte und glaubt, sie kann uns herumkommandieren. Sogar, dass wir fünfmal am Tag beten, hat sie verlangt. Aber auch da hat sie bei uns anderen bald auf Granit gebissen.« Er lächelte traurig. »Sie hat mir übrigens nie geglaubt, dass Mekka von hier aus eher im Osten liegt, und verbeugt sich immer noch in Richtung Süden.«

Sein Lächeln wurde wehmütig, verschwand schließlich ganz. Wochenlang hatte Alena ihm in den Ohren gelegen. Sie wollte unbedingt einmal eine richtige Disco von innen sehen, wenigstens ein einziges Mal. Ihr größter Wunsch war, sich einmal richtig schick zu machen und eine Nacht durchzutanzen.

»Ich bin an den Wochenenden eigentlich immer auf der Piste, und jedes Mal hat sie mich angebettelt, ich soll sie mitnehmen.« Er brach ab, rutschte auf seinem Stuhl herum, fragte schließlich: »Wäre es in Ordnung, wenn ich etwas hin und her gehe? Es fällt mir schwer, still zu sitzen.«

Ich nickte und machte mit der Rechten eine aufmunternde Bewegung. Er sprang auf wie von einer Feder abgeschossen, und bald näherten wir uns dem Kern seiner Erzählung. Das silberne Kleidchen und die dazu passenden Sandaletten hatte er seiner Schwester als Willkommensgeschenk gekauft, als Symbol dafür, dass von nun an andere Sitten herrschten.

»Ich hatte nicht gedacht, dass Milena ihr die Sachen sofort wegnehmen würde. Nur mit Mühe habe ich sie retten können. Und ich habe Alena schwören müssen, ihr eine Gelegenheit zu verschaffen, sie zu tragen. Wenigstens ein Mal. Ein einziges Mal.«

Vor drei Wochen war es schließlich so weit gewesen. Auf ausdrücklichen Wunsch seiner kleinen Schwester hatte Ilja auch noch weinrote Unterwäsche und Seidenstrümpfe gekauft. Außerdem einen blutroten Lippenstift und Nagellack in derselben Farbe.

»Alenas Sachen habe ich in eine Sporttasche gepackt. Um das Haus verlassen zu dürfen, musste sie ihren verhassten Tschador anziehen und ihr wunderbares Haar unter einem grauen Tuch verstecken.«

Den anderen hatte Ilja erzählt, er wolle Alena die Stadt zeigen, das Schloss, den Neckar. Vielleicht irgendwo einen Kaffee trinken, und spätestens um zehn würde er Alena wohlbehalten zurückbringen. Dem Vater war es schon in Tschetschenien von Herzen gleichgültig gewesen, was seine Kinder trieben, solange sie die Familie nicht in Verruf brachten und keinen Ärger mit irgendwelchen Behörden anzettelten. Milena war natürlich misstrauisch gewesen, hatte jedoch keine Gründe gefunden, Alena ihren Ausflug in die Heidelberger Altstadt zu verbieten. Sie war vorschriftsmäßig gekleidet und in Begleitung ihres älteren Bruders. Dagegen war selbst aus Sicht einer strenggläubigen Muslimin nichts einzuwenden.

In Wirklichkeit war Ilja zusammen mit Alena zu einem Kommilitonen gefahren, der wie er in München studierte und praktischerweise ebenfalls aus Heidelberg stammte und in den Semesterferien bei seinen Eltern zu Besuch war. Bei dem Freund ihres großen Bruders hatte Alena sich umziehen und schön machen dürfen. Die Schwester des Gastgebers hatte sie dabei mit zunehmendem Spaß unterstützt, hatte danebengegangenen Nagellack entfernt, beim Auftragen des Lippenstifts geholfen, dem Haar mit ein wenig Spray zu mehr Fülle verholfen.

»Alena war völlig durchgedreht. Noch nie hatte sie sich derart aufgebrezelt im Spiegel gesehen. ›Bin ich schön, Ilja?‹, hat sie immer wieder gefragt. ›Seh ich nicht ein bisschen aus wie Taylor Swift?‹ Sie war so befreit, so glücklich, es war eine solche Freude zu sehen, wie sie aufgeblüht ist. Ich meine – sie war achtzehn! Und bis zu diesem Abend war ihr alles verboten worden, was Spaß macht. Frauen haben im Islam kein Recht auf Spaß. So ist das.«

Er blieb stehen, betrachtete seine kräftigen Fingernägel, als sähe er sie zum ersten Mal.

»Sie betrachten sich nicht mehr als Muslim?«, fragte ich leise.

»Nein«, erwiderte er bestimmt. »Ich habe schon lange nicht mehr auf einem albernen Teppich Verbeugungen gemacht. Es war mir scheißegal, dass Milena rumgezetert hat. Als unsere Mutter noch da war, ging es bei uns sehr viel liberaler zu. Milena war schon früher die Einzige, die regelmäßig in die Moschee gerannt ist. Vater hat sich für das Thema Religion nicht interessiert und sich aus allem rausgehalten. Ich bin nicht mal sicher, ob er überhaupt noch irgendwie religiös ist. Seit er nicht mehr als Wissenschaftler arbeiten kann, löst er sechzehn Stunden am Tag Schachprobleme, spielt am Computer Fernschach gegen irgendwelche Fremden irgendwo auf der Welt.«

Ilja nahm seine Wanderung durch den Raum wieder auf. Die Hände in den Taschen, die Schultern hochgezogen, als wäre ihm kalt. Vielleicht war ihm eben erst wieder bewusst geworden, dass auch sein Vater das Leben verloren hatte bei der ganzen Aktion.

Um Alenas Glück vollkommen zu machen, hatte Iljas Kommilitone ihr sogar noch ein altes Samsung-Smartphone geliehen, in dem noch eine Prepaid-SIM-Karte steckte.

»Das fand ich eine geniale Idee. Ich habe meine Nummer eingespeichert, damit Alena mich erreichen konnte, falls wir getrennt werden oder sie sich verlaufen sollte.« Erneut blieb er stehen, die Schultern sanken herab. »Und dann sind wir los.«

»Auf Ihrem Motorroller.«

»Annika, so heißt die Schwester meines Kumpels, kam dann sogar noch mit einem alten Helm für Alena angerannt. Aber der hat nicht gepasst. Was sie außerdem noch gefunden hatte: eine blonde Perücke, fast hüftlang. Ein ganz billiges Ding. Man sah auf zwanzig Meter, dass es aus Plastik war.«

Als Alena die künstliche Haartracht auf dem Kopf trug, war sie dennoch schier geplatzt vor Stolz und Glück und endgültig überzeugt gewesen, auszusehen wie Taylor Swifts Zwillingsschwester. Während der Fahrt nach Leimen hatte Alena sich wie ein Äffchen an ihrem Bruder festgeklammert und mit glockenklarer Stimme Songs ihres Idols gesungen.

»Ein Lied nach dem anderen«, murmelte Ilja mit totem Blick. »Noch nie hab ich sie so glücklich gesehen, wirklich noch nie.«

36

Da Alena keinen Helm trug, hatte Ilja nicht die Bundesstraße gewählt, sondern Schleichwege.

»Manchmal musste ich dann doch die Bundesstraße nehmen, aber alles ist gut gegangen. Wir wurden nicht angehalten. Alles ging gut.«

Ich wusste, was er dachte: Hätte eine Streife sie gestoppt, dann wäre vielleicht alles anders gekommen. Alena und ihr Vater wären nicht tot, sondern quicklebendig. Er müsste sich nicht mit Selbstvorwürfen quälen. Wäre kein Mörder, sondern immer noch angehender Arzt. Vielleicht.

Doch sie hatten den großen Parkplatz des *Nirvana* unbehelligt erreicht. Ilja hatte seinen Helm in der dafür vorgesehenen Box verstaut, während Alena herumsprang und Tanzschritte probierte. Dann hatte sie sich bei ihrem großen Bruder eingehakt, ihn angestrahlt, und sie waren hineingegangen. Die beiden Türsteher hatten freundlich-teilnahmslos genickt.

»Wie spät war es, als Sie das Lokal betraten?«

»Elf. Viertel nach vielleicht. Es war noch nicht viel los.«

Ilja hatte ein wenig mit seiner Schwester getanzt, später zusammen mit einem Bekannten zum Aufwärmen einen Cocktail getrunken.

»Sie trinken Alkohol?«

»Sie nicht? Ich esse auch Schinken und Schnitzel.«

Der junge Tschetschene schwieg kurz, dann blieb er einen Meter vor mir stehen und sah mir in die Augen.

»Ich hatte Alena klargemacht, dass sie tun kann, was ihr Spaß macht, aber von niemandem was annehmen darf, schon gar nichts zu trinken. Dass sie ihren Drink im Auge behalten muss, damit ihr niemand etwas reintut. Und vor allem: dass sie in meiner Nähe bleiben soll.«

Dann war Ramona zusammen mit einer Freundin gekommen, es wurde zunehmend voller. Alena tanzte eine Weile allein, versunken in der hämmernden Musik, in den bunten Lichtern, in ihrer Seligkeit, im Rausch des großen Abenteuers. Ilja machte die beiden jungen Frauen miteinander bekannt, und das Unglück nahm seinen Lauf. Die Tanzfläche füllte sich weiter, Ilja interessierte sich bald nur noch für seine Ramona, tanzte, flirtete und schmuste mit ihr. Anfangs versuchte er noch, nebenbei Alena im Auge zu behalten. Er bemerkte, dass sie sich mit einem Mann unterhielt, der sich für sie zu interessieren zu schien, fragte sich, in welcher Sprache dieses Gespräch wohl geführt wurde. Doch das Gewühl wurde immer dichter, der Lärmpegel lauter, und irgendwann, lange nach Mitternacht, war Alena plötzlich nicht mehr da. Und der Mann, mit dem sie gesprochen hatte, ebenfalls nicht.

»Da bin ich natürlich erschrocken, habe mich sofort auf die Suche nach ihr gemacht«, sagte Ilja, der längst wieder durch den Raum streifte. »Sogar auf der Damentoilette bin ich gewesen. Dann bin ich raus, habe einem der Türsteher Fotos von Alena gezeigt – die hatten wir gemacht, als sie fertig gestylt war –, und er hat sie tatsächlich wiedererkannt. Sie ist mit einem Kerl abgezogen, hat er gesagt, um die dreißig, dicke Hose, große Klappe und Angeberauto. Mir ist ganz schwummrig geworden, können Sie sich vermutlich vorstellen. Ich wollte sie anrufen, aber da hab ich Idiot gemerkt, dass sie zwar meine Nummer hatte, ich aber nicht ihre. Meinen Kumpel konnte ich ewig nicht erreichen, der war selbst auf der Piste in der Nacht, und bis Annika die Nummer des alten Handys schließlich gefunden hatte – ich bin fast wahnsinnig geworden, glauben Sie mir.«

Sein Gesicht war nun so grau wie ein wolkenverhangener Himmel, kurz bevor der Sturm losbricht.

»Hatte der Türsteher den Eindruck, dass der Mann sie mit Gewalt mitgeschleppt hat?«, fragte ich.

»Nein, überhaupt nicht. Er hat gesagt, sie ist sehr lustig gewesen, hat viel gelacht, sich bei dem Kerl untergehakt.«

»Und weiter?«

»Nichts weiter. Ich hatte natürlich ein total schlechtes Gewissen. Andererseits war Alena nicht auf den Kopf gefallen und konnte sich wehren. Das hat sie in den vergangenen Jahren mehr als einmal bewiesen, wenn ihr in Grosny irgendein Russe zu nah gekommen ist. Sie wird sich schon zu helfen wissen, hab ich mich getröstet, und es musste ja nicht gleich das Schlimmste passieren. Außerdem wurde Ramona allmählich eifersüchtig.«

Wieder drehte er einige Runden durch den kahlen Raum. Dann blieb er erneut vor mir stehen.

»Ich hatte mir dieses Gespräch ganz anders vorgestellt«, sagte er verwundert. »Sie sind so ... menschlich. Gar nicht, wie ich mir einen Polizisten vorgestellt habe.«

Ich konnte mir ein Lächeln nicht verkneifen. »Haben Sie gefürchtet, gefoltert zu werden?«

»Wenn Sie in Grosny verhaftet werden, dann läuft das ganz anders, glauben Sie mir. Egal, ob Sie ein Verbrechen begangen haben oder aus Versehen in die Fänge von einem Hilfssheriff geraten sind, der sein Gehalt durch Bestechung und kleine Erpressungen aufbessert.«

Ilja knetete seine kräftigen und gut gebräunten Hände, begann, wütend zu gestikulieren, lachte bitter. Ein Auto fuhr mit wummernden Bässen langsam die Römerstraße entlang, bog in die Bergheimer Straße ein, wurde leiser.

»In Grosny hätten mich Ihre Kollegen erst einmal durchgeprügelt. Erstens, um klarzustellen, wer die Macht hat, und zweitens, weil es ihnen einfach Spaß macht. Die meisten Polizisten dort sind Sadisten. Dumm und unterbezahlt und ständig auf der Suche nach Nebeneinkünften. Niemand will privat etwas mit diesen Männern zu tun haben. Sie sind gefürchtet, und das genießen sie.«

Ich versuchte, wieder zum Thema des Gesprächs zurückzukommen: »Sie haben Alena gesucht.«

Er nickte.

»Aber nicht gefunden.«

»Ich musste davon ausgehen, dass sie in den Wagen dieses Kerls gestiegen war und sich nun in seiner Gewalt befand. In diesem Moment hatte ich plötzlich große Angst um sie.«

»Wie spät war es da?«

»Halb zwei, zwei vielleicht. Ich war nicht mehr ganz nüchtern, muss ich zugeben. Ständig habe ich jetzt die Hand am Handy gehabt für den Fall, dass Alena anruft. Hat sie aber nicht.«

»Das finde ich übrigens seltsam«, warf ich ein. »Sie wusste doch wohl, wie man mit einem Smartphone umgeht?«

»Ja, natürlich. Sie hatte früher ein eigenes gehabt, Vaters altes Huawei, aber das ist beim Umzug irgendwie verloren gegangen.«

»Alena hat später eine halbe Ewigkeit an einer Bushaltestelle in Walldorf gestanden. Dort hätte sie alle Zeit der Welt gehabt, sich an das Handy in ihrer Handtasche zu erinnern.«

Vor den weit offen stehenden Fenstern gerieten zwei junge Männer in Streit, die offenbar beide nicht mehr nüchtern waren. Wenn ich richtig verstand, war einer der beiden der Ansicht, er habe an dem Abend viel zu viele Schnäpse bezahlt.

Ilja überlegte mit gesenktem Blick. »Sie glauben nicht, wie oft ich mir diese Frage schon gestellt habe. Ich kann nur vermuten, dass sie einfach nicht daran gedacht hat. Es war spät, sie wird müde gewesen sein. Und außerdem, wer weiß, was sie in der Zwischenzeit Schreckliches erlebt hatte.«

Als es auf 3 Uhr zuging, hatte Ilja sich von Ramona verabschiedet, deren Freundin nach Hause wollte, und sich anschließend – nun mit mehr Engagement und System – erneut auf die Suche nach seiner Schwester gemacht.

»Wir haben Alenas Handy hier«, fiel mir ein. »Würden Sie Ihren Freund anrufen, damit wir es entsperren können?«

Sichtlich froh, etwas für mich tun zu können, zückte er sein eigenes Handy. Sein Kommilitone war noch wach, und keine fünf Minuten später war Alenas Smartphone entsperrt. Sie hatte kein einziges Mal versucht, damit zu telefonieren. Dafür waren in der fraglichen Nacht neun nicht angenommene Anrufe gelistet, alle von ihrem großen Bruder.

»Es ist leise gestellt«, stellte Ilja fest und langte sich an die Stirn. »Ich hatte ihr doch gezeigt, wie alles geht, und vielleicht ... Vielleicht war es schon leise gestellt, als ich es ihr gegeben habe. Bestimmt bin ich auch daran noch schuld.« Die Verzweiflung stand ihm ins Gesicht geschrieben. »Ich wollte Alena eine Freude machen, ein harmloses Vergnügen, und dann passiert so etwas ...«

»Es gibt Tage, da geht einfach alles schief«, philosophierte ich lahm. Es wollte mir partout nichts einfallen, womit ich den armen Kerl hätte trösten können.

»Darf ich Sie etwas fragen?«

»Natürlich.«

»Hat sie ... hat sie Sex gehabt? Hat er sie vergewaltigt? Sie können so was doch feststellen, das weiß ich.«

»Alena war noch Jungfrau, als sie starb. Außerdem habe ich selbst mit Boerne gesprochen, und er hat mir glaubhaft versichert, Alena habe es mit der Angst zu tun bekommen, als er aufdringlich wurde. Als er nicht aufhören wollte, hat sie ihre Handtasche gepackt und die Flucht ergriffen.«

»Sie glauben diesem Schwein?«, fragte Ilja fassungslos.

»Boerne war zwar kein besonders sympathischer Zeitgenosse, aber ein Schwein war er eigentlich nicht.«

Ich beugte mich vor und sah dem empörten jungen Mann, der immer noch auf der anderen Seite des Tisches stand, in die dunklen Augen. Was ich ihm jetzt mitteilen würde, würde ihm vermutlich noch viel weniger gefallen.

»Boerne hat Ihrer Schwester nichts getan. Wir haben keinerlei Spuren an ihr gefunden, die darauf schließen lassen, dass er gewalttätig geworden wäre. Sie ist aus freien Stücken mit ihm gekommen und hat ihn stehen lassen, als er ihr lästig wurde.«

Erst allmählich begriff Ilja die Tragweite dessen, was ich eben in ruhigem Ton gesagt hatte. Seine Augen weiteten sich.

»Das ... Sie wollen doch nicht sagen, dass er völlig umsonst ...?«

»Doch, genau das will ich sagen. Sie haben den falschen Mann getötet. Und die falsche Frau sowieso. Ich weiß, das muss furchtbar sein ...«

Ich sprang auf, da Ilja plötzlich quarkweiß war im Gesicht und wirkte, als würde er gleich die Besinnung verlieren. Schon war ich bei ihm, hielt ihn, aber er hatte sich schon wieder gefangen und sank auf den nächsten Stuhl.

»Soll ich einen Arzt rufen?«

Er schien meine Frage nicht gehört zu haben. Doch dann nickte er.

»Und bis der kommt, vielleicht einen Kaffee?«

Ilja wirkte immer noch völlig abwesend. Als wäre er in einer anderen Welt, wo die Dinge ihre Ordnung hatten.

Wo achtzehnjährige Schwestern nicht auf tragische Weise ums Leben kamen. Und man selbst nicht Rache an den falschen Menschen nahm.

Der Arzt hatte zum Glück in einer anderen Sache im Haus zu tun gehabt und polterte schon nach wenigen Minuten gut gelaunt herein, ohne anzuklopfen. Er verpasste Ilja eine Spritze und gleich noch eine zweite.

»Und jetzt legen Sie sich erst mal hin, junger Mann, und ruhen sich aus.« Der Arzt wandte sich an mich: »Er hat einen Schock?«

»Schlechte Nachrichten«, sagte ich ausweichend.

Wir begleiteten den bis ins Mark erschütterten Tschetschenen in den Sanitätsraum, wo eine Liege stand, auf der auch ich schon genächtigt hatte. Ich erklärte Ilja, der allmählich wieder Farbe im Gesicht bekam, wir könnten das Gespräch gerne später in meinem Büro fortsetzen.

»Halbe Stunde«, murmelte er, die Augen bereits geschlossen. »Ja, bitte. Ich brauche jemanden, mit dem ich sprechen kann. Bitte. Ich habe Angst, den Verstand zu verlieren. Oder habe ich ihn vielleicht schon verloren? Ist das alles etwa nur ein böser Traum?«

»Unsinn«, sagte ich ungewollt grob. »Ihrem Verstand geht es bestens.«

Vor der Tür postierte ich einen Kollegen von der Streife.

37

Als der Kollege Ilja in mein Büro brachte, war es fast halb fünf geworden. Der Tschetschene war immer noch blass im schönen Gesicht. Seine Hände zitterten, sein Blick wirkte manchmal, als könnten die Augen sich nicht einig werden, wohin sie schauen wollten. Aber er bestand darauf, unser Gespräch zu Ende zu führen. Mir war es recht. Auch ich hatte, den Kopf auf die Unterarme gelegt, ein Weilchen geschlafen.

»Na dann«, sagte ich mit schlecht gespielter Munterkeit. »Bringen wir den Rest auch noch hinter uns.«

Nun war es zunächst an mir zu erzählen. Von Gökhan und Dave, von der einsamen Bushaltestelle, vom Waldparkplatz und Daves katastrophal missglücktem Flirtversuch. Ilja war zum zweiten Mal bis ins Mark erschüttert, als er hörte, aus welch banalen Gründen Alena sterben musste. Wie beiläufig der Tod sein konnte, wie unspektakulär, trivial und dumm.

Aber das eigentliche Thema war für mein Gegenüber immer noch der Umstand, dass er den falschen Mann getötet hatte. Als hätte sich in seinem Gehirn etwas verklemmt, kam er wieder und wieder zu diesem Punkt zurück.

»Ist es wirklich sicher, dass es nicht doch Boerne war? Ihre Mitarbeiter machen Fehler. Deuten Spuren falsch, ziehen die falschen Schlüsse ...«

»Ja, es ist sicher«, sagte ich vermutlich schon zum zehnten Mal. »Die Beweise sind erdrückend.«

»Er kann Ihnen Märchen erzählt haben ... Ich meine, sie war bei ihm, er war mindestens zehn Jahre älter als sie, er wird sie bequatscht haben, und als sie ihm nicht zu Willen war, da hat er …«

»Nein, hat er nicht«, fuhr ich ihm ins Wort. »Wir wissen, wer Ihre Schwester getötet hat, und es war nicht Boerne. Punkt. Sie müssen das endlich begreifen.«

Als er erfuhr, dass der Mann, der seine Schwester in den Tod gehetzt hatte, inzwischen ebenfalls sein Leben verloren hatte, lautete sein Kommentar: »Dann gibt es also doch noch so etwas wie Gerechtigkeit auf dieser Welt.«

»Nein«, widersprach ich scharf. »Es gibt bei uns keinen gerechten Grund, einen Menschen zu töten. Wir wissen nicht, welche Droge den Täter in seine Raserei getrieben hat, was in seinem verwirrten Kopf vor sich ging. Was wir aber wissen, ist, dass er sie nicht töten wollte. Wieso sollte er? Entweder hat er Alena gestoßen, dann wäre es mit etwas bösem Willen Körperverletzung mit Todesfolge. Oder sie ist einfach nur gestolpert, dann wäre es ein Unfall. Mord war es jedenfalls nicht.«

Iljas Blick brach mir fast das Herz.

»Dann habe ich also wirklich … die Falschen getötet? Zwei Unschuldige?«

Ich nickte ernst. Damit würde er nun leben müssen.

Immer wieder den Kopf schüttelnd, starrte er ins Leere.

Rieb sich mit beiden Händen das immer noch graublasse Gesicht, gab einen rauen, keuchenden Ton von sich, der nichts Menschliches hatte, raufte seine lockigen Haare. Mein Blick fiel auf mein Handy, das auf dem Tisch lag. Viertel vor fünf. Sollte ich abbrechen? Uns beiden eine Runde Schlaf gönnen? Ich riss die Augen auf, atmete einige Male tief durch. Dann ging es wieder. Ilja stemmte sich hoch, begann wie zuvor im Zimmer herumzuwandern, jetzt mit schleppenden Schritten, während er weitererzählte.

»Eine Ewigkeit bin ich herumgekurvt in der Hoffnung,

Alena würde irgendwo stehen und winken. Aber wo sollte ich nach ihr suchen? Der Typ, bei dem ich sie vermutete, hatte ein Auto, sie konnte überall stecken. Vielleicht sogar in seinem Bett.«

»Bitte setzen Sie sich wieder«, sagte ich heiser. »Ihre Herumgeherei geht mir allmählich auf die Nerven.«

Meine Stimme wollte nicht mehr richtig funktionieren, doch Ilja gehorchte so rasch, als hätte ich einen Befehl ausgesprochen, klemmte die Hände zwischen die Knie.

»Am Ende bin ich dann nur noch herumgefahren«, fuhr er mit matter Stimme fort, »weil ich nicht nach Hause wollte. Aber irgendwann musste ich. Das Benzin ging mir aus.«

Zu Hause hatte ihn das befürchtete apokalyptische Donnerwetter erwartet. Milena hatte kreischend verlangt, Ilja solle sich umgehend wieder auf seinen Roller setzen und so lange nicht wieder nach Hause gekommen, bis er Alena gefunden hatte. Sogar der Vater war emotional geworden und hatte seinem Ältesten die Ohrfeige seines Lebens verpasst.

»Am Ende hat er sogar den Gürtel aus der Hose gezogen und mich damit geschlagen. Und ich ...« Demütig senkte er den Kopf. »Ich konnte seinen Zorn verstehen. Ich hätte an seiner Stelle nicht anders gehandelt.«

Durch das gekippte Fenster hörte ich die ersten Vögel. Ilja tat einige schwere Atemzüge. Dann gab er sich einen Ruck und sah wieder auf.

»Mitten in dem Tumult ist Sergei dann die geniale Idee gekommen, wir könnten Alenas Handy orten. Zum Glück hatte ich daran gedacht, die Ortungsfunktion zu aktivieren. Das mache ich automatisch so, seit ich meines in München mal verloren habe, und Sekunden später wussten wir, wo Alena war. Seltsamerweise irgendwo mitten im

Wald. Weit und breit kein Haus, aber das war uns in dem Moment natürlich völlig egal ...«

Ilja wollte sofort los, um seiner kleinen Schwester zu Hilfe zu kommen. Doch sein Vater verbot es ihm.

»Er hat mir nicht mehr über den Weg getraut. Ich hätte versagt, in mehrfacher Hinsicht. Nie und nimmer hätte ich Alena in diese Disco bringen dürfen. Nie und nimmer hätte ich sie dort aus den Augen verlieren dürfen. Nie und nimmer hätte ich zulassen dürfen, dass sie mit einem wildfremden Mann sprach, sogar mit ihm zusammen das Lokal verließ. Ich war in jeder Hinsicht disqualifiziert, und er wollte es nun persönlich übernehmen, sein Kind zu retten.«

Der Professor hatte sich auf das Rad geschwungen, das sein Gastgeber ihm für die Dauer seines Aufenthalts überlassen hatte. Mit dem strengen Verbot für Ilja, die Wohnung zu verlassen.

Was weiter geschah, wusste ich besser als Ilja. Ich klärte ihn darüber auf, was sich im Wald ereignet hatte, und wieder war er fassungslos, ungläubig, verstört.

Während sein Vater sich von seinem Handy zur vermissten Tochter leiten ließ – es waren nur wenige Kilometer –, hatte sich in der Souterrainwohnung an der Panoramastraße mehr und mehr Nervosität und Aggression breit gemacht. Fiebrig warteten die drei Geschwister auf den erlösenden Anruf des Vaters. Aber dieser kam nicht. Als plötzlich auch die Handys der beiden Verschollenen nicht mehr erreichbar waren, brach das Chaos aus. Vor allem zwischen Milena und Ilja tobte natürlich ein bitterböser Streit.

»Dass sie nicht mit dem Messer auf mich losging, hat mich fast gewundert. Wir konnten ja schlecht bei der Polizei anrufen und fragen. Irgendwann habe ich es nicht mehr ausgehalten und bin trotz Verbot hingefahren. Mit den letzten Tropfen Benzin, die noch im Tank waren. Schon von ferne habe ich Blaulicht gesehen, und da war mir klar, dass etwas Schlimmes geschehen sein musste. Etwas wirklich Schlimmes.«

Ilja verbarg sein Gesicht in beiden Händen. Erst nach einer Weile konnte er weitersprechen.

»Später haben wir wie die Irren im Internet gesurft, tausendmal die Seiten der Polizei gecheckt, uns ständig angeschrien. Bis dann endlich die Nachricht von einer toten Frau auftauchte, deren Leichnam verschwunden war, und einem älteren Mann, der im Koma lag.«

Nach Tagen voller Auseinandersetzungen, Tränen, Vorwürfen, Selbstvorwürfen und Verzweiflung hatte Milena Ilja gefragt, was er über den Mann wisse, der Alena aus dem Club verschleppt hatte. Er musste ja der sein, der ihre kleine Schwester auf dem Gewissen hatte. Nach einigem Hin und Her hatten die drei sich in den Mercedes ihres Gastgebers gesetzt und waren zum *Nirvana* gefahren.

»Ich wollte da nicht mehr hin. Mir ging es furchtbar schlecht, und allein beim Gedanken daran, ich könnte auch nur in die Nähe dieses beschissenen Clubs kommen, habe ich Schüttelfrost gekriegt. Aber ich war der Einzige, der Auto fahren konnte. Außerdem stand ich in der Schuld meiner Geschwister. Es war am späten Nachmittag. Am Dienstag, glaube ich.«

»Mittwoch«, korrigierte ich leise.

»Am Mittwoch. Ich bin nicht ausgestiegen. Sergei musste die Türsteher fragen, was sie über Alenas Begleiter wussten, und Milena hat solange draußen gewartet. Die Schicht der beiden Gorillas hatte wohl gerade erst begonnen, und sie hatten noch gute Laune. Sergei hat ihnen erzählt, unsere Schwester ist von einem Mann vergewaltigt und halb totgeschlagen worden, den sie im *Nirvana* kennengelernt hatte. Einer der beiden hat sich dann tatsächlich noch an den verdammten Kerl erinnert. Angeblich ein Stammgast, der fast jedes Wochenende eine Frau abschleppt. Leider wusste der Türsteher nicht viel über ihn. Nur dass er ein Angeber war und einen lauten Sportwagen fuhr. Milena hat Sergei beschimpft, weil er so wenig erreicht hatte, und ihn noch mal losgeschickt. Und tatsächlich hat er auf dem Parkplatz jemanden gefunden, der wusste, in was für einem Wagen Alena gesessen hatte.«

Ilja hatte am nächsten Vormittag den BSCCM kontaktiert, den British-Sportscar-Club in Mannheim, und behauptet, auf einer der Internetseiten des Vereins einen alten Schulfreund wiedererkannt zu haben. Daraufhin hatte die freundliche Dame am anderen Ende der Leitung ihm zwar nicht die Adresse, aber immerhin Pierre Boernes Festnetznummer verraten.

»Und dann sind Sie nach Walldorf gefahren und haben ihn umgebracht.«

Ilja, der jetzt meist zu Boden blickte, nickte kaum merklich.

»Darf ich Sie etwas Persönliches fragen?« Ich lehnte mich zurück, spielte mit einem billigen Kugelschreiber.

Er sah auf und nickte dieses Mal eine Spur kräftiger.

»Sie sagen, Sie hätten mit dem Islam nichts mehr zu tun. Trotzdem lassen Sie sich von Ihrer fanatischen Schwester überreden, zwei Menschen zu töten.«

Ilja starrte an die Wand hinter mir, als könnte er dort die Antwort ablesen.

»Ich verstehe es so wenig wie Sie«, erwiderte er nach langem Zögern. »Milena hat versucht, mich zu überzeugen. Ich müsse Alenas Tod rächen, hat sie gesagt, es sei meine heilige Pflicht gegenüber Allah und der Familie, und letztlich war ich ja wirklich schuld an ihrem Tod. Und an dem unseres Vaters auch. Außerdem war ich nach Vaters Tod der älteste Mann in der Familie. In unserer Heimat läuft das so. Zahn gegen Zahn, Blut gegen Blut, Leben gegen Leben. Jahrtausendealte Traditionen und Gesetze. Das steckt einem in den Knochen, von Geburt an. Obwohl es ganz und gar gegen meine Überzeugung war, bin ich mitgefahren und ... und, ja, habe es getan.«

Sein Gesicht spiegelte seinen inneren Konflikt wider, der ihn selbst jetzt noch fast zerriss. Ich wollte wahrlich nicht mit ihm tauschen.

»Ja, ich habe es getan«, wiederholte er nachdrücklich. »Ich habe diesen Boerne erstochen und seine Freundin auch, und selbstverständlich bin ich bereit, die Konsequenzen auf mich zu nehmen.« Er verstummte. Öffnete den Mund wieder mit ebenso trotzigem wie verlorenem Blick. »Tut mir leid, Herr Gerlach, eine bessere Erklärung kann ich Ihnen nicht geben. Ich stand unter wahnsinnigem Stress, habe mich mit Vorwürfen gequält und wollte, dass Milena mich endlich in Frieden lässt.«

Wieder war es eine Weile still im Raum. Ein einsames Auto umrundete den Römerkreis.

»Und es sind wirklich diese beiden Idioten, die Alena auf dem Gewissen haben?«, fragte Ilja nach längerem Schweigen mit belegter Stimme. »Sie sind sich ganz sicher?«

Ich zuckte die Achseln, ersparte mir die Antwort, die ich ihm schon hundert Mal gegeben hatte.

»Aber wenn sie noch gelebt hat«, begann er nach einer erneuten Pause wieder. »Warum haben sie nicht einfach einen Arzt geholt? Vielleicht hätte man sie noch retten können?«

Ich war sogar sicher, dass seine Schwester noch leben könnte. Aber was hätte ich dazu sagen sollen? Dass solche Tragödien auch mich manchmal sprachlos machten?

Vor den Fenstern graute der Morgen. Auf den Straßen war es seit Minuten vollkommen still. Sogar die Vögel machten eine Singpause. Als hielte die Natur kurz vor Sonnenaufgang noch einmal den Atem an.

»Sie waren zu zweit bei Boerne«, kam ich nach einer Weile zum letzten Punkt, den ich noch geklärt haben wollte. »Eine Nachbarin hat Sie gesehen. Ich nehme an, Ihr Begleiter war Sergei?«

Ilja nickte. »Milena hat darauf bestanden, dass er mitgeht. Damit ich nicht im letzten Moment kneife, vermute ich. Sergei hat aber nichts getan. Er hat nur vor der Tür gewartet, bis ich wieder herauskam. Ich war es, ich allein.«

Ich räusperte mich. »Gut, dann sind wir hier jetzt erst mal fertig. Danke für Ihre Kooperation. Morgen, wenn wir uns beide gründlich ausgeschlafen haben, werden wir uns noch einmal zusammensetzen und alles aufzeichnen. Vielleicht ergeben sich in der Zwischenzeit noch weitere Fragen, wir werden sehen. Am Ende wird ein Protokoll erstellt, das Sie in aller Ruhe durchlesen dürfen und unterschreiben müssen.«

»Das heißt, ich darf jetzt gehen?«

»Draußen wartet ein Kollege, der Sie zu Ihrer Zelle begleiten wird.«

Ilja Kustodijew, der sein Medizinstudium wohl niemals abschließen und lange nicht mehr die Vorzüge des Lebens in einem westlichen Land genießen würde, erhob sich und ging in aufrechter, fast stolzer Haltung zur Tür des Vernehmungsraums. Als er die Hand nach der Klinke ausstreckte, öffnete sich die Tür von allein, und der uniformierte Polizeiobermeister, der davor Wache gehalten hatte, gab mir einen Wink. Offenbar gab es noch Klärungsbedarf. Ich bat Ilja, kurz zu warten, und ging hinaus.

Im Flur erwartete mich eine junge, übernächtigt wirkende Kollegin aus dem Dezernat für Kriminaltechnik mit einem Papier in der Hand.

Eine Minute später kehrte ich ins Vernehmungszimmer zurück und bat Ilja, noch einmal Platz zu nehmen.

»Sie haben mich belogen«, sagte ich kalt, als auch ich saß.

Erschrocken sah er mich an, senkte den Blick. »Ich habe die Wahrheit gesagt, von der ersten Minute bis zur letzten.«

»Sie haben Pierre Boerne und seine Freundin nicht getötet.«

Seine Augen wurden groß. »Das ist nicht wahr. Ich habe ihn getötet. Ich allein.«

»Sie haben es nicht über sich gebracht, nehme ich an. Es ist nicht so leicht, einen Menschen zu töten, wie es im Fernsehen immer aussieht.«

»Das ist falsch! Falsch, falsch, alles falsch!«

Ich faltete die Hände auf dem Tisch. »Die Spurenlage ist vollkommen eindeutig. Nicht Sie haben das Messer geführt, sondern Sergei. Er hat gesehen, dass Sie sich nicht überwinden konnten, hat Ihnen vermutlich kurzerhand die Waffe abgenommen und getan, was auch aus seiner Sicht getan werden musste. An den Körpern der Opfer war ausschließlich seine DNA zu finden. Sie haben die beiden nicht einmal mit den Fingerspitzen berührt.«

Iljas Kopf sank herab. Dann begann er zu weinen.

»Ich wollte …«, stieß er unter Tränen hervor. »Ich wollte doch nur …«

»Sie wollten Ihren Bruder schützen, ich weiß. Kann es übrigens sein, dass er die gleichen Schuhe getragen hat wie Sie? Und außerdem die gleiche Größe und das gleiche Gewicht hat wie Sie?«

Ilja, der inzwischen einzusehen schien, dass weiteres Leugnen nichts brachte, nickte. Die neuen Schuhe waren sein Willkommensgeschenk für Sergei gewesen. Ilja hatte sich kurz zuvor die gleichen gekauft.

Nachdem Ilja in seine Zelle gebracht worden war, stand ich in meinem Büro noch ein wenig mit dem jungen Schutzpolizisten zusammen, der sich die Nacht über vor meiner Tür die Beine in den Bauch gestanden hatte. Draußen ging eben die Sonne auf, warmes Licht flutete den Raum. Es ist vorbei, dachte ich wieder und wieder. Endlich vorbei.

Da sprang die Tür auf, Balke stürzte herein.

»Ah, hier sind Sie«, stieß er atemlos hervor. »Ich such Sie schon überall. Bad News, Chef.«

Knut Vestergaard war den Mannheimer Kollegen entwischt. Noras verrückter Bruder, der im Mai mehrfach versucht hatte, mich zu töten.

»Sie waren mit ihm in einer radiologischen Praxis am Rosengartenplatz, weil er ständig über Kopfschmerzen klagte. Zwei Kollegen haben ihn bewacht. Und irgendwie hat er es geschafft, den beiden Vollidioten zu entwischen. Fragen Sie mich bitte nicht, wie.«

Balke hatte bereits dafür gesorgt, dass meine Töchter in Sicherheit gebracht wurden, hatte sie fürs Erste in einer kleinen Pension in Rohrbach einquartiert.

»Und Sie gehen jetzt natürlich auch nicht nach Hause, Herr Gerlach«, sagte er bestimmt. »So einen Schlamassel wie im Mai will ich nicht noch einmal erleben.«

Eine Gänsehaut überzog meine bloßen Arme. Das Morgenlicht schien plötzlich jede Farbe verloren zu haben. Versprach plötzlich keinen heißen Sommertag mehr, kein Leben, sondern Frost und Tod.

Ich spürte noch, dass meine Knie nachgaben. Dann wurde es Nacht um mich herum.